永別書

2025珍重重逢版

在我不在的時代

張亦絢

Je vous laisse.

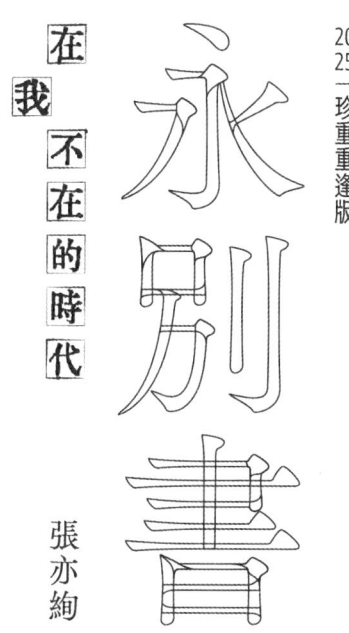

目次

致讀者

各位《永別書》的讀者，大家好：

現在您手上的當然是一本虛構小說。儘管如此，我仍舊好心提醒您，在所有情節上，如有雷同，純屬巧合。書中述及現實世界中確有其蹤的人事物，採取的是小說保存巷議雜談的傳統。此書既非考據文章，更無意代筆歷史。若想了解任何細節真相，請求教於嚴謹的研究與書籍，或是親身查證。小說在使用外文時，有時選擇將中文譯出，有時否，這是作者基於對小說樣貌的考慮，並非編輯上的遺誤。對於不能講述一個更甜美的故事，我滿懷歉意，但並無悔意。如果在此有什麼祝禱之話好說——我深深希望，相信小說，終究能夠促進各位的幸福。

張亦絢　二〇一五・十・十六

第一章

我真的打算，在我四十三歲那年，消滅我所有的記憶。

這是個狂野的夢想？是嗎？我倒沒想到可以用幽默感來面對這事。幽默感啊，總是不錯的。是我喜歡的東西。這背後有個悲劇吧？這一點我還沒開始想呢。或許吧，但我還不知道呢，究竟什麼可以稱為悲劇——。什麼可以不稱為悲劇。說是悲劇好像有點太唬人了，簡直像穿了戲服，在轟隆轟隆的音樂裡面。

或許有些政治意味吧？別嚇我，消滅記憶怎麼會是政治呢？一向就只有記得、不忘記，才稱得上政治呀。更何況，我是自願地、自動自發地，消滅我的記憶，這不牽涉到任何別人，不，這跟政治絕對扯不上什麼關係，至少在政治這詞的高尚意涵上。

這麼說來，你不打算政治也不打算高尚——或許你是打算犯罪吧？哎呀呀，事情說得越來越有趣了，真令我煩惱。如果是，你打算告發我嗎？去哪裡告發呢？告發一個消滅記憶的人，這可是比消滅記憶更困難的事吧？尤其是我將消滅的，不是任何其他人的，而是專屬於我一人獨有的記憶。

說起來，不高尚或是犯罪的事，人人都在不知不覺中進行。說真的，我想我要做的事是很普遍地，不同的人，因為不同的原因，每天都做上一點。但是像我這樣，把計畫訂得如此明確，又如此重視過程，或許，就沒那麼普遍了。

我想把話說得更清楚些。我八十六歲的老阿嬤在世時得了失憶症，她既認不得家門口的街道，也分不清我們這些孫子孫女誰是誰，變得非常麻煩——我所想要的，不是這種。當然我也不打算拿根棍子敲昏自己，或是把腦袋往牆上撞那樣，這或許會使我腦震盪，或是變傻，但未必會真的消滅我的記憶。我對我的目標是認真的，消滅記憶是多麼要緊的一件事，要是我變傻了，我看恐怕成功率就不大了。我要消滅最特殊的成分，不是像記得自己的住址，或是如何騎自行車這樣的記憶。

在我的理想藍圖中，記憶消滅後的我，可以跟一般人無異地生活與社交，可以工作，也可以說笑話，或許還更博學多聞，可以背誦莎士比亞的長句，再加上五湖四海中所有的水壩名稱——為什麼要記得水壩的名稱？我也不一定要記得水壩的名稱，把它換成別的東西也成。總之，我想我可以在外觀上打扮成一個有記性的人，但就是不需要有「我的記憶」了。這很難了解？難懂？讓我先說說，我是怎麼發現這件事是可能的：我完全是無意之中發現的。

我第一次夠有意識到這件事，是在惠妮休斯頓死去的那幾天。

惠妮休斯頓是誰，現在你很容易可以在網路上查到，如果你想知道她這部分，你自己去查就是了。假如資料有錯，我也沒辦法，畢竟我對她知道的也不多。雖如此，我這一生至今為止，卻一直小心翼翼提防著她，彷彿她是我人生中最大的敵人，那樣提防她活了過來。但是她始終陰魂不散。我想想看，這要打哪裡說起呢？

惠妮休斯頓唱過一首歌，叫做〈心碎者何去何從？〉。在我十三歲時，有個人，提示了我這個歌名：我說提示，真的是種提示。這人說：如果妳想聽英文歌，妳可以聽這四首。然後有張字條就交到我手上，上面用英文字寫了四首歌的歌名與歌手名。

這四首歌分別是芝加哥、混、皇后合唱團以及那首我說的惠妮之歌。我之所以把它們都交代出來，是因為這些歌與我的記憶關係錯綜複雜。混與皇后合唱團的主唱，他們竟然都同志甚深——皇后的弗萊迪，我之後還會提到，他因為愛滋去世，還是這四個歌手中最長年陪伴我，成為我整個精神上美學空氣的一個——一個聲音。

弗萊迪是個在英國的帕西人，他跟坦尚尼亞和印度都有些關係，我們談了那麼多的後殖民大師霍米巴巴，巴巴的帕西背景什麼孟買雜燴之類，但是天啊天啊——啊不是的，我的重點並不是同性戀或後殖民，何況，我雖然知道一個男人的樂團，叫自己皇后叫自己QUEEN，大概不會正常到哪裡去。但要說我就嗅出什麼同性戀的東西，可就差遠了。我沒特別感覺到這部分，就像「性」一樣，我不是不知道它的存在，也不是全無聽聞或經驗，但它終究是很混沌。當一切還在我年紀輕輕的生命裡時。

QUEEN對那時的我來說，自自然然地——只等於音樂——當我崇拜地說到，QUEEN的人聲與配器真是無與倫比，我從沒想到什麼同性戀或是後殖民東西。直到有天，我已經過了三十歲，我在上完床後，在床上提到QUEEN的音樂特殊性，從當時男人深受傷害的臉色，我才忽然意識到：我可真是漏掉某些許多人認為「理所當然的東西」了。附帶一提，當時我人不在台灣。我雖然離QUEEN的所在地只有一個海洋，只要坐個什麼之星的火車就會到達，但我對它的認識仍完好地以台灣青少女的記憶所保存，我的地理位置並沒讓我新學到什麼，我想到有個「理所當然之事」，是在床上發言不慎之後。

理所當然的東西，是什麼東西呢？我之後也許會說到，也許不會。但現在讓我回來說惠妮休斯頓。在我的青春期，我沒聽過其他三人的事蹟，我喜歡音樂，但我是對流行慢半拍的那種青少女。一直到「混」解散了，我才知道有這個樂團。我可以說一件事，讓你明白我是多麼經常不在狀況內：當我讀國中時，我的國中發起過美化廁所的運動，是真的，不只是運動，而且還是全校競賽。敝班級還拿了冠軍。哪個國中那麼無聊？就是台北市的一個國中。你覺得這很無聊？那我很慶幸地告訴你，我對這個競賽一點貢獻都沒有，但我還記得這事，是因為在美化廁所的過程中，我得罪了班上的一個同學。她把心愛的「杜蘭杜蘭樂團」的海報帶來，深情地將她的偶像指給我看，因為我是一個樂意與人為善的好同學，我於是認真地看了那海報，並以同樣深情地回答她：「這人的臉長得像小鳥的臉耶！」——結果導致這個同學，氣得一星期都不願意跟我說話。

大家崇拜的都是歐美的樂團歌手嗎？也不盡然。那時還戒嚴啊。現在的七年級[1]對戒嚴是怎麼回事，一點概念都沒有。有天有個七年級告訴我：「『戒嚴』這兩個字只會讓我們想到，那是很久很久以前發生的事，就像『古早味』一樣。」我差點沒翻臉：「台灣戒嚴三十八年，是全世界戒嚴最長時間的國家，別的不知道，至少這點妳要記得呀。」但她會記得什麼呀？就算她如我所說，記得「戒嚴三十八年以及破世界紀錄」，你說這就算記得嗎？那不過就是一堆字罷了。不可能地，記得——是不可能地。

所以我說記憶這事不是那麼簡單，用文字記起來的東西，或許是最空洞的。七年級的絕不會像我們六年級的那樣記得戒嚴，但四五年級的，你知道嗎？我覺得，他們又記得太牢了，有時會讓我想說：難道你們都忘記，已經解嚴過了嗎？真的。去年我碰到個四年級的做紀錄片的，他說到二二八，竟然還很噤寒，他說到王添灯的弟弟，卻不敢把王添灯的名字說出來。散場後我忍不住去找他，問：「你說的王姓二二八受難者，是不是就是王添灯呢？」果然就是。

我為什麼知道？我告訴你，這裡面有個很美的東西，我始終忘不掉。王添灯是開茶行的（紀錄片的主題是茶不是二二八，但茶和紀錄片說真的也不是我的興趣，我在因為走錯地方才聽到這場演講的），他們說，王添灯女兒小的時候，茶行的工人們會把她擲到茶行中的茉莉花茶叢裡讓她玩，當然這一切是發生在二二八事件之前——啊，我真是忘不了這個意象，茉莉花茶叢我從來沒見過，茶我也老實告訴你，我沒什麼研究。不過這個把小女孩丟到茉莉花叢裡的故事，不知道為什麼，我就是忘不了，如果有天我忘記了，我真希望有人能記得。就是因為我記得這個茉莉

1　意指出生在民國七十年到七十九年（西元一九八一～九〇）間的一代，與在校年級無關。台灣用來代稱世代的流行用詞。

花叢的故事，我推論出那個四年級的，說到的人是王添灯，那個四年級的人，說了真多有關茶的事。我跑去說「王添灯」這三個字，可以說都是因為茉莉花叢的關係。

為什麼？因為我猜，我只能猜，那個小女孩，你想想，之後她能多麼記得茉莉花叢嗎？我想是不能。她或許還記得。但是你想想，之後發生了那麼多事，父親失蹤且被殺害，且這一切都是在很侮辱人的惡性沉默中進行地，就算她記得了童年時代純粹的感官與愉悅，你能想像，那份純粹，不被後來的悲傷與苦難，弄得變形扭曲嗎？茉莉花香可能還是那麼香嗎？所以說，茉莉花叢中小女孩的記憶，嚴格來說，或許是不存在的。說它是記憶，不如說它是種「不可能的記憶」。

記憶是最殘酷之神，不在於有殺戮與不公正，而是我們從來沒有「一個」記憶。總是會有第二第三或第四，如果一個人非常非常幸運——這種異常的人我沒有碰過，如果你碰到不妨介紹我認識，這種人要不他很早死，就是很呆，再不然就像我打算實驗的，有計畫地消滅了記憶——讓我回來說「幸運」這事，我想只有非常幸運的人，他的一二三四記憶可以彼此不相互下毒、吞噬與侵害——。這種事，我想是不可能的。最可能是這人很呆，一生既不經過什麼，也不存取什麼。但一個人縱使被囚禁或癱瘓在床，也無法達到這境界。人就是人，除了腦病變，總是有記憶的。這真是個大不幸。

這麼說來，難道，妳是為了得到某種幸運，才決定要消滅妳的記憶？是啊，不然你以為是怎樣？你不要因為我打算消滅記憶，就把我想成個齜牙裂嘴的劊子手或狠心的人。我自認，是個相當愛惜自己的人呢。如果你願意，你也可以稱我為「追求幸福的人」。這你，或是任何人都不能反對吧？你沉默，表示你對此有意見卻難以表達。這也好，任何一種態度最好都有一個沉默的反對者，這可以使一種態度，不至於成為絕對。

我國中時，紅星都是香港的，劉德華或郭富城，不過你不能寄望一個少女時代在男歌手臉上會看到鳥臉的人如我太多，你可以去查查什麼流行歌曲社會史的東西，為什麼那年代少女崇拜的都是香港或歐美歌手。我想你可以得到驚人的發現。我記得劉德華和郭富城，也是因為廁所美化比賽的關係。因為後來有女生抗議，在偶像的眼神凝視下，會尿不出來。我？我不會。我不會尿不出來。我當時有很多煩惱，連去上洗手間時，都是心不在焉的。我甚至沒有注意過那些海報。但是對其他的女生，事情就不是這樣啦。所以啊，最後那些被費心貼在洗手間的明星海報，又被費心撕了下來。

這樣的事妳也記得，妳記性可真好。當然囉，如果我是要消滅毫無價值的東西，你想這事又有什麼意思呢？

記憶，或許是我最擅長的事情了。我從很小、很小、很小開始，就非常有意識地鍛鍊自己。我可以告訴你，我的前半生啊，都是在「我絕不忘記」這五個字的鐵律下度過的喔。只是有天，我的想法改變了——。徹徹底底改變了。

回來說QUEEN，我沉浸在他們的音樂裡，卻連他們的臉都沒好奇過，更不要說他們的性傾向或性生活了。但是惠妮，一直有人告訴我，她「其實是女同性戀」。也不知道這能不能說是奇特的同性戀文化，總是會有人不停告訴妳，孔子或耶穌「其實是同性戀」；白雪公主或媽祖也都

「其實是同性戀」。但是沒有人知道，「其實是同性戀」，到底是不是同性戀。或說除了「其實是同性戀」之外，有沒有誰是「其假是同性戀」。你問我是不是？是不是同性戀嗎？

那要看你認為，一個人有沒有可能了解他自己。我可以告訴你，我贊成某些事、不贊成某些事，那是一個意見或想法，可是關於「我」這個東西，「我」這個奇怪的東西，我可以說的是，每當我要在它之後加上等號，等號之後往往就還有括弧，而括弧之後，又有小括弧——有時還有無盡的問號。這就是我的問題。我想我是一個記憶大於定義的人。當定義想要推翻某些記憶時，我總不讓記憶倒下，你知道，就像希臘神話裡的薛西佛斯，石頭滾下來，我推上去。你放心，我並不像你想像地，對這問題刻意保持沉默，因為我正要說到，關於惠妮的那首歌。說真的，一直以來，我都毫不關心惠妮其實或其假是個同性戀，她不是我生活中的人，關於她的謠傳，我聽到時，也不過是在心裡「哦」了一聲。完全說不上相信，或是不相信，因為我並沒有那種需求。她對我的影響是在另一方面：她讓我想到，那個遞紙條給我的人。

你會經要某人去聽某音樂嗎？或者如今日，你會從 YouTube 寄歌給某個人嗎？這種事，我至今也還在做。有時我寄，有時我收，用網路語言來說，這叫做「分享」。這是一種友好，或是尋找同類的表示，我想。這一點都不嚴重。事情本身可以說是平淡無奇的。

但是當我十三歲時，這事被我賦予了特殊意義，之後這份意義如滾雪球般跟隨了我前半生。我接受那紙條如接受愛情。幾乎是幼稚的、完全是天真的——但是既然我已打算消滅我所有的記憶，我也就不需保護顏面地告訴你——我愛那個寫紙條的人，愛得一塌糊塗。這是我人生最不堪的祕密，我知道那種東西：那種下流的、失心瘋的、動刀動槍血濺四處上了社會版的狂愛——與那些社會版的主角們唯一的不同是——我沒有表現出來我真正的感覺——取代成為一個尊嚴掃地為愛瘋狂的人的是，我苦苦地成了一個，一心一意，聽音樂的人。

你在我的事蹟上看不到這個部分，我所做的最不優雅的事都在我心中：那些我的記憶。

有一年，那是離我十三歲那年，超過十年的一個年頭，我在一個無聊的會議上巧遇那人。我們在會後不巧地成為四人一組的那種會後寒暄的社交狀態，我身旁站了一個完全不知情的同事，那人身旁站了另一人。而僅僅是一分半鐘地想到那人旁邊站著的可能是其情人，我都必須握緊雙拳克制自己，立刻、馬上、不由分說找一片牆將自己撞死的衝動——都已經過去超過十年了，怎麼還會是這樣？你說我能不害怕嗎？人能不害怕這種東西嗎？而那並不是我唯一的戀愛。所以我知道，並不是戀愛就會導致這樣的狀態。在我清醒的意識中，我也並沒有懷抱想要舊情復燃這一類的想望，然而一旦這人出現，我就彷彿只有十三歲或是只有三歲那樣，所有的血液都打著如巫毒般「我要我要我要」的叢林鼓聲：但是我要什麼呢我要？

我不願意說這是愛。

但是瘋狂不只是殘暴無預警的，有時它還能忍耐、不動聲色以及精心策畫。依然是離「事發」當年超過十年之後，有一天，我必須陪當時的情人去開會（又是會議，我可以說，仍然是個無聊的會議，情感的激狂根本不需要酒精或任何情色布景的協力）。我很擔心也許會在會場又碰上那人，因為那人雖不至於老是與我出席同一個會議，但那陣子卻在會議地點不遠處工作。我擔心的不是我又有可能想撞牆，我擔心的是，在忠於我當時情人的這種態勢下，我將不能對那人流露太多關懷之色，無法對其假以顏色：我是一個有人性的人，即使背著我的情人，我也不會不知分寸。可是我不希望我處境下的貞潔，變成一個傷害那人的可能：我不要愛，但是我也不要傷害那人。我曾經是這樣的一個人。於是我做了一件事。

在知道我不再能在言語上、行為上、臉色上，對那人表示什麼之後，我穿上我十三歲時的一件黃色襯衫出門。由於我的身量與我十三歲時相較，並沒有很大的改變，我穿上那件黃襯衫，並不顯得太突兀。但老實說，我上高中後，就沒有再穿過那衣服了。我還保有那件「小時候的衣服」，真可以說是那天，不大不小的一個奇蹟。

是的，我打旗語。就算我給不出愛，我要給出「我沒有消失」。——這事真可怕。這種柔情與謹慎，這種理智與固執。在會議結束離開會場之前，可以說是那一天的最後一分鐘吧，我和當時的情人，竟然真的迎面遇上那人。如我所料，我什麼也不能說，也不能做，但我的黃襯衫就是時光的密道。是我最卑微的懇求與歉意。那天深夜，午夜三點，我接到那人電話——藉口尋找一本書或是一個不痛不癢的消息——我們什麼也無法說。但是我知道我們都過不去的一個東西——那種在凌晨必須打電話給對方的，不名譽的、無希望的，黑市感情。

我的阿嬤曾經因為窮困，放棄了她其中一個兒子。將他交給一個富有的家庭領養時，她承諾再也不與她的兒子見面。但是在後來的許多年裡，阿嬤不時地派我的姑姑，男孩血緣上的妹妹當間諜，打探這個兒子的消息，知道他是否健康平安、就讀什麼學校、成績如何。阿嬤確實沒有違背她許下的諾言，但是這種感情，這種祕密的牽掛，我覺得就是我的黃襯衫。

你要我說說那人？我是怎麼遇到的？這件事最讓我為難的，就是如何描述。記得我之前跟你說起我們國中的廁所吧，當時不只是我，我的其他同學也注意到這事，她們都說：見到朱雅瑟進女廁，就是覺得怪怪的。這是什麼意思呢？這個意思是說，雖然小朱和我們一樣讀著女生班，但小朱的舉手投足，就是讓人難以想像，她跟我們一樣——這可能要讓人誤會說小朱長得像男孩——但說真的，又不是。她雖然不像女孩，可也不像男孩——要說她生得像個怪物，都比說她像個男孩或同性戀，讓我覺得貼切多了：古怪而美，像是神話或童話裡的，半人半馬或是我不知道——有人會覺得那是魔鬼或妖精也不一定。總之她沒有長成夠普通的樣子就是。但是是好看的，非常好看——當然是以我的標準而言。這也是非常奇特的一件事，在遇到小朱之前，我是個相當一般的女孩子，找不到什麼線索，使我在不久後，會對一個在氣質上，奇形怪狀之人，產生極大的依戀。這件事情回溯起來，幾乎是難以解釋的。

我就是接受她。這事我不是經由任何教育，或是文化薰陶才有的，我不能騙人說是因為我特別開放、叛逆、先天上就對同性戀沒有半點偏見，因為事實上並不是。我只是一無所知。我也知道，現在有人在努力做些同志教育啊什麼的，我不懷疑那是件好事，不過說真的：會愛就是會愛，教不教育都是沒差的，或許要教的，只是那些不會愛的。我記得當時看過一些倪匡的科幻小說，在跟同學聊天時，我常說：別讓我遇見外星人呀，別讓我遇見外星人呀（那時我很相信一個人一不小心就會在街道的轉角，遇到偽裝成地球人的外星生物）。我真的沒那個膽子。我可以說是，既沒有冒險精神，也不十分有好奇心的膽小女孩子。事實上，小朱那奇怪勁，我想讓我遇到個外星人也不過如此，但我做了什麼？我既沒有繞道走開，也沒有轉眼不看這個外星人——相反地，我愛上了她。

小朱有次對我說道，如果她是個男孩子，她就要娶我。我大吃一驚斥責她：妳這樣說，我們豈不要變成同性戀了嗎？——我雖然愛著她，卻搞不清楚狀況。我不停地想要見她，想要跟她說話，我知道這是愛，就因為這是愛，所有其他一切都變成次要，或說完全不重要；但我完全沒想到這跟同性戀有什麼關係——那時候啊，同性戀就只是個罵人的詞，不用細想，就不覺得那跟自己有關係。那時流行的說法是，同性戀等於天譴，我怎麼可能等於天譴？當時我才覺得自己分外端正美好，因為戀愛，我甚至不手淫了，為的就是使自己更明亮更潔淨地去愛人。是真的，我自動貞潔起來了，那真孩子氣。不，我沒忘掉，雖然一個人的春夢記事或日記上的圈圈叉叉——不，我當年並沒有前衛到會在日記上記下這樣的事——我會這樣說，是因為我知道安徒生都是這樣做的。他一手淫，他在日記上就會以圈圈或叉叉代表這事。很有意思，不是嗎？這些斑點——，我是這樣說的，不是汙點，但也未必適合文字呈上，我叫它「這些斑點」。

但是我說起這，為的不是說戀愛這事，而是因為這個經驗，使我在記憶上吃足了苦頭。最不對勁的，不是小朱不男不女這個一個人外在氣質的問題，而是她激起了我不可理喻的強烈情感。這情感反映在人身上，在我身上，就是記憶極端的活躍與頑強，那是一種全自動全天候的反覆播放。她不出現在我眼前，就出現在我腦海。對我說話、聽我說話。這是相思病，你說。我想沒錯。

然後有一天我就決定了，我不能再這麼下去。我或者是扔掉了或是打包收了起來，所有使我變成戀人的東西。我獨自摸索出消滅記憶的第一個技巧，那就是「從文學轉向理論」。我從一個文學少女一變為理論少女，我讀所有人們稱為「硬」的東西：文學批評、精神分析、人類學、馬克斯——主要是因為對我的年紀來說，那些東西非常難讀，有時一行要反覆讀個三五遍才能懂。然後我就告訴自己，戀愛的幻相是種虛假意識，但其實天知道真相是什麼？你知道，就像人們傳說的，睡不著的寡婦會將豆子撒個滿地，再一顆顆撿起。那些年，知識，就是我的寡婦夜豆。

有天我發現我成功了。你不要看我說得容易，在當時，那是每一天每一天看不到終點的奮戰，每天我從早晨睜開了眼就開始想念她，就算刷牙時也感覺得到她的存在——那個勝利，我甚至記得它來到的精確時間點：那是一個星期天的早晨，時間大約剛過九點鐘，我在飯廳裡替自己弄了紅茶與吐司麵包做早餐，我是一個很有規律的小孩，我偶爾會蹺課或有功課沒有複習，但是每個星期天的早晨，我固定利用那段時間，把該趕上或補起來的東西，在沒有人的飯廳中做完——幾個數學題目、一章歷史或地理。我喜歡在飯廳上的大餐桌上做這，每個星期天，家裡人都會睡到中午才起，我可以一個人使用那整個空間——你說我說起這，充滿了懷念？是的，我想是因為那樣一個小小的儀式，最能說明我是一個什麼樣的少女，像一種安靜的自我介紹，自己介紹自己。不像戀愛，它闖入，卻讓我無法說明我自己。是的，這當中剛好，有種強烈對照。是的，因為那，就是人們可以稱為「完美時刻」的東西，即便人生不快樂，痛苦揮之不去，人都還是有這種不為人知的「完美時刻」的：就像，即使是一個到處流浪的蹺家小孩，也會在她的暫時棲身處，專心地、安詳地洗刷她的後背包，並在有陽光處，以幾個衣夾晾起那個背包。安穩是一種內在節奏。環境有時會奪走它，但也會交還它。

我說到哪了？我說過在那樣的早晨，我總泡紅茶來喝嗎？那很簡單，立頓黃牌紅茶，茶包丟下，熱水沖。然後，就在第一口紅茶入口之際，我準準地感覺到我終於擊垮了纏繞我的強大記憶：那一刻，就在那一刻，我注意到我「開始」沒有那麼記得小朱了。當時我十七歲。我小口小口啜著紅茶，心裡無邊的淒涼、平靜與感謝，這麼多的努力，就只是為了這一刻。那帶著溫度的茶澀味，清楚地像游泳池邊的水深刻痕：我終於忘了。如果這個遺忘的滋味是如鋸齒狀小牙尖尖，排排列列地甜美，那全是因為，之前的鎖鏈束縛非常牢不可破。此後，我將會以另一種方式記得：較不帶感情、較有距離、最重要的是，較不痛苦地，記得。消滅記憶，首先是消滅它的強度，不是內容物，消滅內容物，還需要更多時間與準備。

我相信這事大部分的人或多或少都經歷過，都能懂得：我們都在消滅記憶。不再見一個人、不再抄某個電話號碼、不再去一個地方、當收音機裡傳來某一段音樂時就轉台。我舉了一個最通俗的例子，但是值得消滅的、需要消滅的記憶，並不只有年少戀情一項。但我需要先提提有關小朱這一段，因為它在消滅記憶這事上，是個重要標記。

黃襯衫？不是，那不是我們國中校服。你想我如果穿了個國中制服在身上，我當時的情人不會問嗎？不是，我沒有那麼拙。那是一件黃底灰紋質料有點軟軟的那種襯衫——家裡剛帶我去百貨公司去買了的新衣——說到這，真讓我想到我當時是多麼年幼，還不會自己去買衣服——

嗯，就是買了新衣的次日，我想讓小朱看我穿新衣的樣子——你瞧，我當時真是還像小孩子一樣。學校裡當時是沒有課的，是假期，我國二，但是小朱國三了，要在學校自習。我就那樣一刻不能等，穿得像過新年那樣，跑去國中找小朱，只是要讓她看一眼。嗯，那時候，就是一定要給她看到，然後聽她說「真好看，新衣服嗎？」這樣，才能完事這樣。要說愛情，說起來真是些很單純、很普通的事。我身邊沒有其他人，會對我說這種話嗎？你問我，我媽不會對我說這種話嗎？

嗯，我媽。我想是不會。要是她說了，我恐怕馬上要憂慮了。我記得我小學六年級時，她帶我去買新衣，給我買了一件白色襯衫，但我不知道原來她喜歡，才第二天，她就跟我說好說歹，非要我把那白襯衫讓給她。那衣服後來就給她了。不是，不是只覺得我被耍了，那裡面有種很陰森的東西——當然啦，這事也許不像表面那麼單純。我會慢慢說到。從我現在的眼光來看，那當中真正令人坐立難安的東西，應該叫做「放縱」。我媽從不大吃大喝，也沒有購物狂，她的放縱是相當特殊的形式，如果我以看待人類而非母親的角度看待那許多巧妙的放縱形式，我想我會覺得非常有意思，就像植物學家發現古怪又有生命力的莠草——但多麼可惜，我不是植物學家。

如果要我說，我為什麼喜歡歐洲甚於亞洲，有一個東西是再清楚不過的，像我媽那樣跟兒童爭衣爭穿，如果我在歐洲跟人說起，我媽多半都會立刻歸類為是「戀童癖」的共謀，除非你是要搞表演藝術或是大作怪，不然，沒人會公開讚許二十歲以後的女人，還跟十幾歲女孩搶衣服穿。要是你身邊有人是比較重教育什麼的，甚至馬上就會請妳去跟心理醫生談談。

當然歐洲人也偏愛青春，希望看起來是年輕、有活力的，但是那跟在亞洲，過了二十歲、過了三十歲、甚至有過了五十歲的，還不斷要把少女意象往自己身上抹，我真覺得那是十足的殺氣騰騰——有個恐怖片就以此為主題。有個女孩有這種心理病，強迫思考導致心靈影響身體，到了老年看起來也還不到二十歲，也不長高，全身上下只有牙齒才會露出破綻，真是一個童姥什麼的。當然啦，這種商業娛樂片很能鼓動觀眾的情緒。當時我在巴黎的一個戲院裡，演到關鍵高潮，一整個戲院都敵慨同仇地替童姥的對頭加油，激動起來，整個戲院的人竟同時出聲叫陣——我是經常去看電影的，觀眾在影片中間就如此投入到一起大喊大叫，我是頭次見到。不用說啦，人道那面，我覺得還是要對童姥有點憐憫，但不那麼人道部分嘛，我也是覺得好開心、好紓解：斃了她的好。斃她千次也不夠。只可惜現實中沒那麼便宜，那些童姥嘛，不只多半斃不死，還是你媽、你阿姨或是你丈母娘。

昨天我去圖書館找一本音樂方面的書，站在一排排音樂書前面，剎那間，了解到我對我媽有多恨。事實上，那是每一次我接觸到音樂方面的事物，都會湧起的憤怒。近來我開始消滅我的記憶，我似乎變得比以往更敏感——我經常感覺到，我心靈的微妙變化。

我是喜歡音樂的，問題是，我媽也是。我從小學鋼琴小提琴，還上過一年多的理論作曲（這件事有我所不知道的隱蔽意義，我以後會說到），當年台灣還沒有這一類的教材，用的還是從德國飄洋過海來台灣的德語書。每次老師把作業本上的德語翻成中文給我們知道，我們才知道該寫哪些和弦。小學時，我常常在去作曲班的公車上，跟著公車搖晃，一面掐算音程。那是個超級不熱門的課程，從一班十二人到最後剩下堅持的兩人，我是其中一個。而如果不是在拜師的半路上，我跟我媽吵起架來，我學過的樂器名單，原來還要加上長笛。在我有記憶以來，我經常就是班上鋼琴彈得最好的女孩子——嗯，所以我也常常是合唱團伴奏。音樂，我可以告訴你，它絕對是一種，可以占據人極大生命空間的東西。

像這樣音樂活動滿檔的小孩，是沒有時間恨她的父母的。或許我是很偶然間，領悟到這個狡猾卻重要的事實。十五歲時，我在心中做了這個艱難的決定，我決定，我要放棄音樂。

不是我不喜歡音樂，而是這事與脫離我媽有關。音樂與我媽，它們有某種相似性，我可以告訴你我十五歲時的感受，這感受當然受限於我那個年紀的閱歷與思考能力，但我還是確實思考了，我認為：音樂與我媽，兩者都沒有良知。

你知道那個著名的故事？柏拉圖如何警覺到藝術的危險性而放棄藝術，選擇成為哲學家——有點可笑？不完全。阿多諾的那個名言：廣島原爆之後，寫詩成為不可能[2]。克莉斯多娃在她的書中，寫了一個幾乎像黑色幽默的接句：「然而在阿多諾說了這句話之後，策蘭繼續寫詩。」策蘭的詩，是的我讀他的詩的。策蘭後來跳了塞納河，我經過塞納河常想起，這是條有這麼多文學屍體的河——。當然不是每次。偶爾我也會只覺得風光旖旎。不，柏拉圖那東西我不是小時候讀到的，我不是一個漢娜鄂蘭[3]。我是很久以後，讀大學時才讀到的，我讀到的當時，只覺得，

2　正確說法是，奧許維茲集中營之後，寫詩成為不可能。小說敘述者把原爆疊合至集中營之上。

很辛酸，人要做出這樣的選擇；很辛酸，因為我愛音樂甚深。

我是在這樣的背景下，選擇了文字，選擇了小說。在這件事上，我媽認為我選擇了做為我爸的女兒，而非她的，因為文字或小說，她完全無能為力。她失去了控制權。不，我爸不是文學家，他連個文學讀者都算不上。如果把文學比做凱撒，他就是個刺殺凱撒的布魯特斯。

「吾愛凱撒，但吾更愛真理。」[4]——這是我從小經常被他灌輸的一句話。不過撇開莎士比亞的戲劇，歷史研究顯示繼任的安東尼很不怎麼樣，他在政治上很無能，閒時還喜歡炫耀他的肌肉發達。不過這是題外話了。我爸在文學上完全是個低能兒，他會寫的只是語調鏗鏘的演講詞，一些政治人物在競選或謝票時嚷嚷的那些東西，他在這方面大概算是出類拔萃了，我想他的一些講稿甚至給些總統候選人念過。出類拔萃這詞我是遷就他的個人觀點來說，在我看來，那只有幼稚可言。我在副刊發表第一篇小說時，他心情糟透了，他原來是想培養我從政，這樣他可以整天在我背後寫那些競選玩意，但是我弄起文學來了，他很清楚他對文學之不行，一如我媽對文字之不行——我這是正面向他宣戰，並且第一戰就告捷。——不過我媽是不可能弄明白此中「差之毫釐，謬以千里」的東西的。對我媽來說，我爸和我一樣，我們都是「很會用成語的人」。一個顏色，一個國家。當然她是錯的。

我告訴你我怎麼恨我媽。她在碰到我時，老要跟我談音樂，說她多喜歡多喜歡哪個音樂家。當然她的喜歡也是真的。不過我認為，除了那，她真正要對我說的是：「妳放心，我不在乎妳，就算妳成了小說家，那對我可沒有什麼差別，那對我來說，可沒什麼。我喜歡的是音樂。是音樂！懂嗎？」或許她自己，也沒清楚意識到她對我的恨。對於這種心照不宣的東西，我通常虛偽地報以假笑並且問她，需不需要我用網路幫她報名音樂講座呢？因為她不太上網。她就會急忙說：不用不用！如果我還替她報名，那也顯得我太沒被傷害到了吧？然而那天我在圖書館，面對一架子音樂書，我忽然連指尖都發抖起來。

當然我不會告訴她，更不會改變她。那太不自然了。或許這也是我作為小說家的變態之處，我不反擊、不自衛，我比誰都歡迎傷口上的鹽。因為我真的想看到的是：人的深淵——可以有多深。畢竟我不是我媽，我了解，文學，從它的開始到結束，都與用不用成語，一點關係都沒有。

幾年前母親節前後，客串一日孝女那樣，我買了票，請我媽去看兩廳院在上演的音樂劇《渭水春風》。那是我從歐洲回到台灣來後，看的第一場表演：如果反國光石化時，「拷秋勤」那些樂團不算的話。我原來也很擔心：殷正洋能唱蔣渭水嗎？我不覺得蔣渭水那角色，光用美聲可以撐起——結果令我非常驚訝。我以前沒有喜歡過殷正洋。在音樂屬性上，我一直學古典的東西，但我更喜歡噪音或重金屬：他們力求失真的嗓音，我認為那才是音樂中的音樂。我媽也喜歡嗎？喔我但願不至於。我當然沒有介紹過她聽，不然她恐怕是會想插上一腳的。我知道，這幾年她自己

3　漢娜鄂蘭在年幼時，即立志成為哲學家。但成年後放棄，轉攻政治理論。

4　這是兩句不同來源之話的合併。布魯特斯說的是「吾愛凱撒，但吾更愛羅馬」，亞里斯多德說的是「吾愛吾師，但吾更愛真理」。這個「吾愛」開頭的句式，是台灣長年政治評論者愛用的辯論起手式。

會不遠千里跑去聽「春浪」，但說真的，我寧願不繼續想像下去。《渭水春風》演出時，我哭了好幾次。自己都覺得很不好意思。我不得不在中場休息時跟我媽解釋：我只是想到我青少女時，那時絕對想像不到可以有這一天——看到台灣史的東西在國家劇院上演。國家劇院那時就有了啊，三月學運五月學運，國家劇院是個布景嘛。差別嘛，就是那時候沒有摩斯漢堡吧。高二時有個同學帶一本宋澤萊的書到學校裡，你知道書名叫什麼嗎？叫做《大聲喊出愛台灣》[5]，我們緊張地傳來傳去，像是那是個未爆彈。那就是個禁忌。書也許不禁了，但心理上我們覺得它與違禁品不遠：就算不是海洛英也是大麻，你懂嗎？不可以的。那個書名。今天你讓一個七年級看，保證他覺得莫名其妙，愛台灣都可以寫在餅乾的包裝上了，「大聲喊出」是什麼意思？是發生了什麼事，要大聲喊出那麼普通的事？

後來我媽和我去附近的一家豆漿店吃消夜。我就說啦，那些保存語言與記憶的重要性什麼的，你知道歐洲他們經過集中營的慘劇，多的是這一類的討論。我有那種愛好歷史的癖性，不是懷舊，更像一種，對科學精神的追求。我說著說著，我媽說了一句話，我就閉了嘴。她說：「妳真是像極了妳阿公——阿公還在世時也常說，不能讓國民黨毀了我們的語言與文化。」不不，我阿公不是什麼名人，不是。——剛剛說到國家劇院不是嗎？

有次我從凱達格蘭大道離開，大概是反核之類吧，我因為去找便利超商上洗手間，所以多走了一些路。走到國家劇院不遠，和一群也是從方才集會遊行散開了的人同在一起，等一個紅綠燈。幾個女生，不認識的，但其中有個是呂赫若[6]的後代，正在說一個笑話：有天她碰到個人，那人告訴她說，他是某某某的後代。這個人名我不太確定，因為當時有車聲與風聲，聽著像是鍾浩東。但也許不是。然後這個呂赫若的後代就說啦：那正好啦，你外公是某某某，我外公是呂赫若。其中一個女生就問啦，那你們有沒有相擁而泣抱頭痛哭。這時這個呂赫若的後代就說了：「才沒有呢。我們同時說了：幹你娘咧。」這群女生就一起笑得東倒西歪——不過這不是我要說的重點，這之後，這個呂赫若的後代又說了，非常語重心長地：「呂赫若是個真正的才子。」

沒有人接她的話。我想是因為她們雖然知道呂赫若是個名人，但她們沒讀過，甚至不太有聽過。我當時很想開口道：這是真的。Je peux vous confirmer（我可以向您證實）——當時我剛回台灣，情急時頭腦就會出現法文。但我終究沒這麼做。我等著等著，但都沒有人說話。

我心裡很難過——你可以想像卡繆或雨果或沙特好了，嗯沙特應該沒後代，總之那就雨果的後代好了，要對同儕說：雨果是個真正的文豪。就連對我這樣的外國人，一個法國人都不必這麼說。當然不是說介紹呂赫若介紹得彷彿他是個地下樂團的主唱那樣，就會怎麼樣。不過這還真是慘啊。而且現場既沒有人說：「那還用說。」也沒有人接口：「我有讀過耶。」——彷彿呂赫若還真是個地下又地下，來自愛沙尼亞的鞭笞重金屬樂團主唱。而且成軍不過一個月。臉書上只有十個朋友。

5　此處小說敘述者記憶有誤，正確書名是《大聲講出愛台灣》，正確作者是林雙不。

6　呂赫若（1914-1952），小說家。有台灣第一才子之稱。

要是她可以不用說「呂赫若是個真正的才子」——該有多好！

我是說，要是記憶這事，可以完全擺脫掉家族血緣而存在就好了——。她覺得有責任告訴大家，呂赫若是個才子，因為她直覺，家庭之外的人的記憶不可靠，人們不會有效地、持續地，記得此事。她的同伴們的無言，證明她的判斷沒錯，在我們生活的這個歷史時間點上，人們還不怎麼記得呂赫若。所以，她仍然是無法消滅她的記憶的人。這件事，真的，並不美。

我認為美麗的事是，說到呂赫若時，她可以說：「說真的，雖然他是我外公，我卻不知道他是誰。」

「我有讀過他的東西。」一人道。

「我聽我姊姊說過，呂赫若他們很了不起。雖然我沒讀過啦。」一人道。

「妳竟然不知道妳外公是誰？連我都知道。」另一人道。

如果我們的記憶，可以在別人手中生長，那該多好。如果我們的記憶，留在我們手中，那都是不得已的，那是一種情非得已。沒有人願意去的勞動服務，沒有人要出來選的班代表。有些個人記憶它像這樣。別無選擇。記憶的別無選擇，是人生的最高刑罰。我付出過代價，我懂，並且我要停止它。

我外公不是呂赫若之流，他是個普通小學教師。但不管他是誰，我一點都不願意像他——因為像他就是像我媽，像我媽就是個大災難。或是音樂或是台灣史，這兩者總會有一個東西讓我和我媽看似和解——而那個和解東西，無論表象或實質，都是我嚴厲拒絕的。我放棄過音樂，我或多或少也放棄過台灣史，但我要走得更遠更遠，你會看到，我消滅我的記憶。

我消滅我的記憶。妳說過，妳先是消滅它們的強度，但再來呢？我是後來才知道，消滅強度，我就幾乎成功了百分之九十九。但問題是，就算是躺在玻璃棺材裡的白雪公主，也會有什麼東西讓她睜開眼──那是什麼東西？王子的吻？我想起來了，這個故事要是隨便聽聽也就算了，但如果你認真地慢速播放那個經過，你不覺得挺可怕的嗎？不管是白雪公主雖死非死，或是只因為被以為死去，那什麼王子就去親吻她──好，反正童話就是那麼回事。不把恐怖當恐怖。但就像都躺進棺材的白雪公主會睜開眼，我以為已經沒什麼生命跡象的記憶，有時也會忽然冒出來，像壞了千年，不經修理就自己好了的咕咕鐘：嚇死人地開始報時。小朱，第一個我曾經想忘卻忘不掉的記憶，就讓我不止一次經歷了這事。

我離開台灣的那十年，本來是個很好的契機，讓我完全忘記小朱。我自己很清楚。所以當我抵達另一洲時，我身上沒有任何東西，是讓我們可以互相聯絡的。沒有照片、沒有地址、沒有電話號碼──那時電郵信箱已經開始使用了，但還沒有全面流行起來。想到這，我是非常快樂的。我覺得在我二十七歲時才坐上的這個飛機，是我十三四歲就想坐的。我坐上的雖然是普普通通的民航機，心情卻像是坐著一部好萊塢電影無緣無故就要出現的噴射機，〈乘噴射機離去〉，是的，啊是的。在我心中有著噴射機，越遺忘，越快樂。

我幸福地過了幾個月。幾個月。有天我走進當地一間放藝術片的電影院裡，坐著等電影開演，突然，電影院裡開始放惠妮休斯頓的那首歌。波赫士有個故事不是說了嗎？有個人聽說他某年某月某日會碰到死神，因此拚命逃跑，一直跑到個沙漠；結果他和死神就在沙漠裡相遇了。死神還笑他：你原來要是不跑的話，還不會遇到我。我是很理智的人，我既沒有想到命運，也沒有責怪那家該死的電影院——只能說音樂這東西，就像香氣或性欲一樣，除非你能完全隔絕，一旦它滲入，它就是滲入了。我也沒有像尤里西斯遇到塞蘭女妖那樣，知道要塞住耳朵：我對自己太有信心了。

當時還不怎麼樣。夜裡我在浴室裡，洗澡洗到一半，就出事了。血水先是從鼻子裡像關不住的水龍頭那樣地流個不停，接著一個浴室地板上都是血水，卻不是從我鼻子裡流出來的。我的經期上個星期才結束，「好朋友」一向像瑞士錶一樣準確。這只能說是一次異常大出血。要不我是快死了，要不就是受到太大刺激。或是以上皆是。以一個外國學生的身分登陸歐洲，我當時幸福得忘記我是一隻筆，但是誰說筆是寫作最重要的工具？血是更無限的，那像靈感一樣地滔滔控訴——潮水原來並不依時而來，噴墨——它根據的是更隱密的法則。

惠妮休斯頓去世那週，我把那支歌放出來給自己聽，想要知道，我會有什麼感覺。但是令我自己都難以置信地，我發現，我竟然已經失去了感覺。就像失去視力或是聽力一般，記憶也會走到，記不住的那一天。原來凡事真的都有盡頭：遺忘已悄然開始，就在我不注意的時候。放任遺忘自然發生，這當然也是可行之道。但我想加速它的進行，在死亡來臨之前，搶先一步，成為一個：一無記憶之人。我將記錄這個過程，因為我相信，在芸芸眾生之中，我一定不是唯一一人，曾在人生的某處停下，對自己說：要是我能遺忘一切，這將多麼美好！

研究說，金字塔蓋起來的祕訣，都已失傳。還好是，我從來都不想蓋金字塔。但是我想知道怎樣可以使它倒塌。塵歸塵，土歸土，記憶者，都消滅，我願留下之物，惟有倒塌學。

第二章

A：你十四行詩的第一行說「容我將你比做夏日」，但若用「春天」不是一樣好或是更好嗎？

B：這不押韻。

A：那用冬日怎麼樣？這很合韻。

B：不錯，但是沒有人會願意被比做冬日。

你能夠了解上面這一段話嗎？我不了解。但我非常喜歡，因為覺得好笑。英國一個數學家希望，有天人類可以和機器做這樣的對話，在對話時，我們可以分不出誰是機器，誰是真正的人類。我不知道數學家受到什麼刺激，以至於會夢想消除人和機器的差別。不過，這似乎與我想消滅記憶，有著異曲同工之妙。「沒有人會願意被比做冬日」嗎？這讓我想到「冬樹」，我的朋友之一。她不喜歡她父親給她的名字，於是我重新給她取了一個名字。我叫她冬樹。算起來，她成為冬樹到今天，也已經超過二十年了。

你一定猜想冬樹與我的關係非比尋常。你可能並沒有錯，但事情遠非你所可以想像。

我們會保存我們沒有深思過的記憶，就像我們會保存我們不特別想過要保存的朋友。當我打算消滅我的記憶時，冬樹成為第一個我凝視與審思的對象。

冬樹對我來說，是一個非常奇怪的存在。從大部分的角度而言，你都可以說她是一個普通女孩子。在我認識她二十年之後，她從各方面來說，也只是個普通的女人：結了婚，試著懷孕但是總不成功，也就逐漸放棄要小孩的欲望，變成一個某些人口中標準的家庭主婦。冬樹沒有小孩這件事，較之於她一向按部就班循規蹈矩的成長過程，確實使她多出了一些什麼；但就像她第一次高中聯考失敗後，待在補習班一年，準備重考——這一類有點可以歸類為社會成就的一時失敗，可以說，使她在一切與社會期待相容的外表之上，偶爾泛起一絲顫抖的漣漪。但是無論是沒有小孩或是聯考失利，都不是她有意願的選擇，所以整個說起來，她最明顯的特徵，還是她的被動，或說無甚動靜。

在人與人的關係上，不知怎地，我彷彿選擇了看守她，就像她隨時有可能會處於某種精神上更危險更可怖的深淵，我必須抓住她——但是我也從來不能，在那個感覺的懸崖上，把她拉得更遠離懸崖一些；我僅僅只是抓住了她的一個衣角，沒有用更大的心力。我有沒有想過或試過？我想是有的，但是我沒有成功過；慢慢地，我們的關係就固定下來，成為有點像我方才描述的那種薄弱且確實的狀態。關於她重考那年，對她所造成的打擊與傷害，我們只談過一次，我大致了解到，她父親對此表現了，她給家庭帶來恥辱，這類對她的輕蔑與冷淡。

由於冬樹並不是一個能夠準確描述自己感受的人，她說的話，並沒有在我腦中留下任何清楚

讓她們非常尷尬——但是我從來沒有真的這麼做過。一方面，惡意不是我真正的性格成分；另方面的原因是，當時我有一個認知，覺得要尊敬台灣人——是的，不是認同，是尊敬。不是普普通通的尊敬，而是非常尊敬。而阿純與恰恰就是我生活中的台灣人，即使是為了另一個台灣人冬樹，我也不會對她們出言不遜。

——不，那時候我沒有感覺到客家人有什麼，客家人，只有在我妹小惠跟我媽要不到零用錢時，跟我抱怨「客家人小氣」的時候，我才意識到，這世界上，有客家人的存在。比起高中校園裡，囂張跋扈的外省同學，我下意識地，就會想要保護動不動就掉眼淚的阿純，還有表面是全班活寶的恰恰。——她們從沒提起，要為她們家庭背景保密這樣的要求過，但在當時氣氛劍拔弩張的校園裡，為其保密，似乎非常自然。相反的，我不需要保密什麼——我反正是外省人，我一點都不怕的，我就是外省人，外省人是不能讓我害怕的。不是「我思故我在」，而是「我是，故我不怕」。

有次在課堂上，一個同學氣勢洶洶地站起來，責問整個班級：「我只要請問大家一個問題就好，大家是想要做一個大國的國民呢？還是一個小國的國民？我想答案絕對是非常明確、不需要辯論的。這還需要討論嗎？」而在那個原該是無言的時刻，我站了起來回覆道：「如果是想要做一個大國的國民，我們何不都一起去做俄國人好了呢？這樣也很大呀！不大嗎？」

你問我，大家有沒有哄堂大笑，我告訴你，應該是沒有。這個問題，在當時是人人都——要不是抓著自己的頭髮就是抓著別人的頭髮般緊張的問題，要笑，也是表示支持與反擊性的笑——

沒有單純的笑的樂趣。每當我想到過去這一幕，我雖然不能不想到自己真是口才便給，但也忍不住想，這樣的少女時代，真是不快樂。如果可以選擇，我寧可不是這樣長大的，我寧可不要記得。想到這，我總覺得相當難過。

在我要離開台灣前，我在師大的法語中心學法語。下課時分，一個應該離我和冬樹認識時，年紀相差不遠的女孩正跟我聊天，路上跑過一輛播音效果很差，破鑼嗓子般唱著〈勇敢的台灣人〉的宣傳車，很吵很吵地跑了過去。年輕女孩突然停下我們原本的談話，說道：「姊姊，我一想到要爭取台灣獨立，就很煩。我真希望我們不要爭取，我們不要爭取，就是一個獨立的國家。想到要台灣獨立，我就覺得很煩。我是支持的。但是我更想做許多，其他更有趣的事啊。」——我不知道，為什麼大家都那麼容易跟我交心。印象中我在離開高中後，就不再那麼經常把我的好辯性格帶入交際圈內。不知少女怎麼看穿我，知道我會同情她。不單是同情她要獨立國家的想望，也同情她「更想做更多其他有趣的事的心願」——或許是因為，我們都跑來學法語了吧。

經過二十年的沉默後，有一次，我以盡可能不要傷害到冬樹的口氣，淡然地問她：是否曾經想過台灣獨立的問題？對此她是否有什麼看法？我把問話問得像是「究竟如何可以使菜葉類在冰箱中不會黃掉」或「電鍋煮飯時，我要放幾杯水在外鍋」這類冬樹擅長回答的問題那樣。我並不想要為難她，就像過去，我並不想為難阿純與恰恰一般。

電話那頭的冬樹，發出一串銀鈴般的笑聲，這是非常罕見的，從我認識冬樹的第一天起，她就是一個成熟穩重的人，除了發自內心覺得好笑時，她不會因為要裝可愛或獲得什麼東西而笑，但她對我的問題，是用帶著笑意的聲音回答地：「能夠獨立當然是最好不過的——只是妳也知道，那實在太難了。我覺得那不太可能成功。」

說老實話，冬樹是讓我驚訝了。我原本是想，就算冬樹告訴我，台灣自古以來就是中國的一部分，或是台獨都是因為某些台灣人沒能從國民黨那裡分到利益心生嫉妒之類，那些坊間流傳甚廣的說法——我都告訴自己，就算我問到的，是這類回答，我都不要去和冬樹爭辯——。在冬樹面前扮演知識或思考的權威，對我來說，是太容易的事，那不是我要做的，我要問她，完全是出於別的想法。

這麼說來，冬樹和阿純與恰恰並沒有太大的不同，甚至也與我在法語中心遇到的年輕女孩相去不遠。當然說她們是一樣，也是有誤差的。冬樹還是與她們不同：冬樹是沒有理想或追求的——不單單是對台灣獨立，她是對整個人世都沒有理想或追求——她的一生，從我認識她，她就已經是這樣了：可能不會成功，那就趁早不要努力；可能不會成功，那就從一開始就放棄了就好。冬樹這個人，是個非常完整的「失敗主義」化身。

幾個死黨對冬樹未曾說出口的批評都是真的：冬樹保守、反動、消極。終其一生，我對冬樹都非常感到興趣。但直到我打算消滅我所有個人記憶的那一刻，我才開始有一點了解到冬樹，並且把我對冬樹的興趣，當作一回事。

如果以語言去把握冬樹的狀態，如今的我，會給這種狀態安上「頹廢」這個字眼——但我想冬樹自己是不會明白的——不管我從文學，或其他人人生中所認識到的「頹廢」概念，都沒有冬樹本人的人生來得徹底——因為冬樹是沒有概念的，她完全像自然法則一樣地活成頹廢的樣態，要不是我一意關注，沒有任何人，包括她自己，會去指認這個東西。

當我們都還是高中女生時，我對冬樹的這種狀態，就抱以擔憂與反對。冬樹在考試時睡著了，我會把她叫醒要她繼續寫；冬樹不準備隔天考試，我會幫她抓重點，並且在她課本上畫線；但當冬樹和我一起報名補習班，她卻提不起勁進補習班時，我再也沒有更多辦法可想——許多次，冬樹陪著我走到補習班教室前面，在我進補習班之前，讓我看她騎著她的腳踏車離去，回到她離補習班，只隔了一條街的家裡——簡直像個笑話——補習，事實上與學業的進取心並沒有那麼有關係，有關係的，是對這個世界的進取心。

就拿我自己來說，補習班，那是一個換換空氣，可以接觸到其他學校——如果以我另一個死黨米米更直接的說法來說——主要是男校——的機會。補習班老師與校內老師不同，他們除了教學外，更重要的功能是為我們調劑身心——不管是取笑我們讀書計畫一做再做，或是勉勵我們只要考上後，就可以把賽因扣賽因燒掉之類的老笑話，在不怎麼有趣的高中生活中，那確實帶來過歡笑。補習班課程結束前一分鐘，整個教室一百多人嘩啦嘩啦不約而同開始收拾東西，那如潮水般的噪音，曾經是我發誓這輩子絕不忘記的：因為那個眾人的聲音，象徵了我和許許多多的人共同度過我們青春的苦難，在苦難中一同抱持著希望努力著。你看，我當時，即使是對高中生這樣一個身分，都還是有歸屬感的。但是冬樹連這些都不需要，她很單純的，就是萎靡掉了。

為什麼她是這樣？我們對任何一個人的認識，都有一個限制，那個限制，就是認識的時間點。我對冬樹的認識，也逃不開這樣的限制。如果我在冬樹重考那一年，或是重考那年之前認識她，我對冬樹可能可以了解得更深入。但是當我認識冬樹時，冬樹生命的某種核心已經成形也定型了，或許我也是——我沒有重考，但是所謂表現失常落到第二志願這件事，背後也有我的「重考故事」：我不是無緣無故失常的。那個失常與某人有關。那個失常，是小朱在我人生中的註記。

有一天，當我在那種典型的高中女生街頭漫遊時（記得是在東區），我被小朱叫住——當時我很慶幸的是，冬樹是在我身邊的。經過與小朱戀情的苦痛掙扎，我已經很清楚，在這個世上，人，是不能單打獨鬥的。那天是冬樹十八歲生日，我事前問了她想怎麼慶祝，冬樹說她想去捐血。我知道她重考那年，在路上出過車禍，曾經受惠於血庫。雖然捐血慶生聽起來不怎麼好玩，但我待冬樹的方式一向是：看重她所看重的事。所以我們約好了，放學後我要陪她去醫院捐血。但是我們在醫院區繞來繞去，沒有找到捐血車，只好放棄了，在街上閒逛。

小朱叫住我，連名帶姓的。她身邊有人，我身邊有冬樹，但是她們都很快退到一旁，讓我和小朱單獨談話。人們為什麼知道？我的經驗告訴我，對於某些事，人們就是會知道。我和小朱匆匆交換幾句不重要的話就告別。我和小朱從未真的斷了連繫，偶遇只是在原本的東西覆蓋上些什麼，偶遇不重要，被覆蓋的東西才是重要的。在小朱與我之間，在那時，話語已經沒有重要性了。就像小朱曾說的：所有我能對妳說的，我都說過了。一個人的人生，在十四五歲時，就有了這種嚴重性，我至今仍不知，這是幸或不幸。

冬樹與我，從來都沒有發展成像那樣，具有嚴重性的關係。我們僅僅是彼此的一種屏障。小朱很可能猜測，我和冬樹是一種愛戀的關係，這也不全是錯的。在我人生的許多年中，我曾經不止一次地自問，為什麼我和冬樹，會是一種不同於我和小朱的關係。

我曾經想自行回答這個問題，當我在作答之初，我首先想到，冬樹身上一個，非常不同於我的性質：冬樹雖然缺乏對大部分事務的進取心，但是她對她身上發生的事，有一種我不能了解的態度——她凡事都能往對自己有利的角度詮釋，她並不需要「事實」。比訊息更全面的東西，是她一點都不需要的。以往我都把這種態度視為冬樹的小虛榮，但是認真來看，這比虛榮複雜。

最顯著的一件事就是，冬樹非常相信她在我們關係中，她的地位。這件事是我在很久以後才知道的。因為這不符合事實，所以讓我覺得很尷尬。比如說，她從不感覺得到末末對我的重要性。說到末末，她會說「妳滿喜歡末末的」或是「末末跟妳滿要好的」，但是那永遠是一個表面的、輕淺的事：既不會深入到我和末末是否是同性戀，也不涉及其他更深刻的東西。就像一個妻子深信丈夫所有的其他情感事件都是逢場作戲一樣，冬樹對我的看法帶有這一類的盲目與自利性質，使我覺得很狼狽。很多年後，無意之間我說到末末，我說：末末提到妳時總有些生氣，末末會叫妳「那個戴牙套的，我想不起來她叫什麼名字」——冬樹恍然大悟。她說高中時，她有幾次恰巧問末末一些很普通的問題，比如值日生是誰之類的，末末的臉色都很難看，甚至不回答。冬樹竟然不知情到會去問末末問題，冬樹的不敏感才讓我驚訝。

我花了二十年才了解冬樹的不思進取是頹廢，但是末末的頹廢，是更有模有樣又充滿享樂意味的，我一進高中就像發現同類人那樣發現末末，我們一度非常享受我們具反叛意味的頹廢。非常緊密相連。——但是冬樹以一種奇怪的方式，成功地漠視了我的這個部分。就連小朱，冬樹也以一種「那看似重要，其實沒那麼重要」的態度對待。有次我對冬樹道：我永遠想不清楚，為什麼小朱對我會有那麼大的影響力。冬樹很乾脆地告訴我：不要想下去。妳永遠想不清楚，不如不要想。

我覺得非常有意思，我是一點一點，發現冬樹這個面向地，對她來說，思考或記憶，只是為了增進個人生存的幸福，並不是因為事情本身，更不是「那件事在那裡」，就必須探究，或是了解。我不知道，能不能說冬樹因此是比較不痛苦的，她不會思考我和末末甚至小朱的關係，她把那些都視為我在某個世界中的一度冒險或跌倒，當我和她報告或某個程度向她求援時，我已經回到一個地方，在我和她的世界中，那些事都是一種過往雲煙，就像一則去年的新聞或是一段「歷史上的今天」。

冬樹這種我定義為「拒絕認識」的態度裡，我直覺知道，或是我一直知道的，冬樹並不「認識」我——這並不是一種對冬樹的責難，相反的，我發現一件重要的事，最根深柢固的東西是，我也不願意認識我自己。——我非常害怕並且想要逃避的，正是我先天的這種不自主的認識與深入的能力：冬樹將我生命中比較大的衝擊與瘋狂一律束之高閣，她的這種作法，就像全力配合我自己所做的遺忘小朱的努力一樣。冬樹是我生命中最親密的合謀。她是這樣，成為我最持久的親密友人地。

我缺乏冬樹身上那種自我保護的氣質。我的認識雷達從未設定成只探測自己被愛與重要性的程度，我的雷達範圍大得多，對於我的不被愛或是不重要，我有著一樣的好奇心與求知欲，而我只有在痛苦與不安的程度，超過忍受程度時，我才會退回到與冬樹共處的小宇宙裡，在那裡休息與療傷——冬樹認識能力的有限，或是她選擇的有限，就像當時知識與書本對我起的作用一樣，讓我藉著縮小我的注意力，抵抗可能的瘋狂。因為真正的認識，總是危險的。

難怪我一想到我消滅記憶的計畫，我就想到冬樹。就像我一直有一個答案與解決之道在我身邊。唾手可得。呼之欲出。

消滅記憶，是無法在一個寂寞又孤獨的狀態中進行的，即便消滅記憶，人們都需要朋友，某一種朋友。冬樹就是那種，可以幫助消滅記憶的朋友，不是說她沒有記憶，而是她的記憶型態具有一種過濾性質，冬樹所記憶的東西都有兩個明確的目的：不是使自己保持原樣，就是使自己感覺更好。而我的記憶曾經是無條件的。

所以說，是在二十年後，我才發現或決定，冬樹是對的，而我是錯的嗎？

我有可能，成為像冬樹那樣的人嗎？這是有可能透過學習，或模倣，變成的嗎？

冬樹和我，我們並不真是兩個無記憶的人，當我們在談話時，我們會確認許許多多的小細節，也會交換不同的想法，有時我對她解釋一個音樂史的問題，我們就花掉一整個下午；我會和她談各式各樣的話題，是我和別人不會談的，尤其是那些我一向認為無用的、不重要的小擔心或怪癖。我們看似無所不談。

但是我們真的無所不談嗎？我為什麼沒有告訴冬樹，這麼多年來，我都記得末末乳房的形狀，記得有一夜，我甚至枕在其上，在黑暗中，雖然忘了是怎麼發生的，但卻清楚記得那更是梨而非蘋果的溫暖東西，在我掌中活活地又硬又軟？沒有，那確實沒有進展到如愛撫那樣的性的行為，畢竟那時，我和末末是在大庭廣眾之下，從國家音樂廳聽完音樂會後，在中正紀念堂——那個如果是我和其他學運高中生在一起時，就會自動改稱中正廟的地方——我們互相依偎著。大大方方，不管任何人的眼光。——今天我甚至不記得我們聊了什麼，但是我知道一個女人的胸部握起來是什麼感覺，而那是從末末開始的。甚至很多年來，當我經過水果攤時，甚至當我參加什麼雞尾酒會時，穿著短裙高跟鞋，交換著什麼煞有介事的談話時，那個祕密仍然會因為眼前的梨之形態一閃而過。——我記得。我記得。

冬樹自然也不會知道，眾人眼中在高中起，就已準備好要做好媽媽的阿純，曾經也有一個類似小朱一樣，讓她心碎不已的同性戀人，她們之間甚至曾經一起非常瘋。而阿純跟我一樣，都因為這類事，而被國中導師叫去問話過——我當然義不容辭地幫阿純保守了這個祕密：台獨分子還加上女同性戀，這真要天打雷劈了。不是嗎？

而當阿純和我說完這事之後，我們還以小女孩勾勾手蓋個章那樣的態度，約定道：讓我們一起從那個過去走出來吧！說完之後，我們埋頭寫數學習題，在隱密的悲傷團結中，我覺得如釋重負，我覺得安心，甚至幸福：像在海洋底下深深的擁抱，冰冷而絕對。

而就是那堂課下課時，米米跑來拉住我說：末末好喜歡妳，我們整堂自習課末末都在跟我說妳，妳對她的態度，到底是怎麼樣啊？我沒忘記我與阿純的誓約，我對米米道：「我沒有任何態度。」而我知道，米米當時是以一種無望的感情在愛著末末的。米米，阿純，我和冬樹，我們是死黨，為了拒絕我們曾經或正在開始的女同性戀感情，我們把死黨間的感情放到第一位。死黨啊死黨，也是為了遺忘而存在。我說過的，遺忘就像記憶，記憶需要記憶的朋友，遺忘需要遺忘的。冬樹知道的最少，最不記得，所以她也是我們每一個人的「最好的朋友」，即便大家都是死黨，每天玩在一起，彷彿不分彼此。

忘掉這一切，我並不感愧疚，我們都說好過，要忘記的。這份記憶如果在過去一直在我心中，只是因為我內建了一個「盡力記得一切」的準則，然而當我也決定要遺忘時，我看不出來有什麼原因，它不應該被遺忘。只是我發現，原來我也不是從決定要遺忘那天起，才開始遺忘的，這事原已預演了千百次。有太多事，完全都是「準遺忘」，這些我連與冬樹，都未曾提起的隱檔，幾乎不與任何人分享的記憶，它們真的是份記憶嗎？記憶，有時它是多麼卑賤。這些我多少次一揮手就讓它退下去的記憶，彷彿它是我最無趣的奴隸一般，這一切是為什麼？然而這一類的困惑只有我會有，冬樹是不會有的。

如果說冬樹與世無爭的外表下，底下空空如也，這其實也不是真的。在我對自己發出為什麼與冬樹那般要好的疑問時，我知道其中有一件古怪的事在作用。因為冬樹長得很像我之前認識的某人。我從小學時就認識的 Alice。Alice 的爸爸，我叫他呂伯伯。

Alice 和我同年，我和她曾被一起送去貴得嚇死人的兒童夏令營，兩人一間住在帶客廳的獨棟別墅套房裡——夏令營裡的每個小孩，都享有這種奢華。這樣砸錢的原因，是因為呂伯伯家非常有錢。而我節儉成性的父母出於我不清楚的原因，總是「順帶地」讓我和 Alice 一起去當「公主」。這一類的童年「友誼」，並沒有發生什麼我長大後在許多小說裡看到的「心理傷痕」，我沒有被 Alice 欺負過，也沒有羨慕過她。或許是因為看了太多的安徒生童話，使我先入為主地覺得，貧窮比較幸福，富有不太好——更何況我並沒有受過什麼物資匱乏的罪。小學時我有一個好朋友，她常常穿著鞋前方開綻的皮鞋，當我們一起走過操場時，我知道她時時要當心，別讓太多砂粒還有小石子滾進她的皮鞋裡。而我一直到那時，從來沒有一雙鞋是穿到開口的。當時我就很清楚知道，我的家庭就算不富，但也不是貧窮的。

在 Alice 之前，以我小孩子的眼光，我確實認識過兩個有錢人。小學二年級坐我隔壁的林翠芬，還有我表妹花花。林翠芬是有錢人這事我是這樣知道的，她告訴我她生日時，她的大富翁外公送了一座山，給她當生日禮物。我吃驚極了。一座山！但我除了吃驚外，也沒法有別的感覺，我不能說我更喜歡一座山，甚於我收到的兒童書，所以我也沒有對林翠芬有過像我對花花那樣的羨慕。

花花讓我玩過，我姑丈從國外帶回來給她的娃娃屋，裡面所有的東西都小小的，很漂亮，第一次看到像小拇指一樣大的茶壺，使我崇拜極了，我因此有了花花家很有錢的這種觀念。長大後，花花說起她小時候姑姑和姑丈經常為錢所苦時，我告訴她，她是我小時候心目中的第一個有錢人，花花這才告訴我，雖然姑丈買了玩具娃娃屋，但是他們那時還負債。所謂娃娃屋與有錢人，結果是場好笑的誤會。

我對花花的羨慕，沒有太久就有了戲劇化的轉變。有天我媽和我爸吵架，我媽一氣之下，跑去百貨公司，一口氣就給我買了三個玩具娃娃屋。——一個可以在裡面「假裝」煮東西；一個可以在裡面「假裝」掃地；還有一個在裡面什麼也不能做——跟花花有的那個最像——我不但也有了超迷你茶壺，當我假裝在假的廚房裡煮開水時，它還會發出煮開了的咻咻聲：但奇怪的是，那反而讓我覺得很蠢。究竟為什麼，我要把一個小茶壺弄出咻咻叫的聲音？這不是自找麻煩嗎？而且一下就讓我得到三個，我真的覺得「太過分了」。三個娃娃屋，不到一星期，我就完全對它們提不起興趣。就連我妹妹小惠，也不愛玩。這些經驗使我對有錢人與擁有娃娃屋這一類事，很快地就感到興趣缺缺。長大後，當我知道某些人會為一些名牌包眩惑時，我都會覺得：這就像我十歲時，為了一個迷你茶壺而拜倒在地。

不過我知道 Alice 家或說呂伯伯家的有錢，不是有「娃娃屋」的那種，他們是「貨真價實」的有錢人。民進黨成立以後，呂伯伯常給民進黨捐錢，捐了多少我也不知道，所以那並不是使我知道呂伯伯家很有錢的原因。

呂伯母和我媽都是小學老師，呂伯伯做的是進出口貿易，但是呂伯伯和呂伯母兩家都非常有錢，因為他們繼承了大筆的遺產。呂伯伯有錢的方式，反映在他老慫恿我爸跟著他多買一間房子或汽車這一類事上，雖然我爸都不從。但自從有次我偷聽到，呂伯伯隨意看上個房子，不久又不想買，於是就把幾十萬的訂金像丟到水裡一樣丟掉也不覺可惜，我不禁像人家父母擔心子女交到壞朋友一樣，擔心我爸是不是也交友不慎、誤入歧途。

但在當時，我對有錢人最沒有意見的一件事，就是他們可以移民到國外。移民需要很多錢，可是如果移民，就不必面對競爭激烈的聯考，還有我們到底是中國人或台灣人之類的問題。所以，雖然我對作為有錢人，並沒有非常熱望，但在那時，我還是半正式地跟我爸打聽了一下，我們家，有沒有可能移民？或說，我爸媽，他們有沒有這一類的打算？

我爸聽了我對他婉轉提出，移民國外的種種好處後，沒有多想，他就這樣回答了我：「要努力在自己的土地上打拚，要自己花心血建設自己的國家，不可以只想著到國外坐享其成，享受人家外國人努力了十幾二十幾年的成果。」多麼正氣凜然的回答！自此我就沒有再多往移民的這個可能，去想像了。

我爸和呂伯伯一天到晚聚在一起，商量如何讓民進黨得到更多選票；但我同時也很擔憂，怕我爸會在呂伯伯的影響下，變成紈絝子弟——呂伯伯是不嫖不賭的，他只是極重養生，一天到晚運動運動運動，但即使這樣，我還是覺得他太有錢，而覺得他很變態，還是很懷疑，這樣的他們，到底可以建設出什麼樣的社會？——如果 Alice 就是跟我大部分的同學不同，不必忍耐聯考？雖然說，呂伯伯掛在口中的「不要接受國民黨的教育，國民黨的教育只會使人變笨變蠢」之類的話，聽在必須背起「大陸各省份省會與鐵路各站」的我耳中，頗具吸引力；但是我還是覺得 Alice 之所以可以「不承認中華民國的教育」，最大的關鍵，還是在於：呂伯伯是有錢人。

Alice 成績不好，除了英語。每隔幾年，呂伯伯都送她到美國親戚家，所以她的英語一科程度，比大部分的同學高出許多。呂伯伯常常幫她請病假蹺課，我知道她如果考不上，呂伯伯打算把她送出國。這樣不管名落孫山或是在聯考吊車尾，對 Alice 都既不會是種痛苦，更不會前途茫茫。從 Alice 身上，我知道很多關於有錢人的事。他們並不會經常買很多東西，但是他們看重英語，就像英語也是一種錢一樣，雖然他們認為我們受的教育都很垃圾，但是他們一樣要有東西表示他們不笨，那個東西只有一樣，那就是英語。

對於我必須時不時跟 Alice 相處這事，我既不高興，也不排斥，我們沒有太多話題，因為她並不像我所認識的「正常國中生」。但她也沒有什麼特別惹人反感的東西，我們不得不在一起時，就玩撲克牌。她之於我，有點像來自我不知道國名的外國人，我們在地理上住在同一個城市裡，但卻像兩個國度裡的人。有一種我不知能不能稱為家教之類的東西，使我們在相處時，一向和和氣氣，沒有爭執。或許是因為 Alice 的關係，我反而把我的國高中生活浪漫化了，我認為我是非常「台灣化的」，不管聯考放榜的結果是什麼，我和我所有「接受國民黨教育荼毒」的同學，我們共同經歷過一些什麼：我們知道，什麼是因為聯考失去自由，老師們變得多麼沒有人性——我們不只是頭腦知道，我們付出我們的青春，感受所有的折磨與不公平——我討厭聯考，但是我和其他人一起焦慮、煩惱、徬徨，這裡面有種患難與共的感情，一種說不出來的相互了解，使我甚至不願意與 Alice 交換人生。

當我進高中時，看到冬樹，我暗暗倒抽一口氣：她真像 Alice 再世！

許多年過去了，直到今天我也還覺得這是一個謎：如果不是奉父母之命，像 Alice 這種女孩，不會是我要交的朋友。問題不是她家裡有錢，而是除了這點以外，我簡直找不出她這個人，有什麼可以吸引我的東西——阿純特別善良、恰恰有豪俠氣、末末跟我有聊不完的話題——米米雖然膚淺得要命，但是她每天好好笑地準備要使自己更有深度一點——我是真心喜歡她身上的世俗與活潑，但是Alice？但是冬樹？

當然冬樹不會像Alice那樣嗲聲說話，像長不大的小孩似的。冬樹雖然是個封閉的人，但在她封閉起來的小世界，她還是有她的內容物的，Alice相比，就空洞太多。所以冬樹與Alice畢竟不同。妳會討厭冬樹的，因為她會讓妳想起Alice——我碰到冬樹時，才發現我有多麼討厭Alice。而我也非常困惑，這種惡感，竟然沒能遷怒到冬樹身上！非但如此，有什麼東西，埋得非常深地，更動物性地，使我只要在視覺上碰到冬樹型的臉龐，都會讓我產生難以言喻的親近之感——這似乎說不通，這種東西。

我曾在巴黎一個中餐店的男服務生身上看到過「冬樹」，也曾在往米蘭的火車上，在一個很可能是義大利人的老太太身上看到過「冬樹」——那是超越性別、種族與年齡的一種人類學特徵：不非常明亮的白，左右稍微壓扁了一點的橢圓形、在眉眼上很普通無特色的黑、但在鼻與嘴的區域又有種介於狐狸與小老鼠的尖鼓——有意識時，這些特徵並不特別吸引我；但我又非常清楚知道，如果不論一個人的內在與個性，「冬樹之臉」，對我有壓倒性的影響力。它會使我產生平靜、舒服以及穩固的安全感——但是Alice才是我第一個面對的「冬樹之臉」，但之後伴隨我一生的，對冬樹之臉的熟悉與好感，在我面對Alice時，卻是完全沉睡無感的——更有可能地，它原本可能是作為相反的存在——意即我下意識覺得討厭與不快的一張臉。

有次我在文湖線的車廂裡，聽到一個小女孩對她媽媽喊道：「媽媽！我看到我的形狀了！」小女孩的媽媽和小女孩，頭湊著頭對著黑色車窗上的身影，半笑半氣道：「形狀！妳又不是東西，會有什麼形狀？妳是三角形還是正方形？那是妳的樣子！不是妳的形狀！」

沒有人會覺得小女孩的媽媽糾正錯了——除了我。

——對我來說，小女孩無意中說出了一個真理：不是只有三角形或正方形才是形狀，形狀可以更複雜。儘管冬樹和我的友誼，同樣建立在，我們曾經一起度過的時光，但是「冬樹的形狀」，似乎有一種更先決的力量。那使我在平時不忍耐時對冬樹會忍耐，在平時會計較時對冬樹不計較——這事我自己一點辦法也沒有，它既是自然而然的，又是比我自己還有自己主張的。我是偏心、不公正也不理性的——我知道。

很可能所有的人身上，都有一點這樣的東西。我知道有人只要看到別人的眼角魚尾紋，就會產生非常大的同情，就算他對那人完全陌生；有人看到臉上不太正的鼻梁，心裡就會溫柔發痛，就算那個鼻子是長在自己最大的敵人臉上——關於這，當然有些理論。比如說，這是根源於我們兩歲或之前的記憶；又比如說，有人會相信的，這與我們的前世有關。原因是什麼，或許不是最重要的；而是不管知與不知，我們究竟可以如何，與這種神祕力量共同生活？

有些人似乎特別不幸。使他產生這種非理性的牽引感情的，剛巧都是對他心懷不軌的人；也有些人，甚至會因為這種找不到源頭的感受，丟了錢財、家庭或性命。

冬樹於我的引力，或許是幸運地，那從來不是太戲劇性或致命的；在人生的每個時期，說真的，我都曾自問，為什麼關係延續下來？我之所以沒有答案，很大的原因，不是沒有思考，而是與別的因素有關。其中之一，或許我們可以稱為比例原則。這個的意思是，因為它的影響力幾乎微乎其微，花太多心力找出答案，似乎本身就是不智。有次我對一個朋友形容冬樹，形容她如何在精神上，對我不構成打擾的狀態，我半開玩笑說道：她就像個植物一樣。

但是即使對植物，也有對植物的真心與付出。我曾說過，我知道我對冬樹很偏心；冬樹很自然地，也把這當成一種感情的證物。她會在同學會上旁若無人地躺在我腿上，彷彿一種溫和地標示地盤。我也會出於一種奇妙的心理，不吝於在人前，給出一份對於我們友情的承認。我用手順著她的黑色長髮，彷彿我不意外、也不反對她這麼做。然而在我心底深處，我這麼表現的原因，似乎更深沉，與我是否喜歡冬樹，更無關係。

我與冬樹最大的矛盾，表現在某一次的談話中。我對她述及我的法國朋友安東尼跑來問我一件事，他在電視上看到一段關於作家莒哈斯的紀錄片，片中莒哈斯說道：我，我非常有（文學）天分。安東尼認為這話驚世駭俗，在陪我等公車時，說了出來，由於他知道我也寫小說，所以他問我：如果是妳，妳會說妳非常有天分嗎？我說會。而且我覺得，那沒有什麼大不了的。我反問安東尼：你會覺得一個公車司機告訴你，他對開車一事非常有天分，而感到驚慌嗎？安東尼說不會。我說，這就對了。一個人要去做一件事，多多少少跟自己有這方面的天分這樣的感覺有關。難道一個司機告訴你說，他不太有天分，你會比較放心？安東尼十分滿意我的回答。

我這段出於偶然的談話，罕見地引起冬樹激烈的反對。她堅持說，公車司機是不可能有什麼稱為天分的東西。我作為一個長期的公車族，且又向來喜歡坐在司機身旁的第一個座位觀察司機，我鉅細靡遺地論述了何謂公車司機的天分，包括在路況混亂時保持心平氣和，在乘客古怪時，能及時應變——這不是一個只會開車就行的職業。然而冬樹無一買帳——我想她只差沒說出來，司機是頭腦不好又沒才能的人才會幹的行業。我們爭論到最後，冬樹提出她的底限是，她可以接受一個賽車手是有天分的，但是公車司機，不，不，不，她絕不能接受。

——我實在低估了冬樹身上的階級意識。而我在一開始，也並沒有要挑戰她身上的這個東西，我一直知道的東西。這一類的矛盾，我一向或多或少迴避，細想起來，這個傾向除了有我懶惰的成分，也包含有我內心對冬樹悲觀與真實的評價：她是無藥可救的；她是沒有任何改進空間的。二十多年過去了，她和她十七歲時的心智狀態，沒有太大差別，偶爾冬樹無意外地讓我感覺到她的「標準反應」，一種因為階級意識而來的對人的挑剔與倨傲，或是因為階級意識，而對某些行業的歧視與不了解，我都會錯覺，我是在與一個死人共處一室：那麼地令人沒有驚奇，那麼地根據社會成見標價事物——這與死人有什麼分別呢？偶爾我會非常悲傷地這麼想道。然而，冬樹如果是具屍體，我又是什麼呢？

我對冬樹一開始就是「放棄的」。那種放棄，有點像對所謂放牛班的學生，不同的是，放牛班的學生，是因為成績不佳被認為沒有希望；冬樹則是因為家庭太有錢，而在一開始就被我認為沒有潛力。而源於這種自己對她的放棄，似乎是補償性地，我對她，始終充滿愛心與耐心：就像細心照顧一個植物人般，那不是因為知道她會醒覺，而只是人道而已。

不是只因為冬樹家裡有錢使她是這個樣子的，冬樹彷彿「先天」就缺乏一種我稱為認識能力的東西——就像某些人缺乏黑色素或維他命A一樣。

阿純或恰恰固然因為身在主張台獨的家庭，而主張台獨，但她們仍有一套形成自己判斷的過程。阿純跟我談過她讀到呂秀蓮的《台灣的過去、現在與未來》所受到的撼動；恰恰受宋澤萊影響——愛搞笑的她，在談到宋澤萊時，會突然像是肚子痛一樣，眼神與臉色中繃緊了一條看不到的弦。末末肆無忌憚地以漫畫手法發揮她「外省人至上」的想法，動不動就冒出對台灣人的侮辱，這永遠是我們愉快地談電影談小說後，兩人翻臉的原因。末末可以說，就是使我不費吹灰之力就可以搜羅到一大籮筐「外省人傲慢」的源頭——這與我和末末在某些事物——主要是藝術方面的高度投契——恰成一鮮明對照。——末末讓我生氣，被阿純和恰恰稱為「民生報黨」的米米偶爾也讓人氣結——米米是真的在六四天安門之後，還可以關心小虎隊，勝過一切的高中生——。「小虎隊要去耶，妳們要不要陪我去紀念六四呀？」米米這樣問我們時，我們一人訓了她一句——完全不留情面。

但在我們這些高中女生的爭執中，我們都或多或少是平等的，因為我們的身上都配備有一定的認識能力。我們偏狹、固執或是古怪，但我們是活生生的。然而冬樹卻是一片死寂。她幾乎和我讀過一樣多的世界名著，甚至比我早許多年，就看完東方白的大河小說《浪淘沙》，但是偶爾會讓我毛骨悚然的是，冬樹的閱讀，似乎從未在她精神上，留下什麼真正的痕跡。閱讀不能改變她，就像讀一本書給植物聽，也不能改變植物一樣。

與冬樹不同，我完全長成了另一個極端。我的認識能力，似乎長期處於過分活躍的狀況。一旦我發現我不了解工人階級，我就跑去做工，每晚把痠痛的兩隻女服務生的腳用熱水浸泡後，我一頁接一頁記錄對勞動處境的觀察；我也發現我缺乏女性意識，所以我加入了互相批評自身父權痕跡的女性主義團體——可以說，我的每一個新認識，都使我遠離一些我原本的處境，使我更背叛一些「原來的我」。

任何記憶都使我受苦。我的意思是，我為每個加入我生命的記憶，都進行對自己精神的解剖與手術。我在當時，並不以為苦。受苦的意思是我在感覺，我有感覺——而且也接受在某些狀況中，我的感覺被奪走。每一種具有政治淵源的接觸，在當時，都在我身上造成了不可回復的改變。——但我要等到二十年過去後，才會明白，這些苦，還不是最苦的。

我在這時重新看到這些，不是以一個想要在政治上把握發言權的什麼代理人身分說話，更不是想要據此進行成長背景自述；相反地，我再次迴光返照般的，看見那個十七歲的政治少女——因為記憶知道，我正要取消它。

我所以發現它、描述它，就像必須對一個職業殺手說明，機槍應該對準的目標的輪廓……。

第三章

一個人下定決心毀去所有的個人記憶，不可能不牽涉到對這一主題的想法：幸福是什麼？不過，這個要毀滅個人記憶的念頭，我在一開始，並不知道它與我對幸福的追求有關，我幾乎可以說它不是我的——如果讓我來說，它就像湖面突然冒出的水怪，突然讓我看到它，當時我不但沒有大吃一驚，反而起了認祖歸宗的念頭一般——我對自己說：這真好！這完全符合我所需！就讓我們這麼做吧！來吧，幸福！來吧，遺忘！

我知道有很多實際辦法，可以幫助遺忘。比如說，我可以栽進對外國語言的學習，這非常耗心費力，絕對可以使我從此不受個人記憶打擾。深謀遠慮來說，這個外語學習，要限定在不出日常會話的範圍內，而且在字彙能力一達到「核電、貧窮或饑荒」或者「用外語介紹台灣」這種等級時，就立刻放棄這個語言，改學新的外語。就比如說法文吧，比起上述標準，我實在學得太好了一點。結果是什麼？有天我不小心竟在網路上，讀到新喀里多尼亞的獨立運動歷史——乖乖隆的東。我與新喀里多尼亞有十年的信件與包裹往來紀錄，但我壓根不知道它的歷史，沒有，連維基百科我都沒想到要去讀過。但是就因為我的法文能力，我就這樣從網頁上讀進了——一個又一個，我一點都不想儲存的記憶。

我的日本好友留子在那個島上，安家落戶了好幾年，我逢年過節或按她需要，給她寄東西。留子是我在法國本土學習法文時結交的朋友。有一次法文老師要我們以「為什麼」開頭練習造句，並寫篇小文章。放學時候，留子問我造了什麼句，我說造了「為什麼人們不自殺？」，留子非但沒有大驚小怪，反而直言不諱道：「我就想過好幾次要自殺，要不是我不夠勇敢，我早已經自殺了。」——我們就這樣，變成了好朋友。留子給自己在新喀里多尼亞的航空公司找到一份工作，還幫自己的法國男友也在當地找了一份工作。我每想到這，總覺得法國政府似乎該頒一張獎狀給留子。

留子在機場常碰到有既不諳英語也不懂法語的中國乘客，讓她溝通起來非常困難。她因此請我幫忙寫給她「護照和登機證」、「首爾」、「向前走」等中文，我自動幫她加上如「請」之類的禮貌用語。除此之外，我對新喀里多尼亞的主要印象之一，是那裡極度缺乏女性時尚雜誌。留子寫給我的信上，三不五時，就會出現同事偷她的女性雜誌或借了不還之類，令她沮喪不已的描述——我隱約覺得女性雜誌，似乎是當地的不祥之物——看看留子，為此她生了多少煩惱多少氣。

我知道留子很站在當地居民那一邊，覺得他們不像本土法國人那麼驕傲，閒暇時留子向他們之中的吉他高手學彈吉他，但是因為留子與冬樹的封閉有幾分類似，我雖然因為留子，認識了大部分島上的鳥類與花名，卻對當地的政治活動，毫不知悉。

關於新喀里多尼亞的獨立運動，網路上有十來個法語發音的影片可以看，我只看了一部——

就滿後悔。我接著看到的資料，令我大吃一驚，新喀里多尼亞在法理上，似乎已經是一個獨立的國家——公投過、非僅過半、還高達八十九十趴——那為什麼還沒聽說過這個新國家呢？出於好奇心，我很想研究，但我很快就用理性控制住。不用別人告訴我，我也知道，是什麼，讓我對新喀里多尼亞的命運那麼有興趣。但我還是別有興趣的好。

我還有得後悔的呢。在新喀里多尼亞島的歷史上，看沒兩行，竟就出現「台灣」兩字。——我把那幾行讀個清楚，原來新喀里多尼亞的居民是從台灣，旅行到菲律賓，然後再到那的——這中間我省略了些枝枝節節，原因是，我只是要弄清楚，明明在說新喀里多尼亞，怎麼會扯上台灣呢？如果有人有興趣，可以繼續挖掘下去，至於我，我得到的教訓是：語言好到某個程度，對消滅記憶真是麻煩。我領悟到，如果將來學習日文、西班牙文或是葡萄牙文，都是危險的，難保我不在看到什麼東西的一行兩行時，又鑽進台灣的歷史裡。

所以，學習與台灣史有關的外國語言不保險，新喀里多尼亞給我的教訓是，所有太平洋上的小島，或者所有的島嶼，都對我消滅記憶的計畫，具有潛在的威脅性。如此一來，我還剩下多少語言可以學呢？韓語是不行的，難保我不進行殖民地歷史的平行思考；俄語恐怕也是不行的，非僅蔣經國待過那裡，第三國際如果跟台灣共產黨有過來往，誰能保證我在杜斯妥也夫斯基的語言裡，不看到謝雪紅？

這時我又想到我一直很想學的丹麥話，真的。我贊成我自己的原因是，這個語言沒有鼻母音。你不知道什麼叫鼻母音？鼻母音就是注音符號中的ㄣㄥ之類，我從來沒學會。當我學英語與法語的時候，我的問題還是沒解決，這一類的聲母一進我的腦袋，我就感覺到一團糨糊。你真無法想像，我到丹麥時有多麼如魚得水！這個民族的人們不用鼻母音就能溝通！他們使用的語言我一句不懂，可是那些聲音！那些聲音！去除掉了鼻母音的語言是多麼清爽！明亮！——我多愛丹麥語言！

但是你知道，是什麼使我懸崖勒馬嗎？

簡單告訴你，是我在哥本哈根參觀當地博物館時，發現丹麥竟然與台灣非常相似！丹麥原來也不是丹麥，它也曾被什麼異族統治——我的轉述非常粗淺，因為我實在不想深入——但是有天，丹麥人愛起丹麥土地來了，這反映在他們的風景畫運動中，他們的畫家不斷展開對丹麥風景的描繪，因為在當時，有那麼一種愛與團結的需求——非常溫柔又深情地，簡直像害羞又認真的戀人一樣。我不知道所謂異族，對丹麥到底都做了些什麼，使丹麥人寧可那麼愛丹麥的山水——你知道台灣是個什麼樣的地方嗎？我告訴你，這個地方的人就是，看到玉山會哭、看到濁水溪會哭、就連看到自己家菜園裡的空心菜也會哭！——好像他們要與那些畫丹麥風景畫的丹麥人一決勝負一樣。

我真的不怪這些愛哭鬼，真的。因為我知道，丹麥人也是這樣的。

我的名字叫做賀殷殷。我想談談幸福的感受。但是從我的名字開始，就難以給我一種幸福感受。這個名字是我爸給我取的。我方才不是說到異族統治嗎？要解釋我的名字，得先從這事開始。事情大略的狀況是這樣：我出生的台灣是個小島，很小很小，隔了一個海峽是中國，你說你看過地圖，所有我認識的歐洲人都有地圖狂，有次還有人拿了一張一年一度全球戰略地圖來給我看，在台灣上給我們塗得紅紅的，紅紅的意思，就是這裡高度危險，隨時有可能爆發戰爭。真的？真的。不過這紅色不是我塗的，可能發生戰爭也不是我說的，是什麼專家。好，我們暫時不要管這個戰爭。我連戰爭電影也不喜歡看。很血腥？嗯，電影我們知道是假的血嘛，血腥是還好；主要是沉悶。

因為我現在開始要盡可能遺忘，我很不高興複習這些東西，如果有興趣，你可以自己去讀，你是法國人，你讀這些歷史，對你不會造成傷害。好，很久很久以前的事我也不知道，這個島上住了一些原住民族，然後呢，住在中國沿海的人，也坐船來到台灣島。你說像英國人跑去美國？你要這樣想也可以。好啦，這中間還有很多歷史的東西，我怕你一下消化不了，我只挑最要緊的部分說。那些古時候的人怎麼想，我也不是很清楚，但是有一年中國和日本打了個仗，中國打輸了，日本就要中國把台灣割讓給日本，這事我也不知對不對，我還沒出生，當然也沒人問我意見，而且就算我出生，還是不會有人問我意見。總之就是這樣。台灣變成日本的一部分。

這件事現在看挺怪異的，但是當年那可是件認真在辦的事。如果一個住在台灣的人，不願意被日本統治，他們給他一段時間，讓他離開台灣——去哪裡我就不清楚了，那時交通還不方便呢，我想日本人總不至於，還替這些人規畫旅遊路線或是出旅費吧。這事很詭異，想想看，如果有天巴黎被占領了，給你一年的時間決定要走不走，你就真的走得了嗎？所以大部分的人還是走不了，這就成了日本殖民地的人民。五十年。五十年可以發生很多事呢。做殖民地人民，總不是什麼痛快的事；台灣的人，可以說就這樣變成了某種日本人——當然在心裡面，他們也可能是各式各樣的人。

但糟糕的是，這段時間裡，中國和日本又打起來了。這打仗呢，也有要台灣人把自己當作日本人那樣去打中國人，殖民地人民就是這樣啊，難道打起仗來，殖民國會說，這是我可愛的殖民地人民，我們在打仗，讓他們去度個假好了。好，中國與日本打仗，台灣人也打進去了，聽說他們之間流傳一種說法，說是為了中國好，台灣人反而應該上戰場，上戰場去做什麼呢？就是去對空鳴槍，不打中國人，好讓中國人勝、日本人敗——你想這有可能嗎？中國兵看到這，會了解這番心意嗎？又不是談戀愛，有時間了解什麼「愛就是自我犧牲」，多半把來人當成史上最大的笨蛋，趕緊射殺了吧？

讓我們暫時跳過這戰爭。就是這個日本人竟然也戰敗了，美國丟了兩顆原子彈。這你就有印象了吧。這時得說一下中國大陸上的狀況。在跟日本打仗的這段時間，在中國的政治勢力大分為二，一個共產黨，一個國民黨。他們不是像法國這樣兩大黨上上電視吵吵架，選舉時來個一決勝負，他們是在打仗的，就是內戰。國民黨打輸了，敗了的國民黨沒辦法了，就渡海來到台灣，一大批人。

先說原來在台灣的台灣人，他們主要說的是閩南語和客家話，當然也還有一些日語——但是跟著國民黨撤退到台灣的這些中國人呢，簡單來說，他們之中有大部分的人，聽不懂台灣人的台語或客家話。好啦，語言問題也很複雜，但是當年和國民黨一起來到台灣的中國人，他們並不是高高興興，甚至也不是完全自願來到台灣的。他們來了以後呢，有幾個主要的想法：一個是，在台灣只是暫時的；另一個是，將來是要再打仗，打回中國去的。那時他們都叫共產黨共匪，想要一年準備怎樣怎樣，然後五年反攻的。直到我小時候，讀小學的時候，都是說有天我們要反攻大陸，讓青天白日滿地紅的國旗四處飄揚——這我小時候也不太高興，讓旗子飄這是還好，但是要打仗，我真的不太想。

這下子台灣島上有先前的台灣人，還有後來才來的中國人，在那時也叫做外省人。最糟的是，這個國民黨的軍隊，在來這個島之前先弄出了個二二八。解釋起來也挺麻煩。但是簡單說，就是國民黨的軍警殺害了不少台灣人。這在我非常困惑的就是，這個國民黨，有軍隊有警察，最糟你就是用這些軍隊警察逮捕人、審判或是槍殺一些人，這已經很糟了，但我說的是，這是我可以想像得到很糟的政府。但是事情不是這樣的，很多在這個事件上被殺害的人，他們是沒有被審判，也沒有清楚的罪名，就被殺掉了。這差不多可以說是一種私刑了。你想到西班牙的佛朗哥政權？也難怪你會想到。我有次讀一本講西班牙的歷史書，我也這樣想。大體上來說，整個讓台灣人覺得，以國民黨為代表的這些外省人，很惡。好啦，我的爺爺奶奶就是這些外省人。我奶奶就是我阿嬤，阿嬤這是台灣人的叫法，我們因為在台灣久了，有些事就照台灣人的習慣與規矩了。

不過呢，我爺爺來到台灣沒多久，就生病死了，這對很多人來說，像是我阿嬤，這可是個人生很大的不幸。不過就我來說呢，倒是有意想不到的影響，因為我爺爺很早就不在了，我的外省人的感覺，因此相當淡薄。因為我真的看得見的，待過中國那塊土地的，就只有我爺爺而已——

我說看得見，也不對，我只看過他的相片而已，至於我阿嬤，我跟她感情很好，她當然是在中國長大的，但是她對國民黨或中國人的想法，非常淺薄。她的地理觀念從來就沒好過。你讀過卡繆的自傳嗎？卡繆的媽媽也沒有地理觀念。就像法國大革命時，很多巴黎之外的農民也沒有地理觀念。他們被強迫說自己是法國人時，還很生氣。因為他們覺得他們只是哪一鄉哪一村的人，為什麼要他們改稱自己是法國人。這就讓我想到我阿嬤。她會對我說：「皇帝怎麼可以這樣？皇后怎麼可以這樣？」我都要跟她說：「阿嬤，現在沒有皇帝了。」但是她總是改不過來。她會這樣說的原因，就是國民黨的黨工，很知道怎麼跟我阿嬤這種老人家說話，我阿嬤說的一些皇帝皇后的話，大部分都是聽來的。阿嬤她非常喜歡國民黨，因為國民黨只要選舉，一定會買票。一定會跟她買。那是一年之中，她最有社會地位的時光。我對國民黨有什麼了解呢？沒有什麼了解。但我阿嬤收了錢，完全不知道要閉嘴，總是高高興興地讓我知道！

我想我也流著我阿嬤的血液，那種虛無與遊戲人生的態度——。不是說要談談幸福嗎？我想幸福就是這樣一種東西，一種童年——無知以及理解力的不發達。

當我長大以後，回想我的小時候，最有趣的一件事就是：當時我將我阿嬤開心發財的人生，與我爸嚴肅正直的政治觀，視為我歡樂的兩種泉源，我絲毫未覺兩者存在有衝突。對於兒童的我來說，這兩者都是令人雀躍的，我阿嬤見錢眼開與唯利是圖的個性，讓我覺得非常舒暢自在；儘管我在同一時間，讓視買票為民主大敵的父親，在我的童年天空上，籠罩智慧與道德的美麗光輝。大把糖果與正義的陽光，我以為它們是互補的，使我走在既可以隨心所欲又明辨是非的坦途上。——我完全不察覺兩者水火不容。我在分享我阿嬤的不當歡樂時，並未感覺到它與我爸教導我的政治原則有所違背——如果說我的童年是幸福的，這種幸福曾經是真實的，這全仰賴兒童心智的特殊性：矛盾這種事，還無法進入我心中。一句話：不和諧的東西，在小孩的心裡，完全沒有一點不和諧。

而一旦我們長到一定年紀，我們就再也不可能像小時候那樣「兼容並蓄」，我們失去了那種天真，我們知道要判斷，要選擇，魚與熊掌不可兼得，如果不想發瘋，你就必須有一套標準，愛某一個東西甚於另一個，放棄某一種價值、保存另一種——。你不能再如此幸福。

但是在我還沒有長成時，阿嬤與爸爸在我看來是一樣好，一樣熱心，一樣充滿生命力：阿嬤的生命力是錢，爸爸的是正義；我還看不出兩個有什麼不同——他們在影響我時，都充滿真誠。阿嬤似乎又比爸爸來得令人心悅誠服。阿嬤是坦然的，而爸爸總在說完一大套道理後，緊張兮兮地告訴我：不可以跟別人說；不可以在學校談起政治。彷彿他做的，是什麼不可告人的事。

法國人也有買票？是啊，我也記得，好大的新聞啊那時。這在我來說真是太驚訝了，我們都管你們叫做「西方民主國家」，以為買票這種事，是不可能在你們這裡發生的。

有時候，當八歲或九歲的我，在睡夢中被我爸叫醒，只為聽他說當日國民黨又做了什麼對不起人民的事，我不禁覺得，眼前的這個大人很可憐，他甚至不能等到第二天我起床後，再傾訴他心中的苦悶。當我還是小孩時，我富有同情心。

這裡我要說一個怪事。這個怪事就是，銜接到之前我對你說到的台灣的歷史，大部分的人在受到足夠的威嚇後，應該不再對政治產生興趣，會做一個服從的順民，我是說，那之前有過對政治異議分子的屠殺，之後我們又戒嚴，隨便說錯什麼話，都可能被送進監牢裡。

那麼，為什麼我爸，還會長成這樣一個熱心政治的怪胎呢？

在那種年代，他不但跑去念政治系，念完了還不夠，又念政治研究所。如果說他是想要在國民黨裡弄個一官半職，這還說得過去。可是他是怎麼長成了，一個整天私底下批評政府，想要推翻國民黨的怪人呢？

因為之前有那麼一場國民黨軍隊屠殺台灣人的事發生，外省人與台灣人的關係是不好的；最簡單來說，很多家庭反對通婚。外省人不娶台灣人，台灣人也不要與外省人有什麼聯姻。舉例來說，我爸和我媽結婚這事，就讓雙方家庭都很不痛快、很反對。這個婚姻沒有得到任何一方家庭的祝福。因為我媽是台灣人，我爸是外省。

根據我爸自己的說法，他之所以迫不及待擁抱，當時還被打壓的台灣人政治運動，是有確切的原因的。這個起始我稱它為「我父親的童話」，我可以告訴你，這與一般的童話不太一樣，一般的童話是開始非常醜陋，但是結束時是美麗的。至於「我父親的童話」，它的結束是可怕且悲傷的，但是它的開始非常美，我必須說，開始非常美。這個童話與我的命運，或說與我的遺忘息息相關。

這個童話，發生在當時台灣的立法院。

自從我親爺爺死於肺病後，我阿嬤為了經濟的因素，嫁了另一個有賭鬼習性的外省軍人

——。小學時代，我媽媽只要罵我，常會從我爸爸小時候窮得沒飯吃一事罵起，大意就是：妳爸爸小時候連飯都常沒得吃，還常被打得死去活來，妳還不給我乖一點！

我長大一點後就發現，我媽毫無邏輯，我聽不聽話，與我爸小時候有沒有飯吃，有什麼關係！不過，當我第一次聽到這話時，我相當震驚，覺得我和妹妹小惠永遠不可以淘氣，必須做些什麼補償那個，照三餐挨打的苦命孩子。因為貧窮的緣故吧，我爸還在學生時代，就去了立法院打工，工作的內容，據說是整理立法委員的發言。

有一天，發言的是黃信介[8]，那是一個長得胖胖的，眼睛小小圓圓滾來滾去，笑起來眼又瞇瞇的台灣人。我長大後在電視上看到他時，他已經是個老先生，背駝駝腰彎彎，而且是被國民黨政府關進牢裡又放出來後。不知為什麼，每次我在電視上看到他，都會想到從樹上掉到地上的特大號的松鼠。

我爸因為打工的緣故，在立法院聽各個立法委員發言，其中也包括了這個黃信介。有天黃信介的發言，整個地在幫外省的老兵爭取福利。我爸，這個俗稱「外省囝仔」的年輕人，覺得無法置信。中場休息的時候，或我不知那叫什麼，總之就是黃信介已經不發言之時，我爸跑去找黃信介，對他說：「黃委員，你怎麼要費那麼大力氣，幫這些老兵說話呢？你難道不知道，這些外省老兵是國民黨的鐵票，一向就最反對你們，最與你們為敵？你在這裡幫他們說話，他們根本不可能領你的情。」我想我爸當時的政治什麼的，也還沒成形或成熟，他只是根據他自己的經驗與邏輯，覺得黃信介——做得不對。而我爸，作為在外省眷村長大的一分子，覺得應該來顯顯他的聰明，提供第一手情報。

黃信介，那個我剛剛說的大松鼠，這時就對他說了：「囝仔，我們做政治的，就是不是只顧自己人的利益；就是要看得更遠、要有肚量。做政治，就是要超過自己的立場，做該做的事。這些外省人反對我們，我會不知道嗎？但是他們也是國民黨政策下的犧牲者，替他們爭取福利或是說話，也是應該的。」

我爸發現他沒有開導到黃信介，反而被他開導了，一時反應不過來，還想著要說服對方。這個黃信介，我想大概脾氣不錯又有耐性，花了不少時間繼續開導我爸，要他了解外省老兵可憐的處境，要他懂得憐憫。

你看，這也難怪我爸要認為台灣人是偉大的，是非常值得尊敬的。說實在的，後來台灣吵吵嚷嚷的什麼「族群和諧」之類的，我連聽都懶得聽。因為「族群和諧」這檔事，就我所知，台灣人，是早早早早早，早早就在做了的。

試著從我爸的角度去看這事！

這人三歲時死了父親，繼父除了打罵他這個拖油瓶外，不太可能給他什麼「父與子」的對話。母親是個不識字被家暴也無法反抗的女人。許多時候，除了鈔票，什麼都不在乎。他在鄉

---

8 黃信介（1928-1999），台灣政治人物。在被以軍法叛亂罪處有期徒刑十四年前，曾任立法委員，並為當時的黨外人士助選。假釋出獄後，加入成立一年的民主進步黨，後擔任兩任該黨黨主席。

下眷村長大，那種村莊是連他考上高中都全村放鞭炮：因為之前村裡沒有出過考上高中的——但是因為他沒父親，繼父又因賭技不佳而在村裡地位低落。村人動輒在口頭上占他便宜，或是乾脆一時興起，把他往村裡的大水溝裡推——。他才來到台北沒多久，「砰」的一下，在立法院碰到個「台灣人中的台灣人」，不但對他和顏悅色，還教給他一套「高尚的人生價值觀」，要他跳脫省籍情結，對他循循善誘。——那是石破天驚的相遇。

黃信介繼續在立法院做他的立法委員。以求學為掩護，我爸埋頭在政治學的書堆裡——在那裡，在那些井然有序的知識文字裡，他忘記拿他當沙袋打的繼父與嫌貧愛富的母親——兩者都對他選擇沒有什麼賺頭的政治系非常嫌棄——但是這個外省「囝仔」，像黃信介喊他那樣，心裡有了一些火苗般寶貴的東西，叫做「政治」，不是孫文的政治，不是蔣介石與蔣經國的政治，而是黃信介的。如果台灣的政治人物，不只為台灣人說話，會為窮苦無知的外省老兵說話，那麼這個「外省囝仔」的政治書，也將不只為外省人讀。

這，就是「我爸爸的童話」的大意。

至於我，我是比較虛無又多疑的物種，我對我爸的自新，看法比較悲觀。我認為他之所以對政治一頭熱，感情投入得像個想要殉道的基督徒，我感覺那真正的原因是，他沒有希望——完—全—沒—有—希—望——他在改變他自己母親這件事上，完全沒有希望。註定一敗塗地，全盤皆輸。

人們總是會投入某些東西：名利、科學、救地球、世界和平、藝術文化、音樂或者政治——

乍看之下，似乎是這些東西代表了某個意義——但我們只要挖掘下去，我可以告訴你，這些行動的深處都有一種「沒有希望」——不是對我們追求的東西，而只是對某個人、某段記憶、某個祕密，我們完全無能為力與束手無策，於是我們展開人生的追求——把「希望」從我們最初感到沒有希望的人事物上挪開，看著別的地方，想著別的東西。對我們自己或世人來說，我們把自己與希望之物綁在一起，但是偶爾會有那麼一個機緣或夢境，使你看到，那個把你與希望綁在一起的力量，並不是來自希望之物本身，而是那個你絕望過的——很可能是你的父母，最常見的就是人們的父母，有些人會說是他們的家庭，國家或文化之類——有那麼一種完全扼殺你、否定你的東西，沒有那，你不必掙扎，你也不用重寫你的生命之書：要知道，所有的書寫都是重寫，不管你是用筆、用錢、用人生、或用理念重寫，重寫都是在掩蓋——我不是說那是謊言，如果臉都是某一種面具，面具還是不等於臉。獲得面具的真相是容易的，而獲得臉的真相——非常難。

有天我發現歷史是重複的，我也有了我父親身上那種，非要逃避他母親的相同東西，我也有了一模一樣——那種我不可能改變我父母的絕望。一開始我也以種種追求來和緩我的絕望，表面是為了有所追求，實則是為了有所遺忘：那些追求曾經是知識的、行動的；後來是創造的、寫作的、但最後我打算直接進攻遺忘——追求遺忘，因為前人留下的種種法寶，藝術或是文化，行動或是不行動，都已不敷痛苦的藥用量。不能止痛。

如果有人想要擁有真相，擁有一點點不是「表面現象」的東西，問人們追求什麼，是找不到真正答案的。你必須看到，在追求什麼的同時，是為了不追求什麼，在努力過程中是為了不再努力什麼——在那裡，那個被放棄與永遠不再提起，才有人們真正的悲哀、最深的痛苦、鑽石般堅硬的盡頭——只有那，是歷史無能書寫，藝術經常裝飾，研究者不得其門而入，問路者不知存在的，一種無用真理的深淵。那使人們不得不在別處開始新生命的：最早的死亡。

當我出生時，我想那是我爸與老松鼠談完話後沒幾年，我爸決定把殷海光[9]的姓放到我的名字裡，意思是，要用我來紀念殷海光——一個當年被國民黨迫害過的政治學者。關於這事我是不太樂意的，我爸說，他當時還考慮過幾個人，比如說雷震。

我自己曾偷偷思量，「殷殷」還不算太糟，因為大家都把它當作「櫻櫻」或「茵茵」之類，還有點女孩子名字的味道，不會讓我太尷尬。我也要感謝我爸，沒有把我取名做賀海海或賀光光，後者保證我在小學時，會被取綽號叫「喝光光」。我也慶幸我爸那時沒有想把黃信介放到我名字裡，使我變成「賀黃黃」。總之，我的童年差一點點，就會因為我的名字而變成噩夢。不管是把小孩的名字取做「台獨」或「統一」（真有人這樣取），還是「衛東」——意思是保衛毛澤東——你不覺得，這都滿討厭的嗎？這一點我就比較喜歡西方人的名字，不是彼得就是瑪麗，所以我比較喜歡我的法文名字，用法文名字時，我就是個單純的人，用了中文名，就有一整套的國仇家恨——在我身上，好似背了一套政治思想史在身上，搞得我像個蝸牛似的。你說你倒覺得這事有點感人？紀念思想家？我才不信呢。用你紀念康德或羅伯斯庇爾，你看如何？哈哈，我就知道你不會樂意的。

殷海光是誰？是台灣人嗎？他的思想有什麼特別的嗎？記得我剛跟你說的，從中國移到台灣的一群中國人嗎？殷海光就是這群人之一，不過他跟我爺爺奶奶不一樣，他是個知識分子，他不是在台灣土生土長的。土生土長的台灣人，我想在當時是不太能表達什麼政治思想，不是他們心裡或腦子裡沒有，而是他們經歷過一場政治性的屠殺，要不是已經不活在世界上，就是逃到世界的各個地方，有些在牢裡的，還在台灣的，就有什麼想法，也有口難言。

相反的，殷海光這樣背景的，或許對蔣介石沒有那麼害怕——我長大後有再翻翻他寫的東西，不過就是一些政治理論，一些「思想」——但是他就因此被軟禁了。不可思議。我常覺得要了解台灣歷史是很困難的。有一部分是因為，那段「不可以有思想」的時代，在我出生之前與我讀小學的時代——或許我也有什麼會惹毛國民黨政府（我是舉例）的思想——誰知道呢？不過因為我又不宣揚又不散布——那時沒網路，小學生沒什麼力量，所以我沒有那種我想說什麼不能說，被傷害的感覺。但是那是存在過的：不可以有思想。在我們的島上。

我真的感覺到被傷害，你知道是什麼時候嗎？是我到了法國以後的事。我非常難過，我觀

9　殷海光（1919-1969），具有多重身分，除為隨國民黨來台的外省人之外，也是戒嚴時期的自由主義代表人物。其著作多遭國民黨政府查禁，但仍在民間以各種地下方式流傳，成為後來不同政治立場的人的思想啟蒙。殷海光本人當年的許多自由如出境，都受到禁止，可說形同軟禁。學者對台獨運動進行研究者，有認為殷海光已有將台獨列為選項的表示與傾向。因此多少被認為，是外省知識分子之中，較無「省籍情結」者。

察、我比較，我因此發現法國比起台灣，真是一個有許多思想的地方，而根本的原因是，你們有非常多的人，在非常長的時間裡，都在思想（思想是一件需要時間的事）——彼此激盪、互相批評——雖然你們也有不少垃圾——可是我看看台灣的歷史，戒嚴三十八年，在我生命中就至少占了十五六年，之前的二十多年也「戒嚴」，就「思想」這個東西來說，都是白白浪費了。我想到這，是真的悲從中來（你說我太愛比較了，是啊我承認，我是有點）。不是我覺得思想多麼多麼重要——我不是一個思想型的人，我每天只要靠星座運勢就能活下去——但是我相信，每個人是非常不一樣的，就是有那些不靠思想會活不下去的人，你能說他們錯嗎？比如說，伽利略啦，馬克斯啦，或者耶穌啦，甘地啦什麼的，我想到他們被禁止，就像不給我看我的每日星座運勢一樣，我覺得，那一定很痛苦。

你知道納粹曾經禁止猶太人登山嗎？這實在非常過分。不是說集中營就不過分，可是禁止登山也很過分，不是嗎？我自己不喜歡爬山，可是我可以想像喜歡爬山的人，你要問他們為什麼喜歡爬山，原因或許有一堆，但是原因重要嗎？他們就是喜歡呀。所以那個時候，非常喜歡爬山的猶太人，因為太喜歡爬山了，只好偷偷摸摸地去爬——你看這就是人性，這就讓我想到台灣人，在台灣我們沒有禁止過爬山（據我所知），但是曾經禁止過思想——結果呢，就是那些喜歡思想的人，仍然受不了禁止，只好偷偷摸摸地思想，偷偷摸摸告訴別人他們思想些什麼，就像猶太人偷偷摸摸爬山一樣。

不管是殷海光或是我爸，他們的思想或許都不怎麼樣，但那是他們的人性，就像爬山是某些人的人性一樣，所以在我讀小學的時候，台灣還在戒嚴時，許多台灣人，台灣的成年人，我想他們是非常苦悶的。他們活在一種偷偷摸摸的人生裡。

許多晚上，我睡到半夜，我會被我爸叫起來，因為他要跟我談談「國家大事」。——「殷殷起來！殷殷起來，爸爸跟妳說說話！」他站在我床邊搖醒我。

我醒過來，想一想，提出我的「交換條件」：「我要吃泡麵！」

「好好，沒問題，給妳吃泡麵。」

泡麵你知道嗎？它是一種速食麵，你可以煮它，也可以用熱水泡一下，就可以吃了。我不知道為什麼它那麼好吃，可是它沒營養，對身體也不好。就像薯條或汽水——我自己做大人後，絕不給小孩吃泡麵，絕對不給。我覺得這是大人的責任，不要養成小孩的壞習慣。這點我跟我媽倒是很像，我長大後有次跟我媽吵架，我還對她說：「我從來沒有不認妳做母親，因為妳還有母親的樣子——比如說，妳不給我吃泡麵，這件事是對的，妳有做到。」

——事後我想想，我說的其實是謊話，我不覺得，不給小孩吃泡麵，是一個母親至高無上的任務，應該有別的事，是比這事更重要的，但我想不出太多我媽做的好事，我想提高她的自尊心，讓她改過自新——不過我想那是很難的。但總之，因為我媽的關係，我們家在正常狀況下，是嚴禁給小孩吃泡麵的。不過我知道我爸會偷藏，半夜一個人偷吃。所以如果我爸在半夜把我叫醒，我就會要求說，那我，我要吃泡麵。

面對面吃泡麵的時候，我爸就會說啦（因為說話才是他的重點），今天又發生了什麼什麼事，誰說了什麼，誰又說了什麼，誰寫了一篇文章，誰又被關了，那個雜誌又被警總查禁了什麼的，給我解釋憲法的最高位階性或言論自由什麼什麼。我從小就對政治感興趣？不覺得，我哪有選擇。因為我上小學沒多久，就發生了「美麗島事件」[10]，國民黨政府抓了一群人關。如果這群人沒被關，我想我爸就去跟他們混混好了，不用三更半夜來煩我。這實在是件很倒楣的事，我才剛開始長大，整個世界就進入黑暗與不幸中——。

那些政治犯被關起來，他們的家屬就出來選舉，選民意代表。今天國民黨政府說某些人是叛亂犯是惡徒是禍國殃民，過幾天，台灣人就投票給他們在監獄外的家屬，讓他們當選。你還能說什麼呢？不是一張兩張選票，要讓一個人當選民意代表，那是成千上萬的選票。

把人抓去關，還不是最糟的。審判之前，這些人就在牢裡，這時發生一件很慘的事。其中一名政治犯的母親和一對雙胞胎女兒，在她們自己的家裡，就被殺害了。亮均、亭均。我說什麼？喔，那是那對雙胞胎的名字，她們還有一個小姊姊，雖然也挨了許多刀，但奇蹟似的生還了。但是亮均、亭均，沒有活下來。從我有記憶以來，我就一直記得，那些年，兩個小妹妹被殺死了[11]。當時我只記得兩個雙胞胎跟我差不多大，但因為她們死了，不可能長大了，所以在我感覺，一直像死了兩個小妹妹。她們比我小一歲。

咦，你哭了，你哭什麼？你說我也有可能被殺？你太誇張了。我爸不是政治人物，他只是偷偷關心政治，在半夜把我叫起來吃泡麵罷了。如果這樣也會被殺，台灣一半人口都沒了。而且，你太天真了，這種事，才不需要殺很多人，只要殺少少的，其他的人就了解了，就夠了。而且這事，只有活下來的人才痛苦。死去的失去了生命，活下來的，是失去所愛。

不不，我並沒有一個悲傷的童年，至少我不記得我有為雙胞胎哭過，很多壓抑、很多小心翼翼，那是真的。但是當一個人還小的時候，並不是那麼有能力悲傷；小孩子，首先會記住；就像一個不懂的圖案或謎語，我當時是很深地記住了，在我心上打了一個結，結繩記事的結。但我還沒有能力悲傷。那時候我對別的事才更憤怒，真的非常憤怒；但是對小孩死去這事，我被驚嚇，我有一種被打了麻藥的感覺，但是悲傷，那是需要思考力的東西，那種思考力，作為小孩子的我，還沒有。

高中時，我自己跑去參加兩個小妹妹的追悼會——有個追悼會，我一個人放學時跑去參加，在追悼會上，我想我是悲傷的，因為那時我已經大到可以去想這事。為什麼我一個人去參加？因為我最好的朋友冬樹，她爸爸就是國民黨，她也差不多，我不覺得她願意為這事悲傷，她可以悲

10 美麗島事件，又稱高雄事件。當時政府稱高雄暴力事件叛亂案。發生於一九七九年。被判叛亂罪共有八人，刑期從有期徒刑十二年到無期徒刑不等。尚有多人被以其他罪名判刑。該事件在政治史上的意義與影響，請自行參考專書專著；在對民間的影響上，詩人楊牧曾道：「美麗島事件變化太大，把大家全改了。」（見張惠菁著，《楊牧》，二〇〇二年。）

11 指一九八〇年的林宅血案。慘遭殺害者為林義雄的母親游阿妹，以及雙胞胎女兒林亮均、林亭均（1974-1980）。

傷小孩死去，但是這件事不單單只是死去的問題而已，在我的理解裡，這是因為反對國民黨才會死去——讓一個不是反對國民黨的人，去哀悼她們的死，其中有種隱密的褻瀆，非常非常隱密，但還是褻瀆的。

我也有反對國民黨、非常反對國民黨的好朋友，可是她們已經有夠多眼淚了，我希望她們多一些歡樂、輕鬆的事在生命裡，所以想來想去，只有我一個人，自己一個，適合去哀悼。

因為雙胞胎被殺了，「美麗島事件」對我來說，變成一件小孩子的事。我不知不覺地，在小學時代，也有了一套所謂政治的想法。那麼小的時候？那麼小的時候，也是會有想法的。我識字沒多久，我就開始翻我爸帶回家來的政論雜誌，當年叫做黨外雜誌——因為當時禁止組黨，沒法有黨名，所以凡是反對國民黨的，泛稱為黨外——像outsider？用英文一說好像很詩意，不過事實上不是浪漫的東西，在我看。中國人有一些很奇怪的東西，就是認為讀書人要救國，要以天下為己任，台灣人也有中國人的這個部分。像韓波，你也不能說他不政治，看看他跟公社的關係！惹內和巴勒斯坦，沙特的阿爾及利亞——我看到沙特自己去弄個擴音器，站到宣傳車上在叫啊喊的，為了突破當年法國的新聞封鎖，說真的我還滿感動的。法國在阿爾及利亞戰爭時搞新聞封鎖，說來是滿可恥的；沙特那樣搞，是可敬的。

你問我看得懂當年的黨外雜誌嗎？不是看不懂，是根本沒興趣看，那不是給小孩子看的東西呀！我會讀，是因為我像小孩一樣，有一段時期，喜歡在父母的東西裡面亂翻。只是這樣。可是裡頭有一本，我記得很清楚的，叫做《深耕》，當時我連雜誌名都沒搞懂，「深耕」？是什麼意思呢？我家附近不遠有個地名叫做「深坑」，顧名思義就是「深深的坑洞」的意思，當時我很困惑，深耕與深坑有關嗎？但是我還沒有懂「深耕」是什麼意思，它又變成《生根》了，怎麼名字越取越難聽？越難懂了？好，我告訴你，我雖然始終對這些刊名感到困惑，裡頭有個關於美麗島政治犯小孩的固定報導，我倒是讀懂了！你知道那些小孩發生了什麼事嗎？

因為他們的爸爸被當成國家的敵人，他們在小學裡的職務，竟然也被取消了！原來是班長的，不給做班長了；原來是樂隊指揮的，也不給她當指揮了——

當時每個國小，每天早上都要舉行升旗典禮，每天都要唱國歌——國歌超難聽，國旗歌超好聽——不過重點不是這，而是我小時候很奇怪的心理——我以為當指揮是一個人（小學生，對我來說小學生就是所謂的人）最大的光榮。其實指揮在指什麼，誰管啊？就看著也沒照著唱呀！想想真不知指揮的光榮在哪裡？好，不管；總之一個小學生要升到五年級時，才能做指揮，要等到四年級時，才會有選拔。我當時三年級都還沒到，已經巴巴地望著那個位置了。一旦我那日練琴有點懈怠，我媽就會警告我：「妳不好好練琴，到時候，妳就不能憑實力被選上樂隊指揮。」聽到這，我整個人就乖乖的了。強迫自己，好好練琴。嗯，每天都要練一小時。

「一黨獨大」、「萬年國會」、「金牛政治」——用來批評國民黨的慣用語，我是耳熟能詳的，不過我真的憤慨起來，卻是因為那幾則關於小孩的報導。憑什麼？憑什麼？換掉小孩的樂隊指揮職務！這事讓我比死還難過！我像基度山伯爵一樣打算報仇！太不公平了！

老師沒有保護他們？這就是老師們會做的事呀！——那年代就算反對國民黨，也要表現得像擁護才比較安全，學校裡也有情治單位呀。你問我我媽？

我聽到我媽的政治意見，一共只有兩次，不過兩次都很絕。

有一次是黨外選舉失利。我坐在飯桌上正在喝綠豆湯，我爸如喪考妣地也坐了下來，有人是沮喪就不說話，我爸是越沮喪話越多。不過他是有理由沮喪的，那年會輸掉，不是因為得票率不高，而是太集中在一個他們以為「危險」（可能當選不上）的候選人身上。就是說，支持黨外的票，是可以支持四個人當選，最後卻只選出兩個。我媽正在收拾碗盤，她把碗盤弄得乒乓響，使我有點緊張，因為有時那就代表她想對我發火了，有時我又發現她即使心情很好，也會把碗盤弄得乒乓響。你媽也是這樣？好，那天她也弄個震天價響，然後突然就沒聲音了。她背對著我爸和我，怒道：「從有投票權以來，一次都沒有投過給國民黨！」那是我第一次聽到我媽說到政治，我很驚訝，沒想到她態度那麼強硬。

我爸問她投了誰。我記得，她說投給了康寧祥。詳情我不記得了，但我有種朦朧的感覺，就是我爸雖然有很多理論，囉嗦得不得了，但好像沒有我媽厲害，至少那次，根據我爸的分析，我媽做了比他正確的投票決定。他們事先不知道投的是誰？喔，這是民主國家的投票原則呀，我們家是民主家庭，他們是民主夫妻——我也從不告訴別人我投誰，這是我的權利，我從小就知道。所以那次要不是我爸偶然間問我媽，我連我媽那麼痛恨國民黨，我都不知道，饒舌的是我爸，我媽從不說什麼。

還有一次？喔，那時我也還是小學生。我媽又在獨自發火，沒頭沒腦地，她突然跟我說：

「今天學校開會時，來了一大堆國民黨的來給我們講話，講白賊，全是謊話。我一肚子氣，我就在底下拚命改簿子。」我也是「喔」了一下，很驚奇。原來我媽那麼可憐，拚命改簿子，這算哪門子的反抗啊？不過我媽不像我爸，她說的話，對小孩來說更難懂。我爸學政治，他說來說去是從政治學的角度，覺得國民黨不對；我媽不是學政治的，我爸那些黨外雜誌我也沒看到她翻——不過，知道我爸媽在政治意見上是一致的，使年幼的我，多少感到安心。

我讀國中時，民進黨組黨了。那真是一件大事。就連小朱和我，我們見面時，都有說到。說來有趣，小朱的爸爸也是「黨外的」，所以我敢讓小朱知道，我的名字是為了紀念殷海光。當年小朱爸爸還對小朱說：妳將來出來選舉，賀殷殷可以幫妳寫演講稿。真是！那年代的人對選舉就是很信仰。還彷彿寫演講稿，是挺重要的事。

不，我們兩個都沒有走政治的路。大學時代，我偶爾會幫民進黨周邊的團體做些小事。有次我在民進黨黨部外頭，偶然碰到她，我還記得我一見到她，劈頭就對她說——我說：「這裡完全都被新黨占領了。」——連一句招呼或敘舊都沒有，這句話就足以表達我們的相連。

——她馬上附和。我根本就不用跟她多做解釋，她完全懂得，完全知道。也只對她，我有這種放心與了解，這種從十三四歲就有的默契，不是很多人能擁有的。果然，幾年後，所有那些我們倆私底下標籤說是新黨來搜刮資源的，一個個都當上國民黨的官（新黨與國民黨這兩個黨差別不大）——想想，兒童時代的政治教育，大概還是有它的影響力，我們碰到政治人物，很自然就會分析他們，記錄他們。誰說什麼、誰做過什麼，心裡有本備忘錄，所以那些來民進黨冒充民進黨的，很難騙過我們——但沒有用，民進黨那時就是整個鬆掉了，那些敵方的人在裡面來來去去，民進黨半點防守都沒有。我進去防守？我沒那麼無聊。我對政治說真的，還是沒興趣。

國中畢業那年暑假，我們全家一起去美國旅遊，同行的有民進黨創黨的大老及其家人，三四個民進黨的支持者家庭。Alice 全家。幾個做小生意的——我對他們印象非常好——話不多，但很會體貼人——他們其中一個有一對雙胞胎男孩，另外還有一個才讀小學二年級的小男孩，老是跟著我轉，叫我「大姊姊！大姊姊！」。不，沒有政治目的，純粹家庭旅遊。

那場旅遊，是個大災難。每次大老一跟我說話，都使我一肚子氣；譬如有天我們到了我想是美國國會之類的外面吧，他就對我說：「妹妹，妳說這漂不漂亮？很雄偉吧！我們要當民意代表，是不是就應該在這樣漂亮的地方當，才過癮？」我表面哼哼哈哈，心裡氣到發抖。我爸口中為理念打拚的這群人，竟然跟我談建築物的雄偉與否？當民意代表是為了過癮？

不，今天的我，並不覺得這些人像他們表現的那麼「俗不可耐」。必須考慮幾件事。一件事是兒童「裝風雅學上流」的傾向，如果你觀察兒童，兒童在某個時期，會非常強烈地有附庸風雅的需要，看在大人眼裡，真是有夠矯揉造作的！不過那只是兒童在摸索他的角色，一種精神上的「扮家家酒」，小孩會玩這套東西一陣子，然後有天他就自動痊癒了，變成一個比較自然的人。你說你懂？你說你小時候曾騙人家說你是美國人？做法國人還不風雅嗎？會拉小提琴？你會拉嗎？你不會！——這就是了，就是這。我小時候，一直到我去美國旅遊時，在矯揉造作這事上，是個一等一的厲害角色！當然我自己不知道，我以為那叫做「氣質」！大老顯然不懂兒童或青少年。

另外一個要考慮的是，這些人，常年被極度醜化與妖魔化，不知不覺就有一種「裝可愛」的表現，以為壓低姿態才會被接受。但當年我可不懂，只覺得：這個卡通人物在跟我玩什麼把戲呀！整個旅遊途中我都彆著。

旅遊倒數第三天，危機升到最高點。在迪斯耐樂園吃中飯時，大老嫌一一點飲料麻煩，自作主張地給全部的人都點了可口可樂。我驚呆了。

回到旅館，我跟我爸大吵特吵，我發脾氣：「這是什麼民主前輩？他怎麼可以問都不問一聲，就替大家做決定？這就是你說的民主嗎？求方便，求效率，就可以不顧別人可能有不同的意見，這不就是國民黨作風？我們怎麼可以支持這樣的民進黨？今天他們不讓我們決定我們自己想要喝什麼，明天，他會讓我們決定更重要的事嗎？這是什麼民主？」附帶一提，我們家連要上麥當勞或肯德基都用投票決定的，這也難怪別人替我點可樂，就會讓我抓狂。

小孩發起瘋可謂非同小可。不過我用的語言完全承襲黨外的慣用語，所以我爸不氣反笑，他安撫我道：「爸爸給妳錢，爸爸給妳錢。妳想喝什麼，妳愛喝什麼，妳自己去買。」

「大事化小，小事化無，你這是國民黨！」我氣得哭了起來。

我媽在旁邊，雪上加霜：「這麼大的人還哭。好難看。」

我妹妹小惠，小鬼頭一個（她還在念小學），這時忽然像個幽靈一樣鑽出來，站在我們三人中間，冷冷地（小孩子冷冷說話時真的很可愛）吐出一句話：「依我看來，錢不是重點；可樂不是重點；民主呢，也不是重點。」

那麼，什麼才是重點呢？我們全看著小惠，覺得她似乎說到重點了。

然而重點是，那重點是什麼？是什麼？

第四章

「妳知道，托爾斯泰強暴過他們家的小女僕嗎？」萱瑄這樣對我宣布。

我不知道。奇怪是，我也不太驚訝。如果我有發出聲音，大概是一個「嗯」字。

那時，萱瑄常對我丟出這一類的作家醜聞。我在聽時，完全不受震撼，也不予置評。然而我讓那些事，在我心中留下印象。

那些印象乍看彷彿淺淺的、淡淡的；但是痕跡就是痕跡，只要不刻意毀壞，它們始終留在我心上，即便年復一年，我仍不斷從中追蹤到一些東西：關於我的年少、關於萱瑄這個人、也關於一個世界，如何在我身邊逐漸成形。

兩個在文學上處於起步階段的少女，在一起提及大文豪對另一個少女的惡行——每一年，當我回想起這事，都不斷發現新的意思。首先是，透露這類祕辛給我的萱瑄，扮演著一個指導者的角色，讓我知道，關於文學，或是文學界，我很生嫩；其次是，在這樣的交流中，萱瑄有效率地阻擋住我往許多文藝少女會走過的路線上走：一面寫作，一面崇拜某一群、或是某一個男作家——雖然只是簡單的一句話，就對我形成了一個看不見的保護傘——她是那個知道得比我多的人，如同小紅帽的媽媽知道森林裡有大野狼，我不可以隨便亂跑，更不可以隨便相信任何陌生人、任何熟人、任何人——因為如果連托爾斯泰都會強暴他們家的小女僕，那麼，除了告訴妳這個事實的人以外，妳還可以相信誰？

托爾斯泰的事，對托爾斯泰或萱瑄是重要的，但是對我一點都不重要——這件事有幾個奇怪的原因。只說兩個好了。

第一個原因是，我封閉的狀態，事實上，超出大多人的想像，我很少在別人的人生經歷中提取我所需要的成長養分，在當時，我當然有喜歡的作家，但我從未對他們的人生感興趣。關於我該如何長大成人之事，不知為何，我很習慣獨自摸索，或者就是渾渾噩噩地前進；第二個原因是，隨著年紀漸長，我才明白的，寫作對於不同的人，從一開始就具有不同的意義。

對於萱瑄來說，那是進入一個既成的宇宙，加入一個有歷史、有故事的團體；而對我來說，寫作卻是密室。為的是更不與人相關、更加孤獨、更加一個人——寫作為的就是不管別人。當然也包括不管別的作家——他們十惡不赦也好、德行超人也好，我都看不出，這些能夠如何影響我——萱瑄常對我說的一句話是：難道妳都不會好奇嗎？我聽到後，往往大吃一驚——托爾斯泰之事，我並非沒有接收到，她要傳達給我的警世之意，但如果說這如何使我對作家生涯有所體會，我卻感到莫名其妙——托爾斯泰，這人離我，也真的太遠了。想想看，還是一個俄國人——。

幼稚愚誒，原來那是我。其後我想起，總覺得我因為自然而然地晚熟，獲得了萱瑄所沒有的銀色盔甲般的保護——她說起那話時的冷酷與憤世嫉俗，我記憶猶新。她的言外之意，我當年也領會到了：作家欺世盜名，完全不值尊敬與信任——她說的其實是她自己的被背叛、被傷害。而我帶著一些孩子氣，在心中非正式的回覆卻是：雖然托爾斯泰是這樣，但我們只要不做托爾斯泰，那不就成了嗎？

超乎當年萱瑄和我的想像，萱瑄的托爾斯泰問題，從我年少時，彷彿事不關己的「嗯」之後，一點一滴匯集成某個無限深淵般的意象。每一年，我都比前一年，對萱瑄更加同情。因為從某個意義上來說，儘管放棄了文學，萱瑄卻真的成為一個不折不扣的托爾斯泰——至少，對我來說，事情，確實發展成這樣了⋯⋯。

萱瑄是我的誰？這真是一個好問題。一個人究竟是另一個人的誰？或許這就是整個文學的問題。包括了所有定義的問題、無法定義的問題、還有一不小心就會溜掉的問題。

為什麼我談起她？與其說是要談起我的人生，不如說，我覺得絕對有必要對讀者們提出警告——是時候了，我該說的一件事就是，千萬別幻想著，你可以毫髮未傷地從這個故事中脫離，你坐下來讀，你躺下來翻——你不知道的是，你可能會多恨這個故事，或是說故事的人。你也許會後悔莫及，與我一般，對於我要說的故事——你也會想忘掉——別說我沒有警告過你——你有多堅強，或你有多脆弱，這事只有你自己知道（或是連你也不知道），我一無所知。

托爾斯泰與萱瑄，就是一個「故事，遠超過聽故事者能力負荷」的實例。

我想起萱瑄，我腦中常浮現一排字：「那個被文學深深戕害的人」。

事實上，真的存在有被文學戕害的人。——同樣是托爾斯泰的故事，在我身上與在萱瑄身上，就產生了完全不同的作用——我天真地感覺到，這不過是指出一條我們該避開的路（不要做第二個托爾斯泰），我們寫作，我們最好不要作惡多端——因為作惡多端，雖然未必會損及我們的文學水準，但讀者們得知之後，會造成他們的痛苦與絕望——我從很小的時候，就在心中確立了一個想法：我們寫作者，在道德問題上，要盡最大可能，和一般人一模一樣。

但是世上連一模一樣的人都沒有，怎能在道德上一模一樣？我並非要對讀者們推介我自己的道德生活，如果我要非議自己，我也有許多話要說，關於自己是多麼墮落（這真是說不完的一件事）；但我要說的是另一個問題，在比較的層面上，在年少時，萱瑄和我，一開始就站在不同的起點。何萱瑄，這個知道她的人，都喊她萱瑄、萱瑄的人，從我二十歲之後，就像一把生滿鏽的鐮刀一般，出入我的生命，讓我留下無數難看又難好的傷口。

萱瑄是受折磨的，她受到托爾斯泰的誘惑。一個又能犯罪又能受尊敬的形象，比只是犯罪或是只受尊敬的人，似乎在這世上，得到較多的東西——較多的經驗、較多的安全感——大概也能總結為較多的愛。萱瑄要成為作家的欲望，非常強烈。

那時我們一起看一部男同志的老電影，電影中年紀較長的男同志後來變得不能寫了，被他帶入行的年輕同志情人，反而一帆風順。對後來幾乎發了瘋，成為殺人凶手殺掉愛人的老同志，萱瑄說了一些話，意思是：他活該。如果有天她變成他，她也會覺得她活該：不能寫就是不，不什麼？不一切。像我的「嗯」一樣，我的沉默背後，並非沒有話要說。她如此無情，年少的我，還沒有想到我們倆的處境，與電影中的兩人多麼相類。我咋舌於萱瑄無人性的態度，含糊地感到似乎必須努力寫作；我想到的是，寫不出，會被她非常瞧不起，沒有想到，寫得好，或許有一天會被殺掉。當時萱瑄有非常多的憤怒與狂亂，而我卻無憂無慮。

這個差別，萱瑄有次給過我，一些像是解答的線索；我們談到小孩，我說自己讀高中時，曾想過要生一個小孩，夢想騙一個不太危險的男人上床，然後自己生下自己養。後來只是因為實際施行沒有想像中的容易，我才沒有繼續。她聽到這，難得地嘆了口氣：「妳有那樣的想法，妳還想要有小孩，表示妳還能感覺到在這個社會中，妳有某個位置。我從來都沒有妳那種穩當的感覺——妳沒有我們的那種徬徨。——。」

在當時，如果是小朱對我說同一番話，我覺得比較好了解，小朱從小就T模T樣，一看就是「出錯出得渾然天成」，小朱感到不知所措，或是被這個社會排擠，就算她不說，我也知道。但是萱瑄？她沒有小朱那種外型的記號感，但是沒有形狀，沒有外在——不表示在內在的地方，萱瑄沒有小朱那種「與世界對不上」之感。

當我和萱瑄在外行走之時，我們都被當成姊妹花般的存在。我們倒也沒有非常女性化，那是「不分」的年代：我們都留短髮，不常穿裙子。但大部分的人，都沒懷疑過我們的關係，在不知情的狀況下，人們似乎滿喜歡看到我們出雙入對；偶爾我們任一人單獨出沒，就連便利超商的店員，都會問：「啊另一個那裡去了？」彷彿在責備我們把一個應該成對的東西，掉了其中之一。

我曾經想過，如果每個人的命運可以用一張塔羅牌來表示，萱瑄的牌上，應該就寫著這樣一句話：「被推開的人」。這是件奇怪的事，我承認她有點多話，對別人的感受不太敏感，但是要說她真有什麼奇怪的東西，造成人們對她的排斥，我又覺得並沒有。但是明顯地，有什麼非理性的力量在運作，只要她在的地方，就會出現放逐她的欲望——並非沒有人理她，或是她參與不進去，事實是，她可能主其事，她甚至領導人，然而彷彿是，雖然人們接受她的能力或貢獻，但在某一點某一事項上，人們就是會祕密結盟起來排除她。

我的小惠妹妹讀小學時，有天我媽媽把我叫來，要我多關心小惠一點。因為她聽小惠的導師說，小惠和她班上十幾個同學，一起去看生病住院的老師，不知怎麼回事，大夥買了一個蛋糕去，但是小惠導師細問之下，名義上合買的蛋糕，竟然是小惠一個人出的錢——當時媽媽告訴我時，我也覺得不對：小惠零用錢也不多，是哪根筋不對了這麼凱。她沒有那麼笨，那麼她是寂寞到這個地步了嗎？

這就是我所謂萱瑄「被推開」的意思——大家表面上是一起的，一起出遊一起玩，一起上街頭或搞什麼活動，但是忽然間有什麼事，萱瑄就變成那個唯一必須買門票或被課稅的人。

這個像是萱瑄頭頂上的命運的烏雲，究竟與她是同志有關係嗎？小惠妹妹從來都不是同志，但她似乎也曾有過，那種同時身在團體中，但卻又被揩油又被排擠的怪異處境。

在這個我直覺感到被不公正對待的人物身邊，我的角色是什麼？這是真的，我感覺自己真像是萱瑄說的那個，一個世界秩序中所走出來的代表，我手中舉著歡迎牌，我找到她，我去了解她，並把她帶入，那個我在其中，生活穩當的秩序中，這在我來說，一開始似乎是簡單又自然的事。也因此，當有一天，就連我也想要割斷與她的連繫，排除她在我的記憶中，不但希望她不要在我面前出現，甚至想到，如果世上從未有過她這人更好——當我走到這個地步時，我的痛苦是雙重的：我既背棄了我年輕時的理想與對公正的追求，又懼怖於自己對人生複雜性的低估。

我是不是一開始就是錯的？我既不應該認識她，也不該保護她，如果萓瑄身上引發人們放逐她與懲戒她的欲望，會不會是因為，秩序裡的人的雷達是靈敏的，而我看似包容或高尚的情懷，只是因為我偵測有害物的本能是故障的？理論而言，沒有人該被當成瘟疫——我多麼羨慕那些終其一生，從未視他人為瘟疫的人，我但願你們，在發現我所發現到的事之前，就已離世；如此你們將不致有被撕裂之痛，可以帶著對人類的信賴與敬重，離開這個世界——這就是，我所失去的命運……。

托爾斯泰。邱妙津[12]的《鱷魚手記》中有一個情節，鮮少被注意。天之驕子夢生，男同志，曾經玩弄調戲國小女童，直至有天嫖妓時，驚見雛妓即女童，感到自己作孽深重，遂對世間一切更感虛無。——為什麼？我不記得我曾滿意過邱妙津的書寫，為什麼這是噩夢？為什麼犯罪者要經過這個過程，才會感到罪孽？或許邱還太年輕，不到掌握這個主題的年紀，這個主題出現在小說中時，我讀到的是廉價的賣弄——。但是這與托爾斯泰的《復活》的核心，正好一脈相承。

曾經毀掉一個人，然後完全遺忘這段事，然後偶然看到自己毀滅他人之事，發現這是不可

12　邱妙津（1969-1995），作家。

磨滅的痕跡，於是決定贖罪——這是了不起的英雄事業，因為這不但在對自己良知審判上要堅決，毀掉的東西，也不像一件破掉的衣服，可以靠補丁修復。《復活》中的女主角說的話並沒有錯：「過去你強暴我的身體，如今你還想要利用我的靈魂，拯救你的靈魂。」這個被毀者的控訴，放諸四海皆準。贖罪者也許誠心誠意、全心全力——但誰能說，這不是另一種強暴行為的變相延長？

——犯罪、遺忘、偶然再遇被侵犯者、發現侵犯痕跡長在、引發悔意——這個神話的深層結構，要說的，或許不是關於行為好壞的問題，而在於真實與時間。

真實是什麼？有種流行的說法說，真實並不存在，只存在詮釋。一個人是胖是瘦，固然可以因詮釋而不同；但若說一個人是生是死，也可以依詮釋而定，這就淪於詭辯。如果一個女人生了孩子，我們用詮釋來詮釋這個孩子如同從未出生，或是孩子也可視為死物——這孩子或這女人，大概非得發瘋不可。

我曾經祕密地在祕密的地方，寫下我十歲時喜歡的男孩的名字。二十年之後，我忽然想起這事。我回到不為人知的死角查看，那用鉛筆寫下的名字，仍然留在原來的地方。這意謂了什麼？不，這與愛並沒有那麼相關。我並沒有那麼喜歡那個男孩，我原也可以只是寫下自己的名字或是「安東尼是大笨蛋」之類的字句——內容絕不是最重要的部分——誰都知道，如果我在寫下後的兩天或三天後去查看，那些字樣沒有那麼快消失，這樣做一點意義也沒有——而我果然在二十年間未去查看，卻在二十年後看見——當時我忽然明白，十歲時的我，想要「問」的就是：發生過的事，是真的發生過嗎？

發生過的事，是真的發生過嗎？

這看來是個愚蠢的問題，其實一點都不蠢。有些事的真實性與否，對人類心靈並沒有那麼大的重要性。一月二十五號中午十二點，我是去吃了火腿蛋炒飯或是去郵局寄一封信，這除非我捲入犯罪事件，需要提供不在場證明什麼之類，沒有人——包括我自己，會去回溯或在意，這類日常是發生了，或是沒有：我是想吃飯但後來改變主意叫了披薩，我是該去郵局但是我又拖了幾天，這一類的「發生」，我們每天在處理，如果我也要對它的真實性一一產生疑問，做下紀錄以保心安，這只能說是神經質。

但是有另外一些事物，說是事物或許不對，就是那些發生在我們心靈中的變化。

這些東西：擔憂、煩惱、盼望或是溫柔的感覺，我們總是既感到真實，也感到不真實。真實是因為，感覺有它的強度，不真實，則是因為它沒有明確的印記——只存在心中的東西，再厲害的手術，也無法開刀將它取出來，再精密的X光，也沒法使它顯影——但是有多少我們的性情與行為，都取決於這些沒有質量與空間的「真實」。我們是唯一知道的人。

性欲或喜歡一個人，正是「心靈的變化」中，最不可捉摸的一種——我想這也是為什麼不少人，會有不立刻扔掉用過保險套的傾向——因為說來好笑，用過的保險套，或許是極少數可以替代「心靈上的變化」，作為加強「性欲來過」這個真實感的紀念物。

性犯罪，如托爾斯泰所經歷，如邱妙津筆下所出現，所以在時間培養皿中放置一段時間後，才引發犯罪者人格的轉變，關鍵點，並不在於道德行為中的判斷力。在時間培養皿中培養起來的，並不是「我侵犯了人的認知」——認知是一開始就有的，問題是，在時間前端的認知，沒有嚴肅的性格。雖然發生的事的性質是一樣的，但是在一開始時，犯事的人不像後來那麼樣感覺到嚴重性。

那麼，時間，或是巧合而喚起的時間感，究竟為什麼會對人起作用呢？我想那是因為，人的真實感，在這個過程中，有了增長。換句話說，面對犯罪或是自己的過錯，時間並不是使人更加聰明，而只是簡單地，使人更有感覺。真實，是有濃度的。時間是個釀造者。

更、有、感、覺，這是什麼意思呢？我們說感覺痛、感覺熱、感覺沉重或感覺如入五里霧之中，我們較少會說，感覺真實。但是這份感覺確實存在，如果你曾經歷過它衰退到增強的變化，在那些轉折點發生之時，你會尤其體會到——真實感，是你腿中之腿，手中之手，不管是它的消失或不見，都會讓你變得寸步難行、束手就擒，就像一個感冒藥吃多了的昏沉之人。麻醉是醫學的特殊手段，但是清醒，卻是人生無止境地每日工作。

所謂良知活潑的人，可以說，就是他時間中的每一刻，都被他感覺到；而良知沒有活性的人，感覺常常是不均質的，需要靠更多的事件或刺激，他的感覺才能上工。或許這就是為什麼我們會說：麻木不仁。

但是真實感，也可以因為很小的事情，被抽空。

小惠妹妹還沒誕生前，有天我媽去醫院急診，留我一人在家午睡。據說我當時，午睡都要到下午三點時才會醒來，但是那天，我提早醒了。我第一個發現的，就是媽媽不見了。我並不是個黏人的小孩，當我媽在午睡時，我也會把辦家家的東西，帶到離家不遠的空地上去玩。但是那一天，我想不出媽媽為何平空消失，也推理不出一個合理的解釋來安撫自己，在我面前，突然裂開了一個無止無盡的世界，這裡面沒有半個人，我必須永遠一個人，單獨生活其中。如果以我在法文世界學會的表達，法國人會說：那一刻，妳沒有了結構。我在屋裡鄭重地走了幾趟，確定這是沒有人跡的空屋後，我走到院子裡。

三點鐘時，鄰居在院子裡看到我，我像一個陀螺一樣，以院子的中心為圓心，一圈一圈繞著跑。夸父追日是向前，我則成漩渦狀。有毛病的時鐘上有毛病的分針，大概就像我當時一樣，活力快跑。鄰居沒懂，口中說著：哎呀醒得那麼早，自己在院子裡玩？太陽那麼大，會中暑。媽媽說妳要睡到三點才會醒。

鄰居準時來接我。我常想，如果她再遲個幾分鐘發現我，或許我此生就會成個怪物也不一定。

回想起來，我很可能一個人在那院子裡，足足跑了半個小時。如果鄰居始終不出現，也許我還要繼續更長更久地繞著圓心跑運動。那是一個小孩子嗎？還是一個瘋子？一旦經驗超過理解能力太多，壓倒性的無力感，就會使人遁入幻想或是迷離的境地；這就是那個下午的瘋狂告訴我的事。當我長大成人後，有時我看到說個不停或笑個不停的某個人，我會有種似曾相識的感覺。這個人說的都合乎理智，笑的原因也不奇怪，但只是他們身上隱隱的強迫性，總會令我想到夏日豔陽下，小孩彷彿陀螺鬼上身的繞圈運動。規律得有病。

我碰到萱瑄當年，這正是她的狀況。一個繞著跑的人。

托爾斯泰強暴人之後，還把它寫出來呢。——萱瑄這樣對我說道。

寫作啊寫作，你到底是什麼？你為什麼重要？

在這個世界上，似乎存在一種特別的欲望，那就是成為作家。這個欲望與想寫作或想寫，常常並不是同一回事。因為你會發現，有人有不知道該寫什麼才好的疑問，有人有寫不出來的煩惱，如果有這些疑問與煩惱，不就是表示，寫作這件事，並沒有那麼自然嗎？

更奇特的是，它彷彿是跟隨在成為作家的欲望之後，也就是說，人是先有了想成為作家的欲望，人才願意把時間花在鑽研文學這一類事上。

當我在何萱瑄身邊時，我很明顯地感覺到，與她相較，我的這個想成為作家的欲望，完全不能跟她比。她曾不止一次非常光火地訓示我，如果我繼續這樣不愛社交，不愛跟人吃飯（何萱瑄非常強調作家跟人吃飯的重要性），是不可能在文壇立足的（「在文壇立足」這話我也是從她那才知道的，在她之前，我只知道有印刷這件事，我不知道有立足這事，這個意象老讓我想到一隻紅鶴在湖中單腳站立罰站之類。立足——多麼奇怪的想法）。

我一開始寫小說，只是寫給小朱看。

那是我十五歲時的事。花了幾個月寫作、修改；終於謄清文稿的那個下午，我騎著腳踏車去找小朱。小朱接了稿子就站在路上讀。讀完後，她只說了一句話（我更想說的是，她「撂」下一句話）：「妳到底知不知道，一本小說要有多少字？妳離一本書，真的還很遠吧？」——從三百六十五個角度，每個角度來看，這都十足十的輕蔑。

簡直比任何我後來知道的文學編輯或出版家，還要乾脆無情。我回家後，找出一本書，以一頁多少字，再乘以頁數計算，總算知道了：一本書有多少字。難怪小朱那樣看不起我。——要知道，我們當時談到小說，談的可是《戰爭與和平》之類——所以你也不能說小朱覺得我寫了萬把字就給她看，不顯得太傻氣。

是誰說，小說家需要鼓勵、知音或支持？

我很挫折嗎？我很悲傷嗎？

並不。

因為這並不是小朱頭一次這麼對我。

國中時代，學校裡的老師就已經對我恭恭敬敬，就連威嚴的女校長見到我，都會不迭聲地說，啊才女啊我們的才女最近一切好嗎。而這不過是因為作文簿上或考卷上寫的作文。老師們的態度誇張到讓我尷尬。但這給我的感覺不會不好，因為被喜愛，多少等於被愛。暗地裡，我因此想過，一般人對文學的要求，說真的，還實在並不高啊。

但是小朱有天對我說，她聽到她們班上的同學在稱讚我，但她覺得非常不以為然，她出面去對她們說：「賀殷殷並沒有那麼了不起，不管是賀殷殷提到的作家，或是引用的文句，我都早就知道。」她甚至詳詳細細地告訴我，她如何一一破除大家對我的崇拜。

——妳會知道那些作家與書，那是因為，我一直有寫信告訴妳啊，笨蛋。我在心裡這麼說。

但我在她面前，默不作聲。寫作並不在於知道，我早已掌握小朱不懂之事。

是的，這事很深地傷了我的心。並不是因為小朱覺得我不配，而是她還去對別人說。

國中死黨們知道了這事，紛紛對小朱開罵：講屁？她寫得出來嗎？

嫉妒。大家這麼告訴我。——她不過是嫉妒罷了。但是這事不像表面那麼公平，因為我在學校裡，一向得人喜愛，小朱則極端惹人厭。就算小朱沒有到處放話，說我寫的不如何，幾乎所有的人，都還是會站在我這邊。就算大家又更跟我站在一起了，這實在也不代表什麼。

有個祕密，一直到我十九歲和萱瑄在一起時，我才說了出來。

當我們談及小朱是否是我的最愛時，我說出這個祕密：「對很多人來說，我說起小朱，總像『永恆的初戀』一般，彷彿那是最強烈的愛情。但是這是完全不真實的。完全不。從我認識她開始，我就未曾對她完全信任，我一直知道，她會毀了我的寫作。」

對成為作家最感興趣的萱瑄，當然不會放過這個話題，一而再、再而三地要求我，把這件事說得更詳盡、更清楚些。因為這是藏了多年的祕密，一開始，我並無法順利說明。

這是多麼、多麼羞恥的一件事。

不但自己從未真實被愛；自己也遠非真實愛人——這是多麼、多麼羞恥的一件事。

寫作是在小朱之上的。對不起，如果你想知道真相，真相是，我從未放鬆過戒心，我或許曾讓自己在世俗意義的感情上受苦，在世人眼裡看來難堪與丟人，但在我這一生中，即使在睡夢中，在我最珍視與最感寶貴的一事上面，我連一秒也沒有被軟化過，或被欺騙過——與小朱的戰爭，從我一認識她時就開打，我既沒有忘記過戰事，甚至也從沒有被打敗過。寫作得到勝利，不是愛。

我要的，是我得不到的愛；我給的，也是我給不起的愛。

你以為這在說同性戀？我也差一點這麼以為。不，同性戀在這事上，根本不是重點。

一個連一本書有多少字都搞不清楚的少女，卻暗藏有誓死保衛「我的寫作」的信念，這不是很怪異嗎？如果不是小朱以嘲笑我的方式指出，我真正應該完成的目標，至少該是一本書，出版這個念頭，甚至還不曾來到我心中。究竟，先於成為作家或出版之前，那個「我的寫作」是什麼東西？

萱瑄追問過我，為了什麼緣故，我認為，小朱會毀了我的寫作？既然我不覺得小朱可以影響我的判斷，我也有足夠的自信不依賴小朱，就知道寫作的價值在哪裡，她看不出小朱可以從哪個地方潛入，使我受傷。

「因為我也是血肉之軀，」我這樣回答萱瑄，「小朱碰不到我的寫作，但是她碰得到作為血肉之軀的我；我們都以為寫作者是用頭腦在寫作，但這是不完全對的。如果作為血肉之軀的我，被摧殘、踐踏到某個地步，我首先會活不下去，我會失去我的生命氣息。那麼，即使我有心要保護我的寫作，我也做不到。」表面上小朱攻擊的是我的寫作，但那只是個預演，既然她對一般人都不會去攻擊我的部分，都能發動火力強大的攻擊，如果她沒有把我徹徹底底毀滅，讓我告訴妳，這絕對是她手下留情，不是她辦不到。

小朱真對妳那麼殘忍？為什麼？難道妳不能把妳的感覺告訴她，讓她改變嗎？

這妳就不明白了，少女之愛，何其輝煌。那樣的我，根本不要她有任何改變的。再痛苦，這事我也不做；妳看，我也從來不曾為小朱改變我自己一點點。我一感覺到她對我的威脅太大，我就立刻驅逐她，我是痛苦的，但絕不是沒有力量。我們都保持原樣，這是我要的。

但是，依妳所見，為什麼小朱對妳有這種，別人所沒有的破壞性，是她的本性嗎？

我花了非常長的時間，才能把我和小朱的認識過程裡的「緊張關係」，變成一種能用言語表達的東西，但在非語言的層次裡，我的直覺是一下就抓住了這個東西在我掌心，我知道它存在。它好根本。

那與智力活動有關。如果小朱是「精準地」將她的智力活動落在文學上，我認為她可以擁有一種相對化的能力——即便她對寫出來的東西有意見，她的意見會有某種特質，使我可以參考或對我產生激盪——那是我們稱為「討論文學」的東西。但是認真去看小朱對我書寫所出現的反應，我可以告訴妳，那全都是非常可笑、愚蠢與野蠻——但我必須讓妳注意，可笑、愚蠢與野蠻，這是作為書寫者的我在說話；在我和小朱的關係裡，存在別的東西，使我能認出可笑、愚蠢與野蠻背後，存在著一點都不可笑、一點都不愚蠢，甚至一點也不野蠻的東西。

那是什麼？用最簡單的話來說，那裡有一個尖叫、一個真正的吶喊、一句幾乎恐怖且悲傷重播的話：我呢？我呢？我呢？我沒有被忘記吧？一種幾乎令人心碎的呼叫。

對小朱來說，這個東西永遠都不夠。她知道即使她下筆，她也得不到足夠的重視，有些人對這或許笑笑就過去了，但是在小朱的百般醜態中，且不說她有道理與否，她是不屈不撓的。妳寫得再好又如何？妳能把「我」，給我嗎？如果妳做不到我說的這，我就要用盡我可以有的所有手段來否定妳，讓妳坐立難安——她認定了她是「我們這種人」的債主。從人情世故的角度來說，小朱是不折不扣的神經病；然而這個神經病曾是我愛的人，我雖然常常很想告訴她，她是神經病，但我當然沒說過。我甚至，如果可以這麼說的話，從來沒能——棄她於不顧。

讓我們想想，怎麼會有文學這種東西。這個小朱不是不熟悉，但又恨之入骨的東西。為什麼不是每個人愛說（寫）什麼就說（寫）什麼，而有了文學這樣的東西呢？說到更白一點，怎麼會有這種「區別」？

只是說「我們也沒有禁止每個人自我表達呀！」，是不足以回答這個問題的。塞尚因為他的朋友左拉寫得比他好，放棄了寫作，因此成為畫家。這是一個喜劇的例子：少了一個作家，多了一個畫家；這似乎沒有什麼可悲傷的成分。但是我相信，一定也存在，因為左拉而放棄寫作，但是也沒有成為畫家的人。這樣的人，或許還很多。

小朱的憤怒，一種長年針對作家而有的憤怒，我是這樣理解的：就是有你們這種人把文學變成需要技巧與能力的東西，才使得「我」會寫與想寫的東西，完全失去價值。因為這個緣故，她只要看到我，她就會想要我去「負荊請罪」。

小朱是想到她自己的。但她也並非完全沒有意識到，她的這種「我」，也是一種「我們」，她與某種不可見的大多數有所連結。不管她是直接投擲給我，她對我的不屑也好，有意無意地貶低我在各種小小讚譽中的安穩也好，她都有種正義使者的姿態，彷彿她在教我以這世界上最不可錯過的真理：下地獄吧，作家們！

不，她從來就沒有說得那麼白過，她有許多表達不來的東西，事實上，還是我靠著傾聽與整理，使一切更為清晰。她的心中有非常多的東西：情感、想法、觀察或是思索——但她拿語言與文字，就是沒辦法。當她心中的東西穿過語言與文字時，就是有些東西被碰彎了或是落了一地。在這個意義上，我是小朱顛倒過來的存在。語言文字有多麼弱化她，就有多麼強化我。我每通過語言文字一次，我就更均衡、穩固也更靈活。小朱則顛簸、散落與僵硬。我們原本也許勢均力敵、不相上下，但一經過語言文字這層網，她就更弱，我就更強。如果我是她，我一定也會感覺到：我造了什麼孽？

她給我寫長長的信，我也給她寫長長的信。每天。那是我們的黃金歲月。尤其從戀情的角度來說。然而有一天，我發現小朱把我寫給她的情書，影印了四五十份，分送給她班上還有別的班級的同學。在發給每一個人的同時，她還對她們說道：「多麼好的作文範本，聯考時妳們要能寫成賀殷殷這樣，絕對可以拿高分。」

「算她識貨」，死黨之一這樣說；「果然是個爛人，怎麼可以隨便把人家的信拿去影印？」死黨之二這樣說；「憑什麼把妳寫的東西，發給所有的人，我就說她這人變態！」死黨之三說。死黨們因為不能完全知道我的感受，抱不平的言語，用了更強烈的情緒。我替小朱說了幾句緩頰的話，獨自走開。是哪本書寫的？謀殺雖無一言一語，卻比言語，更能精確表達。

戀情變調的雜音，如今已經不只在我一人耳中迴響，小朱真是來勢洶洶。

我當然沒有影印她寫給我的信來回敬，這事不可能，因為：不——會——有——人——要。

嗯，因為她的信不能作為範本，也不像可以幫助誰拿高分。誰都不能。

她的信對其他人來說，完全沒有任何價值，一點都沒有。但是你們難道不知道嗎？就是因為這樣，她寫的信才是獨一無二的。讓我說得更極端一點，她的信，才是戀人的信，最該有的樣子。一封可以被拿來公開，被拿來借用其中技巧，甚至被學習以獲取高分，這樣的情書，是何等庸俗、卑鄙與低賤。

如果我只是高高興興地，把此事當成小朱對我的一種粗俗誇耀；我也不是我了。

妳以為妳是個情人？妳哪裡配？妳不過是個國文小老師罷了。這就是小朱真正說的話。

我用手支著下巴，從教室的窗口，看著空無一人的操場，那裡隨風揚起一陣陣的塵土，我腦海裡的思緒如流沙：妳欺人太甚！妳少自作聰明！把我的信都還來！——這些想像中對小朱怒吼的聲音，都不是屬於我的，只會屬於某個我塑造出來的，比我脾氣火爆、比我直接、比我有自信——但絕對比我沒有領悟力的女孩。

不喜歡，我當然不喜歡小朱把我的情書影印給大家！我覺得沒有被保護、沒有遮蔽也沒有容身之地。那對我來說，是被用讚揚的方式羞辱。

然而，在這場鬧劇中，那個把長達五頁的情書帶去影印店，一份一份影印出來的小朱（想想她還自掏腰包付那些影印費……），心中究竟在想什麼？她是真的想到聯考？想到作文方法嗎？別傻了。

她從來都沒法不帶一點羞辱意味地讚賞我。這種充滿矛盾的複雜性，與其說是暗含惡意，不如說，是種自暴自棄；她的無禮、自大或狂妄，與其說她是缺乏文雅與教養（這剛好不是事實），不如說她有一份，在人之常情中所沒有的尖銳與赤裸。她毫不留情地揭發我和她之間的重大差異，拙劣地暴露、真是太過暴露她的想法。我在這個我引以為恥的罷黜（從情人的位置）上，第一次清楚地知道什麼叫做文學。至少，從小朱的觀點來看，什麼叫做文學。

文學就是那種，會超出個人關係的東西。

它是不能一人私藏的，它引發不可扼抑的衝動，不管是用口耳相傳、用影印、用傳抄或出版，感受到它的人，不管用什麼方式，會想將它的存在擴大、加深、再擴大、再加深，會想和它一起，一起對抗時間對物質的腐蝕性。文學是種誘惑，一種命令不必出口的指揮能力——這不需要寫什麼千軍萬馬的大河小說，也不用鋪陳什麼百年難得的離奇故事——這種力量，我更傾向於說它是技巧，即使在寫一張便條時，它都可以不小心被洩露。總是多出一點什麼。不保留下來就覺得可惜。小朱感覺到的就是這。她為此激動，也為此痛苦——這是我有而她缺乏的。因為她夠誠實又夠聰明，她知道一切都不是她引發的。我有奇怪的天賦：那多出了一點什麼的東西。而她只是一個單純的在場人。一個觀禮者。這個惡行惡狀的收信人，也是前所未有的正直之人。

妳愛我。但是妳與我多麼無干。請妳滾吧！請！——這就是小朱要對我說的肺腑之言。

許多許多年過去之後，萱瑄跟我，曾玩過一個遊戲。我們輪流為一瓶代表愛情的香水命名（果然是文藝少女會有的消遣）。妳會給妳的香水取什麼名字？她問我。「責備」，我答。（只有愛情能責備。也只有責備能愛情。沒有什麼比情人的責備，伴隨我們更長久的。）我們互相給對方取的名字做出講評並打分（老實說，這也文藝少女得太過分了些）。

最後，是我和我的名字，贏得頭獎。

第五章

古老的鬥爭。最古老的鬥爭。即使我離開了我年少的初戀，在漫長的歲月中，我對精神上與小朱的殊死戰，從不敢一時或忘。那不是政治上的權謀爭奪，也不是談情說愛時的誰占上風。在我決定列出我打算遺忘的諸事之時，我終於清楚看見，那個總是在我和小朱之間表面文風不動的拔河賽，我們誰也不讓的東西，乃是誰是最後的讀者。

讀者？為什麼不是作者？小朱在爭什麼？不甘不平什麼？她難以忍受的，乃是一種作為讀者的命運。不是在一本書或一個小時裡作為讀者，注意，我說的是命運。一個作者的誕生，同時生出的東西，乃是讀者。這些讀者我們或許看不見、摸不著，從來沒有跟他們喝過咖啡，但是這是我們能夠感覺到的東西：或許他們存在遠方，甚至百年之後才會成為血肉之軀；但是如果我們說我們感覺到作者，我們就是感覺到讀者的在場，即便他們是以預定的、不知名與難以捉摸的方式來到。我是作者，另一面的意思總是——我會有讀者。

在我努力斷絕與小朱的感情的時光裡，我們仍然保持星球般的會晤。每一次，幾乎都是在小朱結交了新的女朋友之時。表面看來，這是一對年少友人，始終過問雙方近況的感人事蹟；也彷佛一種追求進步的前衛感情（所謂歷屆情人不相嫉妒或至少裝作沒有這回事）——這都有一些道理。然而當我認真自問，長年以來，小朱不厭其煩地，讓我知道她在戀情上的史料，她真正的欲望是什麼？她實際上在做的事，又是什麼？

我的答案是：她想把我，變成她的讀者。

這樣做有什麼意義？有什麼必要？有什麼好處嗎？

嚴格來說，我不知道。我推測出的答案是，就像宗教中存在原罪的想法，精神分析中提出過原誤的概念，在人與閱讀的關係中，也存在著，一種我叫它原傷的東西。

不管原罪、原誤或原傷，不是每個人都有一樣的敏感度與反應；原傷屬於那種在閱讀時可以強烈感覺到文字的力量，但絕望於不可能征服與駕馭它的人類。我從小朱那，第一次認識它，後來我會以更意想不到的方式從萱瑄身上認識。

八歲那年，有一天下午，我從鄰居那裡聽到過一段音樂，不知為何，它深深地打動了我；當時我彈鋼琴未滿三年，但我就或許是輕率或許是果敢地作出判斷：這是我這輩子都不可能達到的境界。奇怪吧？我側耳傾聽，過了好一陣子，我辨識出那音樂不是來自鄰居之手，而是錄音機中的廣播，我略微鬆了一口氣。但是等我凝神細想，我得出結論，就算那是廣播中的音樂，它總是出自某人之手；我在一開始感覺到那境界遙不可及，對我來說，仍是遙不可及。這是一種祕密而綿長的挫折感，我不覺得我更加努力，或是假以時日（畢竟我才八歲），那種距離感就可以被打破。問題不是不再彈錯音、更熟練或是如鋼琴老師說的「放入更多的感情」——「我就是知道」，比起「隔壁的音樂」，我身上就是少了什麼。

我陷入非常深的憂鬱。當然有人會說，感受是會騙人的，尤其是八歲孩子的感受。但是原傷的問題就在於，它完全是主觀的。就算當時我覺得，我也有可能是錯的，我還是感覺，我是對的。在這之後，我仍然是好的鋼琴學生長達十年之久，我一直都喜歡音樂，也總是努力保持「班上鋼琴彈得最好的女生」的地位（班上沒有男生）；但在我心深處，我八歲時的印記始終長伴我左右。對於音樂，我是一個忠心但絕望的求愛者，僅此而已。這並不是多麼悲痛的經驗，老實說，每隔一陣子，當我回味那個八歲女孩心中的苦澀，我覺得那份理智、清醒與略帶感傷的自知，雖然沒有使我變成音樂家，但卻使我變成豐富、深刻甚至更有趣味的人。這份「原傷」，比較像我生命中的插曲。它沒有成為反覆出現的主題，也未曾將我的生命定調。對於小朱來說，文字帶給她的「原傷」，或許也不是她一生當中最要緊的東西，只不過，當她遇見我，當我們開展戀情，而我逐漸執著於寫作，一種讀者與作者間的對抗，就這樣，不斷纏繞在我們的關係中。

小朱有陣子熱中紫微斗數。她會排命盤。她當然也幫我排。她在解說之時，萱瑄也在旁；小朱看了半天排出的盤，沉吟許久才開始道：「真是太奇怪了，妳連一個文曲星也沒有。就算沒有很多個，總該有一個才對呀。」

「文曲星是什麼東西？」我問她。她解釋給我聽，並告訴我，那是對朝文學發展有利的星宿。她說看過的命盤，包括她自己的與許多人的，很多人，都有文曲星。

她覺得她的排法可能不夠準，又換了一個什麼更準確的排法排，結果一樣。小朱甚至從中預言，如果我走上文學之路，恐怕凶多吉少。

說也奇怪，我根本沒怎在意。可能我對紫微斗數太隔閡了吧，或者說，我與寫作的關係太過親密與強大，我直覺感到，如果我沒有文曲星，那就是沒有文曲星的人適合寫作吧——天真、信賴、孩子氣到無憂無慮——回想起來，不知是被什麼東西庇護著，我很安詳。

小朱反倒嘀嘀咕咕，排了又排，算了又算；結果一樣壞。

小朱走了以後，倒是萱瑄不放心，不知我是否會被小朱影響。「只關心我有沒有文曲星，有沒有文曲星」，我假意沒有受傷，「怎麼不看看我會不會長命百歲或是大富大貴？」不，我沒有說出口的話是，我會得到愛嗎？我曾經得到小朱的愛嗎？哪怕是很少的一點點——。

萱瑄在場，小朱或許不好就我的婚姻感情多說什麼；但她就不會另揀一些什麼別的來說嗎？文曲星！我只覺得小朱提這，是在我們歷來的棋局中，再一次下子將我。一切只證實了，不管小朱愛過我沒，她的表現就是不愛。不愛加上不愛。文曲星！

紫微斗數排完沒多久，我拿到我的第一個文學獎。

領獎當天的早晨，我意外接到小朱的電話。她從媒體上知道我得獎的消息，她已經讀了小說。電話裡面，她難掩興奮，不無幾分得意地道：「我一看妳下的題目，就想，這說的不就是『我們』嗎？」好像她也有功。也不想想這些年來，她始終都是那個讓我受打擊、有壓力的有害因子。但是她的解讀是高招，沒有一個評審甚至萱瑄，直接對我點明，我確實下了苦功的下題用心。這份默契知己讓我心軟。我這才告訴她：就是今天下午要去領獎。

「要我陪妳嗎？」小朱問我。我大吃一驚。

「不要。」我答道：「領獎很無聊耶，連我都是不得不去。」

我騙了小朱。我自己有一份陪我出席的朋友名單，這些都是一直以來，幫助我抵禦小朱的人，每個人都會具體在某時某刻，以溫暖、友愛、明智或溫柔支持過我寫作的朋友。

小朱不知道，她是我心中那個，從來不會接到邀請的壞仙女。

她知道怎麼破壞我，我就知道怎麼保護我。

從跌倒處爬起來。整個準備去領獎前的上午，我都在哼歌：小朱的出現使我心情激動，我沒有刻意安排要在她眼中勝利，因此這份短暫的勝利更加珍貴。因為很心酸，所以更甜美。

雖然我知道，在這主題上，我們都沒那麼輕易，放過彼此。

或許有人會說，小朱畢竟是關心的；她是因為知道寫作對我的重要性，所以才會在這主題上不斷現身或是做文章。錯了錯了，事情不是這樣。

我一點都不怪小朱，我將她隔離在我的心靈的護城河之外，對我來說，只是一種實事求是的作法。問題不是她會對我的寫作，說些難聽話或試圖打擊我；更根本的東西是，我認為小朱並沒有在寫作一事上，看到寫作。她看到的是別的，一種類似巫術或魔法的存在。麻煩的，也並不是她以如此原始的方式，在感受作者的施法，而是，在小朱的人格深處，她有一種無止無盡追求更大力量的本能：她並不是要跟我鬥法，她要的是我——不是我的人，而是我具有滋補與強身——

這裡我要說的身體，是比肉身更大的「精神的肉體」——我對她具有延年益壽的性質（好悲哀的說法）。

就像超級瑪利裡面，瑪利吞下去就可以跳得更高更快的東西，小朱始終迷惑於不知如何咬下我可以作為她的靈芝的生命。她不能以一種一般人眼中的，思考或交流的方式達到她的目的。因為她渴求的並不是一點一滴累積起來的力量，而是一種更絕對、更奇特的力量。

在我後來作為小說家的人生中，我曾不止一次在讀者的反應中，看到類似小朱的人種。她們一點都不吝惜熱情地讓我知道，一個作者，只不過是她們呼叫碟仙或錢仙的結果。作者所寫出來的，完全是她們祈雨而舞才降生的。我所寫的，是她們在夢中就看到過的；而我之所以和我的書站在她們面前，全是因為她們在人生中，不斷對我發出祕密的電波。

奸滑一點或是厚道一點的作者，從不戳穿這個謊言。這是帶有禮節意味的虛偽。惹惱（但我也從來不表現出來）我的不是這種讀者的呼籲讓我覺得不科學——這大可以留給科學家去研究——在這個領域存在有「共心」這樣的說法，所謂作者是被讀者心靈遙遠操縱的思考，也許並不算完全沒有科學根據——但是我作為一個血肉之軀，或說得更絕一點，真的作為一個作者——我有我自己的運作方式。我有我的說法：誰真正影響我？誰真的給了我一個靈感？誰說過的一句話，使我這樣寫而不那樣寫？我心中自有一筆帳與一套譜。

那些以恭維或感謝為名的讀者讚賞，話語當中力圖在彼此關係中勾勒出許多看不見的傀儡紅線，往往使我不寒而慄。

任何一個不寫作的普通人，都不會忍受這種奇怪的說詞！如果哪個人對一個政治人物或一個企業家表示，你做的一切都是我在冥冥之中為你安排的——誰都會覺得，說這話的人腦子有點毛病。但是作家就不同了，有些讀者就是覺得，她在千年之前，早已與妳打成一片。

不，不要軟化我說，這是什麼作家心就是四海人心。就算有人要說我偏執或妄想，我還是要說，在這種強制認定作者為「我家小狗」或「我豢養的精靈」的行為裡，存在著確確實實的危險、病態與不可理喻。

是了！讓我害怕的就是，從小朱身上我即得知的，自青春期就是隱隱的威脅的，乃是一種給予想像無邊權力而蛀蝕現實的心靈力量。那是有力量的！但是力量不是只能拿來使用，它也能夠拿來摧毀！疆界！無視疆界的人，當然比較有力量！但如果完全沒有疆界，人又能無視什麼？疆界必須永遠存在。我們可以模糊它、移動它、重畫它、跨越它、新增或是減少它，但完全否認疆界……那是恐怖的；我寫過一個謀殺案，就是以此為主題……。

人我的疆界，幻想與現實的疆界，詞與詞的疆界！愛與不愛的疆界，生死的疆界。犯罪與不犯罪的疆界。或許我實實在在不該遺漏掉了的：性別的疆界。疆界並不意謂著封鎖。在疆界之間來去，與無視疆界或不知道疆界存在，這是些完完全全不同的事。

我和小朱根本的不同。由於我們自始對力量的了解，深深的不同，我們就像兩個不斷以俄語與西班牙語交談的人，花了一輩子交談，都無法教會彼此，對方的語言。

認識萓瑄之後，我更了解小朱。

萱瑄給我講過一件小事，佐證了我的想法：幾個社會學系的學姊們開讀書會，裡面有李林魏年紀不同的學姊，加上萱瑄。主題是母職。李林都談到莫泊桑的某篇小說，熱烈討論起來，驗證了彼此剛好都讀過某本著作。魏在這時嚷了起來。魏是怎麼說的？那番言詞我已忘記。但內容大意則是，李林說的沒什麼嘛，不過就是兩人讀過同一本書。我印象深刻的是，萱瑄對魏的崇拜，她覺得魏比李林有氣勢，她想學，想學的是魏。

可以說，萱瑄在人生的早期，就確立了她的生存策略，不是要多讀書，而是一旦感到有人讀過自己沒讀的東西，能強悍地表示：那沒什麼了不起。我並不覺得，沒讀過什麼東西，就不如人，或不能發表意見。萱瑄說話當場，我沒有對這種想純靠氣勢取勝的向度，說些什麼；但我在心裡，是立刻對她保持起距離來了，我感到她與魏的同盟，含有一種人品上的瑕疵：懶惰、逞強、驕傲與狡詐。然而，萱瑄想從學姊魏那裡承襲巧妙貶抑他人的作風，這確實是種生存優勢。讀書是耗時費心的，如果備有一套對此的萬應攻擊，一個人可以永遠在不讀書的同時，擁有比讀書的人，更大的自信。

是什麼，使得萱瑄採取這樣的處世之道？我不知道。當我認識她時，這個東西已在她性格中定型。如果說她並沒有引發我即刻的批評，只能說我性格中，對別人是怎樣，也有一種根深柢固的態度。那也並不是什麼太好的品格，因為如果可以說，在我身上的東西是什麼，那就是一種——事實上不管他人死活的漠然。

這種漠然，在我識得小朱的童年晚期，還未完全長成，因此我對小朱的「我欲為王」的氣質，仍有觸角般的敏感。我防衛小朱在我人生中稱王，但我不防萱瑄，部分的原因是，比起小朱，萱瑄自利的成分世俗多了，她想要的，不過是關係中的強勢、有利的地位或比其他人更強的決定權——她養成的惡習，不過是會把我讀過書的心得，偶爾不加修飾地當作她自己的東西；小朱不會做這樣低階的事，她的惡魔本性更深沉。

有一年，小朱要申請研究所。她來找我借相關的參考書；在我順口提示每本書大概的重點之後，小朱用一種非常放鬆的情緒，表達她的祈願：她以為我會很高興做她的槍手。我笑笑沒答應。心上馬上浮現一道裂痕：她把我想像得那麼弱！那麼天真！那麼對她的惡魔本性沒有招架之力！這種自信——覺得自己洞悉人，且可因此對人加以驅策——都是萱瑄與小朱，不厭其煩在自我鍛鍊的東西。

我不知道該怎麼定義自己。我並不是從一個道德的角度，進行我的抵抗地，因為某種厭世與虛無感，我從高中起，就很少排斥周遭提出的代筆要求：從國文科的作業，到訓導主任要求的悔過書。我有求必應的程度幾乎是古怪的——一直到離開高中多年後，偶爾我還會在一些場合裡，碰到我不記得名字的別班同學，不停對我道謝。——說起我代寫的悔過書，如何使得訓導系統放她一馬——但我完全不記得了。因為這，這對我實在太不重要了。

小朱是那麼樣相信，我身上有種兒童般的服從性，像文藝復興時代的畫家，會樂意為他的贊助者繪製肖像，不但繪製，還會自動加上尊嚴與美貌——而我不是她想像的那種兒童——。

但是我與小朱之間，又有著奇特的和諧——萱瑄曾經見證——只要小朱和我出現在同一空間，她看到的我，都出奇幸福。萱瑄對我提起這，說她從來沒有看過人可以如此幸福，也從沒看到過，我如此幸福。關於這一點，我並不否認。我說：但是我並不懂為什麼會這樣。這是事實，但超過我的理解。我猜想，那是因為我和小朱認識得太早，彼此靈魂的骨骼都尚未閉合，那個部分我們就像水與乳，獨立於我們的思考或價值觀之外；我們天衣無縫地，長在一起，連在一起，那裡既容不下任何別人，甚至也容不下任何東西：包括我們自己的欲望。

有次我們三人在小朱家見面（因為我要還小朱某個我工作時向她借用的工具）。那是晚餐時間，小朱提議弄點東西吃，我們都同意讓小朱簡單開個罐頭做份玉米湯吃。小朱弄東弄西，我隨意說著不重要的話。湯在每人面前的一刻，小朱拿著我的湯匙，將湯舀到我面前才覺不對，她湯匙一丟道：「妳自己喝。」湯匙叮咚一下從她手中掉到我碗裡——放棄她親手餵我那幾乎就要一氣呵成的動作。小朱如果是戲癮發作，我會感覺。然而她不是。而我想那就是：性、色情、以及所有那個範圍裡的一切。我們沒有想太配合對方，我們甚至不需要，身體自己就會做起來。做在不靠身體存在的區域。很奇怪、很悲哀，但也歡愉得很深很深。我只是坐在那裡。我看她一眼，埋頭喝湯。盡可能不要抬起頭來。因為我怕一抬頭，也許就會流下眼淚。我知道、我了解、我體會，但是我並沒有享受它。那是我的層次。我的愛。

萱瑄對此非常寬容，她很清楚，這事沒有我心機的成分，甚至小朱也一樣無辜。誰都沒有勾引誰，小朱與我，我們單純擁有那份無解的愛欲生命。那裡我們很熟很熟、很燙很燙；永遠迫不及待，永遠跳得太快，永遠有東西不停收縮痙攣，也永遠一碰到就必須彈開。在那裡，有呻吟、有尖叫、有最動物性的嗚咽，全在沉默中完成。

不朽的初夜，是很可怕的。它永遠不增不減、不生不滅，它是什麼？它是，「但它就是在」。

看著我和小朱從要好到分離的朋友，我的國中同學小玉桐；她和米米、末末、阿純，我那一票高中死黨的不同是，她在國高中懵懂了許多年，到了大學才變成女同志。因為慢熟，她也就沒有經歷過，像阿純的那種「同志性」：因為太年輕就開始，也因為太年輕就結束。

在心裡中止對小朱的戀情後，我有很深的「從此不想活下去的感受」。為了什麼緣故我沒有自殺，對我來說，答案很朦朧。或許我仍隱隱感到對小朱負有一種不是戀人，但人類對人類的責任未了。在我寫作的某個時期，那會是我不斷變奏的主題。小玉桐像是某個祕密的見證者，她可以比對真實生命中的我，與我寫作中的場景。但是小玉桐記得的事非常不同，她對我說道：「小朱對妳不好，這是我國中時的感覺。」她說：「妳那時看起來總是很悲傷，我還看過妳在教室哭。」

隨著自己同志身分越來越堅實，小玉桐儘管仍然看小朱不爽，但也將一份浪漫的想像投射在小朱身上。她會問我：「如果不是小朱，妳也不會成為小說家吧？」有時也會說出「可以說小朱是妳的繆思，繆思，你們小說家不是都有繆思嗎？」這樣的話。

這樣的對話，每隔三五年，我們都會重新談起。在小玉桐的句式裡，我聽到一種滿懷希望的東西，一種對傳奇、佳話與美談的迫切期待。了解女同志在早年歷史中，近乎聲銷跡匿的艱困處境，我時不時會因為一種溫柔與傷痛，而不無幾分欺騙性地回應這個需要——但我始終帶著一絲審慎，不願因為感情用事，就稀釋掉我內心最深的真實。小玉桐不寫作，她是可以被歸類為藝術愛好者那類型的人。小玉桐不是萱瑄，我對她沒有一種以行話對同行可以交流的便利。但是每一次，我還是忍不住，有點技巧性地要對小玉桐說——不完全是妳想像的那樣。

無論我的生命中有沒有出現過小朱，我都會寫作。小朱的闖入，反而是把我的寫作難度無端提得更高，也把我作為寫作者的路途變得更顛簸。這一點，有趣的是，小朱比任何人都清楚。她比任何人都警覺，我隨時都可以抹煞掉她的存在與我們的歷史，成為另一種寫作者。我寫起無關同性戀的小說，使我很快打出文名；我寫看不出來任何性傾向偏好的歌詞，就使我成為同齡朋友間「超酷的存在」。在「也可以對小朱不聞不問」的這個寫作世界，我非常快樂，並且雀躍於立刻能得到的肯定——在被小朱鞭撻與蔑視後的我，儘管不到對成就感上癮的地步，但我也得承認，這些來自不明就理的外界，所提供的空洞撫慰，這些廉價糖果，讓我感到甜度與實在感。——我完全可以了解，有多少作家與藝術家，不管過著與同志多麼緊密的人生，但都不把這個奇怪的表達任務，帶進自己形諸於社會的作品中。

作者們可疑的自由啊！卻又是不容置疑的自由。

文學的使命感，如果不是在自由的基礎上，那也不過就是更巧妙的卑躬屈膝罷了。

不存在任何外在的引力與誘餌，不；就連小朱連年或明或暗的褒貶拉扯，都不能成為我寫作的動力。

寫作非常簡單，小朱被國中老師勒令檢討（她的同性戀傾向）的報告，她就寫了上萬字（她把那當成寫情史）——我不知道她是否還留有底稿——如果她還留著，那些東西到今天，也會有一份文獻價值。因為作者如此年輕的同志身分，以及這文件產生的特殊歷史背景。小朱的話語與真實，絕對可以在社會承認同志歷史之後，取得一席之地。但是無論小朱或我，我們都深深明白一件事，能不能在社會還未承認之前，就奪下詮釋權——這才關鍵。

小朱看我有這種類似奇襲的能力（在我還不太確定時），問題是，我為什麼要出擊？為了小朱嗎？——為了愛情嗎？而我又是確確實實地認知到，糾纏著這個寫與不寫命題的小朱與我之間，並沒有足以使我倚靠的愛——我們之間，並不存在「我們是如此幸福所以請大家來看看」這種平凡的暴露狂。小朱如果可以直接拿槍命令我，她要我寫的，也絕不是「我們之間的點點滴滴」，她真心想要的，是更多「關於她這樣的人的真實」——重點是「她」、目的地是「她」——標準、倫理、美學、立場、切入角度——一切一切都是「她」。

——不，她從來沒有拿著槍指著我——她自己就是那把殺不死人的假槍。或許只有我，出於神祕的原因，願意相信，她可以殺傷或是殺死我。

在我所欲遺忘的全部事項當中，這段心靈的祕史，是我最定奪不下的。照理來說，一個人要行事徹底，最好的作法就是，不問理由，不加斟酌，玉石俱焚，將娃娃連同洗澡水一起倒掉。我挺喜歡的。做一個徹底的人，記憶的白癡，遺忘的全能者。這個誘惑，就像自殺對某些人的誘惑一般，跟隨了我許多年。

我也曾是一個自殺的愛好者——不，我不說是自殺者，而是自殺的愛好者——我很清楚自殺的意念，可以引發什麼樣溫柔與明朗的心境。那本身是一個充滿愉悅的過程，重點甚至不在生命，而在大大地結束。

勸導人不要自殺的理由，沒有一個是穩穩站得住腳的。任何事都有解決的辦法？這不是真的。而且問題不在辦法，而在於我們對解決事情，已經喪失興趣。想想父母親友會多麼悲傷？這也不是真的。你們拿孤兒們怎麼辦？一個人只要對自己了解得夠深，就會發現，他如果不是戶籍上的孤兒，也會是人生中的孤兒。

更何況，就算不自殺，人也可能因病或意外而死，如果只是為了不讓別人難過，大可以只要把自殺假造為意外——如果你更極端一點，只是為了別人的感受而不死，你也大可以加入什麼有人類愛的拯救行動，把自殺做得像捨身救人。宗教的理由比較難駁回，它將殺害本身即視為禁忌，如果你的宗教信仰夠深，你又講究言行合一，那麼你確實可以因為堅守原則而不自殺。——但這是一個大題目，我在此不打算深究。

讓我只選擇很小的一部分來說，屬於我自己的。有一種自殺只是衝動型的。我曾經站在高樓的窗口就會想向下跳。這種衝動不需要什麼事件作為引信，幾乎就像有人看到河就想下去游泳，穿上鞋就想跳舞一樣，你難以去對那衝動本身做什麼，你只能勉強自己——當自殺是一種欲望時，它就好比飢餓或渴，除非你去吃或喝，你很難說，那欲望不是真的。一個人對殺死自己有欲望，那很少是在一天當中就形成的。我最熱烈嘗試自殺的階段，在五歲到七歲之間。我偷聽到一個人只要沒有氧氣就會死，又聽說有嬰兒不小心窒息而死，我就打算，自己悶死我自己。

一開始，我只是用被子蒙住自己，我發現這樣，即使長時間過去，我非但沒有死去，甚至連不舒服的感覺也沒有；我試圖想像什麼叫做「沒有氧氣」，我慢慢發現，那是因為我即使將自己蒙在被裡，但還是留有縫隙讓空氣進來（我上過幼稚園使我知道，氧氣是在空氣中）——我不知道是否還有別人，試過這樣的自殺法，如果有人試過，就會知道它惱人地難以成功——單憑意志，人很難戰勝想要呼吸的本能——這是為什麼年紀比我大又深思熟慮的自殺者，會知道在執行時，事先就將自己的手綁緊。

我至少試過十次以上。因為對於一個小孩子來說，找出將自己被子蓋得更嚴密的方法並不容易。真正使我停止我的自殺行動的，並不是什麼想法。有一天，我在這種努力的過程當中，昏迷過去，而就如你所知道的，我醒來時並沒有死去，因為我在昏迷中踢掉了被子——這並不是因為，我在心裡有什麼想要活下去的東西，而只是我不具備有足夠的能力，讓自己死去。

我很乾脆地，停止了我的無效實驗，以我那個年齡有限的思考能力做了決定，含糊地認知到這些失敗，比如那個年紀的許多失敗，與我還是小孩子有關——我必須等待，等我長大以後，才能知道怎樣結束生命。如果我當年偷聽到的是，流很多血會死亡，我很可能就會選擇割傷自己。而如果我知道開槍就可以打死自己，我或許會毫不猶豫地扣扳機。如果我對準的地方是對的，事情就成了；但我也可能對準了不對的地方打下去，然後在痛苦中非常困惑，為什麼我聽到的方法，並沒有奏效。

「這個小孩」，為什麼那麼想死？

七歲那年，我聽說，可以把自己的願望寫下來。我混合著注音符號與國字寫了十個。我發現這是很吃力的事，因為我並沒有太多的願望。我第一個寫下的是，「反攻大陸」。這主要得歸功於學校教育，我希望表現得像個乖巧的小孩，不希望第一個寫下的願望，使我看起來幼稚天真。我的第二個願望比較真實，我寫的是「一個木頭小盒子」，我不知道這個願望是怎麼產生的。我推測最大的可能是，我曾在童話故事中讀到過這種東西，故事的主角擁有這樣一個盒子，而我出於對故事主角的認同，想要透過擁有一個一樣的盒子，得到與那個主角的同一性。

二十歲時，我無意間看到這個願望清單。我相信前三個願望是最真實的，其餘的都只是不知出於什麼奇怪的理由，我想要湊足十個。「反攻大陸」，即使認真說來，我根本不知道它真實的意思是什麼，但是我想作為社會中堅，並且「以大多數人的幸福為幸福」的矯情表態，是挺符合我七歲到十歲之間時，力求顯得嚴肅的「裝大人」性格。第三個願望「一隻小貓」也是真的——小貓我曾經偷養過——因為我媽怕貓，甚至覺得貓咪噁心，這個願望，在我小時候，我想它真的標誌了某種很深的苦澀。——象徵了小孩的欲望，總是不能不在成人的偏好下退讓、隱瞞、甚至否定。

長大後，我就把它看淡了。偶爾我會想，如果我真的養了一隻貓，那實在會顯得我對我作為小孩的痛苦與寂寞，看得太認真。小惠成年後，養了六隻貓，時不時問我要不要一隻，我都沒有要。

至於自殺，那個我暗中尋求實現可能的大願——當然沒有出現在我的清單上。這只能說，透過人們寫下的東西，來了解事物，甚至了解寫作者，我們是了解不到什麼東西的。這很奇怪，但我們能怎麼辦？事情就是這樣。

二十年後，某個完全不知道我童年願望的友人，真的送了一個木頭盒子給我。我用它來裝對我意義非凡的物品：一張契可夫肖像的明信片、參觀佛洛伊德住處的門票、兩封冬樹寫給我的信（原因是寫信對她來說非常難）、一個我認識不深的喪母女孩隨手送給我的手鏈（我認為它象徵了陌生人的溫柔）、一張小朱出現在女性主義運動中的照片（某個不知道我和小朱關係的朋友，把它當成我所關心的社會議題的素材連同賀年卡一起寄給我）、幾張電影票與剪報。

——不是所有具有紀念價值的東西，都會被我收到這個盒子裡。進來的物件必須是奇蹟中的奇蹟、幸福中的幸福——我將它們當成我人生的帳篷與營火——木頭盒子組合出一個宇宙，這個宇宙試著回答我：我可以活下去嗎？

我視這些物品為令我不致崩潰、分解與碎裂的黏合劑。偶爾當我檢視它們時，我的感覺是複雜的：我如此害怕忘掉能夠對我構成生之吸引力的事事物物，這說明了，我有多麼強的厭世感，我對生命如此不感興趣，以至於「另一個我」，必須不斷用這些誘餌懇求我、提醒我、說服我——唯恐我一旦不記得這些代表「存在有其必要」的標誌，我就會一不小心，讓兒時的我出面挑起大任，毫不留情地，把我給殺了。

表面看來，木頭盒子只是一個寄物箱。但當我仔細思考它，我發現，這當中有許多耐人尋味之處。比如說，我並沒有任何來自小朱的小朱照片或兩人的合照——不只是因為當年我們要好之時，攝影不像今日輕易，也還因為我們的交往，本身就帶有一種祕密的特質，就像兩個地下工作者本能地隱蔽，我們自動自發地經常拭去，所有可以追蹤到我們的痕跡。等到我們都長大到足夠堅強去「出土」時，我們的關係又太過「嚴重」，以至於合照顯得可怕地輕浮——我們既不能像好朋友也不能像情侶那樣合照——我保有的這張小朱在其上的照片，連照片也稱不上。它是黑白印刷的報紙照片，用來輔佐說明一次女性主義運動的始末。那個運動我是發起人之一。小朱在照片中和其他幾個人一起拿著布條，她被照到側面——我想只除了我，對她如此熟悉與在意，別的人未必能夠在這樣的攝影條件下，清楚看到，那就是她。

妳的命運與妳長相左右——當我收到這張不知情者，寄來給我的照片——我深深地感動與大大地感謝——這比一張小朱的大頭照或生活照更符合我珍藏的需求，它的意義更加繁複——它無意間記錄了我和小朱之間，又是歷史性地匱乏（那個年代連照片都來不及留下的戀情）；又是歷史性地恢復（另一個年代裡我們在政治運動中重逢）。這是兩個時代的悲歡。

在那時，我尚未開始償付，打從我認識小朱時，同時決定與否定我們關係的莫名債務——那個她以各種方式催逼我的「為她而寫的書寫」。

可以從許多不同的角度，解釋我對債務長年，模稜兩可的認與不認。赤裸裸地來說，我沒有被愛——我們確實談了一場同校學生都有所風聞的戀愛——因為遭逢軟性監控、懲處與追捕——這個不能被「抓到」但又不斷被「抓到」的過程——這些像是小型戰爭的點點滴滴，固然使我不能否認我們之間，曾經有過什麼。什麼就是非常同性戀而非友誼的東西。但在同時，存在我們兩人的矛盾：她對我的寫作又輕蔑又看重的態度——更不要說她同時追求著許多其他女生，使我在同學間處於又丟臉又可憐的難堪處境。

——在某個討論數學解題的場合，一個在我之後，被小朱追求的女生，故意又刻意地要把小朱的名字夾雜入談話中，為了讓我知道她與小朱過從甚密。但我因為太過天真，而把聽到的小朱名字搞錯成數學專有名詞，一點也沒有設防地問對方：可是這是幾何的問題，為什麼會用到某某定理啊？

對方仍不放過我，硬是狠狠地、不顧一切地，眾目睽睽之下，重複又強調地，說了一次又一次——到最後我終於懂了，心發涼地懂了——我們竟然沒有在討論數學。那麼低俗、矯情與醜惡。我不怕失去愛，但我還沒有準備好被公開羞辱——低俗直接就會讓我備感羞辱。小朱曾說她對那人並無感覺，這對我來說並不重要，重要的是，小朱給了那人公開羞辱我的可能性，我的實際性格而非我的感情，像著了火般的拒絕這件事。憑什麼找我麻煩？再多的愛，都不能取代我實際性格中，不要垃圾事物的根本需求。我受不了下流。對我來說，那實在太下流了。

那份痛苦啊，光是那份倉皇失措的痛苦，就足以讓我「此生不願再做同女」，說真的。不，我沒有誇張，我那時太小了——痛苦對我來說已經夠龐大。

我曾經總結性地告訴萱瑄：「那也好在我年紀小，年紀小時只會傻傻地撐著；若是再大上十歲，我所經歷過的那些，我非求助心理醫生不可，而我想即使我有十個心理醫生，也沒用。」我為什麼還要記得小朱？為什麼要紀念我們的愛情？為什麼要做同女戀情的傳聲筒？我為什麼沒有權利把她忘掉？把自己忘掉？忘得一乾二淨？對痛苦的往事掉頭不顧，難道不是每個人可以有的最卑微，也最基本的生存手段？

如果誠實面對我的同性之愛，我難道能避免自揭瘡疤兼自掘墳墓？為什麼？我在現實中被折磨得還不夠，要在我的寫作中再刺殺自己一次？為什麼我不可以像其他許許多多人，比如阿純，比如末末，把慘痛經驗視為足夠堅強的理由，足夠完整的動力，從此全心全意進入異性戀世界？被社會壓迫？少來了。

我不是說歧視並不存在，但讓我們打開窗子說亮話，就那麼一次也好——不，不總是社會的壓迫——我們對那些外部壓力是很有辦法的——令人發狂與受不了，再也無法承擔的，不是什麼歧視或異性戀機制，而是屬於內部的、感情的、純粹情人與情人間才能造成的那些傷害、那些遺棄、那些對我們自信的粉碎與侵蝕。阿純的丈夫是個平庸之輩，末末從不否認嫁了的男朋友自大到令她無奈——但是她們都同時仍然非常感謝——那或許不是多麼值得誇耀的幸福，但那是極端痛苦之後的避風港——即使對同性之間的戀情，人們在必要時決定認賠殺出，求的不過就是不要尊嚴掃地——呵，我無意中道出了真心話，「尊嚴掃地」。是的，那才是真相。同性戀，那是一個令我尊嚴蕩然無存的世界。

拆除、搗毀、丟入火燄中焚燒殆盡，這絕不是一個遊戲。給失去價值的東西以失去價值，讓不存在的不存在，報虛空以虛空——我希望不是每個人都必須走到這一步——必須走到這一步的人，相信我，她有絕對必須的理由。把詛咒念完，咬字清楚地直到最後一個音節，這是另一種殘酷的祝福。

第六章

表面看來，我成長得不錯。對愛的興趣大幅消退後，我仍保有對知識、對社會以及藝術的好奇心。冬樹與我沒有任何思考上的交流，我們維持一種原始的依附關係。為了使自己好過一些，我也帶有警覺地迷戀不少人——隔壁班的同學、公車上的某人、某個場合遇見的學長或學姊——完全只是為了迷戀可以帶來的生理回饋。

冬樹在我們高三快結束那年，舉家移民澳洲。我的平衡並沒有立刻被破壞。對小朱的感情，在我生命中引進了極大的破壞力量，她的稟性與她對待我的方式，恰如一場暴風雨，雖然使我堅強，但絕不會使我想要再來一次。高中三年，眾人都稱冬樹與我是夫妻，我知道彼此間恩深義重，但要說到愛情，並不真的添加其內。

沒有人比萱瑄更看不起獨自的人了。畢竟如果人人喜愛獨身，對同志來說，就沒有太多戲好唱了。萱瑄的核心，就是她總有壯大同志的野心。她總不厭其煩地想要聚攏更多同志存在的證據。每個人結婚時，萱瑄都會告訴我，新娘本來該是同志。她不只推銷同志在一起，她還與許多我所認識的同志一般，終其一生，都會以身試法，希望與是異性戀的女孩擦出曖昧，以便更加確定

「所有的人，都有可能是同志」。在這種兵力消長的計算心理中，同志對越不是同志的人，越感興趣。為什麼？因為一個我們所說的「純的」同志，並沒有太大的價值；要是把一個原本是異性戀的女人變成同志，那是除了我方得一人之外，敵方也滅一員。

我跟萱瑄在一起的那些年，好幾次她都為了曾經虧負的前女友，當眾落淚——一面釋出控訴社會的言語。我目睹時，總有種不安。因為我覺得，要是她面前沒有人，她根本就不會哭。她對感情根本不那麼有興趣，坦白說，也是我認識的所有人當中，最怠於付出的。但只要連結到政治，她整個人的勁都來了。

不知道有多少次，她或是抱怨異性戀過著多麼一帆風順的生活；或是心情不佳地數說誰又去結婚了。我都很想告訴她：妳現存著一個真實的同性戀關係，但妳完全視若無物，妳也並不怎麼投入。妳有什麼愛呢？妳只是一天到晚，想管別人的事。

這樣的話，我從來沒有說出口。因為在與萱瑄的關係中，我也定型成某種錯誤的型態：我分析、我安慰、我鼓勵——但是我也放棄一般感情關係中的戀人風格。原因很諷刺：因為我也有對同志的大愛；如果是個異性戀男人，我會在意他滿足我的要求與否；我會想要他給我實質的感情而不是空洞說詞——但是同女！誰會不知道大環境有多壞？成長過程有多難？還要求萱瑄表現得好一點？對妳更用心一點？算了吧！我們又不是那種不識大體的人。

很多年後，我曾在一次聊天中對人說道：要求是我們給戀人最美的東西，一旦要求的心死亡，愛情就死亡。希望對方多做一點事、多聊天、多出遊——這些，都是愛情還活著的跡象。

萱瑄和我分手後，跟我的一個朋友凱特在一起。萱瑄告訴我，凱特對她有非常多要求，她常做不到。萱瑄似乎在事後才很驚訝，我給了她多大的空間與自由。我聽到時，不禁有點好笑地想：妳還有臉來告訴我！丟臉丟到別人家了。但我沒說。

我問她：「妳說妳重新開始寫作，順利嗎？」

在當時，我甚至都沒多說「妳暗地跟凱特在一起，妳讓我十分難堪」；在最後，起碼有一件事，還有點像是愛——我認為萱瑄不得不背叛我，是因為她相信，這樣可以救起她的寫作。

萱瑄的寫作並沒有起死回生。但她在一開始將敗德付諸行動時，她的情緒很高昂，她瞞著我她偷我朋友的事，但是她馬上告訴我「她又重新拿起筆來了」。

說也奇怪，那竟也是我最在乎的一件事。這次倒不是因為什麼大愛，不是我相信萱瑄會對文學做出什麼貢獻（平心而論，我並不常以此角度思考事情），而是非常簡單地，我在乎這件事，因為沒有人比我更知道，萱瑄有多在乎。

即便我給予我們的共同生活極低的評價；即便凱特的介入使得（從我的角度來看）整段關係俗惡難當——我似乎還有一絲人性，就是，在我付出那麼多並不值得的代價之後，如果萱瑄最後恢復了她的寫作能力——我雖然並不會因此改口說，我和萱瑄的關係變得比較美好，不過，我確實可以感到，這個代價比較合理。

我的意思是，萱瑄之所以會長成這個奇形怪狀——崇拜力量、麻木待人——不就是因為那個托爾斯泰的邪惡影響力，使她在心中深處相信，她必須偏離善道，以免失去創造的魔力？

在我們在一起的歲月中，我們都持續寫作。萱瑄把她發表在報紙上的文章，極為珍惜地收藏起來；我則不太用心留存——我覺得那種亮相性的寫作價值有限，我開始只把小說創作當作真正值得付出的——但其他的東西我也仍在進行，我寫得比萱瑄多、比萱瑄快——因為我比她需要錢。她對我的作品，很快就讚許有加——而我對她的作品的態度呢？現在回想起來，那感覺叫做「憂心忡忡」——萱瑄比我得到更多外界的掌聲，尤其某個有蘿莉控的老詩人，他看好萱瑄的華麗文風就像撈到一顆發光的糖果一樣。我從來沒有說破這兩人之間如同腐爛玫瑰的默契——他們的共鳴是真實又真誠地——然而雖然老詩人有權有地位，對萱瑄而言，我的感受與判斷力卻比老詩人更有權威性。——這真是少女的純潔、堅貞與光榮。即便身在蘿莉控做頭的文學國度……。

從我的觀點來看，老詩人和萱瑄的文學都不會長命。我沒對萱瑄實話實說，我仍盡力找出她的優點——至於缺點，我們從不提——慢慢地，萱瑄的純文學狂傲修改了航程。她更常宣稱贏得一般大眾的愛，遠比創造出優秀的文學作品，來得更有意義（仍然是以極度驕矜的方式表示），我沒有反駁她——你可以反駁一部作品中的某個面向、反駁一個理論，但你怎麼能反駁一個人的生命？

在我最後聽她談及文學時，萱瑄極其不屑地談到純文學作家的收入——她終於找到出路了！——我想起那個，雙頰發紅雙眼發亮，不計一切代價要為文學獻身的少女，我的心像被刀刃插著，像不流動的冰河那般極為安靜。「普魯特斯！你也是！」我想到凱撒的臨終遺言。

小朱在一開始時就亮給我看她的王牌，萱瑄則到故事的尾聲才掀出。——這是一種進化或是退化呢？而我的理想：得到另一人對寫作者的愛，就這樣，以兩種既相同又相異的方式破滅。小朱想奪走她所以為的魔法，萱瑄沒有那種掠奪性，在我們拉開寫作一事上的差距時，除了最後的羞辱（我認為那不是羞辱我，更重要的是她羞辱了她自己的年少），她從不對我耍心機——我在寫作生命所需要的基本護備：一份單純的安全感——小朱所嚴拒的，萱瑄一度無條件地給了我。

——然而這不表示，完全沒有問題。

那些年來，萱瑄的停滯是怎麼回事？我想到我的妹妹小惠。

一個人無論擁有兄弟姊妹任一人，都是一件非常戲劇性的事。

或許我最早領悟自己的被排斥，並不是從我與小朱的關係開始的。

小惠在我們家庭裡的地位非常怪異，從她還未誕生時，我就經常聽我媽提起這個「弟弟或妹妹」，提起「要給我個伴」、「要有人陪我」、「不然我會太可憐」。

當小惠還在我媽肚子之時，我除了會隔著我媽的肚子與她說話，我也開始叫她「小惠！小惠！」——當時我有小玲和小雲兩個洋娃娃，對我來說，作為第三個洋娃娃的妹妹，理所當然也要帶個「小」字——而她出生後，有命名狂的我爸，竟然沒有在她的名字上下任何工夫，而以「反正殷殷都叫她小惠叫得那麼習慣了，就叫她小惠好了」——比起我的名字，背負了被迫害的政治哲學家及異議分子兩次的「殷殷」——我爸似乎毫不掩飾他把所有的期望與心思都放在我身上——而我媽似乎也因為，小惠來到這個世界的主要任務，就是使我快樂，竟也就十分滿意，這個沒有太多額外意涵，出自咬字甚至不很清楚的我之口的名字。

妳的名字是我取的。——當我看著妹妹長大時，我對我的這個「無心之過」經常感到愧疚難當。我爸媽應該起碼可以將它加以修飾與補強才對——比如說，可以將她取名為曉惠或筱惠呀——或是，就算讓我「小惠小惠」地叫她，也可以給她一個正式的如「清惠」或「平慧」之類的名字啊——等我到語言能力比較強的小學高年級，我默默這樣想著。極度不安。

「妳班上有沒有人也叫小惠的？」我裝作若無其事地問她。

「也叫小惠？沒有——我們班有兩個美惠，還有兩個林玉惠，但是只有我，是小惠。」

小惠似乎很放心，從來沒有抱怨過。她讀國中時，有次我偷聽到她在房間裡與同學討論，她說：「像『賀』這個姓不算非常常見，我覺得配『小惠』這樣剛好。一個人要是『姓』是比較普通一點的，最好就有比較特別一點的『名』；但是『姓』要是有點特別，再加上特別的『名』，那就怎麼說？太特別了。」

「沒錯。王小惠就很慘。賀小惠聽起來就很威風。」

「但我比較喜歡妳姊姊的名字，賀殷殷，好像武俠小說裡的人。很難忘記。」

小惠沒有說話。

另一個同學說了：「不管我們的名字是什麼，都是父母給的。就算很普通，也還是因為他們對我們的愛，所以我覺得無論我們喜不喜歡，都不能抱怨。」

「我也不是抱怨呀。只是還是可以討論呀。」喜歡「賀殷殷」這個名字的女生說道。

「像我的名字，我本來很不喜的——。」

「為什麼？陳雨琳——很好啊，很像明星。」

「那裡，陳雨琳，被雨淋；以前還有人把我叫成陳風吹——風吹雨淋。」

她們哇哇哇地笑開了。「但是我後來聽我媽說，」等大家笑得差不多了，陳雨琳道：「她給我取這個名字，是因為她以前有個國小老師，很溫柔，就叫這個名字——她覺得國小老師有寒暑假，很好命——她希望我以後可以跟那個老師一樣——我知道以後，就從原本不喜歡這個名字，變成很喜歡了。」

「可是，妳原先為什麼不喜歡呢？」小惠問她。

「因為我以為我媽是隨便取的，雨琳？這是什麼意思呢？名字最重要是要有意義，比如像美如，應該是美麗與如意的意思，雖然很平凡，但是有意義啊！雨琳好像什麼言情小說翻開了看到的名字。」

「美如才沒有什麼意義呢！我爸說是算命先生說的，筆畫好。他連腦筋都沒動。」

美如的爸爸去找了算命先生，並不是真的腦筋都沒動。真正腦筋都沒動的是我爸媽。

——小惠是怎麼琢磨出這套「姓與名不可同時太特別」的哲學，我不知道。問題真正的癥結也不會只是名字，而是我爸媽給予我們兩人不可解的差別待遇。

我爸向來喜歡把我介紹給他的朋友，而且只要介紹時，都不會忘記從「殷海光」說起，彷彿我是他的黨羽般，然後他的那群政治朋友就會充滿熱血地對我說：「賀殷殷，長大後要記得打倒國民黨。」

「賀殷殷，要做民主的希望。」

「賀殷殷，柯拉蓉，知不知道？下一個柯拉蓉！」

「呂秀蓮！周清玉！方素敏！台灣的女兒！我們不行啦，美麗島都抓去關啦，只能等你們下一代了。只能等你們下一代了。」

「這個暑假，我已經讓她讀鄒文海的《政治學》，讀羅素的東西，鄒文海，她每個星期寫心得報告交給我，和我討論！我還給她上憲法課，跟她解釋這個中華民國是怎樣違憲！」

我會不負眾望地像個童星一樣，在他們面前擺出當年柯拉蓉著名的手勢；並且自動地加上幾句：「暴政必亡！民主必勝！」

然而眾人又會在歡樂的氣氛中肅殺起來：「到學校不能講喔，不能講政治，出去家裡，不能隨便講，不能講家裡人關心政治，不能講反對國民黨喔。會危險。」

「我知道。我們老師說，那些黨外都不懂得敬老尊賢，竟然把那些國大代表叫做老賊。又說那些國大代表多可憐，有時還要有醫生護士跟著才能去投票。我很想說，我們不需要他們可憐，只要改選，他們不就不需要那麼可憐嗎？——我們老師一點都不關心民主，他滿腦子醬缸文化。」

「也有讀柏楊喔！知道醬缸文化。優秀優秀！只要以後不要被抓去關就好。」

在這樣的場合裡，很少有人會想到我的妹妹小惠；我可以確定，小惠不只在小學階段，即使上了國中或高中，也不會被要求讀羅素或鄒文海，或是我爸書架上的任何一本書。我爸很少直接對小惠說什麼話，即使說到時，也讓我感到，小惠似乎不是我妹妹，而是我養的一隻寵物貓。

我也曾起過疑惑：民主不是越多人參與越好嗎？為什麼我的小惠妹妹，不必了解台灣的歷史、不必關心憲政與民主——不必被培養、不必被期待？難道說，我的小惠妹妹不是親生的嗎？這不可能——我明明有看到她在我媽媽的肚子裡。為什麼我爸對她不理也不睬？我滿確定，我的小惠妹妹，並不是一個國民黨啊！

然而說我不嫉妒小惠也是不對。雖然我媽說，生小惠是要陪我的；但是很快地，在我媽和小惠之間，就建立起來一種我打不進去的融洽關係。我媽會和小惠說說笑笑，一起做許多事；有時令我寂寞得幾乎要哭出來。我參不透我媽冷漠待我其中的奧妙，以為問題很可能是出在我自己身上。或許我的嘴不夠甜，我不夠充分表現我的友善。

像八九歲的孩子，我處於勇於嘗試的年紀。有次我終於決定要正式去討好我媽，用一種比較可愛的，像交不到朋友的小孩去交新朋友一般。——我想跟我媽交交朋友。

然而我媽面色恐怖地看了我一眼，轉頭對小惠說：「妳姊姊不知道有什麼毛病，吃錯藥了。讓我全身都起雞皮疙瘩。」——「小惠妳姊姊是不是好噁心？」「是，姊姊好噁心。」這之後，我再也不做類似的嘗試了。

等我長得大一些，我稍微捕捉到我媽和小惠聯合起來的原因之一——那都是因為，我在那時，已經開始長成一個寫作的人。

小惠比較能言善道後，變得非常有意識地在這事上，與我劃清界限：「我一點都不喜歡文學。有個會寫東西的姊姊真討厭——每次都被別人誤會我也喜歡寫作。」或是：「妳將來可能會餓死吧？搞不好還要靠我養妳喔。」她這樣說。

我笑笑沒回答。雖然如此，每回小惠暑假作業趕不完時，我還是都好脾氣地替她寫讀書心得報告。小惠並不討厭我，她只是太過困擾。

如果沒有我，小惠或許就會是另一個作家——我偶爾會忍不住這樣想——她的文筆並不差，也有可以成為藝術家的自我與個性——但是屬於她的難題是——我已經在那裡了。

如果沒有我——當我這樣想著時，我想小惠一定也這樣想過——每次當她強調寫作對她太難，我都感覺，她正在對我說，完全相反之事。

小惠有次對我說：「我跟同學一起去作家協會做志工。我同學多崇拜那些詩人啊。但是我的天，他們聚餐時，還把沒吃完的菜打包回家。我對作家最後一點嚮往都死光光了——我不是說我要像妳那樣寫作，我原本想，也許做個編輯也不錯。但是我現在連這也不想了。」

「一個人，不應該以別人是怎樣的人，來決定，自己要成為什麼樣的人。」我對她說。

我暗暗吃了一驚，雖然小惠說她只是湊熱鬧，不過她要是不對寫作有興趣，跑去做什麼志工？當時我雖然在賺稿費，但我壓根不知道有作家協會的存在，更不用說，還知道他們聚餐什麼的。（雖然萱瑄跟我三令五申過吃飯的重要性，但是她出去吃飯的那些時光，我多半一個人在寫作——。）

如果沒有另一人——這個問題是永恆的——萱瑄如果沒有跟我在一起，或許她反而會找到她的文學路。我們或許都在自己的位置上，殺死過別人一些。然而我並不是始終都對她的寫作帶著祝福的——因為後來發生了一件事。一件我幾乎希望可以置她於死地的事。

大約從我十六歲開始，我就不再願意配合我爸的反國民黨戲碼了。雖然說，我也並沒有偏移到國民黨的那一方。當小朱告訴我，她新交了一個甚至會為蔣經國去世而流淚的女朋友，我真是難過孤獨得快要死去——小朱就是這麼樣的沒原則，或者說她更有原則——她的政治立場，是可以隨著情欲而改道的。情欲才是她最在乎的。

我的感覺很複雜。小朱的活力（機會主義者的活力），完全不再為我而存在的活力，仍然刺傷著我；另方面，她在政治上的不進則退，也使她在事實上，大幅地消退了她以往對我所能有的魅力。我們在電話中交談，談到彼此的課外活動與念的書——我感覺小朱落伍得一塌糊塗，她跟我講些中國作者，那是我讀歸讀，但並不再以為有什麼特殊重要性的東西了。有趣的是傅柯、卡西爾、阿圖塞、拉岡和佛洛依德，還有所有關於女性主義的書籍。聽小朱說話，讓我想到古老中國的私塾先生。野百合學運時，我在廣場上，小朱沒到——她在陪她本該是「人民敵人」的國民黨女友。——我這樣想著，完全忘記我從廣場回去學校後，我成天廝混的，也是另一個人民敵人冬樹。

小朱使我嘗到了雙重的失落感：除了她更加不愛我；她也更加不引起我的愛。但在這兩種感受上，我仍然沒有放棄「這就是我一生最愛」的執念。互相牴觸衝突的感情有時混在一起，有時輪流出現。在我的生活中，是這引起的寂寞，比這感情的存在，更大程度地左右我。我活在危機中，偶爾失去上進心，偶爾感到無法活下去。

邱妙津筆下的主角，在得不到愛時，會猛撞電話亭；在我這一生中，偶爾我會想起這個畫面——帶著一點點輕蔑地想：如果為此要撞電話亭，即使有一百個電話亭，也是不夠撞的。

不被愛——不被接受——不被關心，萱瑄認為我對此的接受度比大部分的人都好，這都是因為我在童年期，已經遇過比這更糟的事。不是從我媽踩在我甜美可愛的朋友心上那時才開始，從更早之前，許許多多小小的情感虐待，使得我視苦難為常態——為什麼我媽對我的態度是這樣？我在當時並不知道。我鎖在廚房割腕，她一刻也沒遲疑打破了窗戶——就連那時，我也知道，那不是愛。就連奴隸也不被輕易允許自殺的。——留住一個人的生命，動機太多了。有些可能比殺人還糟。真奇怪，我們母女兩人是那麼有默契——我有很好的理由自殺。

那些充滿激動與混亂的時刻，並沒有很妥善地放在我的記憶中，在我的家庭中有一種中產階級的秩序感，即使情緒爆發，也會是在，不影響正常秩序的時間夾縫裡。

有時公車到了學校，我就是無法下車，我一路坐到底站，原因不明地哭泣。——即使到今天，那也盡是一些原因不明的哭泣。我最不想的就是做小孩子，但我也不想長大。除了死亡，我哪裡也不想去。——我對男孩子沒有興趣，我愛的女孩子對我沒有興趣。在音樂、書本、改變社會的理想中，尋找動力與安慰，有時這也行——但不知為何，有時這根本行不通。

這樣行不通還是行著的歲月，我過了三年，充滿活動、事件與各種人物的高中三年——因為內心痛苦無法解決的緣故，我以一個高中生所能走遍天下的可能，去撞每一扇我所看得到的門。

如果我是作為一個在舞台上表演的演員，我相信底下的觀眾會覺得非常滿足又有趣：我給唱片公司寫歌詞，唱片公司的企畫在校門口等我；我在野百合廣場上代表高中生致詞，講完後大學生一個接一個來跟我握手致意（我說的話沒什麼內容，完全是我的高中生身分使我物以稀為貴）；我也跟不少比我大上十幾二十歲的藝術家維持曖昧的關係，在當時我並不十分意識到他們的戀童癖傾向，但是對於急著找到活下去線索的少女，並沒有太多選擇；在高中生的政治活動中，我不但善於募款（回想起來我都不了解我是怎麼會的），據說談起馬克斯也頭頭是道（同樣不了解我是怎麼辦到的）——。

但我說過，這是一齣對於觀眾才有意義的戲劇，對於我而言，我就像一個狂飲空杯猛吃空氣的人一樣，我帶著希望做每一次動作，帶著與先前一樣的飢渴結束。對於我來說，真的可以給我養分與寧靜的東西，只有來自小朱的消息或表示；但是理智告訴我，那比空杯與空氣更加危險。不單單是因為同性戀會使我變得很奇怪，變得讓我不知道用什麼方法來了解自己；更關鍵的是，我很清楚知道，小朱不愛我。

我曾經覺得非常羞恥的：愛一個並不愛妳的人——我現在已經不那麼感到羞恥了。

愛是什麼？愛不過是一組辨識的能力與努力。

以冬樹與我的關係而言，冬樹在我身上能夠辨識到的東西非常少，也許只有三四樣東西，但是這三四樣東西，她辨識得相當清楚，對我來說，又剛好非常基本。她認為我是善良的、有一定道德尺度的；她也辨識得出我對知識或文藝的東西有較一般人略高的掌握力，但她並不深入辨認那些東西的細節；她也辨識得出我有不少弱點，有時她單純地接受，有時她幫助我。在我們之間，這種辨識的存在，即是愛的存在。

在小朱與我之間，發生了比較大規模且複雜的狀況。那就是除了互相辨識之外，辨識的過程與方法，也變成一種具誘惑力的東西。這就是俗稱的戀愛。我們在辨識對方時，對我產生了強烈的愉悅與融合感——那是一種會發生的狀態，就像睡眠或是清醒，但是狀態只是狀態，就像睡眠只是睡眠一樣，它回應一種需要，但它的意義本來應該是極有限的——就像睡眠或清醒，除非是對極度缺乏的人來說，狀態才有獨特的價值。

無論在她之前或在她之後，我都與其他的人戀愛過。我並不是像渴睡的人需要睡眠那樣，特別需要戀愛。而究竟是什麼東西，使得這段關係控制我至深，我一直苦苦思索。

其中一個原因，我想就是，小朱以一種前所未有的方式辨識到我的寫作——在當時還只是用來獻給一切權力機關，比如考試、比如比賽，因此那是一種一直都使我順遂平安的東西。但小朱不以一樣的方式辨識這個東西，她以不是外在與既定的知識，而僅是她本身的知識，知道她是我們後來會稱為同志的那個東西，而同志——在原則上，是沒有書寫的——從比較的角度而言。在她身上那種惡狠狠的東西，想要把我內在的那份能力扯出體外，看看如果扯出來後，這東西是否能挪為他用（這完全無可厚非，所有的書寫都應該挪為他用）——不要誤解我是以一種鄙夷的態度在看她的凶暴。也不要以為她曾經以怎樣粗糙的方式對待我，這份暴力始終是在優雅、愉快、玩笑，甚至混雜著關愛的氣氛中進攻的。

小朱辨識到東西——但我們對這個東西，實際上是什麼，看法卻不一致——小朱認為那是強壯又狡猾、占盡優勢又不費力的東西——而我，我卻認為那是我最脆弱、最麻煩、最易損，必須動用各種資源以便長年維修保養的東西：比如精密的儀器或嬌弱的花草。

因此我們無法彼此信任。她辨識出東西又辨識錯誤，這是我一生固執要從她身邊逃開的絕對動力——命運的路線圖十分弔詭——因為書寫的重要性與價值，恰好可以說是我們唯一共同的決定，最後我是用整個人生帶著她的命令違抗她：因為我相信，是我，才知道如何保護這份寫作，所以將由我來決定，在我們之間，什麼東西該被犧牲。

小朱始終保有那種在精神上把我拆開來，以便了解構造的傾向——我忘了是在哪裡讀到的，追求知識最適合虐待狂——你看看小孩，他們把所有可以倒的東西都倒出來，打開所有可以打開的東西，就是為了知道裡面有什麼——這是知識的野蠻與初級狀態。我對被倒出來或被打開的防禦，有沒有必要？也許有人會說，我有什麼東西，是不可以被倒出來或打開的呢？

不，我不能給你任何具體答案。這個問題與其說是牽涉到實質之物，不如說只是一種默契，比如說，人們習慣於在牽手時手不會被扭斷，習慣在走到一個人面前時，對方不會無緣無故地踹你——這種不成文的規矩，對小朱來說，卻是不存在的。她是那種你不經意就會被她擰斷脖子的人。如果這些比喻都難以使你明白，我還可以舉例說明。有一次，小朱甚至在半開玩笑的狀態中，對我表示，她覺得要從我身邊把走萱瑄，讓萱瑄背叛我，應該一點都不成問題——不要驚慌，如果你是在像我所熟悉的冬樹那樣的環境中生活，你會連聽都聽不懂這樣的「邪惡」，因為一般人，要不根本就不會想到這一層，就想到也會把住最後一關，至少不把「邪惡」的念頭說出來——因為克制，就是我們所謂的，社會生活。

我是怎麼想小朱的「邪惡」的？我很震驚，我很難過；但是我也幾乎是很快就平復下來。因為我是這樣想事情的：以一種也許可以稱為早熟的天性，我以極快的速度，就可以運算我的理解力。你可以說小朱很厲害，像下棋的人一樣，在每一步棋中，她都想到如何置對方於死地。如果這只是一盤棋，這真的沒什麼，她必定假設我也是那麼想的。這只是一種智力的遊戲，這是玩樂、消遣、與趣味。在棋局中把對方殺得片甲不留又如何？這並不殘忍，也不狠毒，這只是遊戲。也就是說，小朱讓我感受到她存在的方式，像極了我們只是在一場虛擬的棋局之中，我們要有所互動，就必須有人落子，而且不是落些不痛不癢的子：像我們都會在棋局之中，取笑對方的「走了一步完全沒有意義的棋」，既未吃對方的子，也不構成攻擊或防守。不管你是想贏或是想要玩，最好的辦法就是，以最快的速度將死對方。

一個人表示要搶你的東西，不管要搶的是一個人、一份關係、或是一種價值，都會迫使你正視他的存在——雖然你也可以說，這太扭曲啦。我觀察自己與他人的互動，即使冬樹在事實上錯判了她與我之間，她占據的真正位置，但她極少表現出，我稱為偷雞摸狗或公然挑釁的下流行為，冬樹比較善良？這個解釋我並不完全同意。為什麼冬樹跟我就不必像走棋一樣，時時交戰？我認為那個原因很簡單，冬樹與我，我們彼此承認，我們是好朋友，我們有明確的位置。別人取笑或羨慕我們像夫妻，我們既不困擾也不否認，雖然狀似同性戀，但因為我們從不真正參考同性戀的概念為座標，這份關係既不被威脅也不威脅誰，我們總是安然無恙。我們擁有承認所帶來的信任。但是我跟小朱之間，並不彼此承認。所以小朱需要棋賽，好讓她存在。

小朱知道我似乎沒有離棄她，但是她也知道她被排拒在一個「我的規則」之外。或許她就像一個被送去孤兒院的小孩，母親按時探望她，寄東西給她，甚至也對她說愛她，但就是把她留在孤兒院。看起來，基本上，我並不為惡。我甚至不是她的母親，她也不是我的小孩。我們的連繫超過二十年，於我是良知與感情，於她，我則始終不知。

對於小朱的離經叛道，我沒有生氣過，因為我對她的影響力，我開導她時，她甚至會想聽我的話。但她學不會。有次我對她說，不要在背後嘲笑人。隔了一段時間見面，她開始不停地說那個人的好話——幾乎毫無意義地——我希望她學會正直，但她只想討我喜歡。

小朱非常需要人。我不知道當她找不到人，可以討對方歡喜時，她如何過一種道德上還行的生活？雖然她的行為經常惹人厭，我是說，當我以我的社會生活標準去感覺她時——但我從來沒有恨過她一秒——不是因為我是聖人，而是因為我剛巧辨識得出——小朱惹人厭，但卻同時是個沒有惡意的人。很令人驚訝吧？你是否把惹人厭與懷有惡意當作同一回事？但是在我看來，那並不是同一回事。沒有惡意，那是一種極深極深的善良，深到妳幾乎感覺不到。那麼深，那還有用嗎？有用的。因為我始終感覺得到。因為我在乎。我不愛她，但我的理解力愛她。

事情是像這樣的：除了情人之外，小朱相信大部分的人，如果不是討厭她，就是輕蔑、甚至嫌惡她——女校對T的迷戀很淺薄，如果與T們所會受到的排斥相比，是不成比例的。小朱無所遁形。她就算什麼事都不做，她的人身就是塊活招牌，寫明了她「不是東西」。

在我的高中生活中，二十年後會加入護家盟[13]的女生，完全不感覺到我和她們之間有何不同。我曾一次次地被選做「同性戀好噁心」這種垃圾話的聽眾，有次當她們想要更公開譴責（我想或許與班會之類的東西有關，我曾經是班長），發起某個正式的什麼——以糾正本校女生會在學校草坪上摟摟抱抱、穿著制服在公車上卿卿我我敗壞校譽——當她們想要提早二十年，來個小規模的真愛運動時，她們還曾把我當作親親姊妹那樣，想把手上啦啦隊長的指揮棒之類的東西，塞進我手裡。

我有感到被傷害嗎？那倒也沒有——因為我本質上有種靈活的生存之道，我知道，不論我是不是同性戀，我都不可能加入這種殺伐。因為即使在那個年紀，我也有某種明確的自我道德觀：我絕不隨便干涉別人的事，我看重別人的自由，就像我看重我自己的。我用一些巧妙的言語，讓磨刀霍霍的她們無話可說。不太困難地就卡住她們的反同性戀進行曲——至於我自己，我仍深藏不露。只是被當作個性有點怪，也許因為讀了太多書，想法有點異於常人。——真像納粹搜捕猶太人行動中，一個被漏掉的猶太人啊。

因此我沒有受苦，從某種意義上來說。像隔著一層玻璃窗看一幕死亡，玻璃窗是種保護，既保護了我的生命，也保護了那幕死亡場景——因為真的會被打死的人，忙著還擊忙著躲避拳打腳踢的那些人，是看不到完整畫面的。而我是看著畫面的人。

我在玻璃窗的這頭，小朱在玻璃窗的那頭。

我們互相分離。但也從未分離。

13　台灣主要的反同志團體。

第二部

如果你看得到我的記憶，你會吃不下飯。

改寫自某法國詩人之語：如果你看得到我的靈魂，你會吃不下飯。

第七章

我記得我是怎麼第一次聽到「雜交」這個字眼地。

自從我上國中後，我爸黏著我控訴國民黨的頻率降低了一些。一方面是所有的人都主張，國中生該全力應付課業，不該為其他事項分心，我當然也不該例外；二方面是，民進黨剛剛成立，他跟這些人鬼混的狀況，大約是從密室中的困獸之鬥，變得像是終於有些正經事可做。過去他對著我嘀嘀咕咕的那些政治問題，總算可以變成某種有模有樣的副業——從減輕我個人的負擔一事而言，我深深感謝民進黨的成立。就像青少年的家長感謝社區成立棒球隊一般，除了期待精力無處發洩的青少年走上正途，也為擺脫一部分自己的教養責任，暗自慶幸。

但是我輕鬆的日子沒過多久，有天他就回家來報告，棒球隊的教練有問題。「他們雜交，台獨的理論大師。他們雜交。妳可以想像嗎？」當時我正打開冰箱找東西吃，正要開始我國中生「半夜起來拚一拚」的苦讀之夜。就像我爸從不覺得強迫小學時的我念政治學有何不妥，他對著十四歲的女兒，說起性雜交，也沒有後顧之憂。我的身心發展從來不是重點，而只是他要傾訴，他就傾訴。我忙著做我的果醬三明治，他急急講他的性雜交。

我實在不希望他離開他的棒球隊來煩我，所以我很快地給了他一些寬慰的話語。非常鎮定、大度、充滿對人類無限包容精神的話語，意思大概不外乎，那應該無損於民主政治吧或是，就算他們性雜交，也不會改變思想的價值與正確與否。

事實上，我根本不知道性雜交是什麼東西。當時我對於性交一事的認識，只進行到「蠶寶寶變成蛾之後會屁股黏著屁股，但是難道人類也會做出這樣奇怪的姿勢嗎？」這個階段——我想到這，就已經有點難以為繼。我認為人類應該不會做出這種姿勢，那麼究竟精子是怎麼進入女人身體裡面，委實難以想像。雖然我讀到過像「把他的精華全數射向她」這樣的字句，也沒有笨到不知道這寫的是性交，但是我並不知道在具體作法上，男女兩性的性器官會發生什麼事。雜交，在我潦草的想像裡，大概是像馬奈的〈草地上的午餐〉之類的東西。也許衣服穿得更少一點吧？

當然，我不會沒有注意到，除了話語之外，面前這個男人躁動的狀態——他被某種性的亢奮與好奇所激擾，「他們會搞性派對，還會集體雜交」。他的說法不是含含糊糊的所有民進黨人，而是指名道姓的。但我就像一個青少女一樣，我非常看不慣一切大驚小怪。雜交就雜交吧，我知道聽起來不太高尚，但這關我什麼事啊？我還有模擬考要考呢。

彼時康寧祥不認藍姓女子與他的私生子一事還沒爆出，沒有網路的年代，施明德或張俊宏的性史，也不像今日一樣，網路上有人不厭其煩地做出編年史。會讓人震撼的性醜聞，不過是江南寫的《蔣經國傳》。

「妳知不知道，張俊宏這個人，他還自己開車。」有次我爸又抓到我，要對我說。

「那又怎樣？誰不是自己開車？」

「他這個人，要操煩那麼多民進黨的事，等於民進黨的軍師，這樣重要的一個人，他還自己開車，實在太危險了。」

「喔。」我不開車，更不知道邊開車邊設想民進黨前途，是否非常危險（應該非常危險吧），勉強接受了這，不知這是我爸自己觀察出來的，或是轉述他人之語。

他們雜交。他們很亂。我很同情認民進黨為父為母的這個男人，我猜這是無論鄒文海或薩孟武，雷震還是殷海光，都沒有幫他做過思想預備的狀況。

這樣的困擾，他慭不住地要對才十三四歲的女兒說，到底他對這個少女的期望是什麼？難道我像古時候的神廟娼妓之類，竟能對一切與性有關的事務提出答案嗎？

我希望將大事化小、小事化無，因為這個男人只有在心向著民進黨時，在我看來，才能保持一點正常的人性。當時我覺得雜交一事，無甚重要，還有一個原因是，這幾個被點名的人，在我的理解裡，還不算大咖。但這也沒有構成我民進黨比較墮落的印象，因為國中時，訓導處訓育主任的女兒在我班上，我們都知道，她爸爸老是當著她的面，就在放《蜜桃成熟時》的錄影帶。她是我們班上唯一看過《蜜桃成熟時》的女生。我不知道她是不是因此有點瘋瘋癲癲的，也不知道是不是因為這個緣故，她雖然一方面是凶凶的國民黨小孩，一方面有點想倒戈到另一邊——她是從別的國中轉學過來的，之前她跟盧修一的小孩同過班，她跟我說：「每次盧修一一上新聞，我們導師就在班上開他女兒的玩笑。」我覺得她因為同情盧修一的女兒，連帶地似乎也有點同情盧修一。

但是我還記得不可以在學校談政治的戒令，我雖然聽得懂她在說的事，但都假裝沒有很懂。

幾年過後，小朱也當我的面說起雜交。這次無關民進黨，而只是女學生與女教授之類的文化前衛分子。我們雜交——不，小朱不是用這樣的簡單句開始的，她直接進入細節：做什麼、怎麼做。多P。我很專注地聽她說。我對雜交一點興趣也沒有，但是我關心小朱，所以無論她說什麼我沒興趣的事，我都不會表現我真正的感覺。她把事情說得很大膽，可是似乎也很沉悶。聽起來很像幫別人抄作業。是不是因為我在交談過程，都沒有被激發對性的緊張或惡感，因此反而打擊到了小朱？最後，她幾乎是隨隨便便地做了結論道：不是女朋友，實在不會想做到底，只會願意做到某個程度啦——。沒有想像中的好玩啦。

聽起來不像非常有趣味，為什麼要勉強自己去做呢？我並沒有這樣對她說，因為我知道那對小朱來說，並不是非常勉強，就像好酒的人，她是喜歡某種醉意的。但是為什麼對我說？因為我就像那種，人們可以對之說出一切的人嗎？

我已經不是青少女了，但我還是看不慣一切大驚小怪。然而，除了「沒有大驚小怪」以外，我是否也毫無其他的意念？小朱某種程度地對我毫無保留，究竟意謂什麼？比雜交一事會激起我更大反應的事多得是，比如她偷拆情人的信，或是用雙重性道德對待她的情人——每次當我聽到這類事時，都要對她解釋半天，她為什麼不該做。

沒有規矩——我想起我一個好朋友對小朱的形容——不男不女還沒有什麼，最討人厭的，就是她一點規矩也沒有。

有次我說到亞洲留學生的慣技（韓國人說是台灣人教的，台灣人說是跟日本人學的，所以不知師祖為誰），會借別人二十六歲以下的學生證冒充青年買優惠的火車票。當時我隨口說了：「歐洲人是看到規則就知道是要遵守的東西，亞洲人則是——告訴我規則，好讓我知道怎麼鑽漏洞。」我抱憾地說：「要是了解法律背後的意義，應該就不會那麼做。」我因為覺得優惠年輕人是種良法，雖然我自己並不受惠，我也不願意去破壞它。

小朱這時有了一個頗大的反應。她沒有辦法清楚表達，她對我究竟是譴責或是不悅，不過有些訊息我是收受到了。她說，妳就是自居為，知道每個規則背後意義的那種人吧。我暗暗嚇了一跳——沒想到我無意中，打到兩人之間的核心差異了。我告訴小朱，是的，我知道大部分規則背後的意義，如果有少數我不明白的，我也會弄明白。除非我以為沒有道理，不然，原則上，我都是守規則的。

這件事在當時，我沒有很放在心上，然而後來我思索了，小朱無意中洩露了她的祕密，她其實不明白，所有這些規則背後的意義，而我，我真的是樣樣明白嗎？最基本來說，男女分別這樣的規則，對小朱來說，可以有什麼意義？我在一開始，是一點都不混亂的，我認同自己的女兒身，在氣質上，只要是對我有幫助的，我也不忌諱表現得像男孩或女孩，這完全說不到違反規則。在遇到小朱之前，結婚生子這一類的規範，對我來說，沒有什麼衝突到我的心理，我喜歡照規範來的生命，因為照規範來，本身就帶給我愉快的感覺。偶爾我也違反一些服裝儀容上的規定，那只是因為，我覺得那並不重要，在精神層次上，我有一種對社會規範的勤學精神，我學得很快，如果不太謙虛，我甚至可以說，我學得很好——這當然也包括學會，規範背後的精神是什麼，使我在遵守規範時，既不是個機器人，也不是個幽靈。

從這一點開始出發，我或許一直不自覺地對小朱有恨。因為我很明白，我並不是被小朱勾引或帶壞的，而是貨真價實且自然而然地，有著不符主流規範的欲望——意即欲望她。然而又因為，我的內在規範要我誠實，我似乎為她破了例，但說到底，我是為我自己破了例——規則到底是什麼？如果我不是對原本井然有序的世界，有著說不出的鄉愁，我是否可以更好一點地接受小朱？包括接受她的不在規則之內？難怪她要時時反抗一切規則吧？就像我時時想要守住規則——最規矩的人，是連看都不會看小朱一眼的。小朱又為什麼要了解規矩呢？這豈是可以了解的？

如果說小朱對我說起雜交時，我有著一半關心、一半置身事外的護士風情，當萱瑄講述這類事時，我又是另一種人。那是在我與萱瑄交往的初期。記憶最深的一次，是她像說著什麼旅遊奇聞一樣，說她怎麼帶她的前任（故事發生時的現任）女友，到另一個與萱瑄關係曖昧的女友家中去玩。在夜晚入睡時，萱瑄在她現任女友的眼皮底下，跑去摟著另一個人睡——萱瑄說這事時，態度是張揚與歡悅地——如果小朱的敘述，帶有知識分子的「我反抗主流性道德」的「實踐的包袱」，萱瑄——至少在她的敘述裡，更像搶劫犯或縱火犯，在得手後的舉杯慶功——她話多，那些話就是她狂歡時冒泡的酒——也許她以為，我會與她欣然碰杯。——萱瑄對我說過她的那個圈子：偷書是反抗資本主義社會，喝得爛醉是狂野，因為混亂搶伴鬧得雞犬不寧，那、那就實在太有種了。——可以附帶一提，施明德那時，還成了這方面的精神領袖——奪人所愛就像奪權一樣，在還不能打倒萬惡政權之前，不能露出士氣被挫的挫樣，萱瑄心目中的英雄學長學姊，無一不是在戀愛一事上，有強盜頭子的蠻幹事蹟的。「幸福就是要自己爭取。」——越是公然去挑逗有伴之人，越是屌。她津津有味地描述這些，像是體育迷崇拜自己的體育偶像。拆散別人都不敢？怎麼能拆政府？——氣氛大抵是這樣吧？但我幾乎外於這個氣氛。當時我做了一件奇怪的事，我只是沉默，然後一杯接著一杯，喝個不斷咖啡廳提供的免費白開水。我沒有說話，但我喝著水，因為我想有所動作，表示我並未睡著，我對萱瑄說的話，是有反應地，我都聽進去了——但是我不發一語。在我大概十幾杯白開水過後（喝完水瓶裡的，我又請咖啡廳幫我加），萱瑄開始泣不成聲，哭花了一張臉。我抵制她，我只是沒有認同她，她就自己垮掉了。我什麼話也沒有說。

當時我十九歲，萱瑄二十。嚴格說來，都是少不更事。在戀愛一事上，每個人多少，都是有樣學樣。我認為萱瑄很荒唐，但我找不出話語表達。妳不為妳女朋友的感覺設想一下嗎？——這樣的問題，問也是白問，如果這個問題被考慮過，根本不會有那樣的行為。心智弱一點的人，就會對萱瑄產生敬畏與佩服之情，像處理不來霸凌的小孩，會愛上另一個流氓來制衡霸凌者。說起來，我當時還是不懂。我只看到行為表面上的荒唐，我看不到的是，荒唐掩蓋了什麼。我非常不高興的，並不是這種作為有悖常情，而是在我有點尖的耳朵裡，我聽到了一種東西：那裡沒有愛的邏輯，只有力量的邏輯——而當我們正在交往，萱瑄讓我知道她是能把別人打趴在地的拳擊手——但我又不是來看拳擊的，我感覺她非常文不對題。

喝水一事，表面溫和，但說的其實是：我在我的秩序裡，我不在妳的。不要想把我打混進去。這是我當年唯一能夠，就地取材尋到的自我表達。現在我比較懂得一點了。那時我還做不到的分辨是這樣：愛確實會讓我們血肉模糊，但是，不是血肉模糊就有愛。這個差別是很根本的。我愛過，我也遍體鱗傷，我並不蔑視受傷這一件事，但這與刻意製造傷害，不是同一回事。愛有它的天災，愛也有它的人禍——我不以為，能以天災存在一事，就說人禍也是好的。現在我老了，我的看法還是沒有變，改變的是，我多知道了一點：對於不夠了解自己的人來說，自己就是一場天災——她在外製造事故，這是外在的人禍，但為的是把眾人引進她內在的天災中——也許她知道她需要援助，也許她根本不知道。對於生存一事，萱瑄始終給我一種，什麼都要緊抓不放、什麼都要多要一把的印象，我一直不了解這部分，後來也許是了解了——覺得自己可能滅頂的人，只有極少數，還能為別人著想。當年我們都是女同志，如果我的滅頂恐慌，看似比較不存在，或許是因為，我一向抱持「大不了一死」這樣的想法。在搶救生圈的最後時刻裡，我之所以不最快伸手，並不是因為我對別人比較慈悲，而只是因為我對自己比較無所謂。在遇到事時，萱瑄常要我去鬥去爭，有些事我會聽她的，但有些事我堅決不從：「那完全不是我的風格。」——我要生存一事遷就我的風格，我愛風格更甚於生命，這有點不切實際，但我是自殺的愛好者，我本來就不實際。

這種不實際也導致我沒有看清：我以為老虎哭泣，就是老虎變成了人。然而事實上，老虎雖然哭了，還是老虎。我和萱瑄爭執不下時，常以萱瑄的悲鳴與啜泣收兵——我們往往忘記討論，眼淚的意義是什麼。我可能以為那是一種悟道，但萱瑄可能只是因為，沒有要到她要的——我們的關係，不知不覺，就這樣建立在錯覺上。那家我喝飽了白開水的咖啡廳，名叫長春藤。我只去過那麼一次，但這個名字之所以讓我那麼難忘，是因為我有不原諒自己錯誤的傾向：當時我就看出不對了。可是我也不夠警覺，我也不夠了解我自己——我以為我看出不對，不對就會消失——這是缺乏人生經驗的人，最容易犯的嚴重錯誤。我是一個容易被眼淚軟化的人，這點我只能責備自己，不能怪別人。長春藤，因此象徵了我生命的有毒之根。

我實實在在不會想到的是，我後來是在我最料想不到的人身上，再見長春藤。

那年小惠，我的親妹妹，二十二歲。二十二歲作為人，可說還十分年輕，但作為一個異性戀，小惠是非常老練了。她在高中時，先後交過兩個男朋友；大學時，有了一個幾乎是準備好往禮堂走的那種男友，我們都叫他多多羅。——高中那次，分手的是她很捨不得的一段關係，她跟我說時，哭得淅瀝嘩啦的，我除了陪著掉眼淚，心裡也感到安慰，小惠是可以到我這裡哭的，我是她真正的姊姊。

我希望她幸福，希望她不要遭遇承受不住的痛苦，這並不太需要什麼後天的修養，一切都再自然不過。除了關心她順遂與否，我偶爾也擔心因為自己太同女，而不能像一般的直女姊姊一樣，給她足夠的支持與陪伴——小惠對同志是不歧視的。她不覺得有個同女姊姊有什麼不好，但她自己不是。因為我的關係，她很早就思考過這方面的事。

我們之間的關係一直有些生疏客氣，我不願對她多談同性戀方面的事，不希望她是因為模仿走上同一條路；小惠對我談的也不深入，她這方面就像冬樹，要的不過是平凡穩定的家庭婚姻

——在我看來，小惠的每一任男友，無論有什麼缺點，大抵都可以用星座學來解決，比如射手座太白目啦，天秤座優柔寡斷啦。在小惠跟我聊到的事蹟裡，他們沒有一個是像小朱那樣令人感到羞恥。「姊妳是很容易感到羞恥的人，」小惠有次說道：「為什麼偏偏會對讓妳覺得羞恥的人有感情呢？同性戀裡面，也有比較正常的人啊。」

小惠看似對我直言不諱，卻又特留餘地。我不知道該怎麼回答。小朱最「不正常的」，不是她曾經告訴我的幾P雜交，而是她就是在平常時候的情感需求上，也是雜交的。不過雜交都是相對而言，小惠平均兩三年重啟關係交新男友，每一次都是一對一，我們都感覺那才是一種正常的節奏。小朱的頻率是兩三個月，有時在同一時期，周旋於幾個人之間，小朱的「不正常」，或許還在於她自己的講述方式，她是有意要讓自己顯得玩很大——。

——其實也沒有那麼不正常，我後來懂了。這只是轉速的問題。我早年的轉速非常慢，但是，我也有一段高轉速的時期，我這才明瞭，那些悲傷或不解，原來都沒有太大的意義；不見得是因為妳是個比較好或比較不好的人，只是因為每個人的轉速不同。當一個人轉速快而另一個人慢時，後者會有被遺棄的感覺——但有一天妳會明白，每個人都是身不由己的。是什麼決定我們的轉速與內建的軸數，這種事只有天知道，用意志控制的永遠是表相——轉完了就是轉完了，某種內在轉完了的東西，就跟它會開始轉一樣，都是神祕未知的。我不知道轉速快是不是一種抵擋悲傷的方式，畢竟所有的影片一快轉就顯得好笑，一放慢就變得憂鬱——即使是一個笑容。

但大致看來，小惠和我，我們都自居在比較正常的一邊，很長一段時間，沒有任何懷疑。

直到有一天——我真的覺得「直到有一天」是非常有學問的五個字，一切東西——不管是人是事或信念——都可以在我們心中有一個輪廓、定義或範圍，然而一旦這個「直到有一天」冒出來，你才會發現原來嬰兒身上綁了定時炸彈、蘋果培養了細菌、母親是白森森的骷髏頭——直到有一天。

我說過，小惠和我的互動很規律，我們都在讀大學時先後搬出家裡，差別是她還回家過年過節，而我不再回家——但是小惠和我，我們每隔一陣子就會打打電話，見個面。回想起來，事情開始有一點歪掉，我的意思是說，就像有時家裡地上有個小紙箱子什麼，你懶得把它拿去丟掉，晾著，心存僥倖地想著，繞過就是了。但有一天，不知怎的，你就忘了，走過就被狠狠絆了一跤。

對我來說，紙盒子似乎是小惠去新竹讀研究所。這事原本看不出有什麼問題，小惠的未婚夫多多羅（他們在一起三年，我是這樣看待他的）畢業後在新竹科學園區上班，小惠也去新竹，似乎很自然。我和小惠還有聊到，要是在新竹生寶寶，那裡不像台北那麼人口稠密，也許對小孩的成長不錯。小惠和我，我們都是台北小孩，所以對小惠可以在另一個城市開始生活，我們是挺興奮的。「姊姊妳不是愛坐火車嗎？這下妳就有藉口坐火車了。」我們還計畫一起看遍新竹的古蹟呀老房子什麼。

然而多多羅和小惠，卻在這當口分手了，就在小惠到新竹下地的第一個月裡。他們分手後，小惠才跟我說，多多羅的母親一直不喜歡小惠，覺得她是「外省婆仔」。我說：「妳沒有跟多多羅說妳有四分之一客家血統，四分之一閩南嗎？我不是告訴過妳嗎？」外公外婆的事都是我告訴小惠的，她對他們沒有印象。「沒有用，他們更討厭客家人。」有這種事？我覺得很滑稽，我改口：「那妳沒有跟他們說，妳也不算客家人，妳連一句客家話都不會說。」沒用啦，姊。是多多羅的態度，多多羅是懦弱型的。小惠嘆氣。很難改變一個人的性格。多多羅擔心他們這樣要好下去，到時他要是不能娶小惠，狀況會很糟。「你們不能偷偷在一起嗎？」我道——又不是同性戀，偷偷在一起？我順口這樣說，自己也覺得很荒謬。

多多羅很焦慮，雖然他們一直都有做雙重避孕，小惠服藥，多多羅用保險套——但自小惠到新竹開始，多多羅即使用保險套，也不願意在小惠體內射精。小惠用英文對他說，「這是一種侮辱」。小惠和他分手，從兩人的住處搬出。

我打算去看小惠的那個週末，結果得了腸胃炎，吐得一塌糊塗。我躺在床上給小惠打電話：「有什麼事打電話啊，我很擔心妳。」小惠說：「擔心什麼，男人總比女同性戀多吧，總不會找不到一個好的。」我想想也是，小惠聽起來很樂觀，多多羅這種男人不要也罷。

但是小惠畢竟受到和多多羅分手一事的打擊，不像過去，我沒有聽到她抱怨，也沒聽到她哭——後來我想，有種哭，是缺乏水分的，乾旱式的。小惠沒有哭，她的哭是藏在「行為改變」底下的。我打電話給她，她的聲音聽起來總是很遙遠，彷彿教堂的鐘聲，雖然是真的聲音，但似乎不是人的。小時候，我就會感覺，小惠會以巧妙的冷漠拒絕我，現在那種讓我受傷的感覺又回來了。在電話裡，我們沒有不愉快，但無論我說什麼，小惠表現得，都像我多此一舉。我想去看她，她說研究所有報告趕不完，而我一直被小惠的霜凍戳刺著，不必真的去看她，我反而是快樂的。我對她的愛，沒有超過我對愉快的需求。就這樣，過了四個多月。

我再接到小惠的電話時，小惠情緒很激動。原來這四個多月中，她交了個新男友，一半義大利一半台灣血統，在義大利長到六歲，因為父母離婚，才被母親帶回台灣。馬可，就是小惠的這個新男友，一個多月前，開始斷續對小惠提出多P的要求，說多P也不是很多啦，就是希望小惠再加他的前女友。馬可的前女友，因為一個女生離開馬可，馬可想出來的辦法，就是用這種奇怪的方法和前女友再試試。——這樣古怪，我如果是從小朱那聽到，我可是一點也不驚訝，但從我小惠妹妹那聽說，我沒多想就問她：「那妳不打算跟他分嗎？」我沒有說出口的是：聽起來，這個馬可在乎的比較是他前女友呀。小惠說當然打算分，聽到就大吵了。模糊之間，我彷彿聽到一個東西，就是小惠感到她敗在一個女同志的手上了，特別覺得不甘。我不知道，她這些日子對我的冷冰，與她聽說馬可對同女的迷戀是否有關。

小惠情緒不太穩，我又提議去看她。她說她也正有此意，因為她到新竹那麼久，都還沒有好好招待我。我心又有點熱起來；但她說要招待我，又讓我覺得怪怪的，彷彿我們不是姊妹，有別種關係。

我們約了下個週末。那一週裡，因為放不下心小惠，我又打了幾次電話給她。說也奇怪，我一打給她，我就感到，她似乎又不想要見到我了。我捉摸不出原因，直到出發前一天，我又跟她確定了一次，我問她，她是不是有其他約，如果是，我也可以再下一個週末去看她。小惠嘴巴說得很甜很熱，但字裡行間，我還是覺得她不希望我出現。但是哪有跟妹妹討論什麼字裡行間的？既然明著她是力邀我，我想作姊姊的，不該太計較。出門前，萱瑄抱怨週末她一人會無聊，問我她能不能跟？我想想就又打個電話問小惠，問她方不方便？要是她只想見我一個人，萱瑄我就把她留在台北，也沒什麼不妥。小惠的反應一如她整個星期，沒問題沒問題，但聲音裡卻透著相反與矛盾的感情。

我在火車上，大致跟萱瑄說了一下小惠的狀況，我略去多P的部分沒說，只講小惠和新男友分手不久，情緒不是太好，我們下去陪她，讓她散心。

小惠到火車站來接我們時，她的精神看起來不太好。萱瑄去上洗手間時，小惠就對我說了：「馬可也要來。」我非常詫異。可是我人都已經到了新竹了，特別來一趟對小惠發脾氣，也沒意思。我問她：「所以妳還不想跟馬可斷？我來得不是時候？我去看看妳住的地方，我再把萱瑄帶開了，讓妳跟馬可談？還是妳有別的想法？」小惠說好，她沒有別的想法，她似乎沒想到她可以把馬可支開，會顯得比較通情達理。雖然台北新竹不遠，我畢竟是特別來一趟。

去小惠住處的一路上，我力圖顯得不怎麼失望，我找了一個理由對萱瑄說，等會兒我們要先自己出來逛，晚點再跟小惠會合。

到了小惠住處，原來馬可已經等在那了。他的長相並不像我想像的非常西方，要仔細看，才會注意到他比較鬈的頭髮與深輪廓。我很快地對他說道：我來看看小惠住的地方，想先出去附近逛逛。馬可看起來很禮貌，話不多。對一個想和自己妹妹玩多P的男人，我想我的態度算是很友善中立了。如果我誤闖的是小朱所說的那個圈子，我知道大家都是你情我願，我大可聊一聊再開溜（我這樣做過幾次），但是小惠從頭到尾都讓我感覺，她是接受不了雜交的。那天我和萱瑄連杯水都沒喝，就離開小惠住處。小惠的樣子，我不知道該說她像個死人，或是木偶。

離開小惠住處時，我整個地覺得不對勁，但又說不出來不對勁在哪。我和萱瑄解釋了一下，說小惠還沒斷乾淨，讓她先去處理——。我話還沒怎說完，萱瑄就開罵了，不外同志愛彈的幾句老調：異女就是有異性，沒人性。一向我從來不搭這種腔，我就是挺討厭萱瑄的同志本位主義——反正本位主義我都不太信任。但這次明顯小惠理虧，萱瑄更是完全不顧我心情地大鳴大放。我心情一壞，跌了一跤，兩邊膝蓋都流血，還是止不住萱瑄的洋洋得意。我真分不清，在陰陽怪氣的異性戀妹妹，和幸災樂禍的同性戀情人之間，究竟哪一個，更教我痛苦不堪？

那天整個地不吉利。那麼大個人走路還會跌倒，這是令我氣惱的。但我頗喜歡新竹的市容，萱瑄對吃到的小吃很滿意，我們逛完一圈後，在火車站打電話給小惠，說要提早回台北時，心情已經相當平靜，甚至可以說是愉快的。我並沒有對小惠對我們非正式的放鴿子行為，有太多不悅。坐火車回台北時，隔著火車車窗外夜色做成的黑幕，我看見自己的臉倒映其上，我想到馬可。那雙眼睛，我不能懂。如果說是所謂印度人縱欲的雙眼，它們顯得太過閃爍，似乎還未成為平靜的哲學；要說是好色撩人的桃花眼，它們又嫌不夠遊戲人間。幾年後我在龐貝城看到被火山灰活埋的死人屍體之時，馬可龍眼核般既發光又發黑的眼神，忽然又出現在我眼前。這種顏色的名字是什麼？這種色，該叫做什麼色？盲人黑？淤血紫？烏雞腳？我不知道這種顏色中，燒焦的是什麼。但我必須承認，那裡面有什麼煤煤炭炭的，確實令人印象深刻。

回到台北三天後，我覺得有必要打個電話提醒小惠，她拖到最後一刻才告訴我馬可會來，這不是種好的社交技巧，得罪姊姊沒關係，但是朋友可能會生氣的。我想告訴她，她可以改變主意，但在這過程中，她應該要想到，可以在我到新竹前就告訴我。我話說得很婉轉，我想改進的只是小惠的社交技巧。小惠接下來對我說的每一句話，都是我始料未及的。

小惠激動地哭著自我控訴，她一遍遍地對我道歉，並說她從未想到要對我做那麼邪惡的事。我在電話這頭傻掉了。只是沒有在正確的時間點上，打電話通知我，這算是哪門子的邪惡？我開不了口，只安靜地聽小惠歇斯底里發作。到最後我懂了。我的新竹之行，原來並不像她在早先電話告知我的，是平凡姊妹之間的相會；她對我是抱有期望的。期望我幫助她一圓馬可的雜交計畫……這些太深入的細節，去追問把自己看得十惡不赦的小惠，是太過殘忍了。光是她已經承認的事，她把我騙到新竹——光是這，就夠我戰慄了。

這也解釋了我去新竹前那一週她奇特的冷漠，那或許是她殘存的一絲良知，那良知希望我不要出現，她的邪惡意念可以中途受阻，就好像沒發生過。

我想必說了一些要她不要太過自責，知過能改，善莫大焉之類的話。她的自我懺悔對我來說，可怕到令我手腳發軟，雙眼發痛。我不知道，我是不是寧可永遠被蒙在鼓裡。畢竟，我所以獲知真相，並不是因為我去挖掘；我只是想告訴她一些社交小技巧，沒想到卻換來浩大的性醜聞內幕。

十三歲時我聽到應該感到震驚的性雜交時，我不震驚——幾個民進黨的核心分子雜交，於我何干？他們再怎麼亂，也亂不到我一個日夜苦讀的國中生身上。我甚至懶得思考。懶得動一動我的腦細胞。

二十歲時，小朱細數雜交進行的情景給我聽，我知道那不是作奸犯科，只不過是某種性活動。與其說是種性的方式，不如更像某種抗議。比如脫得光光反對戰爭之類。而且我相信小朱的某種強者性格。我只擔心她過得太無聊，有天甚至連雜交都沒法解救她。我是微微憂心，且憂心的是無聊，而非雜交，我是無一絲懼意的。

欺騙當然是這事最糟糕的部分。她和馬可的想法，是我們一起聊聊後，藉著酒精（但我不喝酒）與馬可帶來的大麻（我也不用這類東西，除非他們騙我用，我是後來才知道馬可帶著小惠在用藥），慢慢把話題與情勢引導到這上頭來嗎？

我對性雜交沒有興趣，就像我對美式橄欖球沒有興趣一樣，我的人生哲學從來都不是「什麼都要試試」；但我一樣對於我的人生有理想：我只做我真的非常喜愛的事。

這是為什麼小惠要以設計的方式，設計我的原因嗎？如果我不是有一種奇特的自保嗅覺，使我在覺得小惠對我「不夠誠實」的第一時間裡，當機立斷離開現場，我有可能在某種意外狀態下，成為一個「也有雜交經驗的人」嗎？這對小惠、對我、或對馬可的人生，會是一種幫助嗎？對我自己，我當然不那麼想。

「我不希望被捲入曖昧不明的性事件中」——這一直是我在同女圈子裡，從不動搖的生存原則。我喜歡純淨、甚至對實際的性，保持拘謹態度的人際關係。這或許也是小朱有次半憤怒半嘲笑地對我說：凡事都要照著妳的規矩來。那不然呢？關係到我的事，我不能有選擇嗎？

一直以來，我都覺得，將自己完全隔絕於「性雜交」主題之外，沒有任何問題。

但是今後，我還能夠說，這完全不是我的問題嗎？我能夠原諒小惠嗎？能夠在不了解性雜交一事的狀況下，原諒小惠嗎？我能夠把問題推給馬可嗎？推給多多羅？推給不喜歡外省婆仔與客家人的多多羅的媽媽嗎？

這也太過鄉愿了。事實的真相就是，那是妳妹妹小惠（更狠一點甚至可以說，滿口仁義道德的小惠——）做下的事。在我下新竹前的每通電話裡，她都有可能做出改變，但她沒有——所以她的決心是堅強的。

對自己的姊姊做出這種事——我痛苦地想著；但是如果不是對自己姊姊做這種事，對另一人做，這會好些嗎？

人生何其難料！這個在出生前就一再被命名為「好讓妳不太孤單」的妹妹，誰會想到有一天，她就會是那個，讓我看到人生何其孤單的人。

被詛咒的家族……，這個想法首次帶著絕望色彩浮現我心中。——因為，這並不是，我們這個家族，第一件，性雜交事件。

第八章

和萱瑄分手許多年後，有次她還寄來兩本書給我，主題都是關於外省人對台灣的認同。我沒說什麼，心底卻很光火。枉費了生活在一起如此之久，她一點也不了解我。後來我大概花了十多年的時間，想這方面的事，我才比較明白。對我來說，我是如此非典型的外省人，我以為表現我的台灣認同，就是盡可能淡化或疏離所有引起外省聯想的符號。我這樣做了許多年，然而那對她來說，反而是「不對的」。因為儘管我有意忽視自己身上的外省東西，萱瑄在我身上看到的，還是一個外省人。也許比那些看輕台灣文化緊抱大中國的外省人，還讓她不舒服。因為對於典型的外省人，她可以憤怒、可以批評、可以嘲笑或敵視，甚至可以教育或呼籲他們改變，但是對於我，她不知道究竟是怎麼一回事，她反而是既不安又猜忌的。

萱瑄沒有從我身上認識外省人，她是從外省人的概念上，來認識我。這是一件很悲哀的事。但我也有同樣的問題。在跟萱瑄共同生活之前，我心目中的台灣人，意即比外省人更台灣人的本省人，是受壓迫但又有所有美好特質的。——我沒有設想過還有別的東西。這個簡單的二元對立概念，是拒絕外省人認同的父親灌輸給我的：中國人奸詐，台灣人善良；中國人惡毒，台灣人寬大為懷——這些想法根深柢固地在我心中，使得我在稍長讀到東方白回憶錄型的小說時，讀到其中以非常懷念的口吻，描寫外省老師親切的一面時，簡直不敢置信。

陳水扁當選台北市長的那一晚，萱瑄回老家投票，我沒法待在住處，特地跑到大安森林公園，感受萬民歡騰的氣氛。台灣人終於勝利了，我想把這重要的一刻，深印到我生命中。我到處走動，看著一張張興奮安慰的臉孔。然而就在街道旁，我看到了另一幕，一個外省中年女人和一個本省老年男人在對話——。

「為什麼有人會說外省人看不起台灣人呢？你看，我不是站在這裡跟你說話嗎？」

「是的，沒錯；妳說得沒錯。是的，妳說得很對。」

這兩個人的語調至今令我難忘。外省女人一半是無知一半是紆尊降貴的。然而本省男人並不是委屈或忍讓，他溫和的應答中，有一種泱泱大度的東西，他不像一般的知識分子，會立刻分析外省女人語言中的歧視成分。他絕不是沒有聽出這話當中的可笑成分。或許他的年歲使他知道，語言不完全代表一個人的心，以及人要走出本身限制所需要的努力——不管那老人心中想的是什麼，他在肯定那女人時，沒有一絲矯情與客套——雖然從我的角度看來，那女人並不配得上這樣的尊重與接納。許多年前，黃信介所以強大影響我父親一生的那個東西，我更懂得了。

我當然有對萱瑄描述這一段。我一定也沒少表示，我對外省人自居高處的批評與喟嘆，對本省老者表現出的厚道，我或許說得少得多，而那只是因為，那種深沉的處世智慧與沉穩，對於二十多歲的我而言，仍然太過震撼。只可意會，難以言傳。

然而，我的所思所言，聽在萱瑄耳中，它的效果是什麼？她真的有聽到我對外省人既得利益與優勢的羞恥之心嗎？她有聽懂我對老者的敬重與驚奇之情嗎？

我相信是有的，但不完全——因為就是本省人也不是都是一個模子印出來的，更何況，萱瑄也不是一個老人。她當然知道我是真誠的，不過那未必不讓她痛苦。

為什麼？我以為我知道一點答案。不管是黃信介也好，陳水扁之夜的老人也好，我描述的本省人典範都是一些近似聖徒的人物——就算他們在人生中不是聖徒，但至少在省籍問題上是種聖徒：特別有智慧，特別有擔當，特別有愛。我以為我表達的是一種對本省人或台灣人的敬愛，但是說到底，那更像對聖徒的敬愛——那麼我敬愛的究竟是聖徒？或是台灣人呢？

也許有人會說，沒有人應該光是因為他天生的身分，就得到尊敬。但是這個想法是半對半錯的，因為在台灣，本省或台灣，這個身分是先經過人為的弄髒與弄低的。這個被弄髒與被弄低，是外省人沒有經歷過的；就像異性戀怎麼支持同性平權，也絕少進入這個被弄髒與被弄低的創傷核心。以萱瑄的反聖徒性格——她在幼兒時候，就不是孔融讓梨型的，她就是那種，一生中無論在什麼時刻，都會出面搶奪最大梨的那種人。她的生存邏輯即是：如果有人可以得到最大的梨，為什麼那人不是我？長幼有序？她會告訴妳，那毫無道理；只要是提得出的理由，對她都是不能成立的理由。除非梨一點都沒有大小之分，要是有，她就要最大的，如果妳要問她為什麼？或許她會告訴妳：因為她最想要。

在許多事項上，我和萱瑄都能相安無事；因為我剛好是，梨大梨小無所謂，偶爾沒吃到就算了的那種人。然而就算如此，當我們都很貧窮時，有次，我還是因為萱瑄一口氣吃掉我買的五個橘子，而使我感到——與這樣一個人在一起，似乎正在威脅我的生命。我也需要吃橘子——我所認為的正常伴侶，頂多吃掉三個，要是吃掉四個，雖有點誇張，但也還算可以接受。萱瑄一口氣把五個都吃掉，連一個也做不到留給我。這讓我多少感到憂慮。

我所謂萱瑄的反聖徒性格，大抵就是這個意思：她除了在思考上，不常能把他人的存在當一回事，在實際生活上，她就是不能控制她的衝動行為。這種日常生活的致命缺點，只有在社會運動衝鋒陷陣時，可以偶爾被看作優點。當萱瑄在討伐不平等時，我們絕對可以信任她是用了百分之百的力量，沒有一分節省，也沒有一絲膽怯。

在我們都會把社會運動看得十分重要的年輕時代，我或多或少因為受到理想的感召，而願意把「能夠吃得到橘子」這樣的日常幸福擺到一邊，我相信，如果萱瑄是一個不會需要吃大梨或所有橘子的人，她很難在社會運動宣戰時，表現出那麼強的戰鬥意志——以我自己來說，我就少有衝勁，我有興趣的永遠是說理那方面，我會寫文章，找人弄些諷刺的戲劇，但是要我在宣傳車上慷慨激昂，我永遠都辦不到。每次萱瑄上宣傳車，我都大聲喝采；她下了宣傳車，我也會對她說「非常漂亮」——但在我心深處，我卻一點都不喜歡——我的熱忱卻也不是假的，因為當時我甚少考慮自己的追求，我雖然逃離了政治第一的原生家庭，但回想起來，我的人生，只不過是從黨外的宣傳車，變成女性主義的宣傳車而已。

小惠會有意無意地提醒過我，我們身上的非典型外省人特性，會給我們招來麻煩。我們沒有跟道德上是錯的、但生存上有實際精神的外省人團結在一起，我們自以為去除，但在台灣人眼中仍然存在的外省特徵，會使我們缺乏應變力，在遭遇不測時，求助無援。小惠模模糊糊地說道：「像我們這種人，也許唯一的出路，是嫁給外國人。」我當時順口也道：「我也不是沒想過，萱瑄那麼恨外省人，為什麼她交的每一任女朋友，都是外省人呢？如果她那麼恨外省人，也許根本就不該跟外省人在一起。」

當時小惠跟多多羅還穩定交往，聽到她說什麼嫁給外國人，我以為是她週期性的怪論發作，小惠不時會語不驚人死不休，我以為那是她認為可以在「作家姊姊」面前，顯得比較不落俗套的努力，我覺得很心疼，且認為這並不是什麼好事，所以多半避免鼓勵她。所以，當時我一點也沒想到，她是在實際生活有了什麼體驗，才有感而發。

我更驚訝的，是我自己口中說出的話，因為是在跟自己的妹妹說話，我很放鬆，沒有顧忌，而我在這種狀況中，說出來的話，是我在其他場合，不僅不會說出口，連想，我也不會去想的——萱瑄恨外省人。早在那麼早之前，我就察覺此事。彷彿覺得這是某一種形式的家醜，我雖然對妹妹洩露了祕密，一旦妹妹不在場，我就又當這事沒發生過。

有一天，妳會發現台灣人很恨我們；當那一天到來時，妳一定要去了解，他們恨我們是有原因的。因為錯在外省人，化解仇恨的責任也在外省人。妳要去了解外省人對本省人做了些什麼事。——雖然青少女時期一到，我就開始擺脫我爸想要加諸在我身上的殷海光包袱，但是這番我在小學時期，他對我語重心長的一番話（伴隨著泡麵香），始終是我丟不掉的。

那樣的話，我爸只說過一次；但他一生的許多言行，都繞著這個主題打轉。時不時他就會發表一些言論，告訴我，哪個哪個外省政治學者，終究因為省籍之見，沒有對台灣的民主化戮力以赴，「外省人沒有全心全意為台灣」，他說這話的語氣可不是平平無奇，而是悲從中來；就連立法院經常大打架的那段時期，他都把錄影帶畫面定格對我解釋道：一樣是打架，殷殷妳看好，趙少康這樣拉站在桌上的人的領帶，這人要是被拉下來翻倒，這是會致命的。大部分的人打架，不過是一時情緒，但這個趙少康，看他打架就知道他這人陰狠，心機重。——總之就是外省人樣樣壞，連打架也打得壞。

我歪著頭，把那畫面看過來看過去，從來不曾好好打過架的我，真實的感覺卻是，這個趙少康打人就像我們女孩子，不會動拳動腳，見什麼可拉的就拉什麼，你看女孩子打架最暴衝，不就是互拉頭髮嗎？被我爸一說，我也真注意到，這樣拉站在高處的人領帶，是比揮拳踢腿要來得險惡。關於打架，我可沒有什麼權威可言，所以「趙少康打架打得很像我們女生」這樣的話，我就還是沒有說。

這些往事，我都對萱瑄說了。

但我也不是聖徒。像大安森林公園外老者那種曖曖內含光的場面，從來沒有發生在我身上過；最好的狀況，外省的朋友，把我當成有點奇怪，誤入歧途的自己人；最壞的時候，是我被他們談到後來的輕薄野蠻，幾乎氣到內出血。台語被壓抑是台灣人自己的錯，要是他們自己懂得把台語做得像英語那樣活潑生動，人人自然都能將台語琅琅上口；台灣歷史什麼真的不想聽，二二八也有外省人被打死。如果不是蔣中正蔣經國，台灣人會被共產黨整死。——這些對話並不是跟無知無識的外省人才有的，說出這些話的人，法官有之、教師有之、工會領袖與社會清流皆有之。

在類似情景中，萱瑄不知出於什麼原因，她總是表現得比我更像「外省人」。我印象最深的一次就是，一個一向瞧不起台灣人的工會幹部，因為騎機車戴安全帽一事，將陳水扁說成了法西斯；她說得很帶勁，連笑帶罵，萱瑄完全著了道，在旁邊又是幫腔又是助興。在我聽來，這與批評時政一點關係也沒有，根本是外省人行之有年，訐譙台灣人的拿手餘興。整個過程我都不發一言，但最後我還是說了：「我不覺得騎機車要戴安全帽有什麼，說這就是法西斯，實在太扯了。」因為我說話的聲調又冷又堅決，這段拐彎抹角在說「陳水扁是個賤人」的雙口相聲才閉幕。

萱瑄吃錯了什麼藥？我們都對戴安全帽一事謹慎無比。不管是她還是我，即使是任何短短一段路程，我們從來沒有省掉過安全帽過——萱瑄在認識我之前，騎機車出過一次車禍，而那次車禍，據她自己所說，要是她沒戴安全帽，後果根本不堪設想。

她會比我遲鈍，以至於沒有意識到兩人談話脈絡中，根本的作用是在——數落台灣人嗎？

工會幹部的行為很好理解，她忠於她的價值觀，這種鄙薄台灣人的言行是一整個外省集團的習氣。說到台灣人，總不忘加上「島國心態」；雖然不讚揚國民黨，但說到台灣性質的東西，必定見縫插針，數說台灣人的次等性——這一定不是萱瑄第一次這樣被當成沒民族自尊心的「好中國人」來雙手聯彈——私底下，我知道她很恨；為什麼遇上了，她卻反而顯得樂在其中呢？

很多年後，這個工會幹部朋友，患了嚴重的憂鬱症，萱瑄在勸慰她之時，因為對方仍在對她大加統戰，而感到非常失落，她打電話問我：「我還應該安慰她嗎？」她接著說了一些話，要旨類似，一個統派到這種地步的朋友，我還應該當她是朋友嗎？

當時我明顯對萱瑄不耐煩了：「還是應該。妳怎麼能跟生病的人計較呢？」——「這是人道的問題。」——掛電話後我才想起這一句——我想到，如果我沒有說得夠明白，也許萱瑄會誤會，「殷殷終究是站在外省人那一邊」。

如果說，萱瑄在僭越她實際身分與信念，對她本身所屬的族群進行口語虐待狂中，體驗過快感——她仍然是被壓迫的。理智這樣告訴我；但在感情上，我有說不出的難過。

萱瑄是有理由恨外省人的。她在外省人那裡所遭逢的貶抑，非常細膩與惡毒，我不知道她是怎麼挺過來的。——只是她把恨發洩在我身上，我始終覺得，這是奇怪的自殘。

自從我無意中透露給小惠妹妹知道，萱瑄恨外省人之後，小惠有時也會半開玩笑地對我說：「怎麼不主張妳的客家血統呢？」然後她也會重拾我曾經對她回嘴過的那句話：「算了算了，又不是朱天心。」這是我們姊妹倆，時不時就會用來自嘲的老笑話，我們都看不慣把客家身分祭出來，表現擊退一切的投機作法。小惠雖然不像我，上過我爸的政治密集班，但是流風所及，她是聽得懂我說的這個笑話，且經常樂此不疲的。

文學能力？我一點也不在貶損朱家的陣營中。雖然我知道在我的某些台灣人朋友眼中，翻開朱家的書，完全是種等而下之的行為。記得我偶爾談到，幾個朋友總是馬上拉下臉，怒火中燒：「看那種書？！絕對不看那種書！」是呀，但是我什麼都看。

這是有原因的。不是因為同樣身在外省與客家通婚的家庭中，有什麼親切感可言；而只是因為一個小小的童年往事。

小學六年級時，我有一個回家同一路隊的好朋友叫阿江；阿江的媽媽是中文系的老師，但跟那些主張台獨的是一掛的。那時台獨還不是一般大眾媒體所可以聽聞的事，我們也都被告誡過不可以在學校裡談。但是小孩總是會說溜嘴，自從她知道我們家「支持黨外」後，她就也很放心地告訴我她爸爸媽媽都反國民黨。有次暑假來臨前，我和阿江有段對話像這樣：

「最近我媽很忙很忙。」

「為什麼？」

「因為暑假前她要開給學生一份書單。」

「那是什麼？」

「她要指定大學生，要讀哪些本書，在暑假寫心得報告。」

「喔——大學生要讀什麼書？」

當時大學生就像美國人一樣，是我們不認識又很好奇的一群人，阿江常會把她媽媽對學生的評語說給我聽，對於大學生是什麼樣的一種人，我和阿江都很感興趣。

阿江把她媽媽指定的作家說給我聽，有幾個我聽過的，有幾個沒有。朱西甯和朱天心的名字出現在阿江口中時，我的耳朵豎了起來。

我問阿江：「妳媽媽也要學生讀國民黨打手的書啊？」

阿江說：「很怪吧？我也問我媽：妳怎麼讓學生讀這呀？但我媽說，文學要大於政治。」

說真的，我當時是聽不懂，「文學要大於政治」是什麼意思。但我在阿江轉述的口吻中，聽到一種高尚與文明，樂音與樂曲我都不識，但我心嚮往之。我爸媽雖然不去管我自己買些三三的書，但是我自己知道，這與我爸媽的信仰是對衝的，我感覺我之所以這樣做，我爸媽之所以睜一隻眼閉一隻眼，狀況有點類似，偶爾我會偷買零食或是偷看他們不鼓勵的電視節目，我自己於心有愧，而他們也覺得，我只是一時偏離正軌，我自己會走回，不必太管我。

從阿江那聽到這件事，使我覺得台獨分子與黃信介一樣，有著異於常人的頭腦與品格。在我長大成人後，我養成一種固執，覺得自己要繼承阿江媽媽的精神……。不只因為這事很美，還因為我透過了台獨分子的批准而去讀三三，這當中，我覺得有種滑稽的黑色幽默成分在。

一年後，有回我爸特別把我叫去，說要帶我開車兜風，雖然我已在不喜歡跟爸媽有太多瓜葛的青春期，但那次我並沒有反抗。車子兜了不久，我爸停在一處，開始對我說話：「我有個朋友在《北市青年》上看到妳寫的文章，跟我說，妳寫得像胡蘭成。」我沒有作聲，幾乎是不敢作聲。心裡直喊倒楣倒楣，我記得我自己的《北市青年》都藏得好好的。聽起來，我爸只聽說，自己並沒有讀到文章。我分辨不太出，他是否有嘲笑我之意，所以我也按兵不動。胡蘭成的書倒不是我買的，是我爸書架上的。我直覺要是他說我寫得像朱家之類，我就有點危險了，但像胡蘭成，聽起來是一種「不滿意，但可以接受」的東西。

不知我可有在心底急急替自己打辯護的草稿，或是因為驚覺我爸友輩勢力之大，而根本嚇呆了。我知道我爸之所以把我找來說話，與其是說要談胡蘭成；不如是說，他知道我背著他在做一些，不願讓他知道的事，但是他還是知道了。

我自己知道我並沒有倒戈到國民黨那邊，必須承認當我看到三三文章某段落，用狠毒的口氣咒罵林義雄與黨外，並說是黨外自己殺了林義雄雙胞胎時，我感覺我非常對不起這個世界。不是對不起任何一個人，而是全世界的人。——但我沒辦法，就像我偶爾沒辦法不偷吃零食一樣。

當然那時我也看其他東西。黃春明、王禎和、楊青矗、林雙不、王拓、甚至陳映真——在少女的我眼中，陳映真非常可怕，我唯一得到的印象就是，他所有的男主角對女主角都很壞，而且我還看不懂為什麼。其他人好些，但是王拓寫鄉下男人到了台北，在旅館邊打工邊偷看旅館客人打砲；王禎和寫男人老在放屁；楊青矗平行豬隻交配寫男女之情——我還沒有長成的文學品味，只能很灰心沮喪地覺得，像以外國裸女做封面的李敖千秋評論，不管眾人怎麼評價，對我來說，那些都像泥濘——不需要任何女性主義的啟蒙，我都覺得，在每本書的封面剝光女人的衣服，明擺著多少對我的性別的惡意與敵意。作為一個十三四歲的女孩子，上進時，我想讀遍每一本新潮文庫，但是我想放鬆一下時，除了三三情調中的風花雪月與純潔友情，我有什麼選擇？即使當時我的腦袋知道，歌功頌德與美化政權很不應該，但有一部分的我的心智，仍然覺得搖頭擺首地吟唱「中國啊中國，長安啊長安」，真是浪漫啊。

胡蘭成事件沒有進一步發展，我爸沒有明確表示，他希望我加以改進，或許他也有些不確定，雖然在後續談話中，他繼續引用他朋友的說法，表示胡蘭成的風格，是有些過於唯美，但我不知道那是簡單陳述事實或是一種批評——再怎麼說，胡蘭成也是個政治人物，或許我爸認為，就算我沒有寫得像殷海光，寫得像胡蘭成，還不算太離譜。

而我怎麼可能寫得像殷海光？每一次我所以能從愛國作文比賽拿回獎狀，我可都是完全把殷海光拋到腦後，把我從三三學來的那一套，大肆發揮——我完全弄懂了遊戲規則。有一回，教育部還是什麼單位，來給我們做資優鑑定之類的口試，我竟然抽到了「憲法」一題，十三歲之前讀到的政治學，當然沒有不派上用場的道理，像個超齡神童講述完我對憲法的了解，與它的政治學意義——我不知道是說溜了口還是怎麼，脫口說出：「但是我們現在的政府並不尊重憲法，也沒有遵守憲法的精神。」

本來因為獵捕到神童而笑得嘴都合不攏的「阿姨」，突然眼中閃過一絲刀光，加了蜜般的甜聲音，巧妙地誘捕我：「誰告訴妳這個的？誰教妳這樣說的？妳為什麼會這樣說？」

我馬上想到，我媽說過，學校一天到晚都有國民黨來——我突然警覺了（國民黨無處不在），也笑得更天真爛漫，連眼睛都不眨地道：「我自己想出來的啊。但是我也想，共匪正在對岸虎視眈眈——，現在是我們的非常時期——。」——我可不希望自己從滿分轉眼變零分，甚至要害什麼人坐牢去。把一切都攬到最無害的小孩子我身上，是唯一的上上策。

我在心中飛快地轉著千百個念頭。我當然不會說出，我無聊時，翻過黨外雜誌的政論專欄。

花了和先前同樣長的時間，我熟極而流舉證政府的英明，滔滔不絕地說明「就算暫時不能遵守憲法也是為了國家大計」——即使連蔣經國，都不會比我更擁戴這個政府了。三三說起長江黃河的感情，一下就全派上用場了：因為覺得生死繫於一線，我口若懸河。我的憲法「下集」，如果在知識上無法說服我自己，在真情流露上，即使對我自己，也到了以假亂真的地步。「阿姨」對我很高興，笑嘻嘻地誇我又聰明又懂事，更難得的是那麼有愛國心。賓果。

口試完，我跑去女生廁所洗臉；我想到居禮夫人，小學時，她老是要代表波蘭人用俄語朗讀對沙皇表示忠誠讚美詞——每次她為保護她的波蘭老師與同學表演完，她都會在俄國人消失後，因為羞恥而大哭一場。我以為我也要哭的，但我沒有——我太緊張了，裝作輕鬆是多麼累人，我完全哭不出來。但我看著廁所的鏡子對自己說：喔，我沒有哭。我是另一種波蘭人。多虧三三們，我的俄國話，聽不出一點破綻。我繼續洗了很久的臉，即使我臉上並沒有沾到什麼髒東西。走出廁所，臉上濕淋淋的我也不擦乾，彷彿伍子胥過昭關，過去那幾分鐘，我瞬間老了許多歲，我以為我的臉就像久旱之地，一不小心就會四分五裂地龜裂。爸爸媽媽有什麼用？遇到這種生死攸關時，他們能保護我嗎？他們不但不可能來救我，還要靠我救他們。三三萬歲！萬歲三三！這是可以拿來救命的……。我的口試評鑑成績非常好。

那時，只有對阿江與小朱我不必警戒，因為她們也是亂黨賊子的女兒。

阿江沒有在台灣念國中，她爸媽把她送到美國去了。「陳文成事件」過去幾年後，阿江在那種也有幾分三三情調的信上這樣寫道：

數學老師的事（我和阿江都用數學老師作隱語，這樣萬一旁邊有同學，不會知道我們在談陳文成，因為當年我們認為會計就是算算數的意思），對我爸媽的打級很大。我爸媽突然間老了。尤其是我爸，他是學理工的，他們習慣用理性思考所有的事，不像我媽，她說學文學的人懂得該哭的時候就要哭，才不會在心裡造成太多ㄩ血。有次我偷聽到我爸跟我媽說：我所學習到的一切知識，都不足以讓我思考這件事，也不足以讓我不思考這件事。然後他就哭了。我一共只看過兩回我爸哭，一次是我阿公去世時；還有這次是我偷看到。他哭得很力害，我很害怕。不過我又想到我媽說的ㄩ血，也許這對我爸是好的，這樣不會ㄩ血。我們該怎麼教育我們的下一代？他問我媽。妳說呢？我覺得他們真的不知道該怎麼辦，簡直像小孩子一樣。比小孩子還ㄌㄢˋ。

如果我努力讀書，變成在科學上有成就的人，這樣會不會有幫助（但是這不就跟數學老師一樣嗎）？美國小孩跟我們都不一樣，他們很敢。從前我不知道一個人死掉，會對別的人有那麼大的影想。我覺得我爸的生命，有一部分都被在走了。昨天我跟朋友去溜冰，我也想到，我可不能隨便死掉，數學老師死掉就讓我爸一決不鎮，要是我也死掉，後果不開設想。現在我溜冰都不敢試太大膽的動作。要是摔個四腳朝天死ㄑㄧㄠ　ㄑㄧㄠ，那就不妙了。我也為數學老師這件事付出了代駕，比如把我送到美國來，我們就不能一起讀國中，真的很不公平，雖然我不知道這樣說到底通不通。但我想妳懂我意思。現在我會想到死亡這件事，但是我說不出我想了什麼。好多中文字我都忘了，因為在這裡天天都要用英文，如果寫錯字妳可別笑我。唉，我還是中文老師的女兒。但說真的，我有點想變成美國人算了。

偶爾我會想起和阿江、小朱等分享的時光，那是解嚴之前，雖然知道有本省外省人的分別，但是我們並不那麼意識到，那時的歸屬只是分為黨外和國民黨。我從來沒有特別想過阿江是本省或外省人，推測起來，她有可能是閩南人，也有可能是客家人；如果說她跟我一樣是外省跟本省族群通婚後的所謂芋仔番薯，也不是全無可能。但我回想我們小學時一起做過的事、說過的話，屬於比較深層、細膩的族群文化，在我們身上似乎顯露不出太多痕跡。

阿江有次跟我提到鍾理和，有可能阿江也是客家人嗎？當時我也接了話，因為我看過電影《原鄉人》。那是對我來說，很奇怪的一個經驗，唯一一次我不在台北看的電影，電影院應該是在中壢，一起去看的，除了我媽和我外婆，還有許多我記不清的親戚——之所以記不清，一則因為我年紀還小，一則因為他們都說著我聽不懂的客家話——不管是看電影前，或是看電影後，他們都不停地說話，好像要把整年沒有說的話，都說出來一般——嚴格來說可以算是沉默寡言的我媽，也給我感覺她有山洪爆發之勢。你們在說什麼？我不懂地問；我高興的是我媽話匣子一開，對我就管得比較鬆；不管是我要跟表哥表姊去買零食，或是吃平常不准吃的冰——在那段時間，都變可以了。

我媽一說客家話，就是我真正的假期——小時候我只覺得賺到，長大後我才有點了解：那時的我媽是快樂的，不是在那裡發生了什麼好事，僅僅只是因為那是她的母語、她的起源，平常我看到她盡可能不發一語的那一面不見了，一個人在自己文化中的幸福，未必與那個文化的內容有關，只是因為她熟悉，所以她放鬆。跟我在台北看到的我媽完全不同。在台北時，她即使在最不緊張的狀況中，身上都有種「我要看看狀況再說」的明哲保身味道，在與外省親戚交接見面的場合裡，她總是笑臉迎人，客氣得像個日本女人，完全不會有意見似的——也許她自己會不願意承認，但我覺得那是因為她害怕。有次我媽含糊地對我說道：當她小時候，在自己家中，她可是像個小霸王一樣。她表達得並不清楚，這番話她究竟想說明的是什麼。是鄉愁嗎？是自剖嗎？畢竟像個小霸王，並不是什麼得體的自我誇讚之語，我試圖翻譯並填補我所缺乏的空白，我猜想，我媽要告訴我的是，雖然她在我所看到的那個生活世界中，她並不被完全接受，她表現不出百分之百的自己；但是無條件接受完整的她的那個世界，是曾經存在的——後來她失去了。她並不明白是怎麼回事，但她記得那前後的差別。

一向回鄉下外婆家，我們或是去烤肉，或是去海邊玩，從來沒有一行那麼多人一起開車去看電影過。一直要到很多年後，我讀了鍾理和的生平，我才經過一些努力，半猜半認地，辨識出那次電影院之旅，那些讓我不明究理的節慶氣氛與情感波動，重點並不像童年的我所以為的，是去看電影。重點是去看鍾理和、鍾理和這個客家人、同時也是我們客家人。他們（或我們）不會一起去看成龍的武打賀歲片、不會一起去看史蒂芬史匹柏的ＥＴ——但是當鍾理和進了電影院，他們不但要去看，而且不是分別去看，而是要一起去看；那種紐帶與連結，似乎是比黨外與黨外，更加隱密，但又更加無疑——。

我媽從來沒有教過我一句客家話，沒有用任何一句話介紹過客家事物。每次這類事物出現，總是含糊地、不乾不脆地、然後暴衝地：

「那個人的妹妹投河了。」她說。她說的是某個出現在電視上的人。

「誰？」我不耐煩地問，我很討厭她說話經常先隱去當事人姓名的習慣。

「那個人。我們那的人。」她說，還是不清不楚。

「你們那？中壢嗎？」

「鄰居。我們鄰居。他們也是客家人。」

「客家人為什麼會投河？」

「走投無路。沒有錢，找不到工作——因為她哥哥的關係，只好自殺。」

我已經快要失去，對這段打啞謎般談話的耐性了。

我知道這個哥哥起草過宣言之類。但我不熟悉這人的生平。「妳怎麼知道的？」

「我們都知道的。每個人都知道。她是我們鄰居。我們怎麼會不知道？」

「我就不知道我們鄰居發生什麼事。為什麼是妳鄰居，妳就知道他們的事？」

「從河裡撈起來時已經沒有氣了，我們都有去河邊看。」我忽然領悟了她正在說的不是三五年前發生的事，她說起話來東一句西一句，是因為事情發生時，她是個小孩子。

很多年後，有次我讀一本關於白色恐怖與二二八方面的口述歷史，書中有個段落說到，有人偷偷在二二八受難者的家屬門前，放一包白米，偷偷的，不是正大光明地去放一包白米；突然間，我把這件事，和我媽那段充滿精神結巴的談話連了起來。

原來是這麼回事。白色恐怖這類事的核心是比較好了解的，那是些政治上有主張或被誤會是政治上有主張的人，被濫殺；但是它留下深層的影響是，這些被殺害或逮捕的人，他們都還有親戚朋友，或是親戚朋友的親戚朋友——就像我媽這種是作為鄰居的——受害的不是被抓住或是被抓住的人的這些人而已——這些當事人在世或是未被關起來之時，是有一種社會生活的，他們不是山林裡，沒過去沒未來的野人，他們是一些被人認識也認識人的人——當他們遭受這種不測或不義時——隨便你愛用哪個詞——並不是像小孩玩的玩具兵一樣，你把他打倒了，宣告他死亡或不存在了，把他從戰場上拿下來，他就消失掉。這場逮捕牽連如此之大，可以說是，隨便哪一個台灣人，都認識一個受害者或受害者的關係人。我不覺得我媽非常懂歷史，要她將任何事來番有頭有尾的說法，她這輩子是不可能了。但這不意謂著歷史的東西，沒有在她身上留下鑿痕——她所認識的白色恐怖，與其說是一種政治上的問題，不如說更像一種某些人在社會生活與經濟生活上，被逼到絕處的恐怖。

國民黨逼得她生活中認識的某些人走投無路，以致自殺——她並不管那在政治上這個或那個想法，重要的是實際生活。尤其是當被抓被關的是客家人時，我不知道閩南人的圈子是怎麼運作的，但是在客家人之間，他們總是有種祕密聯絡，客家人總是知道哪些人是客家人，然後所有的客家人幾乎都有一種本事，知道其他客家人發生了什麼事。人不是昆蟲，但是我媽那種獲取情報的本能，總讓我想到昆蟲似的互通訊息，有幾分超自然的味道：他們有一種情報本能，始終和他們叫做「我們」而非客家的東西（畢竟嚴格追究起來「客家」，也還是個他稱而非自稱），繫在一塊。據我所知，我媽沒參加過任何客家組織，即使連唱山歌或是染染藍布那一類的東西也沒有。但是誰是客家人，或哪個客家人做了什麼事，她從不會在客家人這個招牌下告訴我，然而當我長大之後，我才赫然發現，那些她那麼希望我去參加的音樂活動，搞了半天，原來都跟我媽的客家文化有一種淵源：他們要不是被客家人認為對客家文化有所貢獻，就是在客家圈頗受好評的客家人——但是那些客家性質，要不是我長大後去拼湊，我是不會知道的——我去學的從來不是客家話或客家什麼，那是鋼琴小提琴長笛或是古典音樂樂理——小時候我常有種疑問，雖然說小學老師的圈子，確實對學習音樂有種熱忱，但是究竟是什麼，使一向對我冷冰冰的母親，在帶我學音樂的路上，表現出一種我所難以了解的愉悅與投入精神？在那個年代，我不知道誰有辦法帶小孩子學客家的什麼東西，那既不是風氣，也有被舉報為分離主義的危險。那是不可能的。但是古典樂就不同了，誰能在讓小孩子彈奏巴哈或是莫札特時，讓國民黨政府抓到什麼把柄？她畢竟是愛著她自己的文化，或許連她自己都不知道，雖然是以那麼笨拙與近乎鬼祟的方式。

有天我出於好奇心，想知道我當年的各種音樂老師，如今安在？我在網路上搜尋他們的生平資料，使我吃驚不已的是，他們排排站起來，原來全是一些客家籍的台獨人士。但我可曾從我的音樂教育中，感覺到過一絲半縷，他們的理念？答案是沒有。我只依稀記得有一次，我的鋼琴功課裡有一首台灣民謠，我在鋼琴前練習時，我媽突然從廚房裡走了出來，冷冷地對我說：

「這首好聽，多彈幾次。練好一點。」當時我感到很迷惑，因為是在練習，每一首曲子都是翻來覆去地彈，這首真的比較好聽嗎？我不能想像手下曲子的文化歷史意義，更別說，想到它們一度可能被禁止。但是讓平日不愛說話的我媽，開口對我說話，我覺得是件大事。我一邊更用心地多彈了幾次，一邊胡思亂想：會不會我媽有婚外情？對象跟這首歌有關？會不會是這首歌，與她的初戀有關？

我是因為喜歡音樂才練鋼琴的，所以我媽堅決讓我學音樂這事，對我很有利，我知道。我感到神祕的是，我媽每每若有所思但不明講的熱切神情，讓我覺得她像一個對地球負有奇怪任務的外星人，她的企圖不是我能明白的，她的感情更是詭異（但如果她是外星人，一切就說得通）。當時我練琴至少有三四年了，她沒發表過任何感想，平日她只在乎我的勤惰，這甚至不必言語，只要時間到，而我還沒有自動坐到鋼琴前，我媽的情緒就會轉壞，而我出於兒童自保的需要，只有很少的時候，會拖延到她對我動怒說道：「妳是不是該去練琴了？」按照我鋼琴老師的要求，最正確的作法，我媽應該每回我練琴時，都陪著我，在旁監督我是否做到鋼琴課上交代的每一事項，但是我媽一向除了送我上音樂課外，對我都相當疏離冷漠，所以我也不敢要求她，真的照老師的說法做。我從來都是，一個人獨自練琴的。

我們隱約的默契是，她肯送我去上音樂課，已經是她的極限了，我必須好自為之。或許因為我泰半在老師那裡，表現得還不錯，所以我媽也就從來沒像其他家長一樣，被頗有威嚴的鋼琴老師釘過。聽說有的家長一旦表現欠佳，老師就會遣返這個學生的。偶爾我會想到，鋼琴老師一定想像不到吧？我們這對，在她課堂上看來一心一體的母女檔，只要離開鋼琴教室一個小時後，就會立即拆夥。但在那一個小時的回家路上，我媽會不發一言地帶我去西點店，讓我挑一塊我愛吃的三色蛋糕片，作為「有好好練琴」的獎賞。有一次，只因為鋼琴老師說了我一句，最近好像比較不用心之類，出了教室，我媽就作勢要把我一個人扔在路上，我嚇壞了，小跑步地追上自己走自己的我媽，她回頭恨恨地對我說：「看妳以後還敢不敢。」當然那天就沒吃到蛋糕了。

——我的鋼琴課從來不只是鋼琴課，它還是一套忠誠訓練，雖然當時的我，一點也不了解，事情為什麼是這樣。我很習慣回到家後，我雖然勤快地練琴，但同時也被我媽打入冷宮的既定地位，所以，那天我媽特地來對我說話，我也感覺，被臨幸的並不是我。皇帝還是高高在上、天威莫測，但我因此對那套曲譜的樣子，記得很牢——我所有的樂譜，我媽都親自替它們包書衣書套，通常是樂器行的牛皮紙，然而那本台灣民謠不太一樣，它包了天青色的紙。也許那不是大陸書局出的，鋼琴老師在交代我媽去哪裡買樂譜時，似乎有一點嚴厲，但我媽顯得很順從，我覺得她們似乎進行某種祕密交易，但我比較在乎吃到我的蛋糕，所以她們之間的「某種氣氛」，只在我心裡蜻蜓點水般的過了一下。

不只我爸對小惠放牛吃草，我媽對小惠，也採取放任主義——所以小惠既沒有被我爸的政治教育所籠罩，就連我媽最熱心的音樂教育，也未波及到她——當我開始上音樂班時，小惠還在襁褓之中，我媽抱怨過幾次她的存在，害我媽「不能全心全意陪殷殷上音樂課」。為了顧全「家長陪同學習以保成效」的這個要求，有次我媽甚至把兩三歲的小惠一人丟在家裡。我會記得此事，是因為那天下課後，我和我媽一進家門，發現的第一件事就是，小惠不知道是因為一個人孤單太久，或是怎麼了，正一個人嚎啕大哭。從她幾乎哭啞的聲音判斷，她應該哭了很長的一段時間。我媽似乎並不覺得她失職，也沒有因此而對小惠和顏悅色，她對我音樂教育的優先執著，讓當時的我覺得，我媽是個十分無情的人。

隱約中，我微微意識到，那也牽涉到與我爸的對抗。究竟那是一種夫妻間的競爭，還是牽涉到更深層的怨恨？我感覺懵懂。我爸對我的音樂教育，是又恐懼又不安的，他覺得那是一種奢華的行為，他不想把小孩教育成某種貴族。在當時我們都忘了，我媽本就來自某種貴族——我們忘了，但我媽沒有。在他們爭吵之時，我媽幾乎是獨斷、蠻橫地做出決定，我聽到她強硬地說：「妳女兒在音樂上的所有費用，都由我來買單。不用你一毛錢。」

我還記得，我是怎麼明確地提出學鋼琴的願望。在提出那個願望之前的許多年，我最大的驚奇與快樂，就已經與音樂有關：我最喜歡聽的曲子是〈小狗與口哨〉，我可以一遍又一遍地聽它。我媽對這一點非常滿意——各式各樣的交響樂，是幼年的我，生活中的經常佈景，條件是，只要我爸不在場。幾乎所有的音樂都令我爸頭痛，只要他進入我們的空間，他要求的第一件事就是，「馬上給我關掉全部的音樂」。我開始學小提琴時，小提琴是藏在我衣櫥的角落裡的。趕著在我爸下班前，就要練完鋼琴又練完小提琴，曾經是我童年最帶有軍事化意味的「極限訓練」。

音樂似乎對我爸是一種威脅，象徵他所進不去的世界。他掌握不了，且會削弱他。就連我上高中後，有次我在廚房給自己弄東西吃，不知哪來的興致，我邊煮東西，邊唱著〈勇敢的台灣人〉。碰到來廚房加茶水的我爸，他馬上叫我不要唱。我也馬上閉嘴。因為他的臉色蒼白得像是拉肚子的人。問題不會是〈勇敢的台灣人〉的歌詞內容，因為卡帶是他買回來的，理論上是「他的」音樂卡帶。當然他是不聽的。不喜歡音樂，但會把音樂卡帶買回來，你就知道，他對當時的黨外運動，是支持到什麼地步了。所以那些卡帶，無論是〈少年中國〉、〈壓不扁的玫瑰〉或〈咱要出頭天〉，都是我拿來聽拿來唱的。

有次我跟小惠聊到我爸的音樂不耐症，我說我覺得「他有病」；小惠很乾脆地回答我：「沒錯，他們都有病。」我反射性地想到，因為我的鋼琴課而被一個人丟在家裡的那個小小惠。我覺得小惠是對的。我媽對音樂的愛，只是使她顯得表面上比較心平氣和，並沒有使她令我們覺得，她是一個比較可信靠，或沒有問題的人。她還是一個蛇蠍美人——不過肩下多挾了幾張唱片罷了。

我和小惠都不把我們的客家血緣當一回事；相較於我，小惠雖然後來和我媽更親近，但她只有在罵人時，才會提到客家。她的用語不外乎「客家人就是小氣」、「客家人最討人厭」或「客家人就是客家人」（台語發音）——其實她所說的客家人不過就是我媽而已；反觀我，因為自小就認定我媽不喜歡我，我對我媽，反而沒有那種可以隨意詛咒的親密。小惠在背後用客家辱罵我媽時，我當然不會火上加油（我從小就政治正確），但對於小惠享有的那種放心的自由，我很羨慕，且偷偷地感到，很深很大的落寞之情。

我爸和我媽在我身上都有目的，我爸希望我繼承他的政治理念，我媽借著讓我學音樂偷渡她的族群向心力，對小惠則以上皆非，她被當成一個比較平常的孩子，就連她所受到的音樂教育，我媽也不避諱，請沒有什麼名氣的老師給她，藉口是小惠不如我有潛力，所以學著玩玩就可以。我不知道為什麼——雖然我受到許多的特殊待遇，但同在一個家庭中長大，小惠覺得她了解客家到可以用來罵人，而我，卻連這份親密也沒有。

然而我和小惠有個默契，我們都覺得，我們如果自承有客家文化，是太不誠實了。除了不會客家話之外，從我媽那裡所能收受到的客家人相關事項，顯得那麼破碎、彆扭、不討人喜歡，我們擺脫都來不及了，誰想要更了解？更不要說去保存了。這是誰的錯？我媽告訴過我們，是國民黨——「不給我們說客家話，要把我們的文化都消滅掉」——但這句話不是我媽自己的話，她重複的是我外公，也就是她父親，一個我幾乎無緣見第二次面的「真正的客家人」，對她耳提面命的一句話。

不過要我來說，我和小惠所收受的客家印象，之所以如此斑駁難看，我媽帶過來的客家文化，之所以如此遮遮掩掩見不得人——除了國民黨有罪外，那個「真正的客家人」，那個母親的父親，才是真正的問題所在。因為他，他可是闖了大禍。

第九章

一個人的身世，是從哪裡來的呢？發生的事何其多，究竟我是怎麼決定某件事重要到給它一個記憶的標籤，某件事則不需要？如果標籤一開始就錯了呢？如果不標籤的那些事，反而是重要的呢？有沒有一種可能，越是重要的事，我們反而越是不去標籤它？不看它？

小惠妹妹對我發出性雜交的邀請，這件事究竟有多重要？嚴格來說，因為偶然與意外，這件事並沒有落實，只留在胚胎形狀；如果我在她的住處停留更久，也許某些心態會顯現得更具體，使我完全失去被動的位置，變成一個雜交事件的介入者。然而，更加深入的事沒有發生，我站在一個交岔口，選擇左邊，可以是對小惠的完全譴責，偏重我在這個事件中受傷與受害的角色，不但是被欺騙，還是被自己的妹妹欺騙；選擇右邊，則是完全另一套思路，把我所受的震驚與侮辱（被欺騙於我是侮辱的同義詞）暫時擱置，有多少事，是我拒絕考慮的？為什麼？這種封閉，當然是一種自我保護。我的自我定義，向來就與性雜交劃清界線。

「小惠想雜交」後，我不時地陷入憂鬱之中。除非我能做到對小惠完全的理解與寬恕，我所面對的未來，是在我孤獨的人生中，成為一個再也沒有妹妹的姊姊——。換句話說，某部分的我，也將宣告死亡。

想法簡單一點的人，或許都會想也不想地站在我左邊的這邊，或許還會對小惠感到噁心與不屑；但是就連我自己都站不過去——因為，除了小惠明確的犯意之外，我還看到，在被揭發當時，小惠陷入多大的羞愧之中：她大可繼續欺哄我，如果她編造一些謊言，強調她被操縱的軟弱性格，把自己說成一個被害者，我也只能半信半疑地接受——她沒有那麼做，從我的觀點來看，是她依然保有某些純潔、正直與良知——她還是有品格的——但這卻使得我對她的了解與寬恕，更加困難。

我想起很久以前，我在路邊攤的電視節目上，看到過一個雜交活動者，一個女孩現身說法，她說到，父母如何從她童年時就爭吵不休，大打出手，她心中有多恐懼。她說得聲淚俱下，我不得不承認，她是真誠的——但是雜交可以減低她的恐懼？雜交是一種治療法？

是因為雜交像飆車？像吸毒？因為象徵了正常或一般人所不為，也就成為膽識的代名詞？小惠在那之後，被診斷出嚴重的憂鬱症。這使我更不知所措。

看到父母大打出手，會對小孩的心靈造成傷害？理論上這一定說得通，但是經驗上，我搞丟了這一塊——小惠和我小時候，有段時間，爸媽經常大打出手——即使到今天我都不知道為什麼。他們不斷地互相劈砍，像一部默片時期的武打經典，從客廳到臥室，再從臥室到廚房。遍走全家。

我不記得我是否恐懼，我記得的是，小惠在我手臂環繞下，帶有溫度的身體——那種時候，我只記得我在保護小惠。雖然我知道，他們的拳頭不會落在我們身上，但是我仍然擺出保護小惠的姿勢。但是看來，或許我並沒有保護到小惠。只是藉著我保護著小惠的幻覺，在那段時間裡，忘卻了我自己的恐懼：我真的不記得我感到恐懼過。如果那時我總是輕拍小惠對她道：小惠不要怕，那我自己應該是不怕的。

然而，我並不是直到小惠提出性雜交之時，才回想起小惠或許很害怕這件事。在那段父母的狂飆期，發生過一件事。有一天，家裡來了一個修理水電的伯伯，因為他也是小學裡的工友，所以對我們來說，他也像父母的好朋友。那天工友伯伯修完家裡的水管之後，我媽打了小惠一個巴掌，忘了我是問誰、誰告訴我的，那個巴掌的原因是，小惠對工友伯伯說道：我爸爸把我媽媽推到浴缸裡。

小惠一定是還很小很小，小到還沒有被我媽教育成功，家裡的事出了家裡，絕不可以說出去。——這個教育原則，在一剛開始，對我來說，是很難理解的，我不懂其中的邏輯；在小惠之前，我也被我媽怒罵過幾次，「胳臂往外彎」。那是我童年聽過，最匪夷所思的一句話；胳臂為什麼不可以往外彎？我無能推測出這句話的比喻性質。但是從我媽的語氣中，我很快就知道了，那比到學校談政治，或是支持國民黨，更不可饒恕。等到我到國中的年紀，我甚至推論出，對於口才那麼不便給的我媽而言，這句話絕不是她的發明——她一定是從小就被這句話罵大的——否則，以我對我媽的了解，她的詞彙如此不豐，她之所以能如此熟極而流，一用再用這個詞，唯一的可能就是，這是她家傳的家罵。「胳臂往外彎」。

我爸爸把我媽媽推到浴缸裡。打從小惠洩密的那刻，我的腦海中就沒有這份記憶。但我不覺得是小惠說謊。我和小惠的差別是，我的記憶比較籠統空泛，既然他們打來打去，那麼打到浴室後，我爸爸把我媽媽推到浴缸裡，當然是可能的；如果我沒有看到那一幕或是忘了，很可能是當時，我的臉對著小惠，正在對她說：小惠不要怕。我並不知道更正確的作法，或許是把小惠帶開，讓她不要看。要小孩不要看爸媽打架，這也許是對的，但卻違背常情：怎麼可能不看呢？怎麼可能，在爸媽打架的同時，轉身去玩積木或是洋娃娃，或是去睡覺呢？

看到父母「打架」與看到父母「吵架」是很不一樣的。無論可笑不可笑，吵架比較好理解；打架則非常神祕。這兩個人在較勁的不只是力氣，還是沉默——對於他們的動作我留有很少的記憶，那些揮舞、推擠與拉扯，在我眼裡看來，非常奇怪，一點都不像我在電影中，或是小學下課時所看到的打架。我印象中的打架，似乎是以打傷或打倒對方為目的，但是我爸媽之間的打架，似乎是以讓對方動彈不得為目的。我似乎是靈魂出竅了，當我回憶他們打架時的場景，我腦中浮現的彷彿劇場。在戲台上，演員分成兩組，兩個比較高大、面對面的演員是我爸媽，他們就像大齒輪一樣相依並且到處轉動；我和小惠屬於另外一組，我們比較矮比較小，是小的齒輪組；一旦大齒輪打架的範圍越來越靠近小齒輪，小齒輪就會往東往西或往後移動——因為他們總是不說話，我們也是，整段時間，就像一場機器人的死亡之舞——這種類似被超自然魘住了的視覺經驗，我後來只在被強暴者的自述中讀到過。

無論是爸爸打媽媽，或媽媽打爸爸，這兩種可能，都可以使目睹的小孩有一個認同的切入點，可以譴責動手的人，或是想要保護受害者。但是我和小惠所看到的，是另一種：我們分辨不出好人與壞人，他們兩人都動手，兩人都強大，那是看不到繩子的恨意拔河，雙方都在發洩，雙方都在逞凶，看起來更像永不會分出勝負——不會結束。

如果說我忘了有爸爸把媽媽推到浴缸裡的一景，或許因為，對我來說，更有必要記得的是，另一個更驚悚的畫面。那一次舞台的布置變了，齒輪是散開了的；我媽平躺在他們的床上不動，看起來是在睡覺，但是我爸把這理解成對他的抗議，也許真的是——他無法把我媽從床上拉起來，忽然間，他整個改變了戲法，從我手中奪去了小惠，「妳給我跪下！」他對小惠道。小惠乖乖地跪在那裡。然後有那麼一秒鐘或一分鐘的寧靜，他左右開弓搧小惠巴掌：又快又準又重。小惠當然是被打哭了。附帶說明一下，因為我爸小時候被殘暴地毒打過，我們家的教育一向標榜不體罰的——。這樣打人我從沒見到過，小惠那時比我的洋娃娃大不了多少，我有個洋娃娃要是我拿她玩得激烈些，她的頭就會飛出去——我當時看著小惠，想的就是：小惠的頭會飛走？

我爸又把小惠從地上拉了起來，我大大地鬆了一口氣，以為要煞戲了；這時我爸說了另一句話：「去攻擊妳媽媽。去打妳媽媽。去幹妳媽。」小惠不知是被打昏了，或是她以為這真的是一場遊戲，她爬到床上拍打我媽。「去攻擊妳媽媽，去幹她。」我爸繼續道。我和小惠都不可能了解「去幹她」是什麼意思，小惠持續有些無趣地拍打我媽，像要叫她起床。我覺得她很傻，被耍了，小惠幫我爸惹怒我媽，就算我爸不再打她，她也會被我媽修理。但是設計她的是我爸，這讓我說不出話來。

我爸上前抓住小惠的兩隻手，彷彿小惠是個傀儡娃娃，他讓小惠原本無邪的兩隻手，有了真正色情淫猥的意向，彷彿害怕我們不懂，他把動作像報幕般大聲報導出來：「去幹妳媽。摸她的奶、幹她；摸她的奶、幹她。女人就是欠幹。」我媽終於動手自衛了，推開小惠。小惠摔到床下。我爸又把小惠拉起來，要她跪，又是一頓巴掌。一面打，一面說著：「不要臉，不要臉。幹妳媽媽。沒有羞恥心，不要臉。」我看呆了。

在所謂「一切又歸於平靜」的生活秩序後，我曾試圖為小惠討回公道。我對我媽控訴：「爸爸憑什麼無緣無故打小惠？」「小惠沒有做錯任何事，爸爸憑什麼打她？」我沒有能力說出的，是比「打」更恐怖的東西，那些我爸變成狂人般的邪淫儀式，我需要個解釋。但是無論我媽或我爸，都以空洞的方式面對我的質疑。「怎麼可以無緣無故打小孩？你們這樣跟國民黨有什麼分別？」我要我爸媽正視這件事，我爸用他尷尬的笑聲逃開，我媽對我道：「妳爸道過歉了，不要再追究。」「道過歉了？哪有？」「帶妳們去餐館吃飯就是道歉。」

我仍然覺得這事不對，不是吃飯可以帶過的，我比小惠意見多，比小惠愛頂撞，但是我從來沒有被亂打過，如果其他的事，出去吃飯算是道歉，那一次發生的事，我覺得不是吃飯可以彌補的。我冷笑（我剛學會冷笑加上哼氣）：「敷衍塞責，國民黨。」我知道我媽最受不了我冷笑後又用鼻子哼氣，所以我哼完氣就趕快溜了。我媽雖然不會冷笑加哼氣，但只要我對她冷笑加哼氣，第二天她幫我梳頭髮時，就會故意扯我的頭髮，把我梳得痛得不得了。十歲那年，我為了繼續保持我可以冷笑加哼氣的獨立精神，我忍痛決定，永遠地剪掉長髮。因為我知道，只要一天靠我媽幫我梳頭綁辮子，我就一天不能沒有後顧之憂地「冷笑加哼氣」。

我的怒氣朝向我媽，而不是我爸。原因或許是，因為我爸會發瘋，他不容易對付，而且他超過我的理解太多，我覺得他是危險的。我想聯合我媽，但是我媽如果要聯合，從來不會要與我聯合，她看到我挫折，總是忍不住得意：「有種妳就自己去找妳爸理論。」我知道在我爸和我之間，我媽選擇的永遠是我爸——這就是異性戀女人的劣根性，有種邏輯就是那麼冷血又清楚：一個男人在內部生活對她再壞，再貶抑，都是好的——重點不是感情，而是權力地位——她是「有男人的女人」，重點是「有」，其他都不重要，都可以用自欺欺人來代替。

「妳爸千錯萬錯，但妳不能否認，他對我們這個家庭的經濟有貢獻。」當她這樣說時，我已經不會用「國民黨也一樣」來諷刺她了。因為她對國民黨的反感，固然有一大部分是因為身為客家人，感受到被壓制，但更多，只是一種對外人的朦朧憤恨。有時我甚至懷疑，她是喜歡她身上所有不理性與黑暗的成分，因為那使她保有力量與報復心；她所在乎的更是一種「我們」與「他們」的勢力消長問題。她聽我評論政事，她高興的總是「我們」（台灣人）得了分；但如果我要她自己想，自己表達自己的看法，她就不願意承擔責任，她會說：「歷史太難了，我不想花那個腦筋。我只喜歡數學和音樂。」

有人說，只發生過一次的事，等於從沒發生過。這話我從來不懂。比如說，每個人一生也只能死一次，可以說死一次，等於沒死過嗎？又譬如說，一個人生了一次小孩，這個小孩也等於沒被生出來過嗎？——小惠只被我爸虐打過一次——那麼一次，唯一一次，可是那一次，應該被當作沒發生過嗎？然而，如果那一次，被當成確實發生過，小惠、我爸、我媽和我，應該如何承受那一次呢？

我爸我媽當然不希望那一次真的存在，沒有人希望——可是希望不等於事實，不是嗎？在一個家庭裡發生過許多事，其中有一些，總是被反覆說起與提醒，那些趣味的、有助於家庭成員彼此團結的、那些比較合乎理想形象的——小惠被虐打一事，則傾向被滅證的那類。

偶爾我固執地說起這事，我爸我媽都假裝沒聽到——時間不會停駐，精神上的疤痕不在驗傷範圍，除此之外，更教我為難的是，我雖然以一個見證者的身分說著這件事，我真正的恐懼卻是，我不僅僅是看到了不該看到的東西——我更懷疑，我到底看到了什麼？

一個平時連髒話都不說的父親（即便他所有的朋友都在幹你娘國民黨時，我都沒有聽過他說過一個「幹」字），突然將他最猥褻淫穢的一面，在妻女面前暴露無遺；一個平日像空氣般存在的女兒，被以近乎鬼片與三級片合成的方式，拖進一個大概只能以邪教儀式稱之的事件中——這份殘暴，即使這兩個成人不是我們的父母，這就已經夠離奇冷酷了；如果這兩人正是我們的父母，小惠才三、四歲的事實——除非小惠長大後發了瘋，瘋到血洗我們家——要不然，似乎難以在現實中，找到足以匹配的字與詞，給那份恐怖一個名字。表面看來，沒有人發瘋，我和小惠品學兼優地長大，一直到她設局想讓我進入性雜交前，我甚至很少想起那件事。我雜亂無章，小惠卻善於整理，我常常很羨慕她把房間收拾得井然有序。有次我向她討教祕訣，沒想到，她告訴我的是：「我只是非常需要控制。」我說：「能控制得那麼好，真不簡單。」但是小惠沒有被我的讚美蒙蔽，她說了句我永生難忘的話：「就是知道什麼都無法控制，所以才會需要控制這些，根本無關緊要的部分。」

小惠成年後，我曾提醒過她一次，如果她還記得那事，那事是真的，因為當時我也在場，我看到她被打被罵，毫無理由地。如果那事困擾她，她或許該找心理醫生談談。但是小惠只是簡單地告訴我：「我完全不記得了。」「小時候發生的事，我全部不記得了。」

我不知道該為她慶幸與否。不記得──或許最好；僅僅只是在她面前提起此事，我都覺得自己彷彿在淩虐她。然而問題是，她的「不記得」似乎不可信。她或許只是決心不記得，而記憶，往往沒有那麼仁慈。但我實在難以設想，小惠要是選擇面對，她是否活得下去。

去幹你媽──這要是髒話，就好了。然而那並不是。那是一個命令句。

即使有過如此經驗，作為家人的這四個人，仍然表面相安無事地住在同一屋簷下許多年。我們繼續共進晚餐，無數的晚餐；拍和樂融融的家庭相片，無數的家庭相片：在動物園裡、在海邊、在各種名勝古蹟之前，累積幸福家庭的證物。

在我十三歲之前，我一度為這個恐怖事件，建立了一個我那個年紀可以接受的版本。我認為我爸媽或許因為深受國民黨的迫害，所以腦筋變得不太正常。這是我在沒有辦法之下，想出來的辦法，它勉強與時代的氣氛有所呼應。那時「美麗島事件」發生不久，我模糊地感覺到大人的心情，突然都變得相當差。這個印象，對照起後來黨外運動令他們精神一振的變化而更加鮮明──自從我們會全家一起去聽政見發表會之後，我爸和我媽對打的場面，就突然消失了。或許兩者只是時間上的巧合，可是在我童稚的心靈裡，我將兩者建立起關聯性。晚上祈禱時，我不忘感謝上帝賜與我們美好的黨外運動，我希望我們可以天天都有政見發表會，因為那讓我父母的感情變好，也使他們對我們變得更加慈祥寬容。主啊，請使我變成更好的人，並保佑黨外運動蒸蒸日上。阿們。

如果說黨外運動與我父母不再對打的這個關聯性，是我為了讓自己安心而想像出來的，我爸媽在參加政見發表會的前後，變得和藹可親一事，這卻很真。那對我來說，真的就像節慶一樣。就像要去看電影或郊遊的前夕，整個家裡充滿了愉悅的味道。在到達政見發表會現場之前，我們通常也會上館子，那是特別歡樂的記憶，只因為我爸和我媽，他們是真的心情好，就連對我們說話的聲音，也是不同的。我們的要求，幾乎都會被答應，我們要是犯了錯，也可以輕饒。神奇的時刻。

為什麼我爸我媽的改變會那麼大？我無法了解。很有可能是，作為支持黨外運動的一分子，平日他們，都必須小心翼翼地隱藏自己，在周遭環境對黨外人士喊打喊殺的氣氛中，閉緊自己的嘴。而只有在那些黨外的集會中，他們才能釋放真正的自己。我還在讀小學時，有次不知我爸管我什麼東西，我真的不高興了，我衝口就對他說：「你再管我，我要去跟警察說你支持黨外。我去叫警察把你抓起來，把你抓起來，去跟施明德關在一起。」我爸聽了笑了。他並不擔心我會去告發他，誰都聽得出，這是小孩的氣話。但是我爸的微笑令我非常難忘。那並不是幸福的笑容，而是深深忍耐以及非常悲傷的笑。

那一代人對美麗島政治犯的感情，我這一代永遠不會真正了解。對當年的我來說，他們像是傳奇故事裡的人物，就像三國演義裡的人物或是西遊記裡的孫悟空，我相信他們不應該被關進牢裡，但是對於他們被關起來，或許因為年紀小的關係，我並不感到具有現實感的殘酷或悲哀。在學校裡，聽到老師們把他們描述成十惡不赦或面目猙獰的叛亂怪物時，我也並不為他們感到抱屈。只像是聽了另一套的故事。很快的，我們下課時的遊戲，就從抓鬼改成抓到施明德來槍斃，我一樣玩得不亦樂乎。但我沒有讓我爸媽知道，我知道這會傷害他們。而我之所以玩得高興，也是因為知道這不過是遊戲，我們槍斃的從來不是真的施明德。

黨外的政見發表會，成了我童年最可懷念的一部分。但是台上的人說了些什麼，我完全沒有印象了，自然也是因為，我並沒有注意在聽。我爸媽對那些場子放心到什麼程度，從他們從不留我在他們身邊這事就知道，每到一個公園，我和小惠就開始我們的自由活動，通常由我指定一個地方（通常是溜滑梯或兒童遊樂器材的所在地），在政見發表會的時間裡，我和小惠可以愛怎麼玩，就怎麼玩，只要在政見發表會結束時，回到一開始的定點，等我爸媽來接我們就可以了。換句話說，每個政見發表會的現場，有一種對我們這樣的家庭來說，真正的家庭氣氛，就像教堂之於教徒，這裡是絕對安全的。這裡的人都是最可信任的。我爸媽過於天真或政治熱嗎？從我小孩子的感受來說，並不是的，在當時，那種現場，確實有著我成長過程中，任何地方都沒有的溫暖氣氛，難怪大人會情不自禁地覺得可以自由放牧小孩遊玩：沒有到學校不可以談政治的叮嚀——沒有所有其他時間地點裡的恐懼。我爸媽的感受一定也是許多其他爸媽的感受，因為我在溜滑梯時，所遇到的許多小朋友，他們跟我一樣，也在那裡享有自己行動遊玩的自由——政見發表會吸引我，也因為，那是一個我在那麼小的年紀時，就可以跟外校小朋友交朋友的興奮記憶，妳是東園國小？你讀金華國小？敦化國小？——一度我還跟一起溜滑梯的小女孩，要好到互換地址，約定變成筆友。我到今天依然記得，那個我交到小小筆友的地點，叫做「民生公園」。

偶爾我也會帶著小惠到處晃蕩。除了講台上的人說話外，台下也有人熱心講古。這些人對小孩子是多麼友善啊，那是一種完全不同於學校老師的友善，不是成人對小孩的照拂與關注，在我的印象裡，大家就像一大群小朋友一樣。

許多許多年後，當我開始涉獵台灣史，好幾次我都驚訝地停下我的閱讀。因為書上所引用的口述史料，我要不坐在公園的一塊石頭上聽到過，要不就是在捉迷藏玩到一半時，意外「偷聽」到。有些只是主題雷同，但最讓我震動的是，有些竟與我兒時記憶，一字不差——都說小孩子的記憶好，但我直到那時才知道。國民黨軍隊初來台灣時，如何打家劫舍，台灣人如何驚疑失望——不，如果只是內容一樣，那就沒什麼。一樣的竟是不變的語氣、不變的狀聲詞與形容詞——難道說，當年我像仰望老榕樹一般，仰望著聽他說話的老公公，就是後來大家搜集史料所求助的當事人囉？想想這並非全無可能。

漫步到政見發表會現場的，不只是對政治熱心的群眾，或許也有肚子裡裝著內容禁忌故事的老人們。當書本文字躍入我眼裡，我馬上聽到的是，對小孩來說，印象深刻的蒼老聲音：那些文字不純是文字，聲音也不純是聲音，一個童年的我，也突然甦醒爬起來站出來：我記起一個小孩，對老公公的悲哀，感到無助與同情——那種完全孩子氣的情緒。而老公公之所以選擇對他面前的小孩說起往事，除了他所言所道，正好佐證台上控訴國民黨的事項，或許也還因為，他相信，只有在這個公園裡所遇到的小孩，會願意聆聽他——是了，那裡有一個東西，我不會忘記，在老公公講話的情緒裡，我感受到的，同樣是講古，課堂裡自豪於與孔子同鄉的外省男老師陳，當他在講述流亡經驗，講述對大陸的懷念以及對台灣的不習慣，陳老師都有一種，這是所有小孩應該要了解與記得的理直氣壯——就是我們所說的記憶傳承的篤定；但是老公公沒有一樣的權威，不只因為他不在課堂上，而是在公園裡——老公公的態度，也讓我覺得他是在對樹洞說話，而我，我所感受到的，已是「我是一個樹洞」的滄桑。

等到我快有投票權時，政見發表會已經不流行了——但我時不時會對萱瑄描述，那個我童年的天堂氣氛，那個伊甸園，那麼和諧、團結、親愛的黨外大家庭。萱瑄覺得我很討厭。那種帶有浪漫與夢幻氣氛的，對半地下組織的台灣人作夥打拚的理想描述，總會惹惱她。對此，我們很長時間，互不諒解。我懷念那個年代，並不是因為我厭棄現在式的政治現實，而是儘管我知道那個氣氛，只是一個小孩不切實際的印象，但它卻又同時，是我最感到「我的台灣」的經驗：我在那裡聽到最多的台語，遇到過最多關心台灣民主的人——儘管可以整個晚上溜滑梯也是幸福的一部分，但那是我的「眷村經驗」——十三四歲開始，我注意到眷村經驗幾乎是文學的主流，但當時我所想到的對抗就是：我也有「眷村經驗」，政見發表會就是我的眷村。那個「眷村」雖然也是臨時搭建、到時解散的，但是要說體驗各種人情世故，匯聚四方文化——每個政見發表會之夜，我更感覺，它就像一個個本土台灣的諾亞方舟。

我的傾向與說法，每每總換來萱瑄的冷待與不爽。我花了很長時間思索，這究竟是怎麼一回事。我很晚很晚才明白過來。那就是，我以為我在對著萱瑄自剖我的台灣認同，但我忽略不計，也希望萱瑄忽略不計的「賀殷殷其實是外省人的問題」，在我是個盲點，在萱瑄來說，卻是一個焦點。當我試著以萱瑄的視角來看，她所看到的，我以為我是台灣人過程，仍是一個外省第三代，又再次，占據了詮釋權。

一次又一次，萱瑄認為我的正確起點，應該與其他輕視過台灣人文化的外省人齊一，我應該首先回到那個最低點，去懺悔。把外省台灣人的起點，定在像殷海光這樣的外省人，或即使是像鄭南榕這樣的外省人——這解決的，只是外省人本身的良知問題，對萱瑄那樣的台灣人而言——在文化上受到歧視與傷害的台灣人而言——外省台灣人解決了自己的問題，但是並不夠扭轉台灣社會中，過去省籍政策造成的深度不平等。

在我們的感情關係中，那是些不愉快的黑點；但當我回過頭去想，我不高興記得的那些爭執，卻有一定的意義。

比如說，當萱瑄對我埋怨，外省作家如蘇偉貞等，總是塑造出一種外省人優越的情調，散播如果本土之所以扳回一城，只是因為外省人不夠團結之故。言下之意就是，外省人還是不肯承認或不能看出，本土有什麼價值、有什麼好。

我聽到這時，並沒有不同意萱瑄，但是我除了贊同外，我真正的情緒反應卻是：妳很無聊，還為這種事傷神。外省作家遲早要為這部分被算總帳的，妳就不會乾脆不要讀。我的另一番沒有說出口的感想，就像我不耐於萱瑄想要從異性戀女人那裡，拉到同性戀票的態度一般，我的疑問總是：妳為什麼，就是要在意，那些最糟的部分呢？對於同性戀異性戀的問題，妳從不看重像我這樣一直付出的同女；對於外省本省文化之爭，妳也對像我這樣努力的外省人沒有感覺，反而要緊緊糾纏那些最沒救的部分。

我不知道萱瑄和我的差別，究竟是天生個性或生存哲學的不同，或是，也牽涉到我比較「雜」的身世（外省又幾乎不認同外省文化，客家又對客家愛恨交加），以及萱瑄比較「純」（父母都是閩南文化）的環境。或許，這個純雜之別，使得我習於拼湊、妥協、接受「不完全認同」的認同可能性，而在萱瑄眼中看到我眼花繚亂的將計就計，是如此地不完整與不徹底，沒有一個景象，能夠帶來不可動搖的安全感。一度我還不識相地提出，要在「我們家」制定每星期一次的「台灣文化日」，要我們在那一天，都只說台語，但是完全出乎我意料之外的，只換來萱瑄非常憂鬱地反對。她說：「除了台語比妳好一點以外，我什麼台灣文化也沒有。妳要了解這一點，國民黨的成功，就是把我們，變得跟你們沒有多大不同。我已經沒有文化了。我們就算能夠用台語交談，也交談不出什麼台灣文化。」我訥訥地反駁了一下，終究必須承認萱瑄的激烈與苦悶，一針見血。

這種彆扭從來沒有讓我們爭吵起來。因為萱瑄是「真正的台灣人」，我在心理上總有要給她較權威位置的想法——但是每一次我壓抑或隱藏我的感受，我事實上都仍在給我們的關係扣分。

就拿蘇偉貞做例子吧，我確實覺得她處理到省籍的部分不能看，那裡有太多將外省人正典化且歧視本省的痕跡，可是我還是把她糟糕的部分懸置了起來，喜歡她的其他部分，尤其喜歡《沉默之島》裡晨勉晨安兩姊妹寂寞相依的敘述。——偶爾我也會拿她的文本作為帶讀女性意識讀書會的文本——並不是不批判地讀——但我同時是完全接受的，就像我接受冬樹的沒有政治意識，接受冬樹的國民黨黨性一樣，我接受缺點那樣地，接受某些我理智上知道，有問題的文本。有問題的人。

而這種祕密的接受，瞞不過萱瑄。萱瑄對蘇偉貞挑眼，只不過是她比較坦露她自己，她需要有人分享她的挫折感以及孤寂不平——甚至肯認這些負面的情緒。然而，儘管理智上知道，萱瑄無懈可擊的權利，在我心深處，我仍然視她挑起問題，是過分對我內心世界的侵擾。我自認並不會因為熟記蘇偉貞的文字，就接受她外省中心，也不覺得這可以左右我的政治判斷——但是認真分析起來，那麼私密的珍藏，看起來一定更加可疑——我喜歡到甚至不愛討論、不愛說明。這是我沒有辦法的東西——我要麼失去我的真誠，要麼失去我的正直——我的意思是，如果對外省人以外的台灣人的痛苦更感同身受，這人應該會因為文本裡的外省意圖而憤怒，以致反感到不注意小說裡的其他東西——像我那些宣布從不讀朱家姊妹文字的台獨青梅竹馬——但是我卻老是辦不到。

我不但辦不到，事實上還不斷接受這種文本的撫慰與滋養。我的完全不抗拒誘惑或根本非常享受，從萱瑄眼中看來，很難解釋。我在當時也不非常明白，我只覺得我的真誠比正直重要——

雖然這也是很危險的態度，但我不是只在省籍文化上這樣，我一向都願意保留我人生中「錯誤的一面」，直到我徹底了解它為止。這只是我的生長方式，我不用它打擾人，也不希望被打擾。

萱瑄只是毛躁不安，並且想要了解她自己與我，究竟為什麼不同；但是因為萱瑄是只要不平起來，就會出現扎人的一面，我感受到的惡意，因此比善意多：我討厭被刺探，我覺得她老在「動」我，要我感到罪惡感，或至少，感覺不再良好。這讓我很煩。

萱瑄希望我也能像喜歡蘇偉貞的小說那樣，喜歡某些鄉土派女作家筆下的姊妹情誼，我看了看，明白告訴她：我一點都不喜歡。我從來沒有特別不喜歡鄉土派，在對使用台語文一事上，我的態度一向比萱瑄更激進堅定：是的，要發揚台文；是的，以台語文書寫是好的。但在當時，我卻堅持萱瑄給我看的文本，沒有太大意思。小說裡溫情的定調。——那麼正常。

那是我們討論文學時，萱瑄情緒波動最大的一次。她幾乎是憤怒地對我說道：她覺得那小說很好，她在當中看到自己的文化，自己的背景。從那樣的寫法中，她感覺到親切。比較親切。

我當時覺得莫名其妙，仍然回答她道：親切？我就是不喜歡親切。小說根本就不應該親切。親切就糟了。我就是因為小說明顯的親切調調，我才不喜歡。

沒有一次文學辯論，像那一次那麼像個死結，我們都打不開地那樣各執一詞。我覺得不過是討論文學，我喜歡什麼、不喜歡什麼，原因我自己很清楚，並不覺得我在否定台灣文學或本土。

我是比較有理的那一方嗎？我倒不那麼覺得。當時我並不明白，作為我自己，我可以拒絕親切的美學；但是作為一個好情人，當萱瑄提出她的「親切說」，我或許該更懂得，從她的角度去看事情。就像某些同志書寫，完成的真的比較只是親切的目的，但在「即使親切都不足」的大環境中，肯定「親切」，雖然與我年少的美學標準誓不兩立，但卻更符合我老去後漸成的倫理觀。

東方白一度希望白先勇為他作序，卻被白先勇婉拒了。這件事，讓我覺得非常有意思。在我年少的想法中，白先勇當然要拒絕的——他用了多少工夫保持那麼冷、那麼不平易近人，溫煦的東方白，絕對是他藝術的敵人。如果白先勇替東方白作序，我幾乎就要不了解，白先勇為什麼是白先勇了。但是等我老得多之後，我反而深深為這兩個人感到遺憾。東方白在想像白先勇可能欣賞他的作品、願意把自己交給「白先勇象徵的是什麼」的這份相知相繫的舉措中，我感覺到一種，非常優雅與人情味的東西。那非常勇敢與大器，相信文學不是本位主義的東西——就連美學也可以走出本位。在這事上，東方白好奇怪，白先勇好正常，而奇怪卻是比正常，來得更有美感更悠揚地——，一種更脫了韁的想像力。

很多年後，當我因為工作需要，又重讀東方白，萱瑄憤然的聲音，在我耳邊再次響起。我曾經歷過兩大次的閱讀東方白。第一次，比較年輕，剛解嚴時，覺得要多做「我的台灣功課」。但是功課做完後，除了「我有讀過東方白」之外，我實在說不出，我讀到了什麼。我甚至說不出有什麼東西，使我留下比較深的印象。第二次，我對某個台灣史的面向下了特別的工夫，研究之後，我決定再把東方白的小說找出來對照。第二次讀的時候，我開始能理解，如果其他人對東方白的小說那麼感興趣，原因是什麼。

我阿公葬禮時，我才六歲；從台北回到桃園鄉下，所有人哇啦哇啦地說著客家話，看不出哀戚，基於兒童的天真與對儀式應該戲劇化的渴望，我對他們憤然發話：「你們的爸爸死掉了，你們竟然沒有一個人在哭？」大概因為我說得夠大聲，滿堂的客家話滅音了一兩分鐘，但沒有人對我做出解釋，就又全部嗡嗡嗡地說起客家話來了。——這並沒有引起我的好奇，只是讓我覺得沮喪——我也沒哭，我只見過外公一次，這樣的情分，要我能夠流出眼淚，實在不易——更何況，我真的說不出，那場葬禮的氣氛，可不可以說得上是歡樂無邊——。這讓我覺得不太對勁，其中有詐，或其中有鬼——但我在我小孩的無能為力中，也就放開懷了地無能為力。我一點都不悲傷。既然大家都不懷念他，我也不懷念他。

重讀東方白之時，與初次相反；我已長時間思考過外祖們是什麼樣的人。讀小說時，不再是讀很久以前發生的故事；因為有著外祖父母「不在場的在場」，我有了切身感。一直到那時，小說苦心保存的各種記憶，才被我看出是記憶——也才看出，從記憶的角度來看，小說克服了那些困難，達到它所想達到的目的——。當一個人沒有要尋找什麼之時，讀小說可以像翻看電話簿，逐頁看，或跳著看，但無論怎麼看，都不會太有趣；但要是一個人，已經有了要找什麼答案的想法，那麼同樣一本電話簿，也許每翻一頁，心跳都會不同。

我耳邊又響起萱瑄感情暴衝的那句「我感覺到親切」。我感覺到親切嗎？即使是東方白的小說，我還是覺得「太過親切了」。但我有了不同於過往「萱瑄好煩」的感覺，我有了不太一樣的角度：我們畢竟不一樣。比起台語歌，我一直都更喜歡客家歌，雖然我還是一句不懂，但我確實有這樣的需要：祕密地、難以解釋地。我從來沒有把這種「需要」，視為一種藝術必須提供的東西——這是另一個可以討論的問題；不過，當我說「我們畢竟不一樣」——我想說的是，我們各自發現「親切與我們的關係」，這個過程，有它各自的速度與拐彎。即使在發現自己身上的客家依戀，我還是「拒絕的」。這個拒絕，是因為自始以來，我都知道，我終將是拒絕父母之人，我將沒有根——即使根一度出現或長出，我也將一一切斷：我說過我將遺忘，這不是任性——而這一切都是有原因的。

女人也好，女同性戀也好；台灣人不台灣人，「沒有一個，是我真正屬於的族類——。」

在我們分手很久很久以後，在那種舊情人仍然客氣維持談話的那種談話中，我告訴過萱瑄，「我真正的那個小圈圈——。」我對萱瑄說了那個小圈圈的名稱，我們都默然。我說出來的話，是如此殘忍又無可辯駁。我真正的身分與身世，更加稀罕與卑賤，那個名稱說出來時，幾乎沒有人會不啞口無言。

那些跟我一起，在政見發表會公園裡玩耍的小孩，後來在哪裡？這份懷念，對我來說，非常幸福，而這是份刻意假造的幸福，我一直用對它的追尋，來掩飾我浪費我的人生，用它浪費我的時間。把時間浪費在我不真正屬於的命運中——我一直知道。因為當不能浪費時，就是真實迎面——而真實，真實非常要命。

第十章

我的人生有過兩次爆炸。關於第一次爆炸，萱瑄曾做過如斯評語：因為妳曾歷經過那樣的事，我們因為是同性戀，而感到受不了的壓力，妳反而適應得很好。對妳來說，同性戀——不管是從被孤立的角度來看，或從不被社會接受的角度來看，與妳先前的經驗相比，都是小巫見大巫。「妳是痛苦這方面的專家，而且還是從小養成的。」萱瑄這麼說道。

換句話說，就像莫札特是音樂的神童；賀殷殷，我是痛苦的神童。

「當我最勇敢的時候，我觀察我自己，我知道這是知識的來源。它是罕有知識的來源。所以它並不是沒有價值的。如果從純知識的角度來說，我認為它非常重要。但是，我的問題是，人類需要這樣的知識嗎？需要了解，那麼極端的痛苦與真相嗎？」

坐在我對面的心理醫師做出一個，「說得很好，請繼續」的手勢。

他被我當成人類的代表，而我每次發言，我都謹慎使用字詞，希望不要把眼前的這名人類，推入殘酷深淵。有幾次，我還是忍不住擔心。因為我雖然沒有流淚，但他揉眼睛與紅眼睛的狀況，仍彷彿我是一顆洋蔥。而我，我已經挑了較不嚴重的東西出來說。

有次我道：「沒有人了解發生了什麼事。」他接了話：「除了妳，別人確實不會了解，發生了什麼事。妳必須說出來，了解才能隨後發生。」

根據我們長期的默契，我不需要心理醫生回答我，人類究竟需不需要「承受難以承受的事實」。我自己就知道怎麼回答。我也是人類的一分子，這件事既在我身上發生，也會在其他人類身上發生，我對不同於我的人類有所關懷，固然很好，但是我也不該鈸除我自己作為人類的身分。鈸除——我用了鈸除這個詞，真是有趣。這兩個字，我們通常是這麼用的：鈸除不祥。

你一定也有過，不知怎麼清除垃圾的經驗吧？有些東西的碎裂狀態掃不起來，有些則是因為體積龐大或形狀怪異。要清除它們，首先要知道怎麼把它們收集起來，或者是使它們，變成可以搬運的形狀。而這，雖然有點近於我的困難，卻又難以相比。

車諾比核爆時，有個當時的目擊者是這麼說道，他說他腦海中出現的第一句話是：「啊！這是多麼美麗！難以形容的美麗！」

這並不是一句冷血的話；相反的，我覺得他說出了爆炸的一個特殊性質——它不是人類的感官或語言，可以很快傳達與翻譯的東西，如果不經過長時間的理清，只從遠處觀察爆炸看起來像什麼，爆炸真的看起來像非凡的煙火表演。然而，如果只從最近處觀察——我不知道那是否還能稱為觀察——如果從死者的角度，爆炸為時甚短，我們都不知究竟那可以是什麼——而死亡的經驗，誰能說說？我們報導死了多少人，陶藝家做了不計其數的畸形死狀陶製品，但是我們從來無法描述，死了一年、死了二十年、死了四十年，或者死了百年——這是些什麼東西？死亡者的死亡，我們能說些什麼？被爆死的爆死者，他們在我們的語言世界裡，可以說哪一種語言？他們是誰？是什麼？

紐約九一一爆炸後，我在報紙上看到一則新聞，新聞上說，有一群心理學家緊急集合輔導在電視前看到爆炸的兒童。為什麼？因為為數不少的兒童，在看到雙子星大廈坐倒的畫面時，他們的感覺是快樂的：因為他們以為那是一種好笑的東西（如果他們曾經哈哈大笑，我想也是可能的），與他們踢倒排好的積木無異。這些因為無邪而一度興高采烈的情緒，在事後，他們會了解到他們歡樂的泉源，不是他們一開始想像的事：在那時，想像中並沒有真實的死亡、也沒有家破人亡的心碎──他們可能誤以為自己就是造成爆炸的一分子，如果不幫助他們，了解他們的歡樂與無知的關係，這些小孩可能精神錯亂。

這樣說來，爆炸會傷害各式各樣的人；最近的那些，我們稱為受難者與死者，最遠的，不知輕重的電視兒童，也不能倖免。傷害非常不一樣，這也是傷害的特質。

在我的第一次爆炸中，我並沒有發出，像車諾比核爆目擊者的「啊！這是多麼美麗！」的感嘆──因為我沒有看見什麼；我也沒有像電視機前的小孩一樣，發出咯咯笑聲。我靠得太近了，爆炸離我沒有什麼可測的距離，我幾乎就是爆炸的核心。我所能擁有的，是一個發不出聲音的「啊」與「這完全不好笑」的感覺──一個發不出聲音的「啊」，這還是比較好理解的，任何有過極度驚恐經驗的人，或許都能接受我用啊（×）來表示，無法尖叫的叫聲；但是「這完全不好笑」是什麼？我們在看完很爛的喜劇時會說：我真想哭。──但是我們通常不會真的抽噎，我所謂的

「這完全不好笑」，絕不是一個對喜劇的失望感，也不是悲劇感——而是鄰近此處卻又不相等的某物——「啊」是×，「悲劇」也×，我的爆炸一開始，只是兩個，無論是我，或是其他人類都不可能了解的記號：（××）。這兩個（××），不是我一開始有能力打上的，我只有模糊的嚴重感，在被語言與文字遺棄的無依無靠中。

但我曾經定義我的生存是「活在一個超乎想像，廣闊的世界中」。因為廣闊，之所以能讓人感覺廣闊，很重要的原因即是，「發現在一個空間中，什麼也沒有」。沒有人、沒有其他人、沒有其他記號——尤其沒有文明的記號——所謂廣闊，即是如此的天空與地面。這裡甚至沒有迷宮，也沒有出口可言。這就是「我的真實世界」。我比別人——擁有——更廣闊的世界。

這是為什麼，小朱的出現，在我十三歲時的生命中，非常要緊。嚴格來說，她也並沒有出現在我的真實的廣闊世界中。但是，我們一同漫遊在另一個接近「我的真實世界」的空間，那裡同樣荒涼、杳無人煙、也是受人詛咒之地。

怎麼看待這樣的過往？被嘲笑、侮辱、排擠或歧視？不，這裡有個顯而易見卻被奇怪地忽略掉了的事實：我們被看見。別小看這兩個字，「看見」。「我們被看見是同性戀」——既不是因為身上綁了寫著我是同志的布條，也不是因為兩人在大庭廣眾下親吻擁抱——不管是十四五歲的少女，或是邁入中年的老師們，他們可以只憑著我和小朱在一起的神態，就辨識出，這當中，存在什麼非比尋常的東西——如果沒有這種燈號般的事物，誰能只因為看到兩個女學生講話，就推論出，她們之間並非一般友誼？——這樣說來，到底誰才是同性戀啊？我在法國就聽人說：在街上，只有越南人會找越南人，只有比利時人認得出比利時人。

在一起嘰嘰喳喳說話，我的「配偶」多得是，一道去上洗手間的，一道上下學的——即使把小朱外表中性的因素考慮進來，這也不具絕對性——我至少還能另舉出三四個「中性得很厲害」的同學，我們玩鬧起來，也很旁若無人——而這一切，都並沒有被「警覺」與「看成」超友誼，都沒有被指出是同性戀。一個合理的推測是，不管是對愛情、或是對同性戀，人們都有近乎先天的直覺——就像我們常常不必詢問，就知道人們的關係是母子、敵友或夫妻——有些非語言的線索——既適用於一般的人際社交，也適用於「看見同性戀」——尤其是在異性戀文化還沒取得主導地位的前青春期。我們的小雷達仍然很靈敏、很少失誤——像節食的人依然聞得見蛋糕香氣，當一對同性戀戀人出現在空間中，大家口上都說著不吃不吃，但沒有人會傻到說，那不是蛋糕。所以同性戀，最初最初的同性戀，在我的經驗中，完全不是兩人躲到暗角裡互訂終生，相反的，它非常公眾：所有人都上了賊船，所有人都下過水，所有人都把自己弄濕過。因為每個人都感覺到「東西」了。

想想看，當年大家最打抱不平的是什麼？完全不是小朱和我都是女兒身的事實。她們紛紛警告我「小朱太花」、「小朱太複雜」、「小朱對我不專一」——總而言之，是小朱對我沒有足夠的愛情忠貞——這不是讓人啼笑皆非嗎？因為——如果這不能被叫做「同性婚」，真不知道，還有什麼可以叫做「同性婚」了！同性戀是不好的，但要是小朱忠於我，大家就沒話說——這未免太有集體情懷了，不是嗎？

唯一可以解釋得通的是，存在一種東西，完全壓倒過無知（恐同）與文化偏見（歧視），那就是對愛的嚮往。那是不需要教導與說服的，因為只有這個東西，是所有人都知道、都在找、都為此受苦、都付出代價的——所有的人都比我和小朱更「同性戀」——因為在我們相處的真實中，我們不像我們的同性戀觀眾們，我們並非只願為愛而生——我掙扎抵抗於小朱可能破壞我走向書寫所需要的強大人格，小朱需要更多情人幫助她理解她個人的生存之謎——乖乖地、應觀眾要求地，做一對令人嚮往的絕世戀人——很諷刺的，這番理想，是眾人的，卻非我倆之間的。

同性戀對眾人不是問題。對我和小朱卻是。對於我，我揪心的是，這是否是一種「不可能書寫」的東西？對小朱而言，比愛情更重要的是，這就是她的歸屬嗎？意即，問題不是她能不能得到愛，而是她在這世上，是有同類的一種人嗎？

同類，不是同志就是同類。譬如我與小朱，我們就很不同類。

我從來不明白她對變換性別的想法，但我知道，那在她考慮之列。我是連穿耳洞這種事，都能因為怕痛拖著不去做的那種人，對於要以手術改變身體，我連想都沒想過。我喜歡西裝外套、男式毛衣，我甚至買過不少男版的平口褲來穿，不過那純是玩耍，沒什麼大不了的。我喜歡長髮，裙子也能帶給我莫大快感——即使逛男裝店，我都會跟店家抱怨，抱怨他們賣的襯衫不夠「娘」——無論是對哪一性別，所謂陰柔，都比較討我歡喜，而那卻又不是因為我本身陽剛的關係，僅僅只是因為陰柔在我看來，比較多變化、多層次、多波浪。不娘就讓我覺得有點呆，不過如此。

如果小朱生來就是男人，我們似乎會一點問題都沒有——我們或許真會像青梅竹馬那樣長大，沒有什麼波瀾那樣成家生子——以愛的強度而言，懷小朱的小孩，不會使我產生任何遲疑。但是事實並不是這樣。事實是，令我退後的，不是她的身體或是性別氣質，而是因為她有這個社會貶低的存在，造成她精神上的強烈不安，以及這份不安，使得她必須以某種性活躍以取得補償——我害怕複雜，我需要單純生活。我在精神上已經做出犧牲地，接受與愛那個不安的她，但我沒法在生活上也這麼做。我已經受到傷害。這不是我要的，我做不到。

T模T樣所會受到的賤棄，這種苦頭我從來沒嘗過，在小朱以高姿態對我描述這一類被排擠的經驗時，我曾經以為，她反應過度或是有點被迫害妄想狂。但我也並不是猜疑小朱，我只是選擇在那些她曾對我指出的場合，會故意站在她身邊，故意長時間地跟她說話——做給所有人看——與性或情欲毫無關係，我會表演親密、表演信任——說得白一點，我完全希望以我的存在，擔保她的存在。我生來為此而生。

但有天我真的目睹了小朱對我說過的事。我斷然地拂逆一群人明確排擠T人的願望——剛好在我工作範圍上，我有權做決定。我馬上當眾撥手機給那T人。然而令我十分沮喪。我發現，因為經常地被排斥，T人的第一反應，即是希望知道，我是基於什麼原因，反常地不排斥她。而這番試探，使我們一點都不能中立如一般工作談話，而被帶到，我是否對她個人有意思的渠道上。後來因為其他因素，T人沒有加入工作團隊，而我非常違背我的良知地，大大鬆了一口氣。

我不知道該怎麼想這件事。出於實際精神，我很高興，我沒惹上麻煩，因為我多少預感到一旦出現「追女」的場面，在原本已對T人不友善的環境中，恐怕會產生更多敵視，而這無疑會添加我更多煩惱。我也發現，我自己身上，也存在著可議的成分，也就是說，我雖然解開了第一層禁令，但在我心中還是存有條件的。並不是說，每個人都有義務要接受T人的欲望交流——或許每個人都可以同意，有更適合的場合，進行欲望競逐。但是當我把自己放到T人的位置上思考，我也覺得：難怪她會表現得像這樣。

當然有的是害羞或者穩重的T人。但是如果某些T人的注意力，特別放在性曖昧上，或許反映的，只是她一直以來接受到的對待——除非我們對她個人有性方面的興趣，我們對與她接觸，總是能免則免，能避就避。這種不正常是雙方的。

這種自相矛盾：我接受小朱作為一個「不太一對一」的生命個體；但又堅壁清野嚴防自己的某種清白被玷汙——。一旦我在實際生活上接受了非一對一的遊戲規則，我要麼就是得接受複雜對自己的削弱，要麼就被迫要急起直追去擁有同樣的性活躍——。

性活躍者擁有一種名聲，但是這種名聲往往是不可靠的。每當我們聽說某個人有過許多的伴，我們往往會以為，這樣的人必定對性事很了解，並且做得不錯。許多人之所以努力保持性活躍，多半也與這種對名聲的需要有關。

我是在，與萱瑄在一起的第一個月裡，就對她完全失去性的興趣。我們並非做得不多，也不是沒有變化——。但是我不敢面對這件事，並不是在具體事項上，我受到什麼樣的虧待，而是，那就不是我要的。我心裡知道得很清楚，問題在於性。

我了解我自己的性。我清楚記得那個時刻，我在心裡告訴自己，非常明確，十分篤定：這不是我要的性。一直隱瞞這事的原因有很多。屈服於成見也是其中之一。萱瑄是我們兩個當中，擁有過比較多性伴侶與性經驗的那個，不管是她或是我，我們都覺得，她比較權威。我懂什麼呢？甚至是萱瑄幫我起的頭。但是我實在是懂得的。也許不是對身體或技巧有什麼知識，但是我懂得許多東西，因為每個人在性當中追求的東西不一樣。我也許不知道別人追求什麼，但卻知道我自己在性當中，追求些什麼。

所以問題並不在於萱瑄不夠格，而是關係到更加隱密之物。我沒有去追求，我在性當中，真正想要追求的東西——這個念頭以一種細密又焦急的聲音，打從一開始，與我的性生活同步，縈繞在我心中，像某種地下室的審判，不斷對我進行自我密告。

這是很嚴重的事嗎？大約在之後十多年間，我斷斷續續地回想與思索，我認為，這是很嚴重的事。

面對這事非常困難。密告的聲音雖然很清晰，沒把握的沉默卻也堅不可摧。我想為自己換取補救與改變的時間，我提出不少分手的想法，最正式的一次，我的理由是我們未來想留學的國家不同，我覺得生涯規畫起來，會麻煩。「那有什麼難的？」萱瑄說：「那我改去妳想要去的國家就是了。我現在才大三，要學另一個語言，也還來得及啊。」事情不但沒解決，萱瑄對我毫不猶豫的遷就，讓我更加進退維谷。為什麼我不能直接說出，我祕密的不安呢？我可以想像，以萱瑄的應變方式，她馬上就能對答如流：「跟我說，妳要的是什麼樣的性，我就把妳要的性給妳。」

——這種對話是不可能的。至少以我當時的人生閱歷而言，我知道我說得越多，我要的，就會離我越遠。

這當中也有一種淒涼之情，那就是，在我私密的知識裡，我早已有了判斷：我所追尋的東西，並不屬於萱瑄的感知範圍，就像狗看不見顏色，這是努力不來的事。我或許自私，但也通情達理，我不能用非分要求打擊人，我實在做不到。更何況，我不該更為萱瑄願意為我做出的改變，而感動嗎？在這樣不簡單的犧牲之前，毫不感動，這也太沒人性了。感動——或說是一種文明引導我該有的反應，淹沒了我的地下室，我依然聽見那個懇求的聲音，不絕於耳，但我選擇不再管它。

我不知道有多少人，在追求自己想要的性，以及事實上的性，這兩者中，達到過真正的平衡。在一開始，萱瑄再三對我保證，我們的性是相當令人滿意的，她（相當不了解人的心理地）甚至用一種誇獎學生的方式，讓我知道，她之所以能夠肯定，原因在於，她過去有許多個女朋友，所以有大量性經驗樣本可以比對。我們的性相當平等，而我「非常有創意」——說真的，我真的很希望她住口別說了。但是她認為有必要鼓勵我，給我更大更多的信心——她自己就是個有信心的人，或許萱瑄認為信心是性一事上頭，最要緊的事。但我知道，我從來就不要我的信心。很奇怪的，後來我才知道，關於性，我最不在乎的就是信心。信心就像感動一樣，它會席捲掃掉眾多其他感知，而那些可能會被席捲掉的感知，歸根究柢，原來才是我感興趣、我想要追求的東西。我並不想當一個性的好選手。一點都不想。

除了天生的個性以外，萱瑄之所以那麼像是一個床上的布道家，還有另一個原因，那就是我們都在二十歲之前，經歷過紛擾的同性情欲，所有同性在精神與欲情的存在，我們早已有過體驗。剩下的問題是，我們通不通得過，身體與性的難關？我們知道怎麼做嗎？我們做了嗎？與情欲有著不相上下的重要性，是我們是不是勇敢的？我們是不是有反抗性的？我們在面對父權與異性戀傳統時，是不是能夠最不妥協？

這些問題，在我二十歲時，一點都不是不重要的。對於那些只和男人上床的女性主義者，不管是已死去，或是還活著的，我們一向就對她們的敬意有限──終於和萱瑄上床後的次日，我到大學上課，課堂結束後，我到社團辦公室轉轉，我什麼都沒說，就有人開口對我道賀，因為我看上去容光煥發。「妳知道這叫什麼嗎？這就叫做喜上眉梢！」一個學姊看著我的臉說道。她笑得甜甜的。

那是什麼樣的歡欣鼓舞呀！我真的感覺走在慶典的開幕式裡。幾乎可以忘了我人生中的爆炸，帶著兩個（××）的爆炸──幾乎可以忘了，幾乎。

我似乎忘了說──爆炸這事厲害的地方就在於，它是在時間中爆炸的，在我忙著完成和女人上床的壯舉，在我開心地接受其他人的祝福，那個我的廣闊的世界中的爆炸，並沒有因此停下來，它仍然在那裡，所有的人都對它一無所知，除了我。

在慶典的側面，還有我私人的歡喜與哀傷。我掌握了我的生命──這句話的意思從我十三歲時開始，它意謂的，就是逃脫小朱。我掌握了我的生命──我證明我可以和女人上床，更重要的是，最重要的是，上床的對象不是小朱。

關於我那麼樣執著於不使我和小朱在性事上有更大交集——。並沒有任何徵象顯示，我和小朱會走到床上，我所害怕的，與其說是一個事實，不如說是一種可能性。為什麼人會對某種可能性害怕，而不害怕另一種呢？

通過和萱瑄上床，我證實了一件事，我並不害怕作為同性戀，我並不害怕被當作同性戀，我害怕的是小朱這個人。通過和萱瑄上床，我讓小朱無話可說——問題並不在什麼樣的性別與身體，問題在別的地方。什麼地方？

從某種意義上來說，我也是為小朱去和女人上床的。這倒不是說我在心裡想著小朱，去和萱瑄上床的，那太病態了。我的情形並不是這樣。

必須誠實地說，我對小朱的感情始終沒有停過。雖然那份愛十分怪異，我所要的只不過是，她不要在這個世界消失掉——至少不要在我消失之前消失掉——至於其他，她去變性也好，同性戀也好，異性戀也好，我一點都不在乎。——如果是這樣，這就並不是一種戀人之愛。因為如果是戀人，我是、並且我會在乎許多東西的。對方是不是陪伴我，對方是不是了解我——但我從來不會對小朱提出這一類要求，因為它們毫不重要。有時我勉強把她說成一個初戀，那只是因為，那彷彿比較好了解。因為不那麼說，解釋起來會很麻煩。

深愛一個人卻拒絕上床和結婚，真是太違背天良了——三十歲時，我從自己的經驗中，得出過這樣一個結論——會有違背天良的感覺。無關乎對方的性別或是身世背景，當愛發生的時候，我們會有一種近似天良發現的感覺。這是為什麼社會不同意也好，周遭環境反對也好——人們都還是會去愛或不愛。

或許從來沒有人知道別人的天良過。

就比如說，我在歡欣鼓舞地和萱瑄上床後一個月，我就開始出現令我煩惱的天良聲音了。我知道，如果我持續跟萱瑄在一起下去，我會沒有辦法追求，我在性當中所要追求的東西——但是我不知道天良這種東西，竟會與「性」相伴而生，它既不是給不給乞丐錢，也不是走不走上街頭那樣的事。我並沒有受到任何其他人的吸引，如果我跟萱瑄討論我的問題，非常可能地，她會建議我，至少等到有明確對象出現後，再做決定，或是從某種邏輯的角度提醒我：我想像中要追求的東西，也許根本並不存在。

我不知道我是否能辯論得過這樣的主題：我給人的印象，一向彷彿不太強調性事的，雖然有機會，我都希望訂正這個錯誤——但是，突然之間，我要做出聲明，我之所以要離開一段關係，不是因為個性不合，不是因為意見不同——單單只是因為性，且是大部分人都會聽不太懂的，無關前戲或高潮的「性的其他東西」——總之我感到，很難把實話說出口。但是那種我泯滅著我的天良的不安，像小螞蟻般咬著我。那好痛。真的好痛。

我知道大部分的人想到天良時，會想到諸如正義、良善或是美德之類，但是我發現，埋得最深但是最有持久力的天良，都與性欲有關。儘管我始終感覺，我不要和小朱朝性欲有關的方向走去，我也還是很清楚，關於小朱，那仍然是我的一個性欲所在。

小朱究竟有什麼特別？

有一天我在清除舊物時，一份手稿掉落，謄在稿紙上，一字一句的——小說的形式，我完全不記得寫過這樣一篇小說——我大概可以推論出，它是我十四歲時寫成的：完全沒有文學價值。唯一有價值的是，它讓我看到我曾如何艱苦奮鬥：我找不出任何方法描述，這是發生在兩個女孩之間的事，小朱看起來完全是一個男孩。因為我在下筆的時候，對同性戀一竅不通。這些文字我要銷毀，但是我還是耐心讀了。勉強可以被不知情的讀者讀到的，大概就只是兩個國中生被禁止交往，因此不知所措。因為寫得非常不好，我一點都不喜歡。但是有一行字，還是讓我眼眶發熱。

「人們究竟知不知道，人和人之間的交往與相處，事實上，只需要基本的人性！」

不是戀愛的權利，不是同志生存權——那些都不可能是我當年就能夠懂得的。原來我放著功課與第一志願不拚，就是在書桌前弄出「基本的人性」這五個字！什麼破東西！恐怕要用燒的，才能燒掉這恥辱——小說家的恥辱。但是我知道，這絕不是今天輕輕鬆鬆說的「普世價值」什麼。為了寫出這樣一個句子，我當年必定已經嘔心瀝血。——即使要寫，也不該用這種筆調與角度——我心中冷酷的寫作者，巴不得一刀捅死那個十四歲的少女——基本的人性？那麼深的苦難，那麼重的徬徨，而妳只會寫「基本的人性」？不知所云。但是捅死少女的刀稍微停了下來，我知道這個爛句子，並不像它表面看來，那麼無價值。有一個人也許會嘲笑我，但是她也會違反我的意願地，感到由衷喜歡（而這是我連一絲都不能容忍的），有一個人，從來不真的弄懂文學，且始終不像我這樣記掛文學（我感到更加不能容忍）的人。她甚至會說，這寫得好（證實我說她不懂且不在乎文學）——那個有著我所沒有的「基本的人性」的人，那個人是小朱。

我也許可以有一點點驕傲，有一點點安慰，至少十四歲的自己，在發現同性情感時，說的並不是當時社會流通「正常與不正常」的那套語言，不是。我用自己可笑至極的力氣，幾乎微不足道的力氣，寫下日後沒人會懂也不具力量的「基本的人性」。文學真的不是一切。

「基本的人性」有那麼糟嗎？在沒有一頁「酷兒理論」或「同性戀史」之前，說我們之間，是「基本的人性」，有那麼不對嗎？我相信，我如果態度溫和點，小朱很可能就會以她不太準確的表達方式，這樣有點小心翼翼地問我。不對不對，我會這樣反駁她：這就是不對的，這根本不是文學。這—絕—對—不—是—文—學。

——所謂獻身，是立即可以做到的；如果想要做好完全的準備，永遠夢想最華麗的獻身，反而做不到獻身的喔。——所以，即使只寫下「基本的人性」，這還是文學喔，因為這是妳立即的獻身嘛。我知道，小朱即使讀遍太宰治，她也未必機智到能夠立刻用上述這番，非常太宰的言語來開導我。這仍會是我的工作，只有我，能為小朱寫的設計對白。

不，我和小朱的連繫，並非只因為我當時年紀小。我看過許多人世滄桑，聽說過各種情愛離合，站在時間的彼岸，我幾乎可以堅定地說，像小朱和我那樣的感情與關係，在人世間是稀罕的——一般人的感情沒有那麼強烈，即使是一般同性戀，也沒有那麼糾纏。

這是為什麼過去人們以任何形式拆散與隔離我們兩人，都不能不令我痛苦萬分。就像要我喪失自己的性命一般。經過多年時光流逝，許許多多不同類型愛與親密關係的洗禮，甚至，各自在我們稱為社會生活中的歷練——縱然我更能控制情感與改變觀點，那份最基本的連帶，我未曾看到它有被磨損與動搖的跡象。基本的人性，C'est terrible。

在十三、四歲時，小朱用英文寫給我一句話，意思是，我在妳的眼中看到天堂。大概是什麼流行歌的歌詞。這讓我困窘與羞恥。它真的太不文雅。小朱總是太赤裸、太直接又太猛烈；此外它也令我迷惑。小朱在提到我時，經常使用到的字詞，都有非塵世的色彩，比如天堂、天使之類。我認為那同時意謂，她不愛我——我的意思是，我雖然被與近似不朽或永恆的事物指稱，它似乎也表示，我與小朱在人世間的情愛追逐無關。因為虛榮而非對真實的講究，那令我十分挫折。很難、很難——很難不在乎自己是否有性魅力啊，當一個人十三、四歲時。

為什麼最愛賀殷殷？大概因為，她最不漂亮？國中時，某個有影劇記者性格的同學跑去問小朱，得到這樣一個答案。這樣的小朱，我怎能容忍，讓她作為我社會生活的一分子！我的臉皮那樣薄，因為她，我還因此要在同儕間有了「最不漂亮」的名聲。真是丟人極了呀。話不停在校園裡傳開，有人用看好戲與看笑話的態度對待我。和我親近一點的朋友則罵道：她自己是好看到哪裡去了？自大狂！膚淺！不要臉！沒有羞恥心！

「小朱是真的生得不錯呀，」我總是在乎真實，我請求道：「讓我們不要再談這件事了。」我拜託怒不可遏的朋友。真是可怕的醜聞，真是可怕的戀愛。我對小朱的感情未變，但我是一個在乎自己在社會生活中，體面與否的少女。臉皮太薄，小朱批評過我；她都知道，但是她還是要讓我，連那麼薄那麼薄的臉皮都保不住。

我不知道這事，令我有多難過。三十歲之後，有次聽到一個我所信任的男人說：「很難把妳與漂亮連在一起，可是妳真的讓人不太注意到這類事項。」——我在驚訝的瞬間，忽然想起，我從來都不願想起的國中往事。

就連好朋友罵小朱「膚淺」的聲音，都難堪地在我腦海中響起——我有了非常奇怪的感覺——小朱的回答膚淺嗎？即便老醜、病弱，還能被愛，這難道不是許多人心中祈禱的真愛嗎？「賀殷殷最不漂亮」的這個答案，讓我窘迫。但是我是不是漏聽了什麼？我是不是壓抑了我一向能夠聽出弦外之音的文學天賦，只讀到表面文章？

真的太強了。有次我在床上聽到這話。

我問：「太強了？這是什麼意思？」

「這完全就像在天堂。」對方回答我。

天堂？真的有人拿天堂來形容性愛。

我臉燒燒地想到，多年前第一次，有人對我談起天堂。

當時我以為天堂必定是在所有、所有性愛的反面。

那些我們打算忘掉的事，我們曾經——一度以正確的方法，記得過嗎？

第十一章

事後想想，我會去翻開一本烏來鄉泰雅族耆老口述歷史的書，並非偶然。在翻開這本書的幾年前，我在謝森展的攝影書中，看到一張照片。

照片本身很普通，是張人頭半身照。奇怪的是，我覺得那個人長得很像我外公。小時候，我只看過外公一次，但是他留下的僅有的幾張照片，我看得很熟。無論表情或輪廓，攝影書上的那人，都和外公神似極了。我看了一下攝影書上的圖說，上面說那人，是個泰雅族人。

外公長得像泰雅族人，這事本來沒什麼大不了，但我在那一刻，突然感覺到一種地震來臨般的惶惑：要是我是泰雅族人呢？

當時我已年過三十，自認對血緣的想法都很淡薄。一半外省，一半客家，這似乎是鐵打的事實。雖然賀殷殷這個名字，把我從出生就連繫到一個來台灣的外省政治思想家，但是身在所有精力都希望國民黨垮台的家庭裡，身在這樣的成長氛圍裡——不要說外省文化了，就是一點點外省情調，都是暗犯家規。長大後，我即使偶爾買「福州胡椒餅」來吃，都容易拉肚子。如果可以靠輸血除去外省人的印記，妹妹和我，大概一出生，就會被換血吧。外省就是麻煩、外省就是跳到濁水溪也洗不清。但我對客家也不抱好感，我媽支離破碎遮遮掩掩的族群論述，沒有一次，不是令我一聽就火大。只要不追溯到血統，什麼都好說。——然而為了一張照片，反而突然懷疑，自己有沒有泰雅族血統——這不是沒事找事嗎？

這個只是一張照片，所引起我的「合理的懷疑」，並不是「小蜜蜂千里尋母」的那種感情，而是把我投入萬花筒般的思考深淵。當時我暈眩得太厲害，不得不找個地方坐下來。我問自己：暈什麼暈呢？假如我是泰雅族人——還只是「假如」而已，妳甚至還沒有查證呢——或許完全只是小說家的惡習，我仍然對自己提出了一連串的問題，僅僅只是從想像出發：如果我是在活了三十多年後，突然發現自己，有泰雅族人的血統，我該怎麼辦？煩惱的事，當然不會是什麼織布文面的問題，而是我有準備，要變成「比較不被了解」的少數嗎？但是少數就少數，同性戀的少數，妳不是也走過來了嗎？雖說如此，那些在主流文化壓制下的匱乏與空白，我願意，讓它再來過一次嗎？

在心智的搖搖晃晃中，我試著比對兩種經驗是否相似。如果在這一刻，我發現我有泰雅族的血統，我可以好好面對嗎？我必須面對嗎？我應該把它放到一邊，還是得去做什麼，以便「成為泰雅族人」？做什麼好呢？這番自我懷疑，也許不過三五分鐘，但是非常嚴肅。

如果我只是忘掉——因為其他人忘掉，沒有告訴我，所以我就這樣忘掉了——例如外公忘掉告訴我媽，或是外公告訴過我媽，但是我媽忘掉——以我對我媽的了解，這完全不是不可能。如果是這樣，我是不是，也成了消滅泰雅族人歷史或原住民文化記憶的一環呢？

這似乎，又與我拒認外省傳統，以及對客家文化的疏離，不太一樣。一個人究竟應該擁抱自己的來源到什麼地步？我可不可以說，我就是不喜歡我的原生文化，我想要從一無所有的一個點上，過得就像造字倉頡那一代那樣，全部重新來過——既自由，又辛苦？我偷偷給自己的答案是：當然，妳可以的。

有天我在泰雅口述歷史中讀到這樣的故事：

二〇〇〇年時，八十四歲的泰雅族耆老 sayun 說：從前烏來的泰雅族人去平地買鹽的時候，因為當時平地人與山地人互相仇殺，雙方都有獵人頭與祭拜的儀式。泰雅族人的頭目於是想出一個辦法，就是去抱平地人的幾個小孩回來養，養大後讓他們去買鹽，就不會被平地人所殺。hayung 這個抱來的平地小孩，被抱來時已經七歲，所以會講漢話。下山買鹽時，泰雅族人會告訴他，他原先從哪裡來，用漢人的話說。下山後，買東西，平地人從外表看得出他是平地人，問他爸爸是誰，他會用漢人的話回答，爸爸是平地人。果然沒有被殺。hayung 後來娶泰雅族女子，成婚後有小孩，平地人逐漸知道山地人有他們的血統，有感情，就停止仇殺。那時會這樣做的其中一個原因是，兩方說的話不一樣，無法用說的，把事情說清楚。hayung 是 sayun 高祖父的父親。雖然名字不是很確定，但這事是祖先告訴 sayun 的。抱 hayung 的地方，在屈尺國小對面，那裡以前比現在的新店還繁榮。另外，在出草過程抱來的小孩有男有女，不是只有 hayung。[14]

抱養平地小孩的故事，也出現在其他受訪的泰雅族人口中。也有說，並不是烏來的泰雅族人去砍平地鄰居，當時泰雅族人與屈尺的平地人已經交好，是巴陵宜蘭的泰雅族出草，看小孩在哭可憐，就抱走，年紀大的小孩一路動來動去麻煩，就讓他回去了；小的要帶回巴陵覺得太遠，便留下給忠治的泰雅族人撫養。另外也有人說，自己的祖先也是被抓來的，後來當了頭目，如果被說是平地人，即使是自己的兒子說出來，也會認為是種侮辱，會怒到打人。

抱來的孩子、買鹽的使者——在一開始沒有泰雅血緣的泰雅族人——甚至成為頭目或傳說中的祖先。想來會有一點寂寞吧？即使被疼愛，不知會不會想道：這都是因為，我可以去買鹽的關係……。也還有另一種寂寞吧，自己原來的血緣與語言，就是保護後來族人的護身符，這種莫名其妙的強大，並不是能用易容術或任何方法，就移交到另一個人身上。因為語言不通，雖然推測泰雅族祖先提到的平地人，很可能是平埔族人，但是受訪的泰雅族人，並沒聽說過凱達格蘭。在與世隔絕、自成天地的部落裡，外來者的面貌很模糊。

我並沒有很大的決心，要去研究，外公為什麼長得那麼像一個泰雅族人，雖然因為買鹽就抱小孩，感覺有點極端，但是類似的事，一定在時間長流中，以各式各樣的方式，存在過吧。也許照片中的泰雅族人，或多或少，也有抱來孩子的血緣；生前敲鑼打鼓對子女耳提面命不可遺忘自己是客家人的外公，誰又知道他流什麼樣的血液？是不是他祖先，也是客家人從哪裡抱來的？或

14　此段文字因應小說需要，並非逐字逐句照抄口述原文，而是經過調整與修改。原始資料請參照：陳茂泰編著，《台北縣烏來鄉泰雅族耆老口述歷史》，台北縣政府文化局出版，二〇〇一年。

是他自己，就是「抱來的」呢？我知道，這個客家家族歷經許多代，但從祖譜裡，我們又怎會知道，這個家族是否與泰雅族通過婚？祖譜永遠是不完整的記憶。

說起來，就連我賀殷殷的這個賀姓，也不容他人或我自己，尋到我的起源。賀姓是我阿嬤改嫁後，兒女改姓來的姓，如果真要追溯我的外省祖先，起碼還得從姓顏的人問起。也許轉來轉去，這顏姓的祖先也曾被抱來搶去，打哪來的，根本說不準。如果發現我甚至是阿拉伯人的後裔，說真的，我也不會太訝異。福州一省，梁啟超就寫過，血統最雜——這點據說漢人非常避諱，想必會掩飾。要我自己，我倒很想有點波斯遠親——我總搞不懂為什麼整個青少女時期我都泡在「皇后樂團」的音樂裡。後來聽說主唱弗萊迪，骨子裡是個波斯人，我的感覺立即很異樣。因為有回我剛到巴黎時，正在文具店裡影印我的各式身分證明，忽然聽到背後兩個人說話，說的不是法語，但那語言聲音一聽就令我懷念不已：是什麼語言呢？太奇怪了，我忍不住問。兩個鬍子都白了的老先生轉頭，微笑對我說：我們的語言，與妳的語言一樣古老，小姐。我們說的是波斯語。

不過，就在那些不為人知的時光裡，我確實偷偷研究，不是那麼遙遠不可考的外公與外婆，原因比確認外公有沒有泰雅族血統，可要難說出口多了。幾乎有幾分迫不得已，我暗地不斷想了解他們，真正的原因是，這兩個人，曾經犯下人類行為中，相當極端的罪行——。有天被我媽發現，我在讀平埔族的歷史書，她興奮地對我說：「平埔族妳問我就對了。問我問我。這我最拿手了。」我悶哼一聲，心想：妳又知道了？平埔族多不容易了解，光是搜集書本，就花了我多少工夫。我媽說的，倒像她是什麼文化學者似的。少來了。

然而不知怎的，從我媽的反應，我知道我押到寶了。她連電影《賽德克巴萊》都不看，認為那「歷史，看到就頭痛」——我敢打賭，她連一本關於平埔的書都沒看過，她會那麼興致高昂，表示平埔一定與她的家族史有關——因為她最感興趣的，說穿了，也只有她的家。雖然那原因深究起來，又會令我大動肝火。她對她的家族，有種一般人想像不到的，我視之為愚忠的態度，她喜歡罔顧真實、她總是不求真相——這就是為什麼，我那麼想了解外公外婆，卻視她為最危險、最不可靠的情報來源。但話說回來，有件耐人尋味的事，就是，以我的標準，她雖然是一個不正直的慣性說謊者，但是，她卻絕對不是沒有文化的——相反的，她有那麼多裝腔作勢、欲蓋彌彰、顧左右而言他。我越觀察，越發現，那是一個文化的聚寶盆。

我媽是有文化的——說這話的我，並沒有任何驕傲之情。有文化並不是什麼了不起的事，納粹也很有文化。我常常回到這個「我媽是有文化」的想法上來，是因為這夾雜了許多互相矛盾的東西在。它體現了一種台灣歷史躲藏與掙扎的性格。而我要隨著年齡漸長，才有能力了解。小時候，我總覺得，我爸代表了文化，因為對孩子來說，流暢的語言就是文化，我爸一向滔滔不絕，我媽連聽懂笑話都慢半拍，她雖然從沒講過一句話，讓人覺得是國語不標準，但她基本上，可以被歸為結巴的表達，在孩子眼中，這是最沒有文化魅力的。像黃信介開示我爸，這樣感人且寓意深遠的故事，我連一個，也沒聽過我媽說。

二十歲上下，有次我在咖啡廳裡跟她談話，她說到，我爸的某些劣根性是不可能改變的。她說得聲淚俱下，希望我能把對陳水扁的同情，轉用一點到我爸身上（好個政治家庭！）：「他們從小窮苦，有些事是無法改變的——除了讀書，讀書，什麼都不懂。從小窮苦，窮到那個地步，真是，長大後除了工作與政治，什麼也不會——要學什麼都太晚了，都不可能。妳知道，就像阿扁一樣，什麼都不會，去旅行他們也不懂，只懂得吃和睡——。」

我沉默沒有反駁，讓我媽哭了個夠。因為我媽說的，我早知道了。只是我從來沒想過可以拉扯上陳水扁。但我確實有過這類感想：民進黨的人都無趣透頂，除了政治，就是政治。只有一個謝長廷還有點意思，他至少玩過體操。我爸聽到我這樣說，總不知如何是好。小時候，我爸還曾特地帶我去跟政見發表會後的謝長廷握手。我爸搞不清楚我這樣說，到底算是支持還是不支持民進黨。

少女時，我對我爸的反彈，也在於這個我還不知道用「沒文化」來形容的感受。我越來越向我媽靠攏。在幾次出國旅行中，我就發現，我爸到哪裡都不知道是去「旅遊」，他覺得旅社太舒適，連離開都覺得可惜，他捨不得走出去參觀各處，幾次做出他「只要待在旅社就好」這種請求。我氣極了。我們去峇里島時，他和他經常金援民進黨的朋友們，更是讓我火冒三丈。因為他們只會說：「這裡經濟還沒發展喔，應該比台灣窮。」——之類之類。我不客氣地嗆了他們一些話，意思是，就算經濟發展是不同的，不代表在藝術文化上，就沒有值得我們學習的地方。嚇得同行的大人紛紛改口：是是，妹妹說得是。妹妹說得是。文化也是我們要學習的。要學習要學習。然後每當我停下來看什麼東西，他們就在我身後一遍遍說：「文化也是我們要學習的。」讓我討厭得不得了。反觀我媽，當我跟她要求，想帶回一個峇里島的大型木雕，她可沒有一句廢話，不但幫我出錢，也沒有一句話，嫌那東西占地方不方便。

爸爸和媽媽，誰是比較有文化的，已經悄悄易了位。那是什麼？我並沒有聽過我媽說出任何高明的見解，她時常弄混名字也讓我糾正不已。她會把楊渡[15]做的事，當成楊照[16]做的，對我說了半天，最後讓我評語道：「妳說的完全不可能，妳一定是把楊渡做的事，算到楊照頭上去了。」——但是我和我媽，已逐漸齊一陣線，她還是經常結巴，有時換來我「妳不要人云亦云」的斥責，然而我們浸淫在某些對話裡面，那些東西我爸辦不到，我曾經以為那是因為他有政治自大狂，仔細想想，我媽說的「童年失教」，也是對的。

小學開始，我媽帶著我和我妹，不是看畫展，就是聽音樂會或歌劇，幾乎任何兒童可以參與的藝術活動，我想我都沾過邊。這些活動，我爸一律缺席，我只以為他忙或懶，從沒想過是因為他不適應，或是害怕暴露自己——高中時，對我和同學要一起去國家音樂廳聽音樂的活動，我媽已經首肯與放行，而我爸對音樂會的最關心點，如同他對我說過：「我不知道我可不可以在裡面睡著，我想我一定要堅持到最後，不要睡著，但是我看到妳呂伯伯先睡著了，我就鬆了一口氣，我也放心睡了一覺。」——呂伯伯，Alice 的爸爸，我擔心會帶壞我爸的有錢人與民進黨的

15　楊渡（1958-），作家。曾任國民黨文傳會主委。

16　楊照（1963-），作家。曾任民主進步黨中央黨部國際事務部主任。

金主，他也會買音樂會的票請我爸去聽，原因不外，音樂會的票是多麼昂貴難得，或是音樂會的演奏者「也很愛台灣」——但是他們去了，都只有睡覺的分，我覺得好笑，倒沒有看不起的感覺。那時我已經開始注意社會不平等，但我還沒有能力分辨出，我從我媽那裡繼承到的文化，也是社會不平等下，優勢者的文化慣習。我只是很高興，與一直要掌控我人生走向的我爸，能夠走得遠一些。

我媽是有文化的，那首先是對精緻藝術有親近的慣性，也就是一般人所說的風雅。這絕不是因為她是個小學老師的關係——她在做這些事時，就是非常駕輕就熟——因為她是在重溫她的童年。而我在這當中，拼湊外公外婆的模樣。受過日本教育，歷經兩個不同政權統治的外公外婆，他們曾經非常有文化——某種教養的東西，即使經過許多年之後，我仍會從我媽在音樂會中等待音樂開始的瞬間，或是她向我問起某個戲劇時，感受到那種氣氛——某種優雅、滿足、有歸屬感——可以泛稱為藝術愛好者的生活方式。

——這是與台灣人就是比較貧窮或俗氣的大中國觀點所給出的印象，南轅北轍的。她只是受到壓抑，我開始懂得與能夠領會這個部分。——不要跟她說中華文化那套，說那套妳就會感覺她像一匹眼睛給蒙了布的馬，不敢邁步那樣地原地嘶喊。但如果妳對她說到西貝流士或是柴可夫斯基，她反而馬上就會眼睛睜圓、耳朵豎起。而她看到我架上的太宰治或夏目漱石，也會不顧我們劍拔弩張的母女關係，非常動情地想要借走一讀——那不是她的文學品味——她沒有文學品味可言——但那是外公外婆的書架。

我透過布置各種陷阱，想要看到那一代的人還魂出現——有一次，我故意把龍瑛宗的一本書落在顯眼之處，我媽馬上就落入陷阱。她不但八卦起龍瑛宗，連作家的兒子做過什麼事，都喋喋不休。她還說起，她看過改編的龍瑛宗作品。「就是在水源劇場演的那一次吧？」我假裝不怎麼在意地提起。「妳怎麼知道？」她非常驚喜，我不置可否——我們之間的爭鬥還未完末了，我要了解外公外婆，還是得經過她，她隱約知道她有這張王牌，但是如果我顯得太見獵心喜，她會藉此勒索我，或誤導我。我必須隨時保持戒備。

傳承似乎是種倒過來的東西，我媽沒概念，外公外婆留在她身上的痕跡有什麼價值，她從沒那種信心對我主動說起——每一次，都是我暗中研究過後，再布置陷阱給她，從而偷到一絲半縷外公外婆在世時的片段。因為如果妳好好問她：外公外婆讀什麼書？是什麼樣的人？那她只會說：不知道。不記得。當我媽絮絮叨叨地說著劇場演得如何如何，我悄悄在心中龍瑛宗的名字前打了個勾——嗯，這也與外公外婆有關。

成年後，我不怎麼花心思在衣服上，總是買三五百元的平價服飾。有次我的一個法國朋友要遠行，我們決定給他買兩件高檔衣服，用來預備「萬一你要參加什麼灰姑娘的宴會」。買完衣服後，朋友臉色蒼白地問我：「怎麼妳那麼懂？妳挑衣服的樣子，好像妳很習慣這些地方？」——平日我們都是一派窮學生的風格，用三明治或自動販賣機的咖啡度日——因為他是法國人，我覺得實話實說沒關係，我很乾脆地告訴他：「因為我媽小時候是有錢人家的小孩，所以我有些東西不怎麼學，我就是知道。」

某種貴族氣——是我自己並不清楚的。比如說，認識萱瑄以後，我們曾互問對方高中時，父母給自己多少零用錢，萱瑄的數目是我的好幾倍，且她國中起，讀的都是私立學校，我們交往不久，她甚至大手筆地買了不少電器類的昂貴用品作禮物給我（以今日眼光來看，她大概會送我手機之類吧）——我有些吃驚，很自然地，把她當成富貴人家出身。但是事實上，我是隱瞞了，我對她真正的感受。她曾對我抱怨，她的某個前女友，非常嫌棄她的衣著品味，不只言語上對她指三道四，甚至因為看不慣，而親自買些新的衣物要她換上。萱瑄以一種控訴歧視與打算發動階級鬥爭的口吻說到這事，這使我有了概念，知道這類事很傷，從此在這上頭非常謹慎，避免碰觸。然而我真正的感覺是什麼？是我也非常看她不慣。從我的角度看，她只知道花極端昂貴的價錢，但是買的東西，並沒有那個價值——這種東西，才是會讓人知道，她的階級文化——但這種感覺，我很小心地不讓她知道。

即使很多年後，有次我得知當時戀人的母親在他生日時，送了他一隻錶——價位並不高——那價位甚至是萱瑄會不屑的。但這種適中、這種合宜——馬上引發了我極度愉悅與讚賞之情——這種對戀人成長背景的認同，立刻轉換成某種愛的能量——我一面感覺到這種轉換，一面感覺到，我其實是在羞辱萱瑄——在記憶裡。因為自始至終，我對她，最缺乏的就是這種讚賞——表面看來，我似乎不特別認同，某種家庭生活留下的階級印記，但事實上，這些東西仍然非常頑固，祕密地以某種自誇的形式存在著。不是錢的問題，比錢要複雜。這是為什麼即使當年我打的工比萱瑄多，過得比萱瑄清苦，都還是讓萱瑄在某些時刻，對我破口大罵，罵的是「妳這個中產階級」

——愛情會在什麼地方出錯呢？很多地方。

我認為她攻擊我的，是我沒辦法的東西，我沒法立刻轉變成另一種人，彷彿我有另一種成長背景，彷彿我有與她較相近的過去——。在我們之間，某種階級差異的問題，持續以隱藏與憂傷的憤怒爆發著。「中產階級」這四個字，也許不是罵得非常好，如果深入這個問題，挖掘此間的情緒，我會想在萱瑄口中，放入更尖銳與冗長的對白，不只用一種標籤，而是用更多比喻與細節，來暴露兩人之間的誤解、暴力以及無力感。但事實上，她說的話根本不那麼重要，與其說那是個標籤，不如說那是她對我投擲某物，某物可以是個盤子、拖鞋或是書，但盤子、拖鞋與書本身，不負載什麼意義，重點是那個飛越之物，用它力與美的弧線，勾勒我們之間的裂痕。杜斯妥也夫斯基寫過：當孩子們沒有精確的語言時，他們萬分精確地打架。我們總是經驗的孩子，也許一生都是。我覺得對我怒目相視且出言不遜的萱瑄，非常醜惡，但是我之所以，一次次回到那個受到打擊的瞬間，原因在於，我知道，即便丟東西是不對的，它卻比語言更精確先達，是一種痛苦與反抗：此處缺乏某事某物某說法。

萱瑄的父母在家鄉經營五金行。第一次萱瑄帶我去玩（以好朋友身分，並未出櫃的狀態），萱瑄媽媽就要我幫忙擦拭五金行的貨物和拖地板，萱瑄為此與她媽媽大吵了一架。萱瑄不管我拚命告訴她，我玩得很開心，很有「參與感」，我覺得，萱瑄媽是為了表示，她沒有把我當成外人，為了讓我知道，什麼是他們生活的實情——因為當天我所做的事，不過就是平日萱瑄回家都要幫忙做的。我覺得很感謝，也很溫馨——萱瑄媽讓我看到真實的一面。但萱瑄不聽我的。她既害怕我的屬性，也害怕自己的。因為有差異，我們就有可能分離，我們或許都害怕——我們終究不能打成一片。在住在萱瑄家中的那個週末，我發現，因為要輪流照顧生意的關係，萱瑄一家人，並沒有我以為通行世界的全家圍坐桌邊進餐的儀式——我第一次見識這，完全是種文化震撼。我很想與人分享我所受的震撼，但我不敢也不能對萱瑄說——那裡有什麼敏感的東西，我覺得默不作聲或裝傻，比較不會傷了感情。

很自然地，我更不敢告訴她，那段時間，我真的覺得難受的事，是萱瑄媽趁萱瑄不在場時，問了我媽的職業，並且說了一些話。意思近似小學老師一點都不辛苦，言談之間，酸苦的程度，使我整個茫然失措。我客氣地附和她，但我心裡挺傷心。我想到，有次有流氓的小孩帶刀上學，雖然我媽及時發現，並阻擋住悲劇，卻在之後，長時間吃不好睡不好。因為每堂課，她都要保持全副精神，我知道，她總不停給自己灌紅茶——這些想法，是我看著萱瑄母親的臉時，心裡想著，嘴巴上卻說不出來的。當時是我，第一次直接面對這種差異——這些差異，只有在與他人緊密生活時，才會浮現。而我首次與人緊密生活，是從與萱瑄開始。沒有經驗之下，我經常選擇閃避或是沉默。我是否因為鎖住記憶，而磨損了我對萱瑄的感情？這是很有可能的。不說的事，並不會因此不存在。我既不能以萱瑄的方式，也不能以自己的方式感受人事物。那些看似微小的撕扯，在當時彷彿無關大局的剝落，但點點滴滴累積後，也會變成一推即倒的危樓。

戀愛的真義，就是和不一樣的人創造經驗，如果是和妳一模一樣的人混在一起，那不過只是自淫罷了。我和萱瑄，那個後來失敗到慘不忍睹的感情經驗，在「和不一樣的人創造經驗」的這個戀愛尺度上，也曾在一開始，非常符合理想，完完全全，不在自淫的範疇。因為我們是如此不同……。

我常覺得，我和萱瑄的歷史，某種程度上，仍然承續了我父母的祕謀，那種非常想要肯定族群融合的理想。我以為，我當年，完全不會去考慮一個，和我背景比較類似的人，所謂「芋仔番薯」，或是脫外省性的外省人——這遠遠不夠。——如果有意去「外獨會」之類的地方混一混，這也未必沒有可能。然而，這不是當年事情會發展的方向。萱瑄的閩南家庭背景，原來是我非常嚮往的。通婚是比較好的，我總是這樣想。有次，我跟一個法國朋友聊起在台灣的「異族通婚」，他詫笑起來：「異族？不能這樣用吧？你們能夠有多異呢？你們總是相近更甚相距的。」我也笑了：「從你們的觀點來說，我們當然非常相像；但從我們的觀點來說，我們的差別是很要命的。」

這真是個奇異的島嶼，不只有像我這樣，一心想進入閩南圈子的外省。台獨到不能再台獨的高中同學恰恰，只要想到我跟台灣人的叛徒冬樹總是保持聯絡，就七竅生煙的恰恰，經年累月地，她談戀愛的對象，非常詭異地，總是外省第三代，甚至還不是外獨會的。「愛嘛，我想我還是比較愛台灣人，但在一起就不行了，不知道為什麼。」恰恰一度這樣自剖過，「我覺得台灣人的心理，太不安定了。幹，我為什麼老是在跟外省人戀愛。」她的幾段情史起落，我都有幸知道關鍵時刻的發展。有段時間我們都忙，她結婚時我也不在台灣，隔了許久才重新聯絡上。有年新年我們約出來見面，一如往常，她將台獨大業近況說了一陣之後，我想總還是要知道的，我盡可能輕描淡寫地問：「妳先生的政治立場，大概像什麼呢？」

「什麼政治屁立場，他媽的，又是一個外省人，還是個新黨。」

她手裡抱著出生不久的新生兒：「妳知道我是打死不退的台獨，不知為何上天要懲罰我，讓我擺脫不掉死外省人。死新黨。」她在我面前罵起外省人，不像萱瑄有許多曲曲折折，總是很痛快淋漓。那也從來不影響我們的交情，不只因為我們是一起長大的，也因為我們有默契，她能在我面前這樣發洩，這說明了很多事。我是高興的。

恰恰表面看來像沒什麼心眼，高中國文課，班上演紅樓夢，她演的就是劉姥姥。但我永遠忘不了，有次她得順道送東西，去給個什麼台獨長輩，方便起見，我們沒有分開，一起去到現場。才進門，她就大著嗓門道：「你們知道賀殷殷她剛剛跟我說什麼？她說你們家前面那個民生公園，她小時候都在那裡參加黨外政見發表會哩。」——我在心底立刻髒話連連，詫喜她這樣心細如髮。她是怕我「一看就像外省人」會給吃了嗎？也真難為她急中生智就地取材，這樣對我先行保護。我在路上跟她說起民生公園，純是懷舊成分，但想來，她在來到現場一路上，已經轉了好久念頭，該怎麼化解，我可能會令人尷尬的存在。幾個老先生抬眼看我，目光如電。我不知道，恰恰這樣做有無必要，但我感到柔情似水。「是這樣嗎？以前在你們家前面的公園，有政見發表會？」恰恰問。是這樣沒錯，在場的人回答她。我知道，即使接下來我根本說不來台語，都沒什麼關係了。——我從來不特別覺得自己需要保護，恰恰這樣體貼入微，既令我莞爾，也讓我感動。也許在生命結束之前，我們都無法找到那個答案，為什麼我們都活得那麼像異族互槓，但又不能停止保護對方？恰恰能跟新黨的男人結婚，這實在要比我和萱瑄一度攜手，要怪上許多了。

我不是恰恰，我不能了解她全部的心路歷程，在我看來，像我這樣的外省第三代，會想要親近閩客文化，似乎比她合邏輯。因為，這就是「我媽是有文化」的另一層意思。拿我爸做例子，他有那麼多理論，但他是沒有某種底蘊的——他加入台灣這個想像共同體的方式，非常人工化。他或許可以吃掉最多的蚵仔煎或滷肉飯，但他的記憶，作為台灣人的記憶，實在太短了——就算他後來精通了台語，懂得比大部分人多台語的典故或俏皮話，熟記所有寫出來的台灣史內容（這就是他會發憤去做的事），他最多也只可能作為某種樣板，而總是缺了什麼。這種缺乏，不是用心用力就能改變的，因為他缺的正是時間——而時間，是很難像魔術一樣變出來的。時間非常重要。

當然人們可以對一個地方或一種歷史一見鍾情——在我爸的例子中，你幾乎可以算他是一見鍾情了（可以說，他是精神上被黃信介抱養去的孩子），他成年所有的時間，幾乎都用來認同，某種以台灣為主體的政治發展。雖然我認為他做的努力，有許多相當無聊、非常政治動物。但不可諱言地，透過教育或思想啟蒙，一個人可以從多大的程度自我改造，他仍然是種模範——我從他那裡，得到最多的，不是他的一些政治廢話，而是時間。——只是時間。

他替我省下許多時間。除了沒讓我跟著中國中心主義兜圈子（但這並不妨礙我熟讀中國的文學經典），讓我自小就知道「可以忘本」，甚至「必須忘本」，這使得我的時間，大大自由。而在他們那種時間不足的外省人身上，所不能有的深層知覺，我在我媽身上，反而可以輕易看到。雖然她是那樣一個充滿缺陷的記憶出錯載體：沒有方法、欠缺座標、不懂連貫、不分輕重——但是那裡面，有著確確實實的時間。就像雜亂四散的毛線，初看簡直與垃圾無異，但只要經過整理，毛線作為毛線的性質，不只沒有失去，它還非常長、非常堅韌、甚至還可以美麗。小時候，我對於我媽要塞給我的毛線團，是多麼憤怒啊！因為它們要樣子沒樣子，要重量沒重量——跟小朱一樣，我媽是個不會說故事的人。不管是大稻埕還是客家村，在走過台灣各地時，她都有許多話要說，這裡從前是做什麼的，住過哪些哪些人——但是她的敘述，往往像剪壞的剪報一樣，不是從中間開始，就是沒頭沒尾。

「妳到底是要說什麼？」「為什麼沒有然後呢？」「妳告訴我這，這是什麼意思？」——這些都是我童年大發脾氣質問我媽的常用句。而她也對我很不爽：「我沒有要說什麼，我只是隨便說說。」「然後？什麼然後？我不知道有什麼然後。」「那有什麼意思？要有什麼意思？」——在從我爸那裡聽慣首尾相連、寓意明白的《西遊記》或《三國演義》之後，我媽好比《尤里西斯》或是《燈塔行》的段落，每每令我厭棄。在我聽來，那些全與囈語無異，不但折磨我的智力，似乎也像某種魔女的咒術般，正在偷走我的感情。太居心叵測了。

為什麼不會好好跟我說話？明眼人當然看得出來，我媽的語言破碎、記憶紊亂、表達模糊，這絕對不是她個人號稱的「因為我數學比較好的關係」，還因為她身在一個，甚至比閩南人，還被邊緣化的客家族群，她的失語是非常典型的被殖民。二十歲之後，我學會不聽她說些什麼，而是從「她為什麼說話」聽起。每逢她發出一些我聽不懂的牢騷，我就去翻找台灣史文獻或是文學作品。我用這種方式進出台灣史，往往發現，就像萱瑄對我丟東西，是具有某種準確性的動作；

我媽的胡言亂語也一樣，它本身讓人聽不懂，但就像狼煙一樣，如果尋著訊號找過去，那裡總有些什麼。——有時甚至是重大的東西。

不過，還有另一個角度，更奇怪，更不為人知的，可以解釋「我媽是有文化的」這七個字。不再是因為她是文雅的，不再因為她比較在地，而必須從美國作家菲力普·羅斯寫過的一本書說起。這本叫做《人性污點》的小說，寫過一個人物，可以與《心靈捕手》的數學天才，放在一起看。這兩個作品，都指向一個理論，那就是某種暴力的受害者，會以一種非常特殊的方式，來表達他們自己，他們會把自己的天才變成白癡，並且有意識地，讓自己從有文化的人，變得看似毫無文化。

墜落、下陷、系統化的自暴自棄、直到成為低得不能再低的底層。在《人性污點》中，一個深諳古典文學的女人，竟可以用心靈力量就使自己變成，連拼字也不行的半文盲。——她選擇做一個清潔工，這樣變造自己，用某種不輸恐怖片的真誠與決心。他們既不用語言也不用文字控訴，而是把自己的人生，直接做成受害的活標本。這種殘破，讓我覺得似曾相識。因為它讓我想到，身上總帶有一種見不得人氣息的，我的母親。那個我越想看到她的精神輪廓，越用破碎亂影打壞我視線的女人。我停留在那頁書之前，久久難以平息。

但這也是一種文化，不是嗎？不要小看活標本。就像不要小看化石與遺骸。

我不能不這麼想：在自願成為文化屍體的人身上，存在的渴望未必是被消滅，而是被解剖——這是他們參與文明的方式。解剖是否會發生？誰也不敢保證。世上固然有以對話或外部觀察就可以了解的生命，但一定也有——非經解剖，無人能知曉其內容的人生。——那是比被殖民更沒有政治性、更無力、更卑賤、更難翻身——。以活屍形態立身的——「更被殖民者」。

小說與電影的例子，都指向，亂倫或性侵，是這種族群的起源。可是，難道我媽，她會是個亂倫受害者嗎？這樣懷疑自己的母親，對嗎？好嗎？該繼續想下去嗎？

抹去自己的能力，毀損記憶的檔案——這似乎更像，在下我本人，現在正進行的工程。這些我所說所憶，都是必須消滅的，不是自然而然，而是在意願與意志之下。顛顛倒倒、搖搖晃晃、閃閃爍爍，這都是一種，我們還不夠了解的受暴心靈嗎？我有充分的理由，做此懷疑嗎？

如果我的懷疑成立，我能否反向證明，因為我能夠書寫，因為我代表文盲的對立詞，因為我持守文化，甚至文學天才，所以，我和我媽，我們會是兩種——完完全全不同的人類？以經受亂倫與未經受亂倫為分界？

第十二章

JJ是個比我大三歲的法國男人，勻稱、乾淨、細心；如果你在白天遇見他，絕對想像不到，只要到了夜晚，他就嗜酒如命。他依賴酒精的程度，可以從一件事看出來：即使到了麥當勞，他都點啤酒。在那之前，我甚至不知道麥當勞提供酒精；我用一種商量的口氣問他，可不可以不喝酒，他就翻臉了。然而事情也並沒有鬧到不可收拾的地步。我讓了步。我們聊天，並且因為沉醉於談話，在我第一次轉頭，並想知道時間的那刻，我看到麥當勞的員工，已把我們四周的椅子都疊到桌子上頭，開始打烊前的清掃工作。

不感覺到時間的流逝——這是愛情的特徵。十三歲時我和小朱在一起，就曾毫無防備地體驗過這個世界。但是身為時間表被父母師長嚴格控管的青少女，當時這種使我防不勝防的超自然體驗，經常使我非我所願地誤了回家時刻或返回課堂，招致一連串更大範圍的監視。當我三十多歲時，重新經歷同樣的東西，或許是因為我的身體已經用舊了；我的時間表也沒有那麼多外力介入的盤點清算——這份無時間感，雖然再度令我訝異，但它的面貌變得柔和許多。任何時刻我都戴著腕錶，但愛情的魔力，就在於它會使人永遠太晚看錶。

我對JJ的認識是從一連串誤解開始的。最初我以為，他身上尊重人的氣質，是因為他很年輕，但是很快我發現，他年紀比我還大；我又從他愛美，以及他與不論同性或異性相處時，都沒有太多矯揉造作，推測他可能是同志──但我們就這樣以朋友身分出遊三年後，他這樣坦然說道：「確實很多人都誤會，但我可以跟妳證實，我是個異性戀。」

之後我也推敲，很可能他的家族裡，有很多與法國以外的人通婚與混血的狀態，這是為什麼他對待無論什麼人，都很兄弟姊妹──我一開始甚至很確定，他一定有在法國最被歧視的阿拉伯人的血緣，使他對每個人，可以那麼地無偏見。然而，當我們詳細討論過他的家譜後，我的假設一一被推翻。無論父系母系，他們都是好幾代的法國人。他父母都出生在法國南部的小鎮，那些小鎮，因為偏遠的緣故，並沒有太多其他種族的人移入。我又聯想到家庭薰陶的關係，因為我身邊很多有平等精神的朋友，都是法國共產黨或其他左派家庭的子女，「平等」對他們來說，頗有「鐵的紀律」的味道在，任何時刻，他們都不會傷害我，但是他們念茲在茲大環境的各種歧視，使他們即使不傷害我，也令我有些緊張──好像他們是要通過考試的學生，而我除了給他們打分，也負有對他們品格的認證功能。但是這樣的例子，結果也不適用於JJ。他的父母，因為工作的關係，一直都遠在異鄉，被年老的祖父母帶大的他，童年最深刻的感受就是：需要有人在身邊時，一個人都沒有。──他的祖父母單純沒有太多想法，甚至經常跟不太上各種社會變化。手機對他們來說，就像一隻會跳又會叫的恐龍，偶爾我在JJ身邊聽他在手機裡安撫他的祖父母，總讓我忍俊不禁。但是JJ對人的看法，大抵可以歸為一句話：需要時，他們都不存在。

「但是，你小時候總有隻貓吧？」我問他。「貓倒是有的，還有兩隻呢。」他露出一點笑容說道。所以我的政治啟蒙歸因也失敗了——總不會是貓教了他一切吧？我安慰他：「我小時候，可是連貓都沒有呢。」JJ的政治想法非常不切實際，他真正愛得很深的，只是他成長的小村子，我們花很多時間，看他拍那裡的各種石頭照片——或許因為他摯愛的是那麼小的一個地方，他對台灣的各種小——無論是地理或人口上的小，或是政治與經濟上的小——全都不看在眼裡。「我們很小。」我謹慎地說。「我們比你們更小。」他抗議道。

我從來不對他說些政治上的什麼，我們談各自的生活與朋友，偶爾也說到一些書和電影。但是當輪到他指定我們要去看的電影時，他指定的，總是那些與獨立運動有關的，有夠冷門的片。看完電影後，在小咖啡廳裡，我們很自然地談及巴斯克、愛爾蘭、阿爾及利亞、演員的表現與電影手法——我們從來不談及台灣，從不。有次我急著過馬路，忽然他把我拉了回來，問我說：「妳可以教我說『踢被（法語發音的圖博）獨立』的中文說法嗎？」在喧囂的車聲中，我雙眼看著紅綠燈的紅燈亮著，我教了他——這是我們最政治的一次談話。——我一直很愛他的，就是他的不直接。我們的談話，不能左右歷史的發展，也拯救不了什麼政治困境（如果有困境），但JJ甚至連我的沉默都不忽視，他不強迫我開口，卻從不放棄讓我了解我自己的沉默——這當然不是政治史，可是這在戀愛一事上，是個境界——也許有天人類的政治與文化都可以走到這種高度，也未可知。那瞬間，我覺得他真的很像一隻貓，而我也是。

我覺得我沒有白學了法語。

關於ＪＪ，我相信隨著時間，我會很自然地遺忘他，但就像某些人生的幸福時刻會被遺忘，但它們並非不存在。我從ＪＪ身上學到的是，一個人只要對妳夠好，你們之間的記憶，甚至絲毫都不重要。為什麼？我想是因為，當沒有太多疑惑與痛苦時，我們並不需要藉由記憶的整理與鋪陳，去了解什麼。記憶終究是一連串討論的過程，想要知道我們得到了什麼，失去了什麼。但是關於愛，如果我們經驗過，我們就是經驗過了，失去愛的記憶，從不意謂著失去愛——因為最深的愛，是比記憶深的，它會直接變成我們身上最不可言傳的一部分，使我們成為愛本身，我們本身，本能地知道這件事。

如果此刻我談及ＪＪ，與ＪＪ這個人，並沒有太深的關係。

我問他：「截至目前為止，你做過最大的蠢事是什麼？」

他告訴了我。在博士論文口試前夕，因為指導教授與女朋友的雙重背叛，使他放棄了自己的博士論文，跑到一個幾無人知的小島上，整整自我放逐了一年。

我低低地驚呼了一下，答道：「雖然我也曾被嚴重背叛過，但完全沒有你狀況嚴重。」

我雖然也跑到了法國，但我並沒有立刻退縮——我對人在創傷之時的退縮，相當有概念。我之所以跑到法國重拾學業，就是一方面掩蓋自己、一方面強制自己——不要在退縮會出現的人生階段，退縮得太過厲害。

我告訴他，我並沒有經歷過比他更嚴重的背叛——這句話，主要是這句話，引起了我自己多年後的注意。——在這句話中，我究竟在說什麼？

我是用什麼，在跟他比較？

事實上，我首先比較的是，我被背叛時，並沒有博士論文的口試要通過。坦白說，背叛這一類的事，時機還是很關鍵的。我拿來比較的是，萱瑄和我的朋友凱特暗通款曲的時刻。我認為，我當時雖然也相當需要朋友與支持，但是背叛被揭露的時機，並未落在我會歸為人生大事如口試前夕的時刻點上，我和萱瑄，出於某種世故，我們攤開來說的時間點，我的評估是「還好」——隔天我只有一個法國文學的科目要通過，那是我平日就準備得不錯的一堂課，所以即使在前晚哭到脫力，也沒讓我放棄考試。出來的成績仍然相當不錯——當然啦，我如果計較一點，我真覺得，如果她能更義氣一點，拖到我考完試後，是更體貼一些——但是既然體貼一向就不是萱瑄的長處，我對整件事的關注點，可以說只在不斷慶幸：至少她沒選在比較難的考試之前。

然而，我真正要說的是——我用法國文學考試的前夕，與JJ博士論文口試相比較，這說明了另外一件事。那就是當JJ談起「背叛」，並沒有讓我想起我的兩次「爆炸」。我並沒有用我的兩次「爆炸」，來跟JJ所說的背叛相比較。

這讓我明白了幾件事。一個是「爆炸」，並不經常出現在我提取記憶的範圍內——這就像有人談起感冒，我們通常就談感冒，不會談及命懸一夕的急救手術；有人談到貓走失，你會想起狗不見或鳥飛走——不會談到擄人勒贖或是綁架——就算我們剛好是這類犯罪的受害人。因此，在一個表面情境下，如果一個人曾經動過可怕的手術或瀕臨死亡威脅，在人與人的交往中，他很可能，反而更像一個幸運的人，因為他既沒有患上感冒，也沒有丟了一隻貓。

這也就是在大部分社會生活中，我會出現的樣貌——這不是一種有意的誤導。這是一種非常現實的情勢。極端的經驗，不只不適合，也少有機會，變成日常對話的主題。這樣的結果是，無論經驗者或未經驗者，都很容易低估「極端經驗」實際存在的比例。

我有一個朋友GT去紐約上大學，不知是什麼課程中，兩個美國女學生，選擇報告她們本身被強暴的經驗，做社會學還是人類學方法之類的檢討——GT回台灣後，對我一再重複：「但是她們是那麼聰明的兩個人，強暴怎麼可能會發生在她們身上？我聽她們的報告，我只覺得難以置信。」我一再對她說：這跟一個人聰不聰明是沒有關係的。難道聰明人開車上路，就不會被其他人撞死嗎？但是GT還是很堅持。GT覺得那兩個美國女學生優秀與能幹的形象，就是很難讓她把「被強暴者」，與她們連在一起。

也許最適合說明我第一次爆炸的性質，並非爆炸的內容，而是一件幾乎微不足道的小事。

小風鈴——這個名字還是我取的——因為她的聲音叮叮咚咚地好聽，有天我開玩笑說，社團裡有她出現，就像掛了一串風鈴一樣，滿室生音樂。其他人覺得這個說法好玩，「小風鈴」這個綽號就不脛而走起來了。

小風鈴生得就像宮崎駿動畫裡永恆的少女，而我據說看起來很威嚴——所以我們倆一道出現時，小風鈴的角色，常常就像一個女性主義者新手，而我，我則有點像她的保護者。小風鈴不無幾分苦惱地跟我說過，她恐怕學不來其他女性主義者，也許能夠達到張小虹[17]那樣的狀態，對她來說，就已經不錯了。我說：那妳就學張小虹。要做到像她那樣，也不容易。那個年代，我們喜歡張小虹，但很少有人會想要學她。因為她的形象溫和，普遍也被認為不如其他人有戰鬥力，張小虹被認為有助公關，但挑戰性有限——當然遇到有人批評她，我們也會七嘴八舌地為她辯護，說是不要看她從來不疾言厲色，她的風格也許更能細水長流之類。小風鈴對我說，她比較喜歡張小虹，雖然顯得她野心不大，但我喜歡她的坦白與真實，出入各種活動時，更加留意帶上她。一種類似私下協議的東西是，我負責衝、和人對辯、接過挑釁並回擊，小風鈴負責和善與風度——「往後如果女性主義運動擴散開來了，絕不會只需要辯論的人，能夠主持活動，調度談話，這樣的人才，我們一樣要從今天開始培養。」我這樣對小風鈴說道。

說起來那個年頭要衝的主題，初級得可憐，大約只是性別歧視是否存在，人權運動是否應有性別觀點——這種二十年後，變成常識的東西——但在當年，光是主張「性別」是個問題，所會遇到的攻擊火力，幾乎可以使我們每從演講場下來，都有種出生入死之感。「打完了美好的一役」——有次大戰之後，我們兩個走在漆黑的校園裡，誰也沒誇對方的表現，沒說什麼；但在黑暗中，小風鈴做了一個完全不張小虹的動作，她朝我身上狠狠揍了一拳，取代任何興奮與有成就感之語，我們都笑了。

小風鈴接社團社長時，我看似突然從社團消失。是小風鈴告訴我這事，我自己才注意到的。

17　張小虹（1961-），作家，女性主義運動者。

我對她說，原因一點也不特別，我只不過是因為在外租屋，被房租逼得緊了，打工打得沒日沒夜。小風鈴既然走的是張小虹路線，自然多少被劃歸為「沒有女同志潛力」——這與基因或性傾向無關，那時我們說的是，一個女生夠不夠勇敢、對社會歧視有沒有足夠的抗壓力。

這種類似楚河漢界的分別，一直隱然存在，同女分享所有的事，但我們跟直女只分享某部分。倒不是怕被歧視，而是同女當年，考慮到家庭壓力與未來職業的發展，往往都有不能出櫃的隱憂。很多直女沒法設身處地，有過幾次她們洩密給床頭人，床頭人又告訴自己的哥兒們的紀錄後，同女圈的普遍守則就是，我們互相保護，絕不外洩——我們都說，某某直女是非常好的，但她們就是很白癡。直女沒有同女的憂患意識。小風鈴因此也成為我只可有限交流的名單之一。也許她有方法，從某些人口中得知，我和萱瑄的關係，但我記憶中，我從未正式讓她知道，原因就在於當年的保密文化。

但除了大環境的因素外，還存在更隱密的事物。偶爾有種念頭會在我心上一閃而過。我那麼讚賞小風鈴的為人，且珍視彼此的友情，這份同袍之情，或許也標誌著我對直女身分的某種眷戀與鄉愁。這種直女間的姊妹情誼，多麼美好！也許我真正要的，不一定是同女的伴侶——天真直女間義無反顧的姊妹情誼，我暗中是深受吸引的。然而這種嚮往，是受一定程度的批判的——沉醉在姊妹情誼到一定地步，最後走上的路途，往往就是一同交男友，一同約會，成為互相砥礪的異性戀好姊妹。這樣的例子並不少。雖然很幽微，但對我並非毫無吸引力。畢竟和冬樹那種相親相愛，在我生命中，一直以它的安穩與恬淡召喚我。如果要我回憶我的女性主義社團經驗，帶給我最大懷念的，並不是和同女休戚與共的事件。我覺得最快樂的，最有個人幸福意味的，反而正是我與小風鈴，在黑暗中同走的那一段路。

這種近乎對同女社群的祕密背叛，自己當然覺得太過可恥而說不出口。但是萱瑄知道。偶爾，一旦我說出：然而我最好的一些朋友，都是一些直女時，我往往討得一頓訓話以及思想加強。而我對同女的認同，就又會再度占上風。我和小風鈴的友誼，雖然不太深刻，但是萱瑄知道我對她很欣賞。於是這也就發生了一種非常典型、隱密、並或許恐怖的同女防衛行為。

這種防衛，我在國中時就了解過。向我提出警告的，是一個有著奇怪姓氏「談」的女生。她是小朱某個前任女友K子的閨密，在小朱追求K子之前，「談」和K子一向形影不離。小學時，我和「談」曾經坐同一輛車，去參加全市的繪畫比賽，所以當小朱追求過K子又開始追求我時，我們和對方說起話來，並不像對彼此一無所知的陌生人。

那天我們坐在國中教室走廊的地板上，藉口一起看天上的落日夕陽。「談」試著對我說明，以我當時年紀，還有點難懂的事。「談」邊說邊哭，而我覺得我是了解了，但我還無法以自己的理解力表示。日後每隔幾年，「談」都會以意味深長的方式出現在我夢中，而我也以每次夢境變化的層次，更了解，那日夕陽裡，她與我深談，究竟意謂著什麼。

「談」說話的主旨是，小朱狠毒且心機深沉。「談」當時頂多十四、五歲，而十四、五歲的女孩，會覺得什麼樣的事，可以稱為狠毒與深沉，是我們必須考慮的。

「談」要告訴我的，不外乎，小朱為了追求K子，不惜以挑撥「談」與K子的友情為手段，這個手段之所以令「談」無招架之力，在於運用的是，我們對情欲難以言明的弱點。小朱的手法是，會同時對兩者展開曖昧攻勢，那麼無論「談」有沒有對小朱動心，有沒有與K子較量或背叛K子的意思，K子與「談」的感情關係，在這種情勢下，多半都是要完蛋了。這真是非常魔鬼的伎倆。以我對小朱的認識，我知道她真的會將這一套心理戰，運用得非常好。她只要暗示其中的可能性就夠了。她與「談」之間，也許並沒有任何可以算得上是交往的交往，但小朱只要無意間在K子面前說一句，她覺得「談」似乎對自己很有意思，「談」就會百口莫辯，就算把心剖出來給K子，也沒用了。——我知道這是真的，因為我聽過非常多小朱「無意之間的話」。

如果我將這事說給萱瑄聽，她一定會覺得「談」活該，誰教「談」沒有更好的方式讓K子信任她。而我，我卻會比較站在「談」的一方，因為我們仍然生活在一種假想的原則中，這番假想中，沒有任何人會採用卑鄙的手段——而被我們定義為卑鄙手段的東西，小朱與萱瑄都會認為，那並不算非常卑鄙。

她們會堅持這是平等的遊戲，其他人也可以動用各種虛張聲勢與兩面手法——然而，偶爾當我帶著彷彿「失樂園」的遺憾，想到所謂同女的情感世界，實在是因為我還帶有對「那之前的世界」的記憶。那份對同性之間兩小無猜的懷念，是如此深沉。有時，使我仍想要拒絕情欲的血腥爭戰。我總是帶著悲哀之情，想起在走廊夕陽殘熱中，我們終於埋葬的童年。

就是因為險惡、就是因為恐怖——所以才會被小朱吸引。因為在小朱暴露這一切時，我們所感受到的，不只是同性戀，還是一種我們想像中的「長大成人」。她敢。這份膽大包天，就讓我們覺得，她是力量與「世界」的來源。正因為被邪惡的手法嚇到，我們驚覺到自己身為小孩的無知。除了相處時的歡悅，罪惡的事，就像排起來宛如萬里長城的百科全書，它以「這就是大人世界」的知識姿勢誘惑我們。——把所有的人，都拖進對情欲的勾心鬥角中——這也是同性戀，這也是異性戀。但我對同性戀抱怨較多，因為我的了解較多。

情欲或許就像政治一樣，不想被弄髒手的人，只有退出。在我年輕的時候，我幾乎不敢想像，一個人想要放棄情欲或政治，那簡直就像，放棄作為人。但是，什麼是情欲？什麼又是政治？我們在一開始，並不是從對自己的認識出發的；相反地，我們總是取法於，在這兩個範疇比較活躍的人，至於這會造成什麼錯誤的認知，這就是另一回事了。

同女的防衛性出擊，因此也被萱瑄使用。——她連冬樹都試圖挑逗過，冬樹很為我保住面子地，言談得體地和我私下交換過意見。我跟冬樹說，萱瑄就是這麼嚴重。而在我的姊妹朋友裡面，則依品格、應變力與聰慧程度，對萱瑄的試探，各有各的反應。那自己弄到精神失常，以致在我面前半炫耀半求救的，我終究也不得不把她們剔除在朋友名單之外。當冬樹和我談論，談論這種同女的劣根性時，我們雖然用的是修飾過的含蓄語言，還是難以不將同性戀說成某種「下流髒東西」。萱瑄雖然是一勸就聽，但是轉過身，她就會故態復萌。

你看，摒棄同性戀是多麼美好。我有冬樹對我無保留的接納與支持，即使我知道冬樹也不無小虛榮，要通過萱瑄對她開出的誘惑條件，以我對冬樹的了解，我十分心疼她。我知道冬樹的弱點，但我從小就不利用它。而萱瑄是一知道冬樹的弱點（冬樹對於在感情上被承認重要性一直有虛榮），就百般試探。——在我來說：既然弱點在那，就不要誘惑它。而萱瑄總是認為：既然弱點在那，為什麼不要測試它？

關鍵在於要不要壯大同性戀的聲勢。正是因為，對於像我這樣的同女，返回前同女兩小無猜的直女姊妹情誼，始終是種莫大的引力，我的這種「就算不做同女，反正我有好姊妹，我也一樣能過得很好」的生存哲學，使得我即使表面上「從不亂來」，對同女族群盡忠盡孝，都使得我在實際上，從不對同志生命，具有堅定不移的性格，而會引得小朱或萱瑄感到有必要，即使惡劣、即使低級，也要「做一番處理」的原因。她們要說的是：別太信任妳的姊妹，別以為妳會有後路。讓我斬斷它給妳看。

而我始終意圖保持我的後路。這種念頭無需言明，萱瑄很容易從我跟許多直女依然非常要好的現象，讀出這種危機。這並不是她用挑明我的朋友們有哪些性格缺點，或是在政治上欠缺足夠覺醒這類說法，能夠動搖我的。性格缺點？從來都不非常在乎。政治覺醒？那並不是一切。能夠毒化喚作死黨的那種年少感情的東西很少。一個也許好笑但不無意義的類比就是，就像動不動就能回娘家的女人，我事實上並沒有成為好妻子的準備。

所以，我儘管反彈、蔑視，小朱或萱瑄，那種時不時動用戰略，離間我身後姊妹情誼的作法——有一部分的我，仍感覺，如果我也像她們那麼同女本位，我恐怕也會變得像她們一樣。

曾經有次，我更深刻理解到，這種姊妹交形成的困擾與誤判，一個小T曾經疑慮地告訴我，她完全不能明白，為什麼她的伴跟這種女生朋友，會有說不完的話，並且總是拉手拉腳地親密無間——而我和她的伴都覺得，這沒什麼好訝異的，這完全無涉情欲，她既不需嫉妒、更不用擔憂，因為那完全就是另一回事。但對於生命中較無這種娘家感情的同志來說，經常沒法確認眼前所見，是否是一種出軌，或是後來才流行起來的所謂PP戀。

萱瑄對此總是非常不甘。她總想望，可以把這東西，改造或翻轉成同性戀。我呢？我多半不置可否。我傾向於接受大部分事物原本的狀態。不是同性戀，又有什麼關係？妳又不完全了解別人的生命。

從我的角度來看，萱瑄找到機會就去挑逗小風鈴，以她就是想要知道，每個人是否都有可能成為同性戀的這種心理結構來說，非常一貫；如果這動機，同時又加上防禦我退回姊妹情誼的目標，這雖帶有幾分誤判的性質，但卻是有效的。我認為小風鈴被我帶累，她不該受到這種困擾。像萱瑄這種人，她就算實際上並沒有要「更進一步或真的怎麼樣」，她也總是以身試法地，要測試有多少人，有多少同女的成分。因為接受她，代表接受同性戀——姊妹情誼測不出這種東西的——萱瑄要的不是人們口頭上的不歧視，她的要是情欲的要——我們都不知道同志到底是不是天生的。我覺得身為少數也沒有關係，但萱瑄認為人多好辦事，能讓多一個人不確定自己是不是同志，這都能壯大聲勢。

萱瑄在接受自己「性真實」上，需要更集體的保障，她總是希望能在別人的回應中，確認這是「共有共享」的。大家都一樣，每個人，都同女。幾乎任何一個女人結婚，都會使她心情低落。她看異性戀女人，總像誤入歧途者，能挽回一個是一個。如果說當年我從來沒有很信這一套，我也沒有對她說，因為我覺得同情。如果一個人非同女不可，她很難不有像萱瑄那樣的危機感與擴張意識，我不願成為像萱瑄那樣的人，我並不怕說：成為同女，這並不是人生唯一一件重要的事。

萱瑄試探小風鈴，比起其他次，更讓我難過。我明白告訴萱瑄：要麼我們分了，妳愛做什麼就去做；要麼不要把妳的下三濫手段，用到小風鈴身上。萱瑄否認她有要分手的想法，所以，她只是想不顧後果地那樣生活。

我想起我剛認識萱瑄時，另一個女性主義者前輩，她似乎嗅到我可能變成同女的氣息，不無幾分愛惜地，提醒我：「能夠珍視女性主義價值與團結的女同志，畢竟還是極少數，有一天，妳可能還是會被犧牲。妳要知道，她們想的，跟我們並不一樣。」——前輩對我說出這番，只要公開說就會被圍剿的話語，我覺得很勇敢。但我當時沒把那話當一回事，還說給萱瑄聽，萱瑄當然大大責備前輩歧視同性戀。然而在我幾乎是「發現得太晚」，了解萱瑄確實四處挑起情欲風波，而非我想像的，看重某種和諧——偶爾，我會一個人傷感地想起前輩的話——曾有人試圖拉我一把——不是沒有人愛護我。只是我自己，畢竟想錯、看錯、做錯了。

自從挑逗事件發生過後，即使我一點也沒有責怪小風鈴的意思，我還是疏遠了她。只是因為我不想回憶起，這事前前後後，所有的悲傷。就像當年K子很可能只是因為小朱的一句話，就再也不與「談」說話——「談」就著紅熱晚霞痛哭流涕的景象，一再回到我心中，我沒有哭，只是在投入工作來忘記痛苦的時候，時不時會感到，當年的夕照，似乎仍映在我的臉頰上。這是事實的真相。只有我知道。

小風鈴再找到我時，我也不知道，我究竟在彼此的關係中，缺席了多久。她認為我拋棄了她，她只能「一遍遍回憶過去的美好往事」。我解釋說，我分身乏術，感情上從未忘記她。而且「因為我很放心，我聽到的消息，都說妳社長做得不錯」——這也是真的，我在小風鈴背後聽到對她的誇獎，不知有多高興。那些對她的褒獎，我都細心一一記住了，打算有天再遇到她時，數給她聽。

我們約在一個位於地下室的咖啡廳見面。那間咖啡廳，後來似乎也消失了。但我對那令我聯想到火柴盒的扁扁的空間，仍然記憶猶新。或許是因為在那發生的事，具有強烈的情緒意義，而我把情緒中密閉與壓縮的感覺，都投射到空間之中了。

小風鈴不知出了什麼問題，她在打給我的電話中，既發出語意不明的怨懟，也有匪夷所思的沉默。在這之前，我們既沒有爭吵，也沒有像那個年頭常有的，什麼因為路線之爭而有的意見不合。我的作風有時會被公開檢討，有人批評我，並沒有把社團的姊妹當成姊妹，過分公事公辦——也有認為我有明星氣質的問題，有些加入的社員只衝著我說話，彷彿加入的不是社團，而是賀殷殷的社團。這一類的事層出不窮，但我也相當固執。我堅持社團不是聯誼性社團，本就該對設定的目標，做出一定的成績；所謂明星氣質，我也有說不出的苦衷，我不了解為什麼社團的老人，遇到新人來時，總是因為太怕被拒絕，不能一馬當先地去招呼人，而是不冷不熱地——像怕受傷害的戀人那樣，原地等待。而我的不怕受傷害，就變成所謂的明星氣質。但小風鈴從來沒有加入過這一類的討論中。我對她的品格，一直有信心。

小風鈴談到她的憂鬱。她把自己與我比較。她認為我有太多優點，而那些優點，是她無論怎麼努力，都無法獲得的。我有點丈二金剛摸不著頭腦，以為這是那陣子經常流行的——「我不夠有自信，我想知道要怎樣更有自信」的社團談話。但是小風鈴原本是沒有這種惰性的——她是經常以學習代替抱怨的一個人。我告訴她，她完全想錯了。我才認為她有許多優點，是我即使想學，都學不來的。我告訴她，她是非常有方法的人。比如她一上任，就重新改變社團的空間布置，使得社團氣氛變好很多。像這樣子的東西——我自己從來都不會想到。談話很滑稽地變成一種討價還價。我們各自舉出對方有自己不曾擁有的優點——這對我來說並不難，因為坦白說，我也是用不無幾分崇拜色彩的感情，在看小風鈴——勤學但不書呆子，有行動力但不衝動——說到後來我累了，我不明白，她被什麼東西魘住了。

「因為我怎麼找，」小風鈴道，「也找不到妳的缺點。」

「這是不可能的！」我道，「當然我會盡可能把自己最好的一面拿出來，無緣無故的，我不會故意顯現我的缺點。」

「但是我還是覺得妳實在太完美了。」她甚至哽咽起來：「我不了解，妳為什麼可以那麼完美。」她還說到，每個人都覺得對抗父權壓迫很痛苦，大家都會想逃避，但我似乎不會。

我開始感覺，說理解決不了問題。我想要盡快搖醒小風鈴，不讓她在這種詭異的負面想法中自我毀滅。我不知道當時的我，算不算靈機一動，或福至心靈。

我對她說：「我只要對妳說一件事，我想就能改變妳的想法。妳要聽嗎？」

——我把我的第一次「爆炸」，用一句話說了給她聽。

她愣住。幾乎說不出話來。

「現在妳還覺得，我非常完美嗎？」

「不覺得了。」

「現在妳還覺得，我有太多優點，很值得羨慕嗎？」

「不覺得了。」

「現在妳不為妳自己，感到憂鬱了吧？」

「不，我不憂鬱了。」

這之後，我就再也沒見到小風鈴了。

直到離開地下室咖啡廳之後，我才感覺，我做的事，對自己是多麼殘忍。

這就是第一次「爆炸」的性質。

如果有什麼人覺得我身上存有優秀美好的氣質，如果有什麼人視我為得天獨厚的人才，我只需要讓他們知道，在我身上，存有過「爆炸」，「爆炸」就會凌駕所有的讚美或羨慕之情，使我成為——「沒有人會願意與之交換命運」的人。即使一刻也不可能。

我會做出這種事——不是深思熟慮的結果。

小風鈴真的是我想像中善良、美好、正直之人嗎？有一部分的我，確實是這麼想的；就因為她善良、美好、正直，她對「爆炸」的反應，完全合乎我對這些特質的預期。

也許小風鈴並不鄙視我——但我是一個爆炸過的人的事實，能帶給她如許安慰與自尊——這是我們無法迴避的真相。真相就是，我是那個人們腳底下——之下之下之人，既低且賤。

就像被暴露在眾人面前斷手斷腳的什麼天使肯尼一樣，我對這個世界具有某種強烈效果——非常有勵志意味地——沒有人會與我相比較——意思是，所有的人，都能很快地把自己與我做比較。而比較的結果就是，每個人都會知道：他擁有的比我多太多，他擁有的，是我永遠無法擁有的。我所沒有擁有的東西，是我用再多才華或品格，再多成功或迷人之處，都無法彌補的。只要說出我是誰，就足以讓每個人感覺幸福——因為感到比我幸福。

很難說，我有沒有，因為這個客觀的現實，而感到悲傷。很難說。

這是一件很怪異的事。我是說，肯尼經常鼓舞其他人；而事情總是，不是倒過來。

我擁有任何人都可以將自己的幸福建築於其上的痛苦——。

我只是想和大家一樣，我只是想做個普通人——很多身有殘缺的人，受苦的不是殘缺的不便——而是被排除於群體之外。社團裡有一個女生，她的啟蒙與女性主義運動沒有直接關係，而只是因為她有一個坐輪椅的姊姊。——許多坐輪椅的男人，都娶得到以雙腳站立的女人，為什麼同樣的例子，很少發生在坐輪椅的女人身上呢？她坐輪椅的姊姊對她說：我不相信，坐輪椅的女人，一定要嫁坐輪椅的男人。她問我：我姊姊可不可以算是女性主義者？我說，算的，對我來說，她算的。

坐輪椅——我有沒有用過類似的角度，去看自己的處境呢？坐輪椅的姊姊，能夠以輪椅勾勒處境，輪椅是很具體的。不會有人要人們假裝，輪椅並不存在。但是「爆炸」呢？在我所謂廣闊的無人世界裡，那只是個比喻。截至目前為止，它只是一個代稱。當我不再只是對著自己說話，而是對著像小風鈴這樣一個朋友說話，我是怎麼讓小風鈴明白「爆炸」的？——我是怎麼說「爆炸」，只用一句話——就用一句話，解消了小風鈴眼中我「完美無缺的形象」？

我是這樣對小風鈴說的：我在三歲那年，就被自己的父親侵犯。

我沒有輪椅、枴杖或是太陽眼鏡之類的物件，可以使您注意、或是猜到這個存在。

如果您因此以為我相當健全，甚至有一副將遠征奧林匹克運動會奪標的身手——

您就大大誤會了。我不是有意的。

必須還請您，多多原諒。

相信您明白，一時三刻，工廠或是發明家，尚且未能造出，像我們這樣的人，可以使用的輪椅、枴杖或眼鏡。

第十三章

飽經戰亂的兒童，最常有的兩個願望，一個是成為醫生；一個是成為記者。想要成為醫生的夢想很好了解，目睹了太多死亡，醫生代表了，救助與使人活下去的能力。但是，為什麼想要成為記者呢？去戰地協助兒童的心理醫生請問他們。戰地兒童回答道：讓人們知道，這裡發生過什麼事。這裡發生過什麼事？「戰爭」這兩個字，並不足以說明嗎？一定不足以。他們希望「外界」知情到什麼地步？我不能代替他們回答。但我可以想像，他們既怕失去生命，也怕戰爭的記憶，變成無人知曉之物。只要無人知曉，記憶就是無人認領的屍體，記憶就是不存在——那麼，他們本身，也是「不存在」。

有一個叫做史提芬的加拿大少年。他在年幼時，就被一個戀童犯拐走，那人除了侵犯他，還要他喊他「爸爸」。他們以「父子關係」共同生活了多年，後來這個戀童犯被逮到了。已經不再使用原名史提芬的史提芬，被送回他原來的家庭。但是沒有人能夠想像，他曾有什麼樣的經驗，他又是怎麼樣，能在這些經驗中活下來。史提芬不久就死於車禍意外，非常可能，那是一場經過偽造的自殺。人們真的希望他活下來嗎？當我從電視上知道這個真人真事時，我也許是十五歲，也許是十七歲。在我「廣闊的世界」裡，我是怎麼凝望史提芬的命運地？我一定做過某種思考，我也一定把自己與他做過比較。對於人們來說，我們絕對是怪物。不是因為我們被侵犯，而是我們活了下來。

首次被侵犯時，我還沒有清楚的時間概念，我知道小惠還沒有誕生，我還沒有上幼稚園。我長大後，用來推算我被侵犯時間的方法，是用排除法的，因為在那之後不久，發生過大水災，我們因此搬家。在搬家後我頂多是幼稚園中班或大班，而我之所以記得，那發生在幼稚園之前，是因為我記得上幼稚園時，要帶手帕衛生紙——但是我的手帕，我從來不能把它好好摺好，我總是捏成一團放進口袋——保持整齊清潔，又何必？在那個年紀，我已頹廢得無法好好摺一塊手帕。妳已經被糟蹋了。亂成一團的手帕，讓我心裡非常不舒服，但我心裡的無力感，讓我沒有辦法正視它：那些年，揉成一團的手帕，就是我的鏡中自我。年紀大一點的受害者，或許可以顯示出「對性出乎尋常的好奇」，或因為蹺課、吸毒或是不做功課等「變壞」的跡象，令其他人警覺——但是我太小了，小到連「變壞」的事，也做不出來。小到，我甚至沒法持續思考這件事太長的時間——寄望有人發現我口袋裡亂成一團的手帕，來問我「發生了什麼事嗎」？這事從來沒發生過。檢查手帕衛生紙時，總是只檢查帶了沒。而既然我次次都有記得帶，這微弱的訊號，從來只對我自己有過意義，沒有發送到，更遠的地方。幼稚園的老師都很疼愛我。

那時，我經常像念咒一樣，一遍遍對自己反覆洗腦：我愛我的幼稚園，我的幼稚園愛我。我愛我的幼稚園，我的幼稚園愛我。我沒有念出聲過，但我在這個咒語中尋求一種安全感。因為既然我已經知道我的父母不愛我，我也不愛他們——我一定要緊緊抓住某個東西——我沒有別的，我決定把我的情感，灌注在我的幼稚園上面。小孩是知道的，知道發生了嚴重的事，雖然在同時，並不知道「那是什麼」。

「那是什麼？」——在最靠近這個問話的地方，我曾有過想法。那個想法以這樣的形式出現在我腦海：在我的婚禮上，他們（爸爸媽媽）不會（良心不安）嗎？帶著這樣一個（記憶），我還能結婚嗎？因為詞彙還沒有發展足夠，所有我沒有詞彙的東西，都以類似「塡空未塡」的空白記號，被我放在心裡。非常奇異地，以當時的智力我能夠了解到，發生的事，關係到的，應該在與「我的婚禮」有關的範圍——「性」這個字，我不懂，也還不會用。幼稚園上學的第一天，坐我旁邊的小男孩會用手帕摺出三角形的胸部，把它放在自己的胸前走來走去，那是「媽媽」的意思，沒有猥褻或色情的概念。媽媽有ㄋㄟ　ㄋㄟ，但我們都還不懂成人世界約定成俗的性意味。我不知道「性」這個字，但非常不幸地，我既知道我已經知道「那有什麼」，我也知道那不屬於小孩的範疇——這幾乎是個奇蹟，我還沒有強大到有辦法對抗我的父親，但憑著說不出的本能與直覺，我很清楚知道「已經發生，不該發生」。

這對小孩來說，是件吃力的事。我稱為本能的東西，如果在其他小孩身上，沒有立刻發揮出來，也完全是我可以想像的。如果侵犯小孩的人，用了更多的拐騙與花招——但這剛好不是我的情況。我父親是黏膩在小孩身上，然後他就失控了。

曾經很長時間，那是他每天下班回家後的儀式。在一開始，因為我並沒有受到太強烈的刺激，我沒有感覺到有何不妥。直到變成侵犯，「剎那」就已經變成「太晚」。

即使在「爆炸」發生一段時間過後，我母親還讓我父親幫我洗澡（意即我的年紀還不到自己會洗澡的年紀）。在浴室裡，我記得我父親站在一旁，沒有靠近我，而我既不懂指揮我父親，也還不會自己洗澡，只好啪啪啪地用手打著水桶裡的水玩水。我母親大概是放下什麼忙著的事，來監督洗澡的進度。她走進來問：「屁屁有沒有洗乾淨？」我光著身子，停下玩水的動作。我聽到我父親說：「我不好意思。」「有什麼不好意思？」我母親沒有深究，三下兩下替我抹肥皂沖水，接手了洗澡的工程。——當我年紀稍長，能夠回想事情時，我試著理解那個站在浴室角落，連一根手指也不敢伸向女兒的男人——他當然是有問題的——他沒有能力，把女兒的身體當作沒有性意味的存在，嚴重到負擔不了，最一般的替小孩洗澡的任務。而知道把侵犯是與他下班這事連在一起的我，懂得在穿著衣服時，提防閃避父親；但在光著身子時，反而一點戒心也沒有——就連裸體與性的關聯，也還未進入我心中——洗澡當然是要把衣服脫掉，從媽媽換成爸爸洗，我沒覺得有什麼特別，甚至也還沒法，將不同時間發生的事的關聯性，連起來思考。

就連強暴數十人被定罪的陳進興，都描述自己「我是一個清心寡欲的人」——彷彿強暴完全是別人犯下的——清心寡欲、一派正經——所有犯下侵犯之罪的人，一定都有這樣的時刻與自我——但問題是，那些你們終究是侵犯了他人的事實，並不會因為你們也有不毛手毛腳的時刻而消失——就是老虎也不是看到每個人都會上前咬死人的。

雙重人格——某個蒙了面上電視現身說法的兒童侵犯者是這樣說的：「我會侵犯別人家的小

孩，但是我跟大家保證，我自己的小孩，我絕不會侵犯他們。」聽到這番話的現場觀眾，一片譁然，群情激昂——「既然知道侵犯自己的小孩是不對，為什麼還敢侵犯其他人的小孩？」令人驚心的是，蒙面人沒預料到其他人的憤怒，他以為大家會讚揚他僅有的人性。他仍為他自己「是個好人」爭辯——他至少沒對自己的小孩（他是有小孩的）下手。

我反對亂倫，有次我對心理醫生這樣說道。但是他說，亂倫並不需要反對，因為這並不是一個政治主張的東西——需要去贊成或去反對。亂倫本來就是禁止的。人類的法就是如此——這個問題甚至不用神經緊張。那麼，我是在哪裡？我是誰？沒有大部分人習而不察的，共同的命運？——。

法國的晚間新聞報導出現過這樣一則新聞，社區裡出現了侵犯兒童者，一個父親發現了這事，想辦法找到了那個犯罪者，將他扭送到警局。——如果是我爸，他可以怎麼做？當他找到那個侵犯兒童者，他要說什麼？——你好，我們是同好？你好，你並不孤單？你好，我也對我女兒做同樣的事？我們可以組成一個俱樂部？

事情最詭異的部分是，我爸還真有可能，變成打擊戀童的英雄。他有幾個特別關心兒童教育的朋友，他們平素除了一起批評國民黨，還一同組過出版社，專門出版「如何做一個真正的父母」這類的親職指導手冊。而我父親以筆名執筆的其中一篇，談的甚至是非禮對兒童的傷害，以及如果你的孩子被非禮後，做父母的可以怎樣幫助兒女。如果不是我自己就是他的受害者，教我怎麼相信，這樣一個捍衛兒童權益的人，本人就會侵犯自己的女兒？

困難。那份被寫在頹廢手帕上的無言書，始終難以浮現隻字片語。

有個警察在接受採訪時，說出過一個辦案經過：某地發生了綁架強暴案，始終難以偵破。懸宕多時之後，辦案的警員之一，注意到一個一直被忽略的線索。一個很小的細節。

在勒贖信上提及車輛的文字，很奇特的，它的描述方式，是屬於警員內部特有的。原來，為了溝通的效率與記載方便，所有的警員都受過一樣的訓練，在描述車輛時，他們有一個固定的報告順序，那個正確的順序我已經忘了，但是大抵的意思就是，比如顏色、大小、車型等，會像ABCD一樣固定排列，一個警員會按ABCD而非BADC來報告。除了警察，鮮少有人知道，並且遵從這樣的寫作特徵。

這個細節，一開始並沒有引起注意；一旦注意起後，他們不得不做最壞的打算：犯案者就是警察，而這也是為什麼，案情始終沒有突破的原因。朝這個方向辦案之後，果然找到可疑分子，甚至也找到了證據。最後順利破了案。但是最令人驚異的是，這名犯下罪行的警員，在搜證與做筆錄的過程中，還曾經與受害者面對面——但是受害者並沒有認出他——即使面對面。因為警察的制服，也因為情境——因為很少有人能想像得到，犯罪者有可能混在辦案者之中，出現在受害者面前。

這名受害者，姑且稱為Y小姐，是真的忘記侵犯她的人的長相嗎？並不是。因為當那名犯罪者，換掉警察制服後，她就認出他來了——很可能，在之前辦案的過程中，Y小姐壓根都沒想過，要認真端詳警員的相貌——這個案子，因為有其他證據，加上是辦案警員本身，而非受害人

Y小姐，最早開始對警員產生懷疑，Y小姐先前對強暴綁架犯的「視而不見」，因此並沒有受到太多苛責。

我在打工的歲月裡，曾在安親班中心，教過兒童作文班。每次上課，我都以講一個小故事開始，培養小朋友對敘述一事的敏感度，並寓教於樂地，讓他們學習一些成語。當時我還不知道這個「警察就是罪犯」的驚人事件。我說了一個壞警察的故事——警察兼差做小偷內應——。在故事裡，犯罪並沒有以非常暴力的狀態出現，故事的寓意，也還在教人行事應當端正；但是在七到十歲左右的小孩那裡，產生了不可思議的劇烈反彈。小朋友氣急敗壞地搶著告訴我，警察不可能是壞人。如果是警察，就一定是好人。我解釋，警察是一種職業，有好的警察，也有壞的警察。但是他們驚駭的眼神與悲傷的臉色，讓我不得不停止講解。下課後，我還在收拾我桌上的東西，幾個小朋友仍然念念不忘，他們群聚起來，圍在我的講桌四周，一邊拿出零食來吃，一邊希望從我這裡得到某種保證：「老師，警察不會是壞人啊。老師，警察怎麼可能是壞人呢？」

很多年後，我才在一本書上讀到解答。原來接受矛盾概念，比如警察同時是罪犯，需要腦細胞成熟到某個地步。受限於腦部尚未完全發展，兒童無法了解，某些成人能夠了解的概念——。腦部發育，它需要一定時間。兒童的「不聰明」，就像三歲不可能長一百八那麼高——它也是生理的。

當我三歲時，我是不是也抗拒警察是壞人一樣，抗拒過爸爸是罪犯、爸爸是惡人這個矛盾的事實？我最記得的是一種非常吃力、困擾、跟不上我經驗的感受。如果說，我迅速地有了某種「自我保護」的意識，我事實上還分不清，我的這種提防爸爸的念頭，與「不要走有大狼狗的那條小巷」、「不要讓小惠扯我的頭髮」（小惠嬰兒期，就有伸手抓住我的頭髮這種毛病）——不，我還不能夠分辨它們有什麼不同。在狼狗與爸爸之間，我更怕的是狼狗——我隱隱約約知道，父親在我身上造成的傷害，是某種「與時間有關」的東西，某種會導致「將來不能結婚」的東西——像是「我長大後會很慘」——但是我既然還沒有長大，投射問題到未來的能力尚且非常脆弱——正如我所說，不是痛苦或哀傷——而是吃力——也不完全是恐懼或憤怒——因為層次分明的情感樣態，需要一定的字彙與思考能力——但是沮喪是比較真實的，沮喪——因為太過吃力而不想活下去——那種吃力，使我很小，就對死亡產生了高度的興趣——我對把自己弄死，有濃厚的愛好——第一次聽大人提及死亡，我對自己，就有了難以撼搖的殺意。

萱瑄聽我談及兒童對死亡的嚮往與執行，總是深感懷疑。她認為，那麼小的孩子，怎麼能了解死亡？關於這一點，我也感到難以解釋。殺意究竟是什麼樣的東西？我們是怎麼學到的？需要對死亡有什麼樣的了解，才能夠有殺意嗎？小時候，我認為天堂就是天空的意思，如果我有過什麼類似信仰的東西，在我兒童的幻想裡，我以為院子裡消失的昆蟲，都是升上天空，到另一處去，那就是死亡——到別的地方、變成一種「活著的人，再也接觸不到的東西」——那就是死亡——不是結束——關鍵在「接觸」。

因為「性的暴烈與侵犯」，在還不能以任何概念分析之前，讓我領略的，那是一種壓垮人與帶有消滅意味的「不當巨量接觸」——強暴，從某種意義來說，就是違反意願的「接觸」傾軋——那麼作為抗議「恐怖接觸」——取消接觸，為了表達比單純不接觸，更強烈與嚴厲的「接觸撤離」——死亡，作為活人所能接觸到的最遠處——遠到不再能在活人界被碰觸——固然說，姦屍也存在——但是原則上來說，死亡是不能被強暴的——只有活人，才會感受強暴的痛苦。沒有人能預先殺掉強暴者——因為在強暴之前，強暴者是不成立的——但是預先殺掉受暴者卻是可能的。「以死明節」會發生在強暴之後，以及強暴之前，就是這個道理。

某些人，並非出於惡意，而比較是因為不了解的關係，會從「性」出發，去了解強暴——把強暴當成是「性」這件好事，變質的形式。對於「反強暴」，因此有某種不明說的敵意——某個已故的女性主義者，甚至在小說中，讓強暴者說出「我的強暴比妳的貞潔好」這一類的句子。賽夏族人保存有「矮靈祭」，祭拜因為調戲婦女而被殺死的矮人——這個祭典，表達對殺掉強暴犯的後悔，並相信強暴者的報復是更可怕的——因為矮黑人這個強暴者的原型，既對賽夏族有恩，富技能，又能保佑豐收——。

為什麼膜拜強暴者？一方面，這是人類無所不在的功利思想——某個出面「聲援」被控強暴的網球教練的家長，毫無掙扎地說：「但是，他真的是非常好的網球教練，在我們這個地區，如果希望自己的小孩打進××賽，這個教練是我們唯一的希望。」——認真想想，要找到對社會毫無貢獻的強暴犯，這並不容易，他們總是有些技能或功勞，就算是最一無是處者，也可以宣稱自己是「某人的兒子」來博取認同——人們不想在強暴案件前，犧牲自己的好處——這是遠比我們想像，更普遍的一個狀態。

當然有像連續殺人狂這樣，大家覺得格殺勿論的犯罪者，但是我的觀察是，強暴犯，從來不是願意自外於社會的——從頭到尾，他們最深的願望就是，融入這個社會到這個地步——即便因為他犧牲了某個人的福祉與權益，即便他造成了受害者——這個社會對他仍然不離不棄、不計前嫌、伸出雙手擁抱——。——強暴者所摯愛的，是這個東西——在殘酷的權力遊戲中勝出，不是作為一個簡單的勝利者，而是即使嚴重破壞規則，也沒有被逐出遊戲的勝利者。——特—權—者。他是立法者，用他的法對抗既定的法。

在古老的埃及文化中，也可以看到這種型態：法老可以亂倫而不以亂倫論，因為法老不被視為人，他是高於人的。因此高人一等，不是用珠寶或儀式來顯現的，要用犯罪——犯罪的特許。要問為什麼人類社會中，人類如此「愛惜」他們的強暴犯，必須要問人類，我們真的喜愛平等嗎？我們真的能革除，想要高人一等的野心與虛榮嗎？如果不能，對強暴犯的擁護，就會永遠存在，不是罪行本身有何價值，而是不罰——不充分的懲罰，是人們盜得的愛的象徵。很殘忍，那是對受害者而言。很冷酷，那也是對受害者而言。

一個連續殺人犯的女友，被問過：「為什麼幫助連續殺人犯？」她表示，能夠遇上連續殺人犯，這是千載難逢的機會。缺乏良知？毫無疑問。好奇心凌駕了所有其他的感情——只想要成為「特別的人」——一個人究竟如何長成這樣一種人類，這當然不是件簡單的事。我想到我的父母，在他們的一生中，他們的主身分，都是受人敬重的社會成員，在有正當職業與負起養家育兒的外觀之外，他們還發自內心地，替自己加上更沉重的追求：反對國民黨獨裁，想要護衛民主的價值。但從我的觀點來看，他們簡直失敗到恐怖的地步。在許多一閃而過的時刻，他們有如惡癮發作，瘋狂膜拜他們心中的矮黑人。

萱瑄有次給在法國的我，寄來薩依德，不是《東方主義》，不是那些理論研究，而是他的自傳。萱瑄在電話裡懇求我閱讀，並且了解，她的觀點，她把自己與薩依德連結起來的想法，正好都是我父母——如果他們剛好也閱讀薩依德的話，採用的自我辯護。

「妳想想，他是多麼邊緣，多麼弱勢，」萱瑄說，「身在那樣困難的歷史與政治環境中，他才會有那樣糟糕的性格。」

我不記得，我是否有對萱瑄全盤道出，我對薩依德的想法。我覺得薩依德在個人生活中，懦弱與不替自己負起責任，損害其他人的「性格」，不該在任何大帽子底下合理化，他不是聖人，這沒有關係；但是那種傾向——因為身負政治任務，就覺得「自己不是自己的責任」，這種公然的撒嬌——這種看起來是懺悔，事實上是開脫的書寫——我對萱瑄說：「妳說的固然言之成理，但是薩依德可以教我什麼？我從他那裡，什麼也學不到。」——搬家時，那本書我甚至沒有費事轉送給圖書館，直接找一個垃圾桶，丟到垃圾桶裡了。

薩依德不能教我什麼嗎？或許他能教我的，就是「苟活」這件事。我曾對萱瑄說：如果有天我會變成像我父母那樣的人，我寧可自殺。我讀高中時，有次小朱打電話到我家，沒講什麼，她只是要我去看《冰點》這本書。

我拖了好幾年，才終於翻開。讀到陽子自殺那段時，我人在公館的一家咖啡店裡，眼淚掉了下來。不是同情陽子，而是因為我知道，小朱要我看的是什麼。小朱知道她明著講出是沒有用的，所以她含糊不清地說：「去看這本書。有幾句話，嗯，可以說是，怎麼說呢，很適合妳，寫給妳的。」──陽子自殺獲救後，陽子的朋友說，要是這樣、要是那樣，陽子就不會自殺。但是接生陽子的醫生高木，獨排眾議地說道：「不，無論陽子的父母是誰，遲早會發生這種事的。」高木向其他人解釋，「對罪惡如此嚴厲看待的人」，不管生在什麼樣的家庭，遲早都會得出「自己應該要自殺」的結論。

所以，賽夏族祭拜矮黑人的另一層意思，或許就是，「表示對罪惡不是如此嚴厲看待」嗎？

──這是我很難接受的觀點。

我說過，在一開始我並不是很知道，怎麼為自己悲傷，如果我會難過，我反而是替「會變成野狗的爸爸」難過的。他全毀了。這個有良知也有理想的人，是全毀的。雖然他經常對我講述，他一生最大的夢想，就是給自己的女兒，一個快樂的童年──因為他自己並沒有一個幸福的童年。我知道他的信仰是真的，但是他所說的「夢想」，幾乎還沒出生，早就胎死腹中──他自己不會不知道。

但是我還是半真半假地理解他，因為這個感人的故事，是比較好理解的。至於他為什麼對我做出令人髮指的事，這個令人髮指的事，要怎麼融入他模範父親的肖像中，我感到萬分不可思議，我不能解釋──但是我還是記得。

我當時是被抱到書桌上的。當我長大之後，如果看到任何一人，或是老師或是某人坐在桌子上，我就會瞬間消失，聽不到任何聲音，看不到任何影像，就像電腦進入休眠狀態一樣。我會自動斷電，因為如果我不斷電，我就會想到當時所發生的事。

當時我對這個世界應該是怎樣，仍然無法確定。我的最大的問題是，記憶一直都在。我對「桌子坐人」的斷電反應，那是記憶的現身，而非消逝。妳不想重看某部恐怖片，是因為妳還記得內容。

幾年之後，我會讀書讀報紙了。《讀者文摘》中有一篇文章，讓我初次知道，這事有個名字。我第一次在心底，對「廣闊的世界」做出無聲卻鏗鏘的評語，苦澀、堅定、絕望：那麼，那是真的了。

真實讓我失去生命。

那篇文章關於維吉尼亞．伍爾夫。

是否是因為這個緣故，我在很小的年紀，就決定要脫逃父親指定的政治生涯，又自動放棄會與母親更加親密的鋼琴家生涯，咬著牙，一意奔向小說家的人生？

因為小說家，她「讓人們知道發生了什麼事」——我沒有看見伍爾夫身上的戰爭，我沒有聽見她的「爆炸」——但是既然成為小說家，就能「讓人們知道發生了什麼事」，那麼文學，它或許會是能說服我的一個——長大的理由。

我有這種想法的時候，年紀不到十歲。屬於我的戰爭有了名字，它曾經發生過。每當人們提到維吉尼亞．伍爾夫，戰爭的名字就會出現。亂倫，那書上明白寫了，我懂的字。從一個經驗，跋涉到一個字——中間是六年，或七年的光陰。

第十四章

別把娃娃和洗澡水一起倒掉。——這是一句幽默的至理名言。但是怎麼做？如果我們手上有的是真實的嬰兒與洗澡水，那麼，只要別恍神，先撈出嬰兒，再倒洗澡水就是了。但是，面對記憶的嬰兒與洗澡水，我們真能辨別出哪個部分，屬於不該倒掉的生命？

問題都在記憶。我不知道，有多少小孩是在童年時，就順利離開亂倫家庭，重新展開生活的。亂倫能在第一時間，比如說至少事發一年後就被揭露出來，是不容易的。尤其是，如果侵犯並不伴隨肢體暴力、沒有留下任何皮肉傷——最機靈的小孩，儘管知道自己被騙或被奪去了什麼，通常在一開始，很難視自己被侵犯，是一個必須立即處理的危機。專家或許有許多其他的觀察報告可以說，但若讓我，就我自己的經歷來說，在人生初期，小孩的記憶是不發達的，這並不意謂著小孩比較會遺忘。我們記得，但是「回想」這種行為——需要比較長時間的思考運作，在沒有充分的語言能力之前，是很薄弱的。

這就好比我們把骨頭埋在某處，我們知道它在那裡，但是當我們在五歲或是六歲時，我們的記憶走不到那裡——或許是因為走得太慢，或許是因為，我們沒有完全自由支配的時間——我們被叫去吃飯、睡覺——我們很難像一個成人那樣表示：我要好好想一想。還有另一個原因，是關於動機的。一個小孩怎樣會有動機，想要回想一件事？我最苦澀的想法是：我一點都不好奇。——我只希望它沒有發生過。

在「爆炸」發生後，我深沉的感受是，因為這件事，我將要整個地失去興趣——對自己的興趣、對長大成人的興趣、對其他人的興趣——人們——充其量也就不過是「某一天會興致高昂地變成強暴犯而已的人」——這個念頭——人類幾乎就等於強暴犯——在我孩提時代，是很根深柢固的東西。因為我不相信，父親是沒有做任何努力，就決定踐踏我的：他一定是有努力過的，而且還是非常努力過的——只是努力還是失敗了。對於孩子來說，這樣的事很悲很慘。因為最悲慘的不是悲慘存在，而是努力是沒有意義的——如果努力是沒有意義的，在這世上，還有什麼，是有意義的呢？

小時候，我爸都是用摩托車載我和我媽。每逢穿過隧道時，我都會不斷拍著我爸說：「爸爸不要怕，爸爸不要怕。勇敢。勇敢。」一直到摩托車穿過隧道。「害怕」是小孩最難以承受的一種感覺，我以我小孩的想像，我相信，爸爸是因為太膽小以及太害怕，才會「失敗」、「犯錯」——從人類，變禽獸——對我做出糟糕的事。身為小孩的我，老實說，是不怪他的。——我只是悲哀，模糊地知道不對勁的事，在遙遠的未來，會使我活不下去。

在蘇偉貞的某個長篇小說中，女主角常常會聽到某個聲音問她說：妳要妳這個人生嗎？這個段落總是非常深地感動我。因為我從小也聽著某個聲音，問我道：妳要妳這個（　）（　）嗎？

（　）（　）我後來找到正確的字眼了，我知道伴隨我多年的問句問的是：妳要妳這個「性」嗎？

我知道，那是我一生當中，最早，也曾最想要放棄掉的東西。

如果性不存在，那件事，就可以被當作不小心踩了某人的腳一樣，不算什麼；如果性不存在，不存在這世界，我被「用過」這件事，我們都可以把它當作疊羅漢之類，不過是出借一下肩膀或手臂。

但是該死的，最該死的——性這件事，畢竟是存在的。

從我有記憶以來，我就從不放鬆掉自己對性的注意力。因為我知道，一旦我放鬆了，我馬上就可以完全不要——然後就是不要我這個生命。「不放掉性」這件事，對我來說，既不是為了得到它的樂趣，也不是為了建立與別人的關係——而是我認為，我必須把這部分假裝得夠好，才能證明，那個小孩——她沒有被擊倒。這是我全力以赴的一件事。因為我知道，只要我一閃神，殺掉那個小孩的欲望，就會凌駕一切事物之上。

我會不會從我父親那裡，遺傳到強暴犯性質的東西？——始終是我成長中，揮之不去的陰影。我知道我沒有「性心理」。我對性沒有真實的興趣。

我與小朱難得一次大吵，起因非常地小。那時不少國中女生，都靠少女漫畫或羅曼史增進對性的了解與享用——但我沒有，沒有的原因是，那些對我來說，根本不夠看——我早就知道得太多——對於三歲時已有真槍實彈經驗的我來說，不但引不起我的嚮往，還會喚起我自己「與眾不同」的恐怖痛苦。憑著直覺或是什麼，同學有了奇怪與錯誤的想像：賀殷殷最不懂性，她純得不得了。她們喜歡測試我——只要發現我聽不懂性的雙關語或黃色笑話，她們就會開心地驗證某種成就感。我力圖落後，為的是不讓人們知道，我事實上超前——完全不正常地超前，知道許多男男女女，至死也不會不必進入的性領域：亂倫的性。我即使假裝，她們還是知道，我對性——對作為與另一人深入交往的那種性的興趣，嚴重缺乏。——那天小朱不肯讓我知道，她打算還的漫畫是什麼（因為那有色情，或是她希望我想到那上面）。我一反常態地，既沒有撒嬌也沒有胡鬧——我冷冷地對她道：妳不肯給我看那些漫畫是什麼，是因為，那根本就沒什麼。

我是那樣蕙心蘭質的戀人，一向我要是要罵要嗔小朱什麼，都能帶著幾分戲謔與調笑。但那一次，突然間，我什麼都放棄了——我不要小朱，也不要愛情，甚至也不要總是笑語嫣嫣的自己——我只想「殺」——毀掉我們的默契，毀掉小朱若隱若現帶來的朦朧性氣氛。那是唯一一次，我跟小朱「大吵」，吵到我們在路上就各走各的，吵到小朱總是送我到目的地的老習慣也完全廢棄。我累了。

我自然並沒有預備要說出什麼——「亂倫」仍是我廣闊的世界中，只有我和我自己知道，一旦別人出現，它就隱沒不見的事。我沒有想說——但我也突然間不想再騙。那是一個訊號，面對自己真正信賴的人，我想說的是：救救我，我對性沒有興趣，但是請救救我。——這是我後來才懂得的，當時不懂。當年我如果能求救，唯一有可能的對象只有小朱。不只因為我對她有超乎尋常的信任，還因為我了解一件事：複雜的、令人噁心反感的、恐怖與悲傷不堪的亂倫事件——如果有誰可以了解——我的意思是，從我的觀點與感情上了解——不是一種社會版常見的獸父侵女那麼簡單的圖像——如果有人能真實了解，仍然把我當作人類那般地了解——如果我想要那樣的了解，我唯一的希望是小朱。

因為小朱擁有某種高智商——不是那種國中就會解微積分的高智商——而是不只視我為受害者與可憐蟲，不只看到地獄與悲慘的高智商——某種能夠火中取栗——能夠知道我的痛苦，卻又不因此瞎掉的智商——我認為，那種東西，只有小朱有。但是當年，我並不了解，我對小朱的了解，我對她的求救，不附帶任何一絲真實線索，只是讓她再次挫折於賀殷殷是難以理解的——我毫不留情地說翻臉，就翻臉。

大約十年之後，我重赴一個與小朱的約。我應證了我十三歲時就知道的事。與我想的一點不錯，小朱說了什麼，做了什麼，是我個人珍視的祕密，我不打算告訴每個人，但我想說的是，我完全沒有錯看她。在這世上，確實有一人，能夠以某種高智商（這或許不是很好的說法，但只能將就著說），在如此艱難的處境中，仍然能夠，把我放在正確的位置之上；仍然能夠，給我，我所需要的一份感情。對我來說，小朱在很多方面，對我都是錯的——她的處世風格與對書寫的功利想像，都導致我不得不與她保持距離——但是，在攸關我生死的這一件事上，她完全沒有錯，沒有錯待我一分——她不是小風鈴，不是任何一個別人——她給我的，一點都沒有，是我不要的。

我知道這有多麼難。我曾經把關於亂倫的遭遇，告訴所有在我生命中占有一席之地的人。有許多人，並不比小風鈴好到哪裡去；在最好的狀況裡，她們泣不成聲。這些反應，有些也讓我有很深的受傷感覺——這是某種正確的感受——人們是高的，我是低的；大家是幸運的，我是不幸的——我並不責難這些反應——但是如果說，我能在其他人有意識或無意識地判處我某種流刑死刑之前，完全並不痛不欲生，完全並不苦不堪言——我認為，原因很簡單，那只是因為，我在小朱那裡，已得到某種我應得之份。而那足以支撐我，使我對其他人的不足或不能——那些與惡意無關的小錯誤——保有某種溫柔寬厚之情。確實不是每個人都是小朱，確實不是。但那並沒有關係，真的。

冬樹以另一種方式保護我。她常常忘記我對她說過亂倫這一件事——不是真正遺忘，而是一種不經意的遺忘——那反映的是，她希望我幸福的願望——要是那件事不是真的就好了——而只要我稍加提醒，冬樹就會自我修正——她的遺忘，不是對我輕忽與不耐的那種遺忘。相反地，那只是，她對我擁有平凡幸福的欲望，凌駕了她對事實的記憶——她的力有未逮——仍然是真誠的。冬樹表現出，這件事超過普通人普通生活能力的儲備——她的跟不上或出錯，讓我了解，我所感受到的人生困難，是種真正的困難。她出錯，但並不讓我難堪與悲痛——冬樹記不好，我曾遭受亂倫之痛，冬樹或多或少，使我了解到，什麼是，我的小時候。那時候，我有同樣的障礙，我同樣記不好，發生過、可怕的事。

在我剛開始有能力思考亂倫時——我的意思是大約二十歲左右——我付出過慘痛的代價。這件事有著某種「不可思考性」——。就像肉體承受酷刑有它一定的限度，思考這個機器，也不是百毒不侵、刀槍不入。那段我最痛苦的記憶，如今已經非常淡薄了。但我還記得：某天我去醫院拿感冒藥，臨走前，被一個做問卷的人攔住，希望我幫忙填寫匿名問卷。問卷裡有一個問題，問的是，如果您會想到自殺，在一天當中，您會想到多少次？

選項裡的答案包括一到二次，三到五次，等等等等。而我不知如何是好的是，我的實際情形，完全不在選項範圍內——如果我要誠實作答，我在一天之中，想到自殺的頻率，正確來說，遠遠超過三十次。我遲疑了一下，決定勾選一個，我認為有可信度，而非真實的答案：我勾了五六次這一類的答案。我真實的答案，甚至不在選項內。

有個成年男子，他是在開車的時候，忽然憶起被母親性侵犯的童年畫面——他馬上失去知覺，在駕駛座上暈厥，出了車禍。如果真的可以用意志控制想起什麼、不想起什麼，亂倫記憶，也許永遠不會浮現——但是意志，實際上，對記憶，是非常莫可奈何的。

我說過，我曾在翻到《讀者文摘》的一篇文章時，短暫與自己對話。但那並不是唯一一次。在高中聯考的當天，也曾因為我父親堅持往我太陽穴上搽萬金油，以避免我中暑，因為他不容拒絕與略帶醉酒性的表情（我把那種表情稱為醉酒，雖然那與酒精沒有任何關係，主要那是一種當事人判若兩人、即將失去自制的表情）——以及我躲不掉的肌膚接觸——就在那個準確的時間點上，亂倫記憶如猛虎出閘般，在我的太陽穴上爆跳——而我所有的想法只有一個：我可不能在這種時候，想起這種事——這絕不是一個適當的時機，適合想起這樣的事。那之後我的頭痛欲裂，是我這一生當中，從來沒有過的。

但是說到底——在我們整個長長的人生中，有哪一天、哪一刻鐘——是我們可以說，這是一個適合的時間，適合想起——妳的父親侵犯妳？存在有這個時間點嗎？我不覺得。在人類的時間活動配置上，不管是如常或是特殊的時間，都不是預設來想起這樣的事的——因為一旦妳想起，妳就是從根破壞了，那個時間點的正常定義與存在——而只要一個時間點被扭曲，所有的時間點，都會經歷不可修復的損害。

人類的時間表，不是為亂倫這種記憶而設的，時間表本身就反對這件事——而我們要是反對「時間表的反對」，用我們突如其來的記憶——我們就是在反對所有使用這個時間表的人，相當於反對整個社會生活的正常流程。想想看，如何為這種遭遇，開闢一段時間？把它放在哪裡才好？減少五分鐘寫功課的時間，來想起它？點心時間想起它？在早上醒來的那一刻，還是在睡覺前？在考了滿分的那一天？在路上走路的時候？

說到走路，我倒是知道一些事的。國中時，我從每天都會經過的樓梯上，至少連滾帶翻地摔跌過二十來次——我因為不會走樓梯而在國中變得十分著名。我是故意的嗎？我是不是想要摔死自己？研究兒童自殺的專家認為，不少兒童的意外事故，是因為兒童自覺不幸，而在過馬路時故意閉上眼睛。這些意外，並不像我們以為的，那麼意外。它們其實是自殺。

關於極端不幸的記憶，相反於許多人的想像，我們也未必希望自己記得——這不單單是頭腦不能承受，不單單是反抗共有時間表太過困難——還因為，生命必定會做某種考慮——我這樣記得之後，我還活得下去嗎？

我不想在聯考當天記起這件事，因為在聯考時有好的表現，對我很重要——因此我也不會願意在人生的任何一天中，記起這件事。既有著這樣不堪的過去，在人生中的每一天，有好的表現，對我，也比別人更加重要。我需要創造一些比較美好的事物，比別人更多的美好的事物——不如此做，我如何忍耐，那必將終身伴隨我的恐怖？

在聯考當天差一點想起這事——現在想起來，並不奇怪。因為參加考試，我變得脆弱了。那是一段我們最好跟父母有良好關係的時間，因為是父親負責接送我去考場，母親負責替我準備三餐，與他們有一點點不和諧，恐怕都會亂了考試的表現。在這樣的情勢下，我雖然比我被侵犯的年紀高了不少公分，也比當年的我添了更多語言能力，但在人際關係上，我幾乎又回到幼兒狀態：我不得不靠他們。不得不有一定的柔順與服從。——或許也是因為這個緣故，我父親整個興奮與狂妄起來了。因為要不是因為聯考，我早大幅度地標誌我的獨立，以及與他們的距離。而我只是稍稍鬆懈對他的防衛，記憶就險些潰堤。

如果侵犯從未發生過，所謂父親有些抓狂的表情，不會太有影響；但就是因為侵犯是真實經驗，某種他突然孤注一擲的表情，就足以喚起我心中的恐怖——我經常與我父親談話，談論政治以及書本知識，但我如果能夠不看他的臉，我一直盡可能，都不看他的臉。

與此同時的另一件事，是我母親，同樣也避免看我的臉。原因為何，我至今不知。小時候，那對我來說，是種痛苦的經驗。不論我說什麼，我母親的眼神，都不落在我的臉上，她不是看著四周的某個東西，就是越過我。即使在我們面對面坐著時，我們之間，也總是存在一個幾何般的切割空間，彷彿一個玻璃夾板，她對我說話，但她似乎始終認為我的位置，是在我不在的那個地方。

還是小孩時，我試著用報告我在學校的榮譽或是其他人對我的讚美，希望得到一個凝視——我幾乎沒有成功過。後來我就習慣了。在上幼稚園後不久，我用盡了力氣宣布這件事：幼稚園的老師會對我微笑！會對我微笑！——那是一個悲慘的呼籲——我拚了命想要挽回一種自尊：媽媽妳不對我微笑，可是幼稚園的老師會對我微笑！我是好的！我是一個有人會對我微笑的孩子！——不過這是毫無功效的努力。

在我小學一年級時，我媽和我，曾有一段精采的對話。

「妳叫我幹嘛？」我問她。

「幹什麼幹？妳那麼想被幹嗎？」我媽道。

「妳那麼想被幹，送妳去做妓女好了，」她繼續說道：「怎麼樣？妳想被送去當妓女吧？」這事多麼聳人聽聞！要是我們家是妓女戶也就算了，但是平日連一個髒話也不會說出口的我媽，竟然問我，一個小孩，想不想被送去當妓女？這事說給誰聽，誰會相信？多麼離奇！多麼戲劇化！

在那一刻，就在那一刻，作為人類小孩的我死去，想要作為小說家的我誕生，我沐浴在某種非凡的光輝中：何等的題材！誰會有這樣駭人的故事！我用鉛筆、用注音符號與國字，想把這事寫下來。我首次發現書寫的世界，以及書寫的困難。原來並不是把妳經歷過的事，照實寫出來，就夠。——這些石破天驚的母親話語，究竟代表什麼？我反覆塗改這段文字，知道我的能力不足。我決定要有耐心，學習一切我可以學習的東西，目標簡單而明確：我希望有一天，我能對這個世界，講述這件事：我的母親問我「那麼想被幹？」「想不想被送去當妓女？」——不過如此而已。

不，我並沒有把這件事與亂倫聯想在一塊，那對我來說，仍然太難。想像我媽是因為我爸侵犯我，而認為我身上帶有淫蕩的色彩，這超過我當時的能力。

我沒有弄懂侮辱與性色彩，我首先能夠理解的，只是這絕不正常——這絕不是一個正常母親會對小孩說的話。我當然是自居小孩的，我還能是什麼？沒有多久，我們全家去看電影《克拉瑪對克拉瑪》[18]，我在電影院中哭得嘩啦嘩啦，沒有什麼比父母離婚更糟的事了，就算我爸對我做了傷天害理的事，就算我媽問我想不想要做妓女，我仍然希望和他們在一起。但是這部電影，讓我認真考慮：萬一他們離婚，我要跟誰？我的答案是：我會選擇我爸；因為要是跟我媽，從她可以對我說出那樣的話來看，你們覺得，她會對我做出什麼樣的事呢？

竟然是做出亂倫的那一位，更勝任親職。父親是可厭與可惡的，但是母親不可捉摸。

我長到終於有能力，要求我媽正視家庭亂倫事實的年紀時，她說了一句話：「妳要知道，最愛妳的人，是妳爸。」——我並不愛妳，所以妳要記得，妳告訴我什麼，都沒有用。

我媽是那麼不愛我嗎？我耗費掉她那麼多時間養我，從有幾分冷血的計算出發，她覺得她有她應得之份，尤其是我可以令她光采的某些部分——《冰點》中，有一段描述，最能表現出我母親的性情。作者描寫痛恨養女陽子的母親夏芝，因為喜愛購物，所以即使是要替陽子買東西，夏芝仍然心情非常愉快。經營婚姻與家庭、養育子女——這些事務本身都是我媽所得意的——但她重視的是事務本身，就像購物的快感一樣，至於女兒受到什麼傷害，家庭中真正發生了什麼事——那根本不是重點。她就像某種將軍一樣，她有一種緊盯著勝利的雄心，她的雄心是可以「凌駕一切之上」。死去的士兵是種損失，從戰力的角度，但生命本身並不足惜——她是超脫所有的——「妳看看我，」她說，「我忍受的會比妳少嗎？我忍受了多少？妳連這一點都不能忍！」——我很想說：忍耐什麼？簡直胡說八道！

但是我衝口而出的，是另一番話：「媽媽，妳並不是在一個功能正常的家庭中長大的，妳對家庭應該是怎樣，正常的父母親是怎樣，從來沒有機會去了解——。」

「不要跟我說什麼我的家庭，」我媽不屑地打斷我道：「我對我的家庭沒有一點不滿。我的家庭，是很好的家庭。我對我的父母沒有任何不滿。我的家庭，對我來說，就是最好的家庭。」

最好的家庭：外公是外婆的姊夫，但外婆是不是被外公強暴的——外公兩個家庭的十幾個子女，每個人都依據自己的心智與情感需求，各自修來改去——。

跟小姨子發生性關係的外公，一度被舅公痛打：「毀了我們家女孩子的一生！一次毀了我兩個妹妹！」

我們是客家人，要努力留下客家人的文化——在我媽照本宣科地告訴我，她從父親那裡傳下

18　美國電影（1979）。最早處理父母離婚以及孩童在父母分居與監護權拉鋸中的情緒問題的電影之一。

來的祖訓時，這個毀家毀人的文化，她可沒有告訴我！

「妳外婆本來是想嫁一個醫生的，但被外公毀掉了」；「這件事雖然男方要負最大的責任，可是我想是女人太軟弱。才會有這種事發生」——外公的眾多子女，各說各話。我媽的說法更妙了：要是當年可以離婚，外公就離婚。外公跟外婆就可以在一起，跟正常婚姻沒有任何不同，他們完全正常，什麼問題都沒有。——怎麼會什麼問題都沒有？

我媽說：「我們這邊，不會比他們那邊不苦。」我第一次聽到時，劈頭的說法就是：「開什麼玩笑！哪一家的小孩是生下來，會想要跟你們相比呀？」——但我說完馬上住嘴——我這樣說，等於否決我媽一家，在這世上存在的理由，不過，這難道不是我的感覺嗎？

——就是在這怪異的環境裡，長出我母親歪歪扭扭——在我眼中「不成良知的良知」。身為不倫者的子女，她什麼都沒做，但從出生到死亡，都難以享有一種家世清白的光明正大感，所以她一輩子都抓緊那個「絕對無辜者」的感受，她容不下更多東西——並且下意識地抵制倫常之法——甚至一切之法——因為就連最基本的親屬之法，都與她扞格不入。我的意思是，在這種處境中成長的小孩，在合乎常情的律法中，看不到自己的位置，這使他們產生一種分裂，他們盲目相信「另一種秩序」——他們有一種倒錯的自我法則：愛的就是不愛的，是的就是不是的，不存在的就是存在的——因為不如此，不擁有這套混淆驅力，他們身上帶有的或是不被承認、或是次等性、或是罪犯後代的烙印，是種太殘酷的生存現實。我的爸爸也是別人的爸爸——這不同於離婚者的不同家庭與子女，離婚再婚，無論經過多少次，這是一連串的合法經過。也許父母與小孩的相處方式會改變，但是每個人所享有的地位是平等的。反觀非婚生，或是逆一夫一妻制的平行多頭家庭與子女，其成員的不安定感，經常在於，他們活在可能不被承認的被遺棄危險當中。承認與被承認都是重要的，因為這就是平等。片面廢止自己締結的一夫一妻婚約，這是一錯；但是為了掩蓋錯誤而否認婚姻外的子女，這種「再錯」，對「一錯」而言，不是知過能改，而只是文過飾非。

康寧祥也許做過許多與台灣民主有關的事，但我會記得的只有一樣——他曾經試圖不認他的非婚生子女。當時我還不知道，我媽是個非婚生，她瞞著我直到我阿婆過世後，才告訴我。但是後來，我常常把康寧祥和我媽聯想在一塊。在很多人放棄康寧祥的某次選舉中，我媽投了票給他。但是康寧祥沒有「投票」給我媽：他背叛與我媽命運相似之人——還是他自己製造出來的骨肉。因為這，我想到康寧祥，我的感受，始終是非常鄙夷的。不管一個人的性道德長什麼樣，之後去把自己的非婚生子女推到更角落之處，這當中，總之極端缺乏民主精神。

然而，難道外公不能克制嗎？——這樣的疑問，放到現實來看，已經很難有意義。付諸行動的人，操控的，絕不是他們自己的命運。外公是這種人，爸爸是這種——就連我的妹妹小惠——從她讓我差點被捲入雜交的失敗行動來看——小惠也是半途而廢的「這種人」。

這個世界，或多或少，就是被「這種人」所決定的。陰莖已經插入、精液已經射出、孩子已經在肚子裡了、孩子已經生下來了。孩子已經長大成人。語言的規則或是世人的觀感——相較於性生殖行為的暴力不可逆，不過像是什麼也吹動不了的風。

矮黑人不但會調戲我們的妻女，強暴路上的女人，還會生下我們的母親，作為我們的父親。事實中，矮黑人既不矮也不黑，有時也以柔順憂傷或能言善道的書生或少女之姿出現。我們之中，某些最幸運的人，他們什麼也不知道，或者選擇不相信，或者選擇都忘記。這些人會說：我記得矮黑人擅長種稻，矮黑人教我們種稻，今天我們之所以有得吃，都必須感謝矮黑人。更何況，矮黑人也有子女，也有父母，也有朋友與，愛他們的人。

不尊敬矮黑人？你們這些被凌辱過與被強暴過的，你們這些記憶者、這些一心守護事實者、這些不能以夢幻代替秩序、律法與人格的人，你們難道不怕，矮黑人的亡靈，會再一次，來還以顏色？——因為矮黑人，可以占有每個有所畏懼的人的心。不害怕的人，你們真的不怕矮黑人的凌虐與強暴嗎？

不害怕的人，我們擁有什麼，真的可以對抗矮黑人？

如果矮黑人對我們說，只有矮黑人，才是真正的人。我們，可以拿什麼話來回答他們？

第十五章

「我是彭浩清的女兒。」

「喔，大房還是二房的？」

「二房的。」

「喔，二房喔。」

——我無意間聽到我媽和她親戚談話，難得他們沒用客家話交談，讓我聽懂了。惡毒的客家人！問話的老者是外公的兄弟。哪裡有必要，問我媽她是大房還是二房的？但他就是不能放過這種機會。

男人對外公的感想比較像什麼？是憤懣於他的敗德？嫉恨他有兩個女人？即便外公屍骨已寒多少年後，面對來請安的晚輩，滿頭銀髮的老男人，仍絕不放過機會地捅他女兒一刀。外公的另幾個兄弟對到我凌厲的眼神，或許天性溫厚些，開口對我母親說了一些較得體的憶舊話語。我媽就是蠢！她就是念茲在茲，她也是有父親的人！她就是巴巴地想說那句：「我是彭浩清的女兒！」真是可憐！可憐的絕不只是我媽。難道一個人被逼問後，回答自己是大房的，就會好一點？有大房必有二房——外公！你真是遺禍千年！

最可怖的是，從頭到尾，我媽臉上都吊著白癡般的傻笑。即使我們離開那很久以後，她臉上那張，猙獰的大微笑人臉面具，都僵在那裡，像冷凍太久的什麼東西無法解凍。我突然有點懂了，我從小沒能得到我媽微笑的祕密——在這種家族中，微笑從來沒有過正常的功能。它是在面對欺侮時，伴隨恐懼與屈辱的盾牌。如果我媽從小都是這樣一個笑法，如果她從來是以滿面笑容來應對惡意，這也難怪她長大後，即使為人妻為人母，臉上也沒有一般人自然的微笑。

這是何必！我一找到，總不融入這個大家族的小舅舅，就忙不迭地，對他說了整件事。我下評語道：「這種混蛋有什麼好跟他說的！還跟他笑個不停！媽就是這樣，她時時不想顯得她矮人一截，對這種人也在笑。該笑的時候不笑，不該笑的時候笑得像個傻瓜。」

矮人一截？妳是說身高嗎？——我小舅不是裝傻——面對客觀世界對他們的歧視，他經常在恍神。——我覺得，他的逃之夭夭，比我媽的「努力打進去」，要好得多了。小舅假裝侮辱不存在，我媽扭曲到分不清羞辱與友善。小舅把我拉到一旁說，「妳說的那人挺壞，以前只要阿公不在家，他就會上門來欺侮妳阿婆，阿婆不敢得罪他，也老是對他陪笑臉。」

那就難怪我媽一輩子都抓著「男人重要」的想法，除了外公，誰會在這種狀況中，保護他們？但是外公保護得了一時，保護不了永久。

我以為，我作為一個新時代的女性，雖不認同外公，但也不贊成無辜的小孩受盡欺侮，便覺得自己有責任，「讓問題攤在陽光下」。有次我嘗試提起這個話題，用「我外公除了妻子以外，還有另一個家庭與小孩」開頭，沒想到，我話還沒說完，在場的人一面倒地以「男人三妻四妾多得是」寬慰我，一面說了一些話——都是把我當成原配受害者的後代說的——我暗暗張口結舌，這才了解到另一個現實：絕少有人想像得到，非原配的家庭成員會開口說話，大家也許可以在背地說，某人是小的，或某人是小的生的，但是「小的」的孫子孫女開口發言，卻是「完全不在想像之中」。如果問我，我也一點都不想「自居」為逆倫者的後代——但這豈是我可以選擇的？生殖的作用力真是強大。如果它要惡毒地書寫，它真的可以走得非常遠。至少我，作為三代之後，仍見到它毒性強大。

據說外公非常重視教育。雖然有了這嚴重的家醜，生出來的子女，如果能讀書的，外公還是全力栽培。但是外公，偶爾我會在心中對他說：但是外公，你讓你的小孩（兩邊）生在這樣一個名實不清的環境裡，你想過，會讓他們的頭腦，多麼混亂嗎？我媽的腦子，就可不是普通的受損程度而已！你想著要保存客家文化，你想過，就因為你的所作所為，使我有時想起，都寧可客家文化全消滅算了！你女兒，我媽媽，她是戀慕你的客家文化的，但她的那個破腦子，要能傳承什麼，我看是完全不可能了，外公。因為讓教育與文化能傳承，不是只有語彙與資訊而已——在一切教育之前，我們是用我們對父母的感情，教育我們自己。一旦我們的感情太過混亂——我們對自我的教育，也是混亂的。——而這就是外公你真正留下來的一個，教訓——而不是教育。傳承客家文化？你開什麼玩笑啊你！

——我相信，在複雜的人生中，每個人，都有可能處於自己了解，或不了解的性欲暴亂中，但是基本的信念應該是，每個人設法處理——但是侵犯是完全不同的一件事，那是把自己的性欲暴亂，讓沒有合意或沒有合意能力的第三者來承受——這是一種真正意義的暴政。

沒有從「有選擇」開始我的性經驗一事，我曾將它比喻為一種「強迫性的毒品灌食」。——我記得，阿嬤臨終前十天左右，因為年老力衰，無法用自己的嘴咀嚼進食，護士要強迫她進食時，她大叫了起來。我到床邊看她，安慰她——沒有力氣吃東西的人，都會在被強迫進食時，聲若洪鐘地求救——自主進食，對一個人來說，有多麼重要，自主的性，就有多重要。

仍然有人認為，亂倫是一件令人興奮的事。有人，把這件事想成最大的叛逆；有人，很可能是當事人，認為給這事一種高貴或特殊的色彩，是比較合乎自己利益的。與其把自己想成受害人，不如視為合謀者——。

萱瑄寫過一個短篇小說，把莎樂美，寫成具有強大殺傷力與神格化的復仇者。這篇小說被具有戀童癖傾向的編輯刊了出來。萱瑄很得意。而我在一旁保持沉默。崇拜兒童、崇拜性魅力、崇拜性侵害的受害者——這一點都不顛覆。我沉默，是因為我傷重，我甚至無法好好說出，那是對我多大的一種背叛。萱瑄在作夢。作夢的人，看不見真實的人，是正常的。但是真實的人，並非不存在。

該怎麼說明，我只是個普通的小孩，我根本很普通好不好——並不存在什麼兒童的神奇魔力，我只是一個不能讀、不能寫，家門走出去，連公車都不會搭的兒童。對這樣的無能無力者著迷，只不過是自我放縱。

而我之所以看起來——像小風鈴所能看到的完美無瑕與無懈可擊——是因為我知道，我的脆弱與悲傷太過陰森恐怖，在表現自己，還是保護他人，兩個選擇中，我不得不選擇了保護他人——因為所謂我的真實，若不是把我吊死在一處，就是作為某個跳樓身亡的屍體——只有那才是我的真實。所有活著的人，所可以運用的語言與表情，一切姿態與創作，都不足以適當表達我的真實。我如果真實，不是發瘋，就是自殺。

為什麼對於某些人而言，作為一個叛逆者，那麼重要？我想了解這事，一度是透過萱瑄——但到最後——我受到了懲罰。

萱瑄、我、以及亂倫的記憶這三者，之所以聚合在一起，並不是理智與意志的結果。我記得那個夜晚，那時我和萱瑄在一起一年多，但尚未住在一起。在那種睡前電話談話中，萱瑄告訴我，她剛在電視上看完影集。一個小女孩出面控告亂倫，卻因沒有證據，而不被採信。「沒有人會相信的。」我在電話另一頭說完這句話後，無預警地暴哭起來。

這件事並不是計畫好的。對我不是，對萱瑄也不是。如果我沒有失控，沒有哭；如果萱瑄那晚沒有看影集，或是看了卻沒在電話中談起——這件事，基於它難以置信的特質，我從來沒有要把它說出來的念頭。——一個正常人，在正常的人生，正常的計畫中，是放不下這樣一個畸形東西的。

我並沒有選擇萱瑄，只是因為我們共同生活，因為我們接觸得夠頻繁，這事才爆發出來。

我於是正式問了兩件事。第一是，我認為這件事很嚴重，但我的想法是對的嗎？第二是，我想知道，在萱瑄和她父親之間，他們並不曾發生過同樣的事？兩件事，萱瑄都給了我簡單確實的答覆。是的，這很嚴重。是的，一般的父親，不對女兒做這種事。

我從國小時，就一直在存錢——之前我不知道為什麼，現在我知道了。

萱瑄很自然地成為我離家計畫的一部分，因為我們既然已經在一起，她又是唯一知道這事的人，我沒有經過深思熟慮，就認為兩人一起邁向未來，毫無不妥。

我想在這裡，多說一點話。因為這是一個人，一個年輕的人，如何因為缺乏經驗，而犯下人生錯誤的事例。

當時我們都沒有因為這件事，提出分手。在我的部分，因為我感到更孤單（所有容易發燒拉肚子等兒童會有的症狀，我在當時全部延遲爆發出來），我當然希望她留下，在我身邊；在她，她是明理的人，這件事不是我的錯，她很了解，所以她想也不想，以這件事，結束我們的關係。然而，從某個意義上來看，當時，我們的關係，就已經結束了。原因很簡單。我已經不是當初她所認得的那個人。

那個夜晚之後，我一步步被痛苦壓垮，過去用麻木或恍神來自我保護的奇特本能，開始失效。也許一對伴侶，曾經互相扶持超過十年二十年，一旦有一方受到重大打擊，或是患有不治之症，這兩個人，可以做到所謂不離不棄。但是在我和萱瑄之間有什麼？一年多對彼此才華與個性的欣賞？一年多對社會運動或女性主義的共識與默契？文學的意見交換？對於年僅二十出頭的萱瑄來說，她原本只想要一個聰明能幹、有趣愉快的伴侶，她的這種需要，實在並不過分。

儘管在我們之間，是她最早提出相互約束與忠誠的婚姻之約，也是她比較在意，確定下來兩個人的關係，但在她提出要求時，她絕不可能想像得到，有天她面前的這個人，會是背負如此重擔的人。如果我們說，萱瑄也遭受到了欺騙與背叛，我認為是合理的，雖然這不是主觀上的欺騙。

有些看似微不足道的小事，很可以解釋，當時我們面對改變的不同步。我馬上懂得省吃儉用，並且利用所有的時間賺取生活費。但在同一時間裡，萱瑄反而辭去了她的工讀，花很多時間沉迷在電視節目中。當時我的想法是，萱瑄本來就比較重享受的，這並沒有那麼大不了，她只是任她的個性發展而已。但在心底更深處，我在電視的噪音旁邊（因為租屋處的房間很小）寫稿時，心裡當然想過：要是萱瑄是在用功讀書，或像我一樣努力賺取生活費，我一定可以感到，比較大的安全感。當時我沒有想過，用電視節目殺時間的萱瑄，或許也在抵抗她心底的恐慌。她和一個命運多舛的人綁在一起了。過去，她是與情人一點不合就跳槽或劈腿的那種人，現在這事，她變得做不出來。不是因為我是一個比較迷人耐久的情人，而是我身世如此可憐，使她失去這種自由。她的本性不殘忍。命運對她，說起來，也並非公平。

除了這些以外，某個微妙的所在，其實才是萱瑄深受傷害的部分。那是什麼？那是她的自我中心。我指的是，讓一個人有生命力，以及自我栽培的珍貴性質。在我認識萱瑄時，她一心想以文學為職志，一種強烈的自我中心，絕對是她生命的核心。但是這個自我中心不得不沖淡了，因為就在她逐步得知我的過去時，那事強烈的悲劇特性，無形之中，使得她的自我，黯然失色。就像有個小孩，想以自己摔斷過腿來引起注意，但卻赫然發現，同一個房間裡，竟有另一個小孩四肢皆無——從健康的角度來說，摔斷腿的小孩是比較幸福的；但是從「有特殊遭遇而不同於一般人」的角度來說，摔斷腿的小孩所感受的沮喪，我也可以理解。我明白這事，但是我無能為力。就算我想幫助萱瑄，我也辦不到。

有多少次，我聽到有志藝術的朋友，做出讓我啼笑皆非的評論：「或許要不是那事，妳的創作力不會那麼強。」我開玩笑道：「所以妳的意思是，為了製造更多的藝術家，我們應該從小孩出生時，就把他們弄得半死不活。」——我說笑，但心裡非常難過。我無法假裝那麼根本性的創傷是不存在的，但那對人們來說，竟是有利可圖的想法，顯示了人們有多不了解，這事有多麼慘痛。我沒有反覆提及它有多糟，只是因為我每天都活著它。萱瑄倒不是那樣天真的藝術崇拜者，所以她從沒有當著我面，說過類似的無知話語。她只是有內傷。

小時候，我曾一度很羨慕過與我同齡，常被教練毒打的網球冠軍；我羨慕的當然不是她被毒打，也不是打網球，而是她因為打網球，而使得她個人輪廓清晰，她是一個打網球的人，她知道她是誰——而只是國中生的我，相較之下，顯然多麼芸芸眾生——這個經驗（雖然有點無聊），使我一直覺得了解萱瑄。她並不羨慕我被亂倫、被侵犯，但是她羨慕我身上那種已確定的特質：我不打網球，但我是一個打亂倫的人，我痛苦，但我也因此定位明確。

一個人，是如何來到另一個人面前的？這份相遇，往往不是當天、一個禮拜前、甚至一年前才開始醞釀地。我曾質問自己：為什麼我是和萱瑄，而非任何一個其他人相遇？

從小我就知道，我是一個有著不幸祕密的人，我本來不會奢望，我有機會，將它說出。但是這個不幸的祕密，從某個角度來說，或許一直沒有停止塑造我。其中一個長久的元素，或許可以稱為，對寂寞的宿命接受。這使得青春期的我，對小朱的寂寞充滿共鳴。我沒有看清楚，什麼是同性戀，我在小朱身上，看到的是，一個寂寞的人，如何能夠勇敢地活下去。這份探索，雖然用的是「什麼是同性戀？」或「我是不是同性戀？」的問句，但更內在的問話卻是：「真的必須如此寂寞嗎？」「為什麼如此寂寞？」

就像小朱不斷用戀愛尋找更多的人，希望在累積足夠數量的過程中，能夠找到減輕寂寞之道；我也一度相信，答案存在人的數量中。我傾向保持活躍，以便認識更多的人，但願這份努力，就像在河中從砂淘金一樣，有天可以幸運讓我淘到，痛苦之謎的解藥。

在我十六到十八歲之間，尋找解藥的這份危機意識，反映在當時我頻繁出入政治集會與社會運動這一事上頭。很快我就要變成成人，在我變成成人之前，我是否可以尋得某種事物，擔保我從小到大，深藏的恐懼與悲哀？這是我偶爾會回顧的。因為就是這個傾向，把我帶到了與萱瑄的相遇上頭；但在數年之後，我不得不承認，這裡也並沒有解藥。

說說我是如何側身進入，第一個高中生政治小團體的關鍵動作。那個過程一點都不光榮，但可以顯示我的決心。三月學運時，我隻身去了廣場，因為我身上的制服，有大學的學姊過來招呼我，她告訴我有高中生的組織，還有負責人的名字，她希望我們聯絡起來，使高中生的組織，不但有個規模，也不要只有男校的學生。我回到高中女校，跟同學分享了見聞，馬上有人鄭重告誡

——她對負責人的政治色彩沒有任何印象，但她告訴我，那人是玩弄感情的高手，且馬上給了我受害者名單，要我如果有需要，可以親自去查證。這是廣場上的學姊沒有告訴我的。許多年來，這個當年的負責人，一直有強暴人的風聲傳出，但是當年我沒有別的法子好想，我想首先要能打進圈子裡，其他的事，往後再看著辦。

某天夜晚，我與這個惡名在外的負責人通了電話。在談話之中，我馬上警覺，打入圈子並不容易。當時的政治生態，仍舊是以男學生為主。我判斷了態勢，幾乎是冷靜地下了決心，儘管當時的我，處於對吸引男性嚴重的怠工期，我仍立刻重操舊業——我究竟說了什麼，我當然不記得了。但是那絕對是一套給自己在異性戀關係中，明確標價的語言。我就是這樣，靠著喬裝為異性戀的下流身段而拿到，我生平第一個政治聚會的入場劵。那花不到我三五分鐘，但是全副精神地，搜索對策與演戲，在我腦海刻下，難以或忘的印記。

這之後，就沒那麼困難了。第一次聚會，我們所有的女生就迅速串連了起來。我們自己組織，表面平平和和，但我們多少都知道，雖然我們還留著那個和學長姊關係最好、最有風頭的所謂高中生領導人，但私底下，我們合作著，相當於暗地幹掉了我們的領導人。坦白說，幾乎就像我的童年一樣，一開始，就非常黑暗。

看待那段時期的生命，我一直都有兩套觀點。正面的觀點是，那完全打開了我的世界。加入一個組織後，要再接觸更多組織、更多人，相對地，就要簡單許多。雖然個性迥異，但以這種方式碰到的人，基本上，都擁有某些共同點。幾乎所有的人都對深刻地改變社會有興趣；另方面，大概除了我以外——每個人都已經開始，對自己的政治規畫。有人對工會高度關注，有人甚至已能說出決心將自己獻給階級革命這一類的話——這似乎是一群早熟的少年男女。

相較之下，讓我們泛稱為不太政治的其他高中生，似乎過著狹窄的生活。就拿冬樹為例來說吧，在我們認識多年之後，我從來不能想像她能關心——或許除了我這個朋友以外——比她家庭關係之外，更廣泛的社會成員或族群。她的世界觀，基本上是報紙社論再加輪迴福報之類的混合體。我甚至不太敢在她面前，說到諸如階級流動這樣的字眼，因為我會害怕聽到，她告訴我，人在今世的遭遇，都是肇因於前世。冬樹是我信任的，但是以最粗淺的話來說，我無法與她討論問題。至於我的政治小夥伴們，我們完全相反，我們也許未必有可信任的人格，但我們最大的特點就是，我們無時無刻不在討論——討論一切問題。

這個放眼望去，滿布知識、資訊、思考方針、路線辯論以及行動策略之類的小世界，似乎非常理想。要能指出它有什麼缺點，對我來說，是相當晚的事。那是一個幾乎總是對的世界——辯論問題，這能夠錯到哪裡去？聲援弱勢，哪裡需要太多糾結？在我後來對這段時光的重審中，我有過這樣一個感想：在那裡的生活，也許耗心耗力，然而歸根究柢，我們過著的是一種有如「第二生命」的東西。我們相約背負某種集體性的命運，那看來總是難的與大的——但是，人生真正難以負荷的，經常是無第二人可以分享的東西，那是個人到不能個人，連個人都想逃逸的，單人戰役。妳既不會有任何組織可用，也不會有什麼理論能靠——而這個東西，我們卻像我們進游泳池之前的鞋子一樣，在政治性的進場前，就在泳池外，把它脫掉了。

想起那段歲月，我偶爾會有一種，當時身處無重力空間的錯覺。

如果在心中，把那些年我所遇見的人召喚前來，圍成一圈，我發現，最奇特的是，我對我們每一個人，都所知甚少。我知道每個人的個性，在政治上的主張與想法，讀過哪些書，對什麼議題能夠侃侃而談，對什麼議題興趣缺缺；但是對於每個人，在生命中經歷過什麼，以至於變得對政治行動如此縈繞於心，我卻沒有太多線索──就像那裡的每個人，不會知道，我的內心世界；我也碰觸不到，每個人，政治面罩內裡的那張臉。

許多年後，我們之中，有一半的人娶了富家千金；有一半的人，與年少理想仍然保持密切的關係。但偶爾仍會浮現我腦海的，卻是別的：一個在當時無足輕重的畫面。

李曾經想把趙介紹給我。我們在某個或是抗議或劇場的場合，點頭招呼過。李對我說過不少趙的事，就像我上述所說，所謂趙的事，也是他讀書勤否，政治想法如何之類。趙並不屬於我最初的小圈圈，李所以想把趙介紹我認識，含糊的理由，似乎是我和趙，都一樣，在李的評價中，屬於比較認真的──你們一定會成為好朋友──這是李的看法。我對趙也不排斥，但是來來去去之間，我雖然一直知道這個人，但就是沒有真正結識。

之後我再聽到趙的消息，已經非常間接。但是我所聽到的，卻很令人震驚。當時我已經轉移到一個，比較集中關注女性權益的圈圈，每個當時我所認識的人，幾乎都成為大學異議社團的這個社長或那個社長。我們偶爾會通電話，也會在書店偶遇，但不像高中時緊密相連，關於每個人做了什麼，變成什麼，我們並非一無所知，但也僅限於此。趙的消息，我是從一個只有一面之緣的女學生口中聽到的。她來與我和萱瑄見面，帶來某個大學教授性騷擾的案件，想問問我們的判斷。那是沒有性平法也還沒有相關法案的年代。我忘了對那案件的評估是如何，也許當時我們已有太多案件，或是新的案件太過複雜，印象中，我們只交換了所謂運動經驗的意見，沒有做進一步介入的打算。然後就在那種有點正事討論完畢，稍微閒聊一下的狀態，遠道而來的大學女生，問我們是否認識趙。因為趙的自殺，是當時中部學運圈，最大的新聞之一。

我想到我們十七歲左右，趙坐著，我站著，中間是李，我和趙交換過的那個，短短的，卻又是具體的——半是自己人，半是陌生人的年輕笑容。他當時手上拿著書，書名我忘了。女學生描述了趙的自殺前後。他的自殺手法是什麼，我不記得了，但是他自殺現場的布置，令人難忘。趙在房間裡掛滿了保險套。保險套中裝滿了液體。那液體是水、是酒、還是趙自己的精液，女學生似乎也有告訴我。但是我已經不記得了，恐怕在當年，也沒有努力記得。因為光是趙在一個瑪格麗特[19]的畫面中，結束他生命一事，對我已經夠了。大致的版本就是，趙在感情上遇到了厲害角色，不知是反覆被欺騙或是被背叛，終於導致他精神失常或絕望。我幾乎也沒有去細究，因為我們都知道——我們能夠知道的，怎麼樣，都有限。

我似乎該與李通個電話。聽聽他怎麼說，或是怎麼想。然而我沒有這麼做。除了當時的忙碌

19　指比利時超現實主義畫家雷內・瑪格麗特（1898-1967）。畫家童年曾見投水自殺後的母親。畫風兼容怪誕與抑制、知性與神祕之感。

之外，我猜想，我也害怕。因為關於李，我的最後一章，寫的大意可以說就是，我們當年一起的政治少年，如何在性事一上，不成比例地沒有能力——我和李最後的三通電話。一通是我責備他，為什麼做愛不知道要戴保險套。一通是他在電話中，說著什麼絕對不能負擔感情與婚姻關係，因為他要獻身於革命。最後一通，不知為什麼，我還和李的父親說了話，老先生有文雅的台語口音，他要我勸勸李，說我說的話，李會聽，因為李對我是尊敬的。李那時有些自虐的行為出現。我在電話中，我不知，究竟該說是負責任或不負責任地，像個好孩子一般，說了些自以為可稱得上「勸勸他」的話。勸他什麼呢？我不懂！在他不戴保險套一事上，我有沒有說出的無邊憤怒。

「我作了一個夢，很奇怪的夢；夢到李在殺小孩。」我接到某個同伴電話時，我閒聊說道。

「原來妳已經知道了？」

「知道什麼？」

「妳夢到的事！」

「就是一個夢啊。知道什麼？」

——我是這樣知道的。

有時我會想到，這或許是我走上同女之路的一個加速器。那三年之中，我所見識到的男孩子們，有幾個有女朋友，有幾個還停留在對公車上的女生做天真幻想，有幾個也確實是有潛在的強暴犯傾向——對於最後一類，我們不太會著了道，因為在政治上有所交手，我們的心理防身術都是不錯的——不過在女生之間的討論中，我們也會說到，我們不會知道這幾個男人的真相，因為他們和政治圈外的女生相處時，也許有我們看不到的另一面。我們究竟可以怎麼辦？我們不知道的事，我們無從干涉起——但良知上總有什麼不太對。而或許這就是為什麼我們（女生這邊）最後都疏離了，那個一開始，對我們不會沒有意義的圈子。

但是李從來沒有被列入可疑名單中。李的父親說的不錯。他對女孩子是有一種敬的。至於我從未思考過的——是真的沒有思考過——革命者究竟可不可以建立家庭——我不好意思暴露，我對此一竅不通，我究竟都胡亂給些什麼意見，無論內容為何，那絕不是太有價值的東西。在各方面，李都走在我的前面，台灣史、政治理論、左派歷史或哲學——他要說革命者不能有家累，我除了不能反駁，其實也不敢。

有次是個政治營隊的場合，來了的講師是最早投入台語音樂創作的文化人，他要期勉我們，對著全場七八十個高中學生，他說起李登輝接見學運學生之事，說了一句：「學生運動現在是從李登輝那裡，拿到了尚方寶劍。」李在那之後上了台，駁斥這種說法，說了一些，學運自己有其尚方寶劍，怎會是要從李登輝手上，拿什麼尚方寶劍呢？——我對那一幕始終印象深刻，做音樂的文化前輩也是一片好意（還是我負責聯絡的），但是十七八歲的李，反應之快與態度之堅決，完全是我望塵莫及。那幾個晚上，我在跟學員討論馬克斯後，有學長過來誇我，說我做的討論甚好，懂得分析問題，更可以帶起大家的興趣。我心裡一方面因為被讚美而高興，一方面也感到心虛與寂寞——我有的不過是小聰明罷了，如果不是馬克斯，而是恩格斯或其他什麼斯，我一樣能夠擺出一份誠心與機靈——作為政治行動者的某種，更根本不可動搖的東西，像李身上的，我並不具備。帶著幾分寬慰與惆悵，我模糊定位我在這個政治家庭的角色，我負責親切、我負責討論——這也不錯，不過這只是可有可無——但我卻絕不會視李與其他人，是可有可無。

那是當年我最看不見的東西，無論李或其他人，在政治一事上，顯得如何深刻與勇敢——我們都還是個孩子。如何長大呢？晚間活動時，學長姊特地開放時間，讓我們問關於性的問題——很嚴肅的，就像要幫助我們理解我們的階級成分一般，學長姊告訴我們，我們問任何問題，他們都會盡力解答。李摀著臉哀號：性的問題！要問什麼？我問不出來！我被學長姊感動，拚命在腦中搜索，我有什麼性的問題。最後問了一個，我事實上也不是那麼感興趣，但確實不懂的東西：「我想知道，什麼叫做性感帶？」這個問題火速得到有如今日維基百科般的回答。——其他人的問題，說起來，也只是這個程度。真正關於性或欲望的不可知不可捉摸的困難，在那樣即使最良善開放的氣氛中，也是問不出來的——我們根本不記得——就像我先前說的，那雙鞋，早在我們加入這個政治游泳池之前，就被脫掉了。

一年後，即便我理直氣壯地質問李，為什麼做愛不懂戴保險套？我連保險套究竟長什麼樣子，是在什麼時候該戴？也一點概念沒有。如果我真和男孩親密到一個程度，回想起來，我也是有可能，迷迷糊糊懷孕地。

然而當年真正讓我想起性——是在另一個場景之中。

就是在那種營隊裡，有天我坐定在某處，那種輔導員們隨意談天的夜晚。我對坐在我旁邊的另一個男孩子，與李差不多大的小羅旁邊，隨口說道：「我好像被學員傳染了感冒，有點在發燒。」小羅反手就覆在我額頭上——看起來似乎非常自然——小羅和女孩特別親，就是我們特別不會有戒心，以至於偶爾我們懷疑他是gay的那種男孩。以當時我們做事玩耍的親密程度，他這樣的反應，再自然不過——但就在這「再自然不過」的瞬間——他的手還停在我額頭上，我們不得不相對互視，就在那短短幾秒鐘，卻有什麼石破天驚的東西。——我是不能碰的——不是因為我是個女孩子，不是因為我和小羅不夠熟——而是因為我祕密的身世。在那個動作中，本應只是家常與友誼的關懷的姿態，小羅臉色中，卻有一種我們都變成石頭了地——明顯的驚慌與痛楚——彷彿他做了真正大逆不道的事。

我是不能碰的——這不是我的意願問題——不能碰的並不是我的額頭，而是我整個人生。在小羅神態中，那種他突然被他所不明白的東西，冰封與詛咒般的震動——我飛快地了解到，飛快地感受到——我表現得分外柔順、隱藏、無事。因為那一刻的心痛，反而比較像是，小羅被侵犯了。

被我侵犯。就像我會在夢中，夢見李殺了小孩，也許在小羅並不記得的作過的夢中，他也作過關於我的夢。不是關於我的政治啟蒙進度，不是關於我作為少女的什麼——就像沒有人告訴我李的性生活，我一樣在作夢時會知道——我沒有告訴任何小夥伴們我的事，他們一樣會知道——未必是具體的內容，未必是真實的細節——但或許更純粹更扼要——在直覺與直覺的溝通中：某人知道某人在某範圍，某不太對勁。我不太對勁。

以我們的交情與年紀，小羅實在不該在這一個簡單的動作裡，流露出那樣駭人的震驚——我一點沒有要嚇他的意思。電到他的不是性，是更深層的東西。我馬上知道了，也馬上悲哀。姑且稱之為親密與性的某種殘障——這種東西，是肉眼看不到的——即使透過好整以暇的性交，也未必會顯影。是什麼情境會觸發雙方的交流與領悟——發現這種無以名之的殘缺與異常，這是無法預知與策畫的。它要來就來，說走就走。小羅把手放在我額頭的瞬間，那種時刻，一閃而過。

——萱瑄說過，性在一般人的生命中，會有某種刻度性的意義——一個人性到什麼程度，經常伴隨著信賴或是享樂到某個程度——性是有助於一個人，定位與他人關係的刻度工具。但是由於我在那麼小的時候，就以一種一般人類都不容的方式，被濫用了，性在我身上沒有指標作用，因為我不但不是循序漸進地認識這事的，我還認識，一般人至死都不會認識的東西。就像磁性早已被破壞的指南針，性在我身上，是廢的。

我將難以與其他人擁有共同語言，性的語言。想像一個男孩子，成長過程沒有太創傷的性經驗，就算未必將我視之為性的對象，只是以一種最普通、最健康、也最合理的方式，想要感知另一個人類、另一個性別，在性這個領域，如何想望與感覺——他會碰觸到什麼？一種超過他想像範圍的苦澀與虛空。為什麼？是性本身就該如此？還是他身上有什麼低劣的東西？一般而言，沒有人可以想像得到，你對面的，是一本亂倫的歷史。

這既不是他這個男孩子的錯，當然也不是我的，但是不管我怎麼小心翼翼，如果有人是在青春期中，想要透過我，了解另一個性別——我想他很難不錯亂——即使我們雙方，都非常善意。我侵犯男孩子——不是從法律的層面來說，但我還是侵犯的，我侵犯男孩子對自己可能有的性認知能力。

不要成為直子那樣的女孩，導致木漉自殺身亡——這個《挪威的森林》中的小故事，曾經是我在那個年紀，心中最大的陰影。因為如果有哪個女孩，會像直子一樣，在與深愛的男孩性交時，無論怎麼努力，都擁有一個不會濕的陰道，我想像不出——那除了我，還會有誰？面對著把小說送到我手中的男孩，我的憂慮越來越濃。而我想，只要我不與男孩走到性交這一步，我就可以逃避，我就可以預防木漉的自殺。

太多事我已經不記得了。但是我記得這個圓心，環繞著這個圓心，我在許多情境下，都做了強力煞車。做出不可理喻的逃逸。表面看來，我從未欺騙什麼人，因為我很警戒於給出希望或承諾，但也僅止於此——我還是非常非常想要誘惑男孩子地，尤其盼望，在誘惑過程中，發現什麼奇蹟，生出什麼異象，使我可以預先得到保證——他們不會是木漉，一旦我們走到那個神祕的不濕的點上，我們還會有別的出路。李也曾是我誘惑的對象之一。因為奇蹟與異象都沒有出現，在我們走到性路上的起點瞬間，我就立刻轉換了誘惑對象。或許我是莊重可敬的女孩子，但在心底深處，我知道完全是另一回事。

如果李是跟妳在一起，很多後面的事，都不會發生吧！某天一個當年的小夥伴，沒頭沒腦地說出這樣一句話。他也不會去說那種，什麼革命者不能結婚生子這種話吧！但是我對李，並沒有你們想像中，那種深刻的感情。——我避重就輕地說。因為一個女孩子，即使在大批標榜前進性態度的朋友面前，恐怕也提不出這樣的問題：如果有一天我真證實了我不會濕，那一天，說什麼，都太晚。而你們，你們每一人，可有誰會握著什麼萬靈丹，向我保證，人們不會像木漉，選擇那種在汽車中用一氧化碳自殺的命運？即使無產階級大革命終於大獲全勝，你們也找不出這個問題的答案吧？

從李到趙，對我而言，一切非常，驚心動魄。我和趙的交集，不過是李。如果我夠狡猾，我可以說，我沒有留下任何把柄，足以使人們指責我。我只是守著我的祕密，且因守著我的祕密，在那個我們預設要互相幫助成長的青春裡，我沒有給出任何知識與真實——但是那麼多年來，小羅眼中被刺痛的迷惑的光芒，卻如黑夜中的劍影一般，遠遠地刺向我——那份罪惡感仍是真實的。李曾說趙跟我應該會談得來，說趙的許多好話，甚至說趙與我相像。我不知我是不是因此分外警覺，憂慮趙那樣的男孩，最可能，被像我這樣的女孩殺害——不是我有殺人的意願，而是我隨時準備在性事一上，棄人於不顧。而根據我自己的經驗，我知道這非常嚴重。沒有人模人樣的性，那是多麼痛苦。

或許我成功地避開了親自殺害趙這樣的下場。但趙沒有活下來。關鍵仍然在性。趙只是一個男孩？或者也是，像我這樣的女孩的男孩？——畢竟我也與自殺，手牽手地長大。也缺乏證據告訴我們，男孩不會像我一樣，有過說不出口的性創傷。如果他人眼中，我們相像，誰能確定相像的，不是那最祕密的部分？我一直到二十歲之後，才有力氣握住自己童年的性創傷——趙沒有活過他的二十一歲，是因為二十歲時，他就抵達或尚未抵達他的童年？我是不是因為李說我們相像，所以才迴避相遇？彷彿是種幸運，趙的死亡於我，像是遠遠地。但也像一則警告與訃聞——

趙或許是代替我死去——那些用意不明掛滿天花板的保險套——性的恐怖與知識——致死的渴望與發瘋的性——我不眼熟嗎？——誰也不知道，在那樣的歲月裡，我們是不是像傳說中的，把感冒過給另一人那樣，曾經不知不覺地，將我們無法承受的「性」的悲傷與黑暗，過給了——與我們擦身——認識與不認識的某一人。

究竟是誰的手，曾經拂了誰的額頭，誰使誰勃起射精，或受孕或流胎，或自殺或活了下來——這帳目，真正的帳目，欲望的性總帳，絕對比會計師們著名的兩本帳，更繁複花梢、更巧奪天工、更瞞天過海——無論是在法院或在醫院，都不存在有，一套可查的明細與檔案。

死無對證。但是沒有證據一事，並不會證明沒有發生。我們遲早會查到我們自己的帳本。

第十六章

當我十一、二歲時，我和我父親，有過一次深刻的談話。討論的主題，關於什麼是父母？什麼是子女？什麼又是家庭的功能。說那是深刻的談話，並不是因為討論時，有誰說出了不起的想法，而是因為雙方，由於某種機緣巧合，都在特別誠懇的狀態中。

話題是我挑起的。在我還充滿兒童理想性的心靈裡，我對領養一事，滿懷敬意。我提出了我的想法：人們應該停止生育自己的小孩，這世上有那麼多飢寒交迫的兒童，與其生育，不如領養孤兒們。沒想到，我父親投了反對票。

極其少見的，他沒有以任何知識的優勢說服我。他只是再三搖頭地說：「太天真了。」為什麼？我說出我那個年紀所能想出，所有對領養的辯護，試圖描繪某種人人都不自私、大同世界的圖像。在聽完我的長篇大論後，父親只說了一句話：「不是自己親生的小孩，會不知怎麼對待。自己親生的，才不會有那種不自然的東西。如果不是親生的，兩邊總是會有，一種不知道怎麼做才是對的感覺在。」

「如果是親生的，就一定知道怎麼對待嗎？」「我的想法是這樣。」我父親態度不強勢，但並未讓步。

照我好辯的性格，我一定繼續闡揚自己的思想。當我二十歲時，我也曾充滿憤怒地在心中，向多年前的父親回辯：「親生的就知道怎麼對待？但你做出的事，就是最好的證明，證明即使是親生，也不知道怎麼對待！」

——當時我還沒有能力注意到另一個問題。那個問題就是，在我無論父系或母系的家族史中，對「領養」都不陌生——為了包庇外公不被重婚罪所罰，外公違背他原配的意願，強制他的原配，成為所有二房小孩名義上的母親。儘管他們知道他們並未被領養，但是每個與現實社會的接觸，例如填寫文件時，他們都必須謹慎地說謊，用不是自己母親的名字，代替真正母親的名字。

而這「兩個家庭」，仍然時不時地負起「領養」對方子女的「義務」。「妳外婆一生都不得安寧，只要他們那邊的小孩到我們家，她一定拿出所有最貴的東西來給他們吃——她自己的小孩，她從不給我們吃那麼好的！」——這種「不自然」，我在我自己身上也看到。——即使到了想要捐棄前嫌的第三代，我仍看到，不管自己，或是在對面的「兄弟姊妹」，我們身上都有一種持續的掙扎與困惑。我們是否該互相聯絡與幫助？在我們帶有友情與親情的關係裡，我們究竟是在做合理的事，還是會複製外公與兩個外婆的踰矩與錯亂？如果「對面的人」遇到心靈上的不幸，與自己的關係是什麼？自保性格特強的我媽，經常主張「我們才是受害者」——但除了表面的不服輸，實際上，她究竟有多少負疚的感覺——這是很難說的。當我們兩個第三代的一起研究：我們算是姊妹還是表姊妹？——這是一個沒有答案的問題。每一種答案，都會掩蓋我們一部分的身世。沒有一種稱謂，能夠正確幫我們指認，我們身世的怪異特性。如何活著不像侵犯另一方？——這種詭譎的感受，並不需要有彼方在場，仍能延續代代——雖然這與一般的領養相距甚遠，但我感覺到的是，在外公用非常人工方式凌駕普遍形式自力製作的人造大家庭中，他是剝奪了某種「自然」。或許有人會說，單純本來就不存在——但這或許是個程度比較問題。因為比起來，雖然阿嬤再嫁，使得爸爸這邊的大家庭，也有一半領養一半親生的雙重性格，但是它還是相對單純，而一直令我比較喜歡。

小時候，在這個家庭中，我們在玩鬧時，從鏡子中，偶然發現，從剛長牙的小表弟到近二十歲的表姊，所有的家中小孩，竟都有一模一樣的牙齒特徵（很醜），我們當時，簡直樂不可支。雖然這證明不了什麼，但是在當時，它給我的感覺，是非常幸福的。

那當然不表示，作為親戚，我們就會比朋友互相了解，但要說從遺傳而來的相似與同類感，沒有提供任何安全感，那恐怕也不是真的。因為我父親從小耳提面命，使得我只要跟外省的朋友稍一親近，我心裡都會亮紅燈，質問我是不是忘記本省人的苦難？是不是在向特權者靠攏？這種狀況持續很多年，讓我幾乎以為我很沒有外省性了，直到有次，我重新檢視這事。

那是在巴黎。我為了省錢，不想在找房子的時間裡，把錢浪費在旅館住宿上，於是我跑去住了一段，留學生短宿服務的公寓。那是非常因陋就簡的環境，每個人付一點錢給床位——原則上，那是為了第二天就要搭機離開巴黎的留學生提供的住宿，但是在淡季，也可用其他名目，延長住宿日為幾週。我在抵達之前，並不知道它有點像國民黨的學生外圍組織。——住宿環境乏善可陳——但我在那幾天，卻非常如魚得水。我認識到一種前所未有的安穩與舒適——即便一直看到住處的學生，猛在哪裡與中華民國國旗合照自拍，竟也都沒有減輕一點我的和諧感。

我在那裡住了七天，第一天我就感受到那個東西，大約第三天我就找出了原因：那是因為，他們都是外省人。是外省人——因為我也曾應邀參加過中國人的聚會，因為文化差異的關係，我身體的緊張感，遠比我和日韓國同學同處時要強得多，也遠比我和法國人在一起時，更常有不知如何是好的異域感——但是在外省人的圈子——我所有的負擔，突然消失了——。我有某個內建的東西，無關意志與思考，無涉情感與認同，使我在與一群外省人一起時，就覺得自然與熟悉。我驚訝得不得了——這個經驗要一直到我過三十歲後，我才認識到，而且還要遠道至巴黎，我才擁有——不，我不是要說，外省人的共處有什麼優越性，也不是要提倡不同族群分室而居，而是想到，族群融合，遠比我從我的家訓中所習得的，要複雜許多。那不只是說某一種語言，或擁有某一套政治主張。如果某些外省人始終黏著在外省族群裡，某些本省人常常感覺到其他族群的無磁性（或者閩客兩族交相指責對方只封閉在自己的圈子裡）——很可能，並不是因為某種該被深深譴責的排外心態，而只是這種更深沉的身體經驗。就像冬樹的臉，就是讓我覺得安寧——使我在情感上，無法計較她在政治上的無知，使我知道明明她在心智的領域，非我族類——我還是無法放棄，想與她在一起，想與她保有關係。

後來幾天，我試圖觀察這種，在互動上的出奇流暢與不費力——那是遠比我與冬樹多年友情，比我與萱瑄朝夕生活，所能有的更深默契。不是我們有什麼交集與共鳴，而是其他東西。比如身體擺放的姿勢、說話的速度、音調、在話與話之間的停頓方式——我覺得比較「好」，不真的是那有什麼好，而是因為那是「我的」。——而我從前並不知道。一種調調。

我在和萱瑄在一起時，常常覺得她聲調太高，她在最初，甚至覺得我（在開會時）經常打噴嚏，是種外省小孩的矯揉造作（萱瑄頗氣惱地對我說過，她發現大部分外省小孩，噴嚏都打得特別凶，或許她以為在這種類似水土不服的體質特徵上，表現了我們對台灣無意識的疏離。我想到阿純和恰恰，她們確實都頭好壯壯，不是班上的噴嚏大隊。所以我對萱瑄的「過敏是外省小孩病」這種說法，一直半信半疑）。——後來我們在一起後，她才坦承：「後來我才知道，那不是矯揉造作。因為妳不可能那麼長的時間內，一直都在矯揉造作。」——而我如果經常覺得萱瑄聲調太高，很可能也是我不自覺地內建有某種「友善就應以某種語氣說話」的印記——在我那幾天的「外省經驗營」中，我才領悟到，有些感受，原來並非心理意願決定的——我很確定，這些在巴黎的外省人留學生，沒有誰要對我特別友善，只是基於文化幽微的一致性，使我不停感覺到某種正面的生理回饋。

我父親教我在意識與意願上對外省「保持距離」，但是我的愉悅，還是深深背叛了我的頭腦——我學會在思考層面，不要輕易與外省有所共鳴，但我的身體顯然並沒學會。

與原生文化的密合感，這是好事？還是壞事呢？打比方來說，那就像人坐到一個特別舒服的沙發。但是人若是要成長，不可能永遠黏著沙發不動。雖然有人可以一再回到同一張沙發上，我還是寧可相信，人生不是只有坐沙發。我們註定要坐許多不同的椅子，有些坐起來非常不舒服，有些特別冰冷，或使你覺得自己姿態怪異，但是我們還是會去坐──。

這個問題困擾我──因為很明顯地，我的父母親不約而同地，選擇了背叛他們的原生文化，成為在各自文化中的駐外者。他們都不是長期坐沙發的人，我母親對外省文化始終有朦朧的親近性，那無涉國民黨的教化，而是視吸收親近任何外來文化，都是一種有文化的行為──如果外來的是奧地利或哥倫比亞，她也會有這種親近性，這是從外公外婆那裡遺傳來的，與把中國當作根來追尋比較無關，而是把「能夠進入非原生文化」，視為一種能力與人格。如果不是國民黨用了扭曲的方式推行文化，像我母親這樣的客家人，繼承了他們上一輩對國際觀的嚮往與文化習慣，原本可以在一種比較自然的狀態中，與外省或所有他文化互動的──看看萱瑄，她變得多麼神經質，她對外省文化每一次好奇，都伴隨著憤怒。

──我總覺得妳如果會惱火，妳就不要接近，又沒有人逼妳要去了解，那個時代已經過去了。每次妳讀什麼外省東西，之後再來找我發脾氣，我都沒像妳把外省人的態度，看得如此認真。我後來才知道，我這種想法，是行不通的。因為外省就是在那，如果今天我本身沒有帶著它，我也是會想要更了解它──並且想知道，它了不了解我。它為什麼了解，或為什麼不了解我。這是人之常情。

陳水扁說過一段話，意思是，他特別傷痛於，他沒有得到外省族群的接受。這段話並不像它表面看來那麼膚淺可笑，因為那是一個文化，特別柔軟與真誠的部分：想要得到另一個文化的了解。光是他說出這樣的話，就讓我非常震動。

萱瑄沒有參與過我和恰恰與阿純的那段過去，她沒有看過那樣的我——所以她對我，沒有她們對我的那種信任。那段過去，我沒有那麼引以為傲，因為我覺得孩子氣。一個嘮叨且多話的少女——我是有一點，想把這段歷史隱藏起來的。萱瑄談到台獨，我會聽，但我確實表現得興趣缺缺。那個興趣缺缺，卻不是一般外省台灣人的興趣缺缺，我只是缺乏長久的耐性——我有奇怪的羞恥感。我到現在也還有。我總是想長大，長大就是跟以前要有點不一樣。曾經我很關心台獨，然後事情有了一些變化，我不總是要抱著我的青春期，過我的人生。

有次我在巴黎的一間大學裡排隊辦事，聽到隊伍中有台灣留學生在談荀白克，我聽出點意思來，出聲跟他們招呼。聊沒幾句，他們說到他們有讀書會，其中一個女學生，突然用一種我不是太懂的情緒，扯著喉嚨嚷出一句：「我們的讀書會裡，我們只討論台獨！」——只討論台獨？那多無聊呀。即使我跟恰恰，我們總也還談點別的。我笑了笑，沒再說話。後來回想，那多少是個誤會。對方想知道的是，我究竟是什麼樣的人。但我只從字面上理解，並沒深入去想——只談台獨，那根本是不太可能的。在排隊時候，他們明明就一直在談荀白克。

那時我和萱瑄已經分開了，但在那段時間，我們還是會對台灣的政治或歷史，交換意見。在討論具體事件時，我們往往並沒有真正爭吵，卻有爭吵的情緒。那個爭吵的情緒點在於，萱瑄想要我更公開、更直接去處理這些問題（具體而言就是寫文章或書），但我覺得「妳也可以去做，為什麼總是一直給我派工作？」——一個沒有明說的東西——我們都已經分手了，妳還想要不斷保持妳的影響力。我有那麼好用嗎？——沒錯，我就不是只想著國家大義的那種人，私人恩怨，我是賦予它意義的。如果我與萱瑄還在一起，我會有更強的動力去任勞任怨——但是當我認為我自由了——我對這份自由，有我自己嚴格的保護原則。她要不派我工作，我還有可能去做，她派工作派得如此明顯，這是絕對不做了。這不是賭氣嗎？有人會說。不，在我來說，這不是賭氣。一個人與另一個人在一起，那是件有重量的事，因為有這份生活的承諾，它會影響我。解除承諾這事，並不單單只是解除關係。我對失敗看得很認真，因為我們不會毫無理由地失敗。對我來說，與萱瑄關係的失敗，更不是毫無理由。

我是一個如此脆弱的存在，從兒童時期，就被兩個高尚地想要接受對方文化的父母背叛，如果不是這種結合本身有什麼問題，也是這種結合中的「什麼東西」出了錯——照萱瑄的邏輯，異性戀就是有點低等，異性戀父母就是會對子女做出慘無人道的事，我們時時該記住，這是用來主張同志平權的重要論據。——然而就是在這一點上，這個不偏不倚的點上，我與她有了最嚴重的意見分歧，以及最長久的感情斷裂。

在我們共同生活的過去，我總在請求萱瑄，請她更正她對我家族史的誤用。那些我對她描述的事蹟，她在一轉手，往往把它說成，異性戀是怎麼樣的一種純利益結合（所以同性戀是好的）。我反對她的說詞，因為我是資料的來源，我當然能判斷，這種使用是否太過粗糙。也許她的論點可以成立，並且也是成立的，但不是成立在她扭曲資料的方式上。我甚至曾非常正式對她說過：如果妳不能正確解讀我對妳說的話，那麼我請求妳，在批評異性戀家庭時，用妳自己熟悉，或是妳自己的家庭做例子。

她為了政治效果，而總是誇大其詞，這讓我萬分痛苦。她沒有指名道姓，我所痛苦的，完全不是因為自己的父母被暗中攻擊（我才不在乎），而是我受不了對真實的不謹慎。——萱瑄是活得如夢似幻的人，她雖不至於做出為了攻擊政敵而栽贓這一類的事，但是作為一個始終需要並且尋求興奮的人——她只要稍一不能抵抗那份興奮（在政治上顯得強而有力）的誘惑，就會說出證據薄弱或是自由發揮的東西。在一開始，我以為那是不嚴謹，但是後來發生了別的事——更具毀滅性的事。

我真的是，在人生中，知道了太多事的人。我所記得的，都不是我願意記得的。我不知道愛幻想這件事，與領養有沒有關係。但我知道，領養一事，不管對被領養者，或是被領養者周圍的人來說，都可以形成某種原始創傷——說它是創傷，不是因為它本身是壞事，而只是因為它會讓人認知到一件事：自然是有限的，人力可以更加介入——婚配中的生殖與養育，一樣是人力的結果；這是從相對比較來說——領養，總是代表更多一層的人為安排——一個人認知到領養一事（不必是自己被領養），很難不在心靈上產生一種分裂感，就像認知到男女分別，在命運與自我的感受上，會有一種重影效果，一種呼喚與低語：一面覺得自己「是」什麼，一面覺得自己「可能是卻不是」什麼。就像有一個從未來到的雙胞兄弟姊妹一般。在最好的狀況中，這只會使人有想像力；但這也可能使人變得特別不安，設想出自己若是那個雙生子，才有可能，比較幸福。

領養一事，遠比一般想像，來得普遍。它也很常是因為死亡或分離，在第二次婚姻關係中產生：小孩認不是親生的爸媽為爸媽。這就是我父親的狀況。他變成養子那年，他的哥哥也變成了養子——但與他不同，我的伯父被送給另一個家庭——為了減輕我阿嬤的經濟負擔。因為兩個家庭住在同一個村落，這個收養事件，甚至造成像鬧劇的悲劇場面。我父親會趁我阿嬤不注意時，跑去搥打收養哥哥家庭的門，喊叫：還我哥哥！還我哥哥！令這個富裕的家庭不堪其擾，不久就搬到他方。這是那個年代的收養，帶有幾分野蠻的性質，它也要求我阿嬤承諾，再也不見她的親生長子。

「他一定恨著我們。他一定恨著我們。」在我少數聽起我父親談起此事的時候，他總是重複這個想法。當時我十三四歲，我在心裡嘀咕，那也未必，那也未必。當時我很著迷瑞典兒童作家林葛倫的書，不管是長筒襪皮皮或是小英雄賴思慕，他們要不是沒有與父母住在一起，就是到處流浪，自己挑選父母，我覺得我父親感情豐富的想像，只是因為他沒讀過林葛倫。然而那當然是有意義的——對他來說。他有了這個想像：母親非常殘暴，因為可以遺棄其中一個孩子；母親也非常慈愛，因為她畢竟留下了他。

從沒有受過教育的我阿嬤身上，套她的心事，是很不容易的。她自己也是養女。她的養母必定是相當不錯的母親，從我小時候，我阿嬤如何懂得照看我的衣食與需求，大致就能推斷出，她自己在成長過程中，曾備受呵護。她終於能夠說幾句關於她的養母的話時，她的說法是：一個好人，美麗、善良——我阿嬤沒有太多形容詞，「但可惜就是早死」——小時候我一度以為阿嬤不說，是因為其中有不幸；稍長後我才了解，像小說家一樣描寫各種細節，並不是人人都有的能力，阿嬤敘述的能力很有限。很可能，在她心中一直有困惑，喜愛她的養母，是否對她生母，是種背叛。雖然養母在她心中，幾乎沒有缺點——但是，她說起養母，仍有一種遙遠的陌生感。一個美麗可敬的大人，嬌弱但溫柔——或許因為養母死得早，我求她回憶時，阿嬤已經年過半百，在說起收養她的女人時，我無法判斷那個奇異的感覺，有多少是事實：一個始終很老的小孩，在談一個永遠年輕的女人。

阿嬤失智後，「記憶」傾巢而出。她連白天夜晚都分不清了，我實在沒法確定，她說的，是事實？是想像？「我要回家！」「我要回家！」——她一遍遍哭喊著。我仔細詢問她，她似乎回到了她被送到新家的年紀。每天哭著要回去——但她是重複她童年做過的事？或是她忍到七老八十後，才把小時候往肚裡流的眼淚，哭了出來？我沒有任何把握。「可憐的媽媽，」阿嬤說：「那麼想女兒，也不敢來看一眼。只敢遠遠地、遠遠地，都來偷看我啊。不敢來。站在遠遠的地方。不敢站得更近，因為太窮了。太窮了。自己的女兒，也不敢看。」

阿嬤的生母真的來偷看她？還是阿嬤無法想像生母會忘記她，而想像出這樣一副慘絕人寰的景象，說服自己，始終被生母所愛？不論真實是哪一種，阿嬤總是表達了深藏在心的某種東西。我不知道，失智對她來說，是不是一種解脫。在失智之前，她總是均衡愉快，無論是她說她自己，或是她表現出來的，她都像一個不會為任何事亂了分寸的人：「不論發生什麼事，我沒有少吃過一頓飯。吃飯時間到，一定把三餐弄好。有人因為煩惱啊，吃不下飯。我從來不會。打我打完，我一樣吃我的飯。」──阿嬤後來嫁了的丈夫，打妻子打孩子都打得凶，但我阿嬤說起吃飯時，我年紀還小，我只以為阿嬤很厲害，什麼都影響不了她。

什麼都影響不了她的一個人，這或許是危險的。失智後，阿嬤突然從一個理智至上的人，變成一個莎士比亞戲劇般的人物，充滿了濃烈愛恨色彩，心事滔滔──她的世界突然變得非常熱鬧，有我完全看不到的人來來去去──她完全脫離了現實，但有了澎湃的感情。

失智的人幻想，發瘋的人妄想──這些或者有得治，或者沒得治，但是我們常常不知道，所謂一般人，其實也幻想。而且我們經常不知道，人們在幻想時，究竟出了什麼事。究竟人們是在幻想中，過得比現實愉快？還是在幻想中，令自己更悲慘？所謂一般人，是不會把幻想告訴另一個人的，一個人要是在物理世界掉下懸崖，還可能被搜救──但要是一個人在幻想中失足，到了可能回不去現實的幻想界──那經常比在物理世界的墜落，還要無從解救。──因為沒有外觀。

一個父親在性侵犯女兒時，他究竟是活在哪裡？

如果說，強暴事件的局外人，應該具有一點戒備與防護，以免自己被事件的殘暴性質，生吞活剝了心靈，強暴事件的受害者，難有同樣的選擇自由。某個美國影集，在觸及「下藥迷姦」時，這樣問道：「究竟哪樣比較慘？是一個被強暴者，記得被強暴的過程？還是不記得強暴過程？」

侵犯權利、侵犯人格──這都是比較容易被理解的面向，比上述兩者，更加冷酷持久的，是它對記憶一事的摧殘。

一般而言，我們對記憶是有所準備的。出發去旅遊、參加廚藝競賽、或是只是到公園散散步，在出發前，我們多少會整頓一下我們的腦子，調整出為了當天活動的記憶活性。但是，絕少有人在早上醒來後，一邊刷牙，一邊預想，我今天可能被強暴，我要準備好記憶強暴的頭腦——強暴，總是迫使某人在無準備下，做無準備的事。

在最富有同情心與理解力的人口中，我們也許會聽到最溫柔的話語：就算記不清或記不住這件事，那也沒關係啊，重要的是，妳活了下來。我曾聽到一個逃脫強暴陷阱的少女，這樣說過：「我不要記得這樣的事！我不要記得這樣的事！」——但她甚至沒有掉落陷阱！

是的，也存在成功的脫逃者——但是就算脫逃者，也有挺不過記憶的殘暴而喪生之人。

比如金與金的咖啡壺。

事情發生在法國西北的一座小城。連續強暴少男的神職人員，後來入監服刑。但是這個故事，有另一個故事。少年金，在父母將他託付給神職人員時，在這個強暴犯只是對他起意之時，就起了警覺。因為他的高警覺，他有幸沒有受害——。他第一個開始，對周遭環境發出警報，這個年齡還不到上大學的少年。但在他父母知道他遇到什麼事之前，他父母注意到的第一個異樣是，當時金非常執著地，苦苦求他的父母，給他買一個咖啡壺。咖啡壺——但是金從前並不怎麼喝咖啡的。——因為金想一直保持清醒。

是因為他擔心睡夢中會遭遇不測嗎？（神職人員同時負有類似舍監的職務）是因為他需要更

多清醒的時間，以便「想通這是怎麼一回事」嗎？金和金的咖啡壺——我希望有一天，某個藝術的作品能夠製作它，並且將它陳列在博物館——在丹麥，就有一座博物館，設有亂倫受害者的專區——像那樣的地方，金的咖啡壺應該被看到——雖然它很荒謬，但是絕不會比強暴一事，更為荒謬——逃脫者、倖存者——這是另一群證人，他們說明了強暴的傷害性，不只是侵犯發生與否，當它是一個犯意——一個未遂的犯行，即已十分可怖——它雖然沒有侵犯到身體，卻已侵犯精神與記憶。金死於自殺。

我常想：在這世上，是否有人，會比我，更深愛金，與金的咖啡壺？任何人，一旦想要長久保持清醒，就在發瘋的邊緣了。因為那是太艱難、太艱難的任務。然而這當中，有一個幾乎是美麗與痛苦的極度象徵：對於認識過強暴面容的人來說，存在有一個強烈的分界——有一個之前與之後，也有一個之中與之外；所有親身見過，即便只是一瞥，也會形成某種印象，彷彿知道之前與之外的世界，都是一個沉睡與不清醒的所在；只有知道之後與之中的世界，才是睜開眼的世界。

一個將強暴者印象放在心裡的人，不只看到強暴，還會看到「這兩個世界」。

作為一個從小就在憶起性攻擊之前，就以進入半昏迷狀態，而得以長大成人的我；我用我的昏迷，深深了解金的清醒。我懂。我懂。我懂得他。如果有死後重逢這種事，金會是我第一個想要見到的人。我想緊緊握住他的手。我是多麼想要守在他的身邊，讓他可以安心熟睡。

這不是我們能長久放在記憶中的東西：不只因為被羞辱的痛苦，也因為艱澀。——強暴加諸我們的智力困擾，本身就可以對智力造成摧殘。問問那些有教學經驗的教師們吧，在不對的年齡給不對的教材，可以多麼重創學生的身心。但是沒有什麼年齡，真適合這種「學習」。

私底下，我把自己和金做過比較。作為這個被侵略與被剝奪之家族中的最年幼者，我擁有某種生存的「優勢」，那就是在學齡前，我不發達的智力。即使我以有限的腦力想要思考「那是什麼？」——在堅持幾分鐘「思考」後，沒有答案；這個思考就自動關閉了。有點像青少年可以熬夜，但是兒童總會提早一步睡著。兒童我們，還不能「以意志力克服某事」。不懂的事，大至被強暴，小至一段話，我們不懂，但我們不知道要懂。——某些傷害，因此得以延後。

如果說，強暴對受害者來說，造成了致命打擊，那不單單是強暴這件事，令人難以理解——它還帶來另一個疑問：世界是可以理解的嗎？

如果在了解人類時，我終要發現亂倫與強暴，對我來說，這個世界，究竟有什麼好發現的？我有一張剪報，是記者在維也納不遠處拍到的。非常美麗。雖然是狹小的衛浴室，但從照片上可以清楚指認出的卡通圖案有：一朵有蠟筆筆觸的大花、章魚一隻、有著五彩繽紛的龜殼的烏龜一隻。在洗手台上方的置物櫃最上方，大象形狀的玩具，但也可能是恐龍；在牆壁磁磚的一處，一個不太容易辨識的小彩圖，我會說它是黃色的愛心裡面，又有一顆紅色的小愛心。——這是奧地利從此著名的地下室。七十三歲的約瑟夫．弗來茲對警方坦承，他在此處禁閉女兒二十四年，亂倫產下七名子女，除了另行處理的四名，有三名兒童也禁閉其中。

——如果只看這些卡通圖案與小孩面容，有人可以猜到，發生了什麼事嗎？

每一次，在咖啡專賣店裡，妳瀏覽各種不同式樣的咖啡壺時，妳真的在瀏覽咖啡壺嗎？

三十五歲時，我才買了我的第一雙高跟鞋，那是一個難忘的經驗。那個早上，我決定要去在巴黎北邊的「歐洲劇場」看一齣戲。所有評論，都說那齣戲非常殘暴，它的劇名就叫《強暴》。我想去看，但也害怕，我撐不到坐車到劇院的時刻，就會崩潰。我也不能確定看完後，我是否會決定自殺。但是我還是想去看，像金想要保持清醒一樣，我想對這件事，保持清醒。我沒有頭痛，但是我吃了四顆普拿疼，才有勇氣出門，我對自己說，我有四顆普拿疼，我可以撐到看完那齣戲。戲的確非常殘暴，但是，那是一齣傑作，因為只有指認強暴的殘暴性，才是仁慈的。戲裡面，有一個女導演，她是被割舌的被強暴者的翻譯官——翻譯官在戲中穿了一雙有跟的涼鞋——那是第一次，我那麼想要一雙鞋。看完戲後，我馬上到處尋找一模一樣的鞋子——我沒有找到，但我可以接受，有所相像即可。在跟朋友出遊時，我常開玩笑般炫耀鞋跟的咯咯聲響，說著各種可以從這雙鞋發展出來的笑話——但當我一個人時，我對著這雙鞋像流血一般流眼淚。我沒有像一般小女孩，嚮往過媽媽的高跟鞋。相反的，只要是媽媽有的任何裝備，我都拒絕——而我到了三十五歲，才在一齣戲中的一個角色上，想要一雙鞋。——這實在開始得太晚，但總是一個開始。

作為缺乏語言與經驗的兒童，我也曾像被割去舌頭的女人，但是媽媽從頭到尾，都拒絕擔任我的翻譯官。媽媽從來就拒絕任何語言上對我的援助。在存在的意義，與感情的經驗上來說，我都直覺「媽媽」並不是「媽媽」——劇中的翻譯官，既沒有生我，也沒有養我，但是我想模倣她，想要象徵性地擁有她身上的配件，覺得那會給我活下去的希望——我是這樣懂得了母親在女兒生命中，原本應該有的位置：所謂母親，難道不是那個人，當一個女兒被割去舌頭後，還知道去問：「妳想要說的，是什麼？」

一份關係可以是假的。在法律上是真的，但在經驗中是假的。母女關係也可以是假的。但我們沒有那麼容易發現。只有在碰到真的時，我們往往才能知道什麼是假。我的高跟鞋是真的，我的母親是假的。

原則上，每個孩子都從母親那裡學語言。但是維吉尼亞．伍爾夫族的族人，我們的族語在哪裡？不，不是所有的母親都不懂——有些母親為女兒翻譯，有些不——在後者的例子中，我們必須勇敢接受文化的收養關係——不管那個被收養的希望是如何微薄、不管被收養的關係是如何纖細——但是一根真實的線，遠比一根不真的鐵條有用——我曾兩次強烈感覺到，我從廣闊的世界進入人的世界，一次靠的是一篇關於伍爾夫傳記的文章，一次靠的是高跟鞋。

但是——我還沒有說起，第二次爆炸。

——第二次爆炸，在它來臨之前，沒有一絲一毫預兆。

那是一個平常的日子。經過四五年的不斷磨合，我和萱瑄的同居生活，已經進入充滿表面和諧的狀態。我們花很多時間，投入社會運動，但比起我們相識的最初，我花更多心力，希望藉由工作，使經濟狀況改善。萱瑄則剛考入政治研究所。因為與朋友合租一層公寓房子，生活中最大的改善，就是電視從此位於客廳，變得安寧許多。在我們共同的房間裡，兩人主要的活動範圍，是成對角線的各自書桌。當我們要談話時，我們就把椅子轉向，兩個人以對角線的角度說話——我們始終都很有話聊，不因為我們想法一致，而是因為經常擁有不同觀點。我們都相信社會應該更加平等，也喜歡文學和藝術，我們總是很能「討論事情」。我在生活上比較有紀律，早晨通常由我準備早餐開始，但萱瑄也有她「很有生活能力的部分」。她知道我不愛交際應酬，舉凡那些被歸為與人打交道的粗糙面，小至去繳水電費，大至與房東聯絡，她都問都不問我，一手包辦。偶爾我瞥見她在她書桌一角，疊得整整齊齊的各式帳單，我就會有一種淡淡的安心。雖然是沒有任何合法性與能見度的同女婚姻，我仍然感覺它，十分有實感。如果說那些年，對於共同生活，我有什麼真正惱火的事，我只記得兩樣。

第一樣，是她不讓我在味噌湯裡放胡蘿蔔。她說那樣味道太怪，而我認為只有這樣，才能多吃蔬菜，我們互相不肯讓步，我主張健康比較重要，她覺得味道不可偏廢。我很氣她。

至於第二樣，則是關於被單。她跟我說，她可以回她家去買，因為她家裡有親戚，在同一條街上，開有床罩床組店。但是那天她把被單帶回來，我馬上開玩笑地把眼睛蒙上。怎會挑那種大紅顏色，還爬滿草履蟲的床單？「我晚上會做關於草履蟲的噩夢呀！」

萱瑄無奈地說，當天她回去，她媽媽要她在店裡幫忙，派了她爸爸去挑，所以才會挑出這樣古早味的床單。我心裡有點悵惘，再怎麼說，那是我們一起蓋的被，萱瑄至少應該要親自去挑才對呀！但我知道她媽媽店裡，要她幫忙的事不少，再說，就算萱瑄自己去挑，也有可能會挑到草履蟲（我們對顏色的品味一向也不太一樣）。不知為何，這事讓我覺得有些不祥。但我不是迷信的人，所以只是口頭上開開草履蟲的玩笑。後來我就拿許多其他顏色的布，盡量蓋住它，希望美化那張滿江紅的被單。

就只有這兩樣而已。

但我是快樂的嗎？

想到這，我會想到另一件令我百思不得解的事。在我大部分有所深交的朋友之間，我們經常會有一起說出同一句話，想到同一件事的瞬間，我們會因此非常高興，覺得這證明了「我們真的很要好」。這種神祕的同步，我與小朱有很多，我們也許不說同一句話，但我和小朱一旦同處，「不約而同」的氣氛，就會濃烈萬分。然而我和萱瑄，儘管相處的時間最長，彼此同意的事項範圍最廣，但我一直奇怪，這一類的剎那共感，我們一次也沒有。如果我們同時開口，我們說出來的話，總更顯得，我們是兩個不同世界的人。

我的解釋是，如果純憑直覺，我就不會與萱瑄接近，但是我和萱瑄認識的那段時間，我和她，都覺得，有必要壓抑我的直覺。——我以為捨棄那種神祕的和諧，如同我捨棄小朱，其中有其宿命的必然。我因此也是自願地決定，自此要迴避那種，太過天然的幸福——所以這種苦頭——這種我和萱瑄的缺乏共鳴感，在我十九歲時，反向地被我定位為，一種有意違背自我的正確性——我曾不違背自我過，向著小朱，就是我的不違背自我——但是那段關係中的許多其他困難，幾乎要奪去我性命。當萱瑄出現，用各種方式告訴我，妳不可以過分相信感覺，我相信了她。所以，這種犧牲——犧牲掉直覺，犧牲掉神奇時刻——雖然名為犧牲，但在當時，我是真心相信，這就是一個人，如果要人生、要生活，註定要有的妥協與代價。

雖然如此，在內心世界裡，「我不是我」的失落感，一直存在。這不是最好，但這也不是最壞——和萱瑄一起，我內心非常寂寞，但是她使我分心，我對這一點，非常感激。此外，她知道創作的重要性，我不再因為小朱破壞性的介入，擔驚受怕。有時我丟棄大量的草稿在垃圾桶中，萱瑄甚至會在我不知道時，從垃圾桶中撿出來，仔細閱讀，她告訴我那些東西好在哪裡，我則告訴她壞在哪裡。我的感覺是，我沒有要到我在生命中想要的東西，但是我們彼此都盡了全力。我想做一個成熟的人，我深深接受這種不完美。我在關係中長期的孤單感，就像一種自己必須忍耐的牙痛。我不曾對萱瑄說起，我很清楚，她並不是我牙齒中的蛀蟲。

那個平常的日子，我們原本在各自的書桌前做事，萱瑄出聲說話，我於是照向來的習慣，把我的椅子旋向她坐的地方。她問了我一個問題，一個完全不像她會問我的問題。她問我：「如果有下輩子，在下輩子，妳還願意跟我在一起嗎？」

我說：「當然。當然願意。」我說得非常真誠與肯定，但也很痛苦地知道，我在欺騙她。我是不願意有下輩子的。我這一生過得很苦，我活著已經是萬不得已，如果有下輩子，我希望至少不要，再次忍耐這種內心孤單。但是我理解，這不是要續租房間的契約問題，我把這個問題，視為她表達此時此刻的不安與寂寞，作為一個溫柔的人，我覺得撫平她的這種虛無痛苦，我責無旁貸。但也因為她讓我別無選擇，我是難過的。

然後就是爆炸。

我記得她告訴了我什麼事，但我已無法記得當時情境。每一回，當我想起當年的那個時刻，我的腦子裡，只有一連串的轟隆巨響。因為大部分的東西都震掉了，對於那個房間，當時所處的空間，我的記憶反而不正常地清晰：因為什麼都不剩了，只剩那個空間，生活不在了，時間不在了，我不在了，這就是爆炸。

我甚至不再能清楚記得我的感覺。那是過度曝光因而什麼都看不見的純粹黑洞。

等到我可以說話的時候，我勉強，非常虛弱地說了一句話，「以我的能力，我恐怕沒法，接受，像這樣的事。」

萱瑄在說那件事時，並沒有很大的困難，她表達得很好，很有層次。

我從來沒有聽說，也沒有想像過這種事。與亂倫的不可思議比起來，她說的事，似乎更加離奇。如果我對亂倫的思考很困難、很緩慢，我受惠於當時智力有限。但是這一次，作為一個成年人，這事讓我覺得：不是我的臉，而是我的人生——被潑了硫酸。

她告訴我有一種人，會編造出不存在的人物與事件，欺騙周遭的人，讓人以為那是存在的。她說了兩個例子，一種是被外星人綁架（但其實沒有），一種是曾經看到過飛碟（但也其實沒有）。我沒有碰到過有人對我說他看過飛碟，外星人也沒有，我聽到這些部分時，心情都還很輕鬆。她說這叫說謊癖，我說我知道。並且我還背了夏宇的詩（得意洋洋地），就是這個吧，我在詩裡讀到過。我背了詩，完全不知道自己將要面臨的是什麼。

之後就完了。不是因為萱瑄說，她就是說謊癖患者，而是因為她告訴我，她對我說了哪些謊。而那些事——我一直完全相信，確有其人其事，不是相信了兩分鐘，而是這些年。

妳記得梅寶的事嗎？記得。梅寶並不存在，那是我編出來的。妳記得我說過 Rosa 的事嗎？記得呀。那個開車到學校送講義給妳的學姊，她現在在南非不是嗎？Rosa 並不存在，她是我編出來的。那她不在南非？誰在南非？沒有人在南非，全部都是我編的。妳記得章魚小四嗎？記得。她怎麼了？她沒死嗎？她不是真人，她也是我編出來的。

妳記得我們去高雄開勞動權的會嗎？記得。妳記得妳問我，我心情不好，是不是因為看到梅寶？對，因為我想到梅寶是高雄人，又讀工會法，也許她也會來開會。我當時心情很不好，是因為妳以為會碰到她，妳完全相信我，我覺得很難過，我那時就很想對妳坦承。坦承梅寶是我編出來的人。我沒有辦法相信梅寶是妳編出來的人——我記得那麼多關於她的事，如果她不存在，那本《貓蚤札》是誰送妳的？是我自己的。

寫信給妳的那個獸醫，妳說妳們原本打算一起去花蓮——她說我們以後如果養貓，貓生病了可以去找她。她什麼都沒說。她不是真人，她是我編出來的。這個意思是說，假如有天我們真的養貓，根本不可能找到她？根本不可能。妳明白了嗎？我明白了。

我的弱點，我認為愛一個人，就是確實記得、記住，那個人對妳說過的話——包括她的過去、她的朋友、你們發生過的點點滴滴——因為那是妳所愛的人的一部分，妳要幫助妳愛的人成長，所有對她有過意義的人事物，對妳也有意義。妳用心把一切記好，妳不會把她的小學同學和她大學的室友弄混，當她說到她的死黨時，妳知道她說的不是造成她陰影的合唱團指揮，這些細心的分辨與知道——全成了笑話般的災難。她不是讓妳了解她，而是讓她自己知道，她可以騙過妳。而我即使知道那些是謊之後，我卻敲不掉那些假造的人物與情節，她們盤根錯節地構成我對萱瑄的了解：她在乎什麼、她偏好什麼、她逃避什麼——

我的羞恥感，遠比被假乞丐真富翁騙錢，遠比驪山烽火時趕到現場看美人笑的諸侯，還要排山倒海：我長時間被剝奪了真實，他們卻只在一個時間點上受騙。

（妳知道，妳的所做所為，就是會造成，有過我這樣童年遭遇的小孩，莫大痛苦的原因之一嗎？因為我最大的噩夢，就是人們會——把我當作妳。）

（妳知道，就是因為放羊的孩子存在，所以即使我說的是真的，許多人還是怕做被騙的樵夫，所以都不來救我嗎？）

（妳知道，我從小是如何小心翼翼，不放過任何機會，奮力學習保住最多的真實，為的只是——要使人們相信我，並且也使自己，對得起這份相信嗎？）

（如果我知道，我連一秒鐘也不能容忍自己沾染到妳，一個偽證者——我的天，萱瑄，妳怎麼可以做、做那個無中生有的依阿高[20]！）

「妳知道，我對妳說的，我家裡的事，我父親對我做的事，我母親不管我的事，所有關於亂倫的事，妳知道，我的事，那些全是真的嗎？」我問她。

「我知道。我看到妳，我感覺良心發現。妳使我想做一個誠實的人。」她說。

「妳知道，我失去一切。正常的父母、正常的家庭。」

「妳原本以為，我們在一起，妳可以有一個正常的開始，開始正常的人生。我都知道。」

「同性戀從沒真正打敗過我。」我說，萱瑄接道：「是我，而不是同性戀，打敗了妳。」

「我很抱歉。」——我們終於首次，無聲卻同步地說出，我們共有的第一句話。

20 莎士比亞戲劇《奧賽羅》中的一個角色。另有譯名伊阿古，以無中生有的謊言進讒言的形象著名，依阿高導致奧賽羅與其妻苔絲狄蒙娜的毀滅。

第十七章

當我還是個孩子的時候，我對希臘神話，就有著不尋常的感情。當時我並沒有任何，現代人會稱為人文素養的東西，我不知道神話是什麼。那些故事震撼我，不是因為詩意或是悲劇的緣故，而是因為它們完全就像「蠢事一籮筐」。希臘神話，充滿了孩子眼中，不該犯的錯誤，那些人與神，似乎都很輕易地，「從來不做對的事」。即使那些對的事，看起來是那麼簡單。在我心目中，愚蠢排行榜上的第一名，就是勇敢到可以下到陰間，卻在最後一刻，因為不能緊記規則與約定，把他的妻子尤莉提斯，留在地府裡的奧菲斯。

明明該做到的事只有一樣：不要回頭望。為什麼看似非常在乎尤莉提斯，人人都說智勇雙全，甚至才華過人的奧菲斯，卻會做不到？究竟發生了什麼事，使他非得在那一刻，把頭轉過去？如果他不相信尤莉提斯跟在他後面，轉過身去，又有什麼意義？為了證明他沒有被騙？最重要的事，難道不是把尤莉提斯帶回凡間？他做的所有努力，不管是用音樂馴服地獄裡的狗，或是與冥王談判，比起來，不用任何特別智力地筆直往前走，不是困難得多嗎？如果小時候，我就對奧菲斯非常不能原諒，很可能的原因，是因為我在尤莉提斯的命運中，看到我自己。

生是生，死是死，亂倫的禁令，只要遵守就好的東西，為何做不到？我知道我這樣說，有人——甚至就是我非常親近的人——比如小朱，比如萱瑄，都會非常反彈。這傷害到某種隱密的自尊：難道我們是愚蠢的順從者嗎？是誰有權利，將規則加諸我們身上？許多一生之中，並未被亂倫觸及的人們，對於亂倫，仍然保有某種浪漫的嚮往，在我對自身遭遇默不作聲的歲月裡，我曾不止一次聽到少女們，將亂倫描繪為一種更多的自由與更無畏的愛。我在其中聽到很大的情感動力，可以總結成一個想法：我想活成一種樣子，一種不管別人怎麼想的樣子。

有次我曾無意撞見一對姊妹亂倫。姊姊是我國小同學，她曾不止一次明示或暗示我，她喜愛亂倫——她覺得這是美的，崇高的。在撞見亂倫之前，我以為這只是她的囈語。撞見後我並沒有「大驚小怪」，只是很快離開現場。這是一個具體的機會，讓我整理各種想法。姊妹倆沒有真的結成伴侶，而是各有嫁娶。而她們各自的伴侶，據我所知，對她們的亂倫關係，一無所知。我必須承認，我在第一時間內，我感到相當大的反感。因為我發現亂倫，幾乎與欺騙的本質，難以分割。它就像祕密外交一樣。我們稱正式關係（不牽涉到法律，僅限於兩人之間的誠信）之外的關係，是謂偷情，定約的其中一方，可以因為這種關係生變，做出想要做的反應，比如取消關係，或改變態度。但是在任一方保有亂倫的狀態裡，作為伴侶一方的地位，是巧妙而祕密地被貶損了。——並且因為很難知情，也不太可能讓人做出反應。

就像被朋友告知，他或她，正欺騙其中一個伴侶，擁有另一段祕密關係時——幾乎所有把這種「祕密」說給別人聽的人，都相信聽到的人，會幫忙守密。因為小說家的身分，時常有人在一見面，就把這種事說給我聽（或許很多人以為小說家與騙子是同一回事）。我和被騙的一方，有時沒有親密到能夠說上話，但是一旦看到對方，心中就會發出聲音：天啊，妳是被騙的人。——這讓我十分難受。儘管只是非常邊緣的旁觀者，這也讓我憂愁。

不過，我知道，那為什麼讓人感到解脫。每一種欺騙，都是一種無意識的語言，對自己說：妳有權利忘記某事。被忘記是最接近死亡的經驗。非常害怕死亡的人，難免會希望別人死在自己前頭。當一個人開始欺騙時，那個欺騙的權力感，非常近於有權力判決某人死亡。不是肉身的死亡，而是在妳的意識中死亡。如果只是因為遇到更愛的人，妳會努力不欺騙雙方，因為那牽涉到的是人生的轉變，而非欺騙的需求。但是如果欺騙才是最根本的需求，人就必須依賴一種以上的關係。當妳分裂，變成雙面人或一人分飾兩角，妳會有一種錯覺，彷彿死亡碰不到妳——因為如果妳是一個人，妳的死亡總是完整的，妳不會一半生一半死；但如果妳是「兩個人」，妳那麼奇怪，妳也許以為妳是非常特別地在愛，或在不愛，但事實上，這個遊戲玩的只是，某種與死亡的躲迷藏。妳以為妳殺死「一個人只能是一個人」的規則。

因為某種陰錯陽差，有次我意外地，暫時性地擁有兩個情人。我被迫體會我不會好奇過的東西：同時擁有兩個情人，那是一種什麼經驗？我得到一個簡單的結論，那就是，同時擁有兩個情人，以及欺騙——這確實給人權力感。在那裡，存有「大過死亡」的錯覺。

那個錯覺，即使明明是錯覺，還是拯救了我（我並不知道會發生）——不是在良知的層面，而是在力量層面：事情發生時，我在某個海灘上，發生完關係。我不知道那感覺，竟會如此之好。我懂了一件事。在我們的一生中，有時我們會不知不覺地「小於生命」，當我們體認到自己對生死沒有絕對的決定權，當死亡氣息強過生命時，我們深受其苦，但毫不自知。只有我們有機會，從水面下，上到水面時，我們才會知道，我在水底待了那麼久！

——但是使我們上升的關鍵是什麼？有時候，只要一段音樂就夠。但是有些時候，當對的音樂沒來到時，讓自己變得不像自己——這也會是力量的泉源。——一個人，如何可以非常不像自己？許多人會去學一種新語言；但是如果連新語言，都不足以使自己不像原本的自己，某種刻意出錯或出狀況，也會使人有掌握局面的幻覺——想像自己沒有生命力，人就可以加速自己的死亡，那麼想像自己比較有生命力，當然也會使人產生活力。

性的活躍或擁有許多性伴侶，我們對自己說的話，不外就是自己有「過人之處」，而既然「過人」了，或許也就「大於死亡」——這純粹是個幻覺，但它是有用的幻覺。沒有人能代替別人決定，要不要追尋這樣的幻覺。我受益過這種幻覺——透過無目的性交——在我不為什麼就跟陌生人睡上的經驗裡，我知道這種幻覺可以發揮它極大的力量。它安撫與宣洩的不是單純的性欲——我第一次這樣幹過後，我發現我最大的改變，就是我在生命中，變得比較放鬆。這是一件幸運的事，因為我也看過，有人在「亂搞」之後，更加消沉與挫敗——我猜想，造成差別的，絕不是我們做了什麼，而是我們在做的過程裡，我們怎麼感受。在我第一次睡陌生人的經驗裡，我非常尖銳地感受到，那份幻覺如何讓我浮出水面，我有種大大地「這就夠了」的感覺。我的注意力固然在性，也在其他部分。從前我不知道存在有「小於生命」這種苦痛，幻覺幫我短暫解消了這種苦痛，我的領悟，使我自然決定，我不再需要這種幻覺。它完成了它一時的任務，我就立刻讓它離開。——我完成這個領悟的過程很快，我知道幻覺功不可沒。帶感情的性也許也能帶來領悟，但根據我的經驗，它們各有各的領域。

只要有領悟，人就能感覺死而復生，究竟性是不是一個絕對方法與手段？我並沒有答案。我只能說，這個選擇權，有時是值得保留的。

奧菲斯對尤莉提斯的愛，除了尤莉提斯是個可愛之人，還在本質上，是對死去之人的愛。或者應該換一種說法，人是因為會死，我們才愛他們的——每個人都會死，這是在所有規則中，最看不出可能加以破壞的規則。亂倫禁令的規則可以被破壞，但是「人皆有一死」的這個規則，要破壞起來，是困難多了的。既然它是規則，我們又說是因為這個規則而愛，這似乎說了廢話中的廢話。然而不是的。人類與規則的關係，還有一個第三者——就是我們的記憶。規則從不改變，但是記憶始終有強弱，記憶有時記得規則，有時卻又非分遺忘。

愛是什麼呢？如果記得每個人，都終將分解成砂粒，去取悅一個人，甚至僅僅只是對某人微笑，難道不白癡嗎？何必定睛看著這個人？何必對他或她說話？何必說「我們」？我們難道不知道，「我們」都只是「塵土」嗎？

比如奧古斯丁。他就曾批評自己為友人過世而傷心，是把情感寄託在錯誤之處，不懂得只愛永恆之物。奧古斯丁如果在奧菲斯身旁，他不但會阻止奧菲斯跑到地獄，他甚至會在奧菲斯愛上生前的尤莉提斯之時，就警告他：你愚不可及，你愛一個性命有限之人。

徐四金曾把奧菲斯與耶穌相比，這是一個在我看來，非常奇怪的比較。但是徐四金的用意，在大大讚揚奧菲斯。他說，不像耶穌想要拯救眾生，奧菲斯只想挽救一個人。奧菲斯開出的條件也非常謙卑，他不是要任何人永生不死，他抱憾的只是尤莉提斯死得太年輕。只要讓她多活一陣子，奧菲斯願意承認死亡的權威，把她還給陰間。

當奧菲斯以詩歌對地獄之王普魯圖訴說時，普魯圖甚至淚流滿面。這個奧菲斯是厲害——想想他是有什麼樣的特權呀。只因為他愛著尤莉提斯，他就可以在幾乎是鐵律的死亡規則上，討價還價——但是最奇怪的事發生了，普魯圖提出的條件，只不過要他走路別回頭，這幾乎「不像條件的條件」，我們甚至可以認為普魯圖「放水」的挑戰，好比我們要求一個灌籃高手，不須灌籃，只要繞場走一遭就可得分；溜冰選手不須做什麼三個後空翻，只要靜止不動一分鐘就可獲勝一般——但是就在這看似最不需要努力的要求之前，奧菲斯奇蹟般的失敗了！該死的奧菲斯！

徐四金非常喜愛奧菲斯，所以他連地獄之王普魯圖的要求，他都認為是不懷好意。他似乎認為，這個規則會讓奧菲斯起疑心，以為這是地獄之王騙他離開地獄之法。我覺得這不太說得通。如果該疑心，奧菲斯在一開始就可以疑心；直到最後一刻才疑心——他難道沒想過，如果地獄之王沒有騙他，他在最後一刻賭這一把，沒有任何邏輯？如果他被騙，回頭什麼也不會得到；如果沒被騙，他這是置他身後的尤莉提斯於何地呀！

很顯然地，奧菲斯既非賭徒，也沒算過或然率之類。他就是回頭了！

或許因為在幼年，我心靈中的痛苦，就是不明白，為什麼最簡單的規則——做父親的不要侵犯女兒——沒有難度的規則——這有什麼難呢？我的意思是，一個成人，他知道那麼多事，擁有那麼多能力——他可以有的選擇那麼多，為什麼他單單挑了一樣，對我會造成莫大傷害，對他本人益處不明的事來做呢？因為這，當我看到奧菲斯的蠢事時，我感到非常難以原諒。

規則就是規則！如果不遵守到底，規則就沒有意義呀！

如果不用蠟堵住耳朵，至少也要用繩子綁緊自己——即使到今天，想要聽到賽蓮之歌而不死的奧德薩，都令我萬分驚詫——他不用蠟堵住耳朵，但他還知道用繩子綁住自己——這使我對他還有幾分尊敬，我知道人的能力多麼有限，我知道輕忽規則多麼危險——在我沒有蠟也沒有繩子的童年中，我用意志力關閉我的耳朵——這個令我生存下來的本能，在我往後一生，都在我身上留下傷殘，每當人際關係中有看似性的危險迫近時，我可以自動失去聽力。但我不是經由知識而知道這麼做的，最初的賽蓮之歌，我是一個聽到者。父親對女兒說出的，彷彿他教我「如何在腳踏車上保持平衡」的淫言穢語，是比身體攻擊還暴力的東西——該感謝或是該悲嘆幼兒的好記性呢？——那個只要說出來，任何人都知道不是兒童，有可能發明出來的語言——既是侵犯的指紋，也因為言語更容易登錄於記憶，牢記住那些不屬於我心智的黃腔，確保了我知道，我未發瘋，也非幻想，而只是非常不幸地被侵犯而已。而已。

世界是由規則建立起來的。破壞規則不是不可以，但必須有理由，或因為其他的規則。

十六歲那一年，我父親開始發現我，或許對他而言，太過強烈的道德傾向。有多大的程度，他曾經擔憂我會因此與他敵對？我不知道。但是他對我做了一番非常長的講話，大意是，人不能靠道德活下去，潔身自愛會變成潔癖，適度地「同流合汙」是必要的，如果不放縱一下，人會活不下去。

「爸爸要送給妳一句座右銘，妳可以把它貼在書桌前。」必須承認我在那個年紀，仍依賴他告訴我人生是什麼，以及什麼是生活。那句座右銘，他早早就準備好了，他的筆跡寫在一張白紙上。我按他教我的，貼在我的書桌正前方。「水清無魚」。我的中文程度，已經使我很輕易可以了解，這句話的意義。

水清無魚？但有必要到，對自己的女兒下手嗎？不偶爾放縱一下，人真的會活不下去嗎？

我偶爾看著那張紙條。

不太能確定這是純潔的父愛，還是犯罪者拉人入幫派前的洗腦講話。一個亂倫的父親，處心積慮至此，應該可以配得上「歎為觀止」四個字。

不相信規則的人，大致上有一些特性。他們是相信一些其他東西的。比如說，他們相信別人會騙他。情有可原。如果規則是用來騙人的，那麼不相信規則，也是某一種正直。

徐四金說，「不回頭看」這個禁令，別無意義。但怎麼會別無意義呢？

如果奧菲斯在地獄中就能眼見尤莉提斯，那麼陰間與陽間的距離，不就像兩個捷運站一樣。奧菲斯的冒險與努力，又有什麼特別？根據徐四金所言，他對奧菲斯的回頭有兩個意見，他把奧菲斯與歌劇演員相比，認為藝術家終不能免其虛榮心，看不到尤莉提斯，就像一個歌劇演員背對觀眾唱歌，很難忍受。所以，是藝術家奧菲斯凌駕了戀愛家奧菲斯，他的職業本能比情人本能更強，他的職業本能抓住了它，讓他成了失敗的戀人？是這樣嗎？

誰比較需要被看到？誰比較需要觀眾？我從小朱的身邊逃走，很大的原因之一，就是發現情人這個身分，在小朱身上，正是一種需要被注意的強大欲望——不是需要情人注意她，而是需要更多人注意她和她的情人，說得更明確一點，是注意她的情史與她作為情人的這整齣戲劇。

但是同志是一個如此不被公眾看好的角色，她的群眾基礎，因此只能從愛欲的網路擴散，她不是需要戀情才頻繁戀愛，她之所以開始每一段關係，是因為，不被親屬、朋友或一般人看見的「她的成分」，只有在愛欲蔓生中，透過複雜交纏的看情敵、看前任、看前前任與前前前任的前前任之類的行為保持成立的狀態——人類這個部分的好奇心——這種不會用力看朋友，卻會用力看「情人的情人」的特性——雖然說，歸根究柢，這些流轉的眼神，真正加強的還是小朱本身的無處不在。這個把戲，這個使我與小朱不可能平等——也不可能與任何人平等的，彩虹色的蜘蛛網，就是我像劫後餘生者那樣，脫逃的第一個同志世界。如果奧菲斯有一點點小朱的成分，他回頭，就不是因為歌者需要觀眾的回應，而是因為作為戀之藝者，他更不能忍受沒有目光。

小朱一度高調地挑中我，就是因為我是一個有技巧的暴露者，書寫一事，就是被假定為，當眼睛與身體都不存在後，依然能夠保存眼中之物的一種工作。但是我與小朱有著根本上的不同，這是她的人生計畫，不是我的。我所相信與追求的，自始至終，就是一種即使完全在黑暗中，也能相戀的東西。一種從目光起始，就堅強得足以擺脫世人的情感。這曾經是我要的東西。不是世人看得見或看不見——而是絕不依賴任何第三人的眼神——這才是戀愛。當小朱把我們發生的事，數說給這個或那個新舊情人知道，我放任她，只是因為那是她的需要；但在我心中，那是戀愛墮落成可交換物品、軼事、談資的可悲記號。我也很怪異，我知道。我期望小朱什麼呢？我問我自己。我期望她是更純粹的藝術家。那種就算沒有任何讀者，依然照寫不誤的人——。

奧菲斯不想成功達成任務。作為完全的藝術家，他不想要任何一個觀眾，他想要的是分離。絕對的分離。他騙自己他愛尤莉提斯，但那不是真的。尤莉提斯的死亡，是他心願得遂。正是如此，他要大費周章去救她，因為她讓他心願得遂，這才是他欠她的。

奧菲斯當然是一個騙子。他對地獄之王的一番說詞，是經不起考驗的花言巧語。他要求例外，他用音樂打動人心，我們在藝術的恍惚中，承認他應有例外——但他心中是怎麼想那個他得到的特權的？怎麼可以？

我們都說他忘了禁令，所以回頭。然而，難道不可能，他是一直記得禁令，更甚於達成任務，所以他自發地懲罰了自己？——他所要求的並不對，不管愛情有多感人，不管他的魅力有多大，不與其他人平等，是更危險的——他回頭，因為他內在是承認規則的，他迷惑了眾人，加寫出一個只適用於他的規則——但是一個不適用所有人的規則，就不是真正的規則，他也許能把尤莉提斯帶回地面，但他那麼有能力，那麼高於其他人，不再只是歌唱得美妙的奧菲斯，而是能讓尤莉提斯起死回生的奧菲斯——這個奧菲斯，給尤莉提斯的，真的是愛嗎？

我更相信，他想讓尤莉提斯看看舊的奧菲斯——他們將一同喪失的那個奧菲斯，他回頭，因為愛是留在舊有的共同記憶裡，就算那會導致他與尤莉提斯永遠分離，他要做回那個對尤莉提斯之死，無能為力的奧菲斯，而非萬能奧菲斯。萬能奧菲斯將被愛的是萬能，但是如果奧菲斯也需要愛，他必須以無能的奧菲斯被愛。那麼他的回頭，之所以悲愴，不是因為奧菲斯愛得比較少，而是他承認了他自己——他需要被愛——無能的奧菲斯需要被愛——尤莉提斯驚惶而悲哀，但我想她並不痛苦：她擁有了愚蠢真實的奧菲斯情人，而非一個恩人。他們必受天人永隔之折磨，這不是幸福，但這是愛情。

這個版本的奧菲斯，不是我童年時期的，也不是少女時期的。在年輕的歲月裡，我也曾單純地希望尤莉提斯離開陰間，因為我將尤莉提斯的命運，等同於我在「廣闊的世界」中的遭遇，我盼望有跨越生死的愛，這樣的話，我也可以獲准離開陰間，來到世上。但是小朱要求我的諸事，點出我命定更多奧菲斯，而非尤莉提斯，我曾經非常怨恨她這一點。這表示我要單獨上去世間。如果不是小朱對我非常絕情，我永遠不會認真寫作——她拒絕給我，我所想要的愛，因為妳並不真正需要——小朱依然活躍在許多愛情關係中，但屬於我們之間的一切，她更像我愛著，卻告訴我，她是我不該想救出的，尤莉提斯。

萱瑄會怎麼看呢？她是一個把結合關係看得那麼重的人。為了鞏固一份關係，她甚至不惜用上種種，說出來會駭人聽聞的欺騙手法。她會同意，我對奧菲斯終究是愛規則，不愛特權的詮釋嗎？我們從來沒有討論過這個神話，但我曾經寫過一齣劇，劇中奧菲斯（以無意識）的另一種面貌出現。在那個每日必思及女性主義的年代，奧菲斯分裂成多個角色（全是女的），一方面是所有，只要不回頭望就能上天堂的五種女性，一方面是一個用音樂讓五種女性回頭從往天堂之路墜下的女性主義藝術家原型。這個我長大一點看，就覺得好笑的戲劇，還是有些有意思的東西。上天堂被當成各自尋得救贖的可能，但是音樂是把所有人聯結起來的苦難記憶，當時我想要說的是，女性主義者的角色不是主張什麼事，而是讓每個女人都因為無法失憶，而必須從向上之路墜下，團結在地面上。——如今當我想到，我一度曾努力與在乎過的那些事物，我的感覺不只是淡然，還是慘然。在我那麼尊敬記憶的年代裡，我與一個傑出的撒謊者分享人生。——而且要不是撒謊者的告白，我的腦中會始終儲存大量的虛假記憶——這個絕對的矛盾，非但粉碎了過去所有行動的合法性——這裡合法性的意思，倒不是我參與過什麼謊言的散布——而是一種很深的，不敢自信清白的恐怖——我的個性、我的自信、我的判斷力——我不是單獨打造起來的，每一個那個年代的我自己，都有萱瑄的成分在。

雖然她告訴我的事情，有真也有假，但就像一個爬滿了蛆與蟲的蛋糕，你會想要刮下一點奶油或留住上面的櫻桃嗎？數年後，當她告訴我：小心！我想要做個誠實的人，讓我告訴妳，蛋糕裡有不該在蛋糕裡的東西——如果真是蛋糕，妳也會想整個嘔出來，而非嘔出四分之一或二分之一就好。更糟的是，它還不像蛋糕一樣，可以嘔出來。因為即使是蛋糕，那是三年來妳每星期都吃一點的蛋糕——就算人類的胃，容錯量很高，妳看起來就跟沒吃錯食物的人沒有兩樣——但是妳自己知道，妳絕對不一樣了。

用記憶糟蹋我——第一次是因為，那是非人的亂倫記憶；第二次是因為，那是不配的記憶——記憶最珍貴也最核心之處，就是它不是任意的。記憶可以發生不小心的錯誤，因為它很複雜，但是錯誤有些可以存疑，有些可以訂正——某些誇大、某些遺漏、某些不清不楚、某些誤植——這都是在規則之內的。但灌輸不存在的人物的一生到某人腦中——這甚至不像撒謊，不像假新聞，而像某種邪門的科學實驗。

萱瑄說過一件事給我聽，因為她的說謊癖，我如今沒有把握這是真是假。她告訴過我，她有一個高中同學，是被間諜收養的小孩，為的是幫這個間諜掩護身分。坦白說，她真是說了不少與間諜有關的故事給我聽，只是她都不是以故事的型態告訴我。如果是飛機上妳的鄰座對妳說這事，妳會知道有些保留，妳也許也不會想太多。但是萱瑄被我認為是生命中重要之人，她告訴我的每件事，越是離奇，越是讓我投入感情——她說過，至少有兩人因為對她存有病態的感情而自殺（不是真的）——我簡直無法描摹第一次我聽聞此事，使我經歷什麼樣的心理衝擊：這些事對萱瑄是不公平的，我要盡可能愛她——沒有人會覺得扶一個盲友過馬路太過分，但是一個假扮的盲友！讓我非常不安的是，儘管萱瑄自認行為不當，但是她有一種奇怪態度：既然妳可以接受助人，那麼妳反正是要助人的，就讓我冒充被幫助的人，這真的有差嗎？因為既然我會想要冒充，那就代表我也有需要，為什麼妳只在乎真實的困難，就不在乎想像出來的困難呢？萱瑄流露出對我不經意的譴責：妳關心真正的弱者，但妳不夠關心，病態的弱者——這真是可怕的對質。

萱瑄對社會正義與弱勢權益的敏感，還真是到了無人可及的地步呀！振振有詞，一如她每次站上遊行隊伍的宣傳車上。

搞了半天，原來我加入的，不是基進女同性戀女性主義運動，還是病態的基進女同性戀女性主義運動。我竟然不知道。

有一個朋友曾如此描述萱瑄：對於道德看似有很高的堅持，但是更受能做不道德之事，深深地吸引。朋友說這話時，並非譏諷，只是單純陳述。

萱瑄就是我所謂非常害怕被欺騙的人，她坦承說謊癖後，她的恐懼顯得十分正常。如果她時不時運用她的欺騙能力，她會這樣想像別人待她，也就在情理之中。這種對人與對世界的不信任感，究竟是怎麼來的呢？

在與她在一起的那些年裡，我長年感到一種疲倦，她對不做違禁之事，總有一種壓抑的狂怒，但她又難以承擔違禁的損失，損失之一，包括損失我。她理想的人生，一直是既有固定關係又可以自由雜交，而對我來說，那太複雜。如果不照我的方式，那就讓我走開。這究竟是不是一種公平呢？我是眼睜睜看著，她因為不能自由雜交而受苦。

有那麼一次，我為了幫助一對小拉拉伴侶重修舊好，安排了四人約會。小拉拉之一，因為搞錯地方而遲到，萱瑄卻因無疑是情欲的高度波濤（被一個潛在的情欲對象放鴿子），對我尋釁，一會兒對我破口大罵，一會兒對我再三找碴。四人坐定後，萱瑄去洗手間，小拉拉之一對我說，萱瑄的表現完全就像：「一個難耐亂倫吸引力的父親一樣。」我們三人寂寞地交換微笑，對於正確說出的話，我不反駁。在場的三人都有亂倫史，沒有人有意成全萱瑄。雖然我是被維護與寬慰了，但是萱瑄被看得那麼破，於我很悲。沒有我的鼓勵，萱瑄動彈不得；但我既沒有這種病態的需求（不管是精神上的換伴或是幾Ｐ），我也無意鼓勵她。然而她的痛苦，我不是沒有看在眼裡。我們曾想立下一種同女伴侶的良好示範，但是關於事實的真相，我只能說，真相何其殘酷。

同時見證彷彿亂倫父親再世的我們三人，我們有足夠的敏感，我們幾乎對此，處之泰然。我們既不像天真的好奇者，必須靠探索，而知道感覺是什麼；也不像非倖存者一樣，會傻到看不出問題。我自己挑選的伴侶，讓我最在乎的亂倫倖存者族群，面對面地，再次交換，專屬於我們的受創語言。

萱瑄與她自己的心靈猛獸搏鬥，她自己打得一身是傷。相對於知道什麼是情欲陷阱的我們，她是一個我們傳授不了文明的原始人。她也知道，她違禁的欲望毫不理性（那更是違禁的欲望而非愛上某人），但存在的東西就是存在，如果譴責她不能假裝，似乎也不實際。如果我心中有什麼微言，我只能說：像這種時候，我至少做得到不遷怒他人，我至少有能力，忍耐到自己在浴室時，才一個人哭。平時我對她稍微提高音量，都會加以糾正，只有那天，我並沒有。我甚至沒有被觸怒，那都是因為，太悲哀的緣故。

不如妳違禁吧！——我不能因為同情她的掙扎，就說出這種對我來說，只是婦人之仁的話。

一個喜歡科普的朋友告訴我，雜交的基因，存在染色體上。

我問過萱瑄，如果也要尊重雜交的人的權利（那是一個我們什麼都想尊重的時代），可行之道是否在，讓雜交的人雜交，不雜交的人不雜交，大家各自為政，這樣是否兩全其美？

但從很年輕就感知自己喜愛雜交的萱瑄，對我解釋道：「雜交的人終究是占少數，如果明白讓人知道妳是雜交的，根本不會有太多雜交機會。這是為什麼雜交的人，不得不偽裝成另一種人，要是讓人知道，妳感興趣的只是雜交，很多人一開始就不會對妳有興趣了。」

那麼等於要用騙的囉？我問。這也是沒辦法的事。如果只有兩三人，就那兩三人雜交雜交，那種雜交，妳說說看，它究竟與不雜交又有多大差別？——萱瑄對於給我開示，倒是挺坦誠的。我想到著名的雜交者們，境遇確實有點像這樣，不雜交者也是很堅定的，我雖然不曾在道德上非難雜交者過，但那種涇渭分明，我並非真不熟悉。

差點被我的小惠妹妹設計落入雜交陷阱後，此後我對這事，更覺難以置身事外。

小惠妹妹在那之後，有兩三年，成為一個憂鬱症患者。症狀減輕後，她也順利結婚生子。她變成我母親得意的盾牌：「妳說妳爸對妳做過那些事，但是小惠呢？小惠就說，爸爸並沒有對她做什麼不好的事！」有一個妹妹，對我來說，變成這樣一件事。我想起小時候，有次我和妹妹在公園裡，被一個明顯是要拐帶兒童的成人盯上，我馬上緊抓住小惠的手，帶她穿走我熟悉的小弄小巷，好擺脫一路跟著我們的另一個「爸爸」——如果那時我愚蠢一點、懶散一點，乾脆讓我們都遭遇不測，也許我就不必面對今日的苦澀。——但是這個想法，只是很淡很輕地掠過我的心頭。

唯一一次，我把我受害的事告訴小惠，小惠甚至閉上眼睛——她不想聽。我告誡她不要讓小孩單獨與我爸媽相處，她也不打算接受——媽媽和小惠是一致的，「男孩子不會有事的」，她們不約而同這樣說。小惠生的是男孩。我離開家後，小惠和我爸媽疏離的關係有所改變，爸媽認為只要小惠還在，「我們的家庭是很正常的。小惠和我的想法一樣」。我媽很放肆地傷害我，她不知道她在我身上報復些什麼。她覺得我爸很霸道，也很變態，但她發展出來的競爭對策，就是她可以更霸道、更變態——顯示她完全沒有被傷害——反而從中汲取了某些好處：比如說，虐待我的樂趣。以前她如果有「超越一切」的價值觀，愛她世人眼中禽獸不如的父親；現在她當然也能發揮她，好比忍者或是日本武士的精神，「超越一切」地忠於她的丈夫。萱瑄說的不完全錯——我確實不夠關心病態的弱者。

小惠則不到病態程度。她是某種「好異性戀」，在人際關係中保有一個「父親」去愛，不僅是她個人的感情需要，還因為那是普通人生的常備戲碼，她不是能發明新戲的人，在她生活中，她有一些基本觀眾，隨時等待熟悉的親情倫理劇上演。就像她問我的：「妳這樣，讓我怎麼在小李家裡做人？」小李是她丈夫，父母來台定居的香港人，小惠終於找到在這個族群問題紛擾不斷的島上，她的婚配出路：「我只是個平凡的人，我要的也只是平凡的幸福。我不像妳有才華，也不像妳有個性。」——她需要有個像家庭的家庭，做她婚姻的後盾，這是非常實際的考量。問題不是她相不相信我，而是相信我後，她不得不被迫改變。——每個人的人生籌碼有限，真實並不比籌碼有用——小惠從小就有她籌碼不夠的危機意識，作為姊姊，我了解她，讓我比較孤單，並不造成她的損失——在她的數學裡，我永遠比別人多有兩張王牌：那叫做才華與個性的兩張牌，小風鈴至少看得出這兩張牌，大不過會讓我滿盤皆輸的受害者底牌，小惠不願意像小風鈴那樣想，因為我是姊姊，我就是不會有事的。——我就是不會有事的——我很難糾正她這種根深柢固的想法——當她把我騙去新竹時，她一定多多少少也是抱持類似的信念：什麼都不會傷害到我。

我們之間真正的裂痕是什麼呢？如果我當年盲目一點，陪她完成她以為可以助她一臂之力的

3P，我們姊妹就會比較親密嗎？她就有可能與我比較不分彼此一點，跟我站在同一陣線嗎？如果當年我這樣想過，我就會因此願意雜交，好交換未來多一個人站在我這邊嗎？姊妹這樣的親情，也脆弱到需要性行為的加持，才能使它更堅固、更被確信嗎？我當然不是真的這麼以為。小惠敵對我，有多少是因為擔心，過去那件事，會使我在心裡審判她、懷疑她？那件事過後，我對她的信任，不可避免地大打折扣。再贏得先前的信任，談何容易，那麼不如放棄。小惠於是第二次，犧牲我。

手中握有別人把柄，並不是什麼好事。雖然我從未將其以把柄視之，但是目擊者，總是令當事人難堪——我在小惠的世界如是，萱瑄亦如是。

在人與人的關係中，鮮少有「一件事」存在。每件事至少是「兩件事」：一個人持刀殺傷另一人。表面上是一件事，但是一個人經歷的是，用刀戳入另一人身體；一個人經歷的是，被刀戳進。這是南轅北轍的兩種體驗。我會想到這，都是因為，我後來無法處理萱瑄的告解。

我猜想，萱瑄想像過她告解後的可能，她所能想像到的，或許只是，就像打翻一個碗，我的反應也許會比氣憤大一些，但那不會持續太久。她以為整件事的關鍵在於錯在誰，所以只要她承認錯，這事就像破掉的碗，能被遺忘與掃乾淨。

她沒法想像到的是，這不只是錯與對的問題而已。這還會使我變得不認識她，因而不認識自己——不認識我們所有的過往。我陷入的難題，遠遠不是要不要原諒她。

當後來我認為第二次爆炸，炸掉我太多記憶後，我試圖，像在廢墟中翻找，是否還有一兩件，對我來說，珍貴的記憶：關於我自己、關於那些年，我會想為自己留住的東西。我選擇了一樣——那是個非常羞恥的經驗。

那時我們剛在一起幾個月。事情發生在女大學生社團聯合營隊的舉辦處。那是營隊的第一天，我和萱瑄都是輔導員，也負責某些課程。白天一切都進行得很順利，我們都「表現得不錯」。晚餐過後，氣氛比較節慶，有人跳舞，有人喝酒。——我因為寂寞的緣故，破例喝了非常多酒——至少讓我是有醉意了。在睡房中，我碰到萱瑄，我仗著酒意，也只有仗著酒意才能，我哭著求她：「可不可以陪我一下？可不可以留下來陪我一下？」萱瑄很不高興，她急著要下樓加入人群，因為那是她所認為難得的場合，要好好「活動」的時候——做個像樣的運動分子——我並非不活躍，但根據萱瑄的標準，我「哈拉得不夠，要多鍛鍊親和力」。她沒有留下來陪我，即使中間進來拿東西的某學姊，因為不忍心，出聲對萱瑄道：「妳就留下來陪她嘛。」萱瑄沒理，逕自走了出去。她很急著參與這個，這個同志至少可以有一席之地的世界。學姊陪了我一下，我哭了一陣，也就很盡責地下樓去「活躍」了。

這是一件很小的事。對我們的關係也沒什麼影響，因為我後來沒什麼機會喝酒，而我如果不喝酒，我是沒辦法達到那天夜裡，那種需要感情的強度。再也沒有了。無論是表現出寂寞，或是「勇敢」到出聲要求「陪我一下」。雖然是靠著酒精，但這個羞恥的經驗，我在多年後，賦予了它完全不同的意義。——我曾經真實過。我曾經有過感情。我曾經厚顏到能夠提出要求。——不同於我長年比較接受萱瑄對我的評判：不夠政治。往後許多年，我照著這個評判修正我自己，即使某年生日，「我想因為我的生日休假一次」，婉拒帶讀書會——萱瑄知道我這麼想後，正色對我曉以大義（我覺得她只差一點沒有拿麥克風）：「妳不知道這種讀書會，對女同志的幫助有多大嗎？像妳那麼會講的人，有幾個？這種機緣，對於某些女同志來說，可能是生與死的差別。妳難道一點也不曉得，女同性戀究竟有多孤單無助嗎？當年要是沒有學姊來帶我們讀書會，我們能有今天嗎？」

——我覺得萱瑄太誇張了，我已經連著幾年，每年生日都在帶讀書會，只是婉拒一次而已——但我知道，如果我不去，萱瑄不會輕易原諒我，她知道我有奇怪的影響力，「我本來覺得自己不能接受同性戀的，但是如果賀殷殷是，那我也可以接受自己是」——自從某個大學女生在讀書會說過這樣的感言後，萱瑄更覺得「妳只要出現在她們眼前，我們就是在做同志運動」。

作為女同志運動分子的形象，就這樣不斷被加強。我幾乎完全沒有想起來過，那個晚上哭著醉了的情景：我的十九歲。會想起來，是在萱瑄揭露她的撒謊癖後不久。當時我進入一種記憶空白，忘記與萱瑄關係中的種種，也就算了，但我覺得，我至少要記起幾件其他的事，我不想因為精神腦震盪，而再也不能擁有的記憶。有些慌亂，有些病急亂投醫，我試著回想並且釐清「這些年來」。第一個浮現我腦海的，竟就是那個營隊的寢室：窗外漸暗的夏日夜色，以及我與時俱增的寂寞。

為什麼那一刻寂寞？那並不是無緣無故。我們在白天裡，討論「姊妹情誼」與「女人愛女人」諸多女性大團結的議題，但是營隊的檯面下，有另一場，可沒那麼光明的愛欲戰爭。至少有兩名輔導員，是萱瑄的前女友。她們或許與萱瑄還有積怨未消，對我的態度，敵友尚未明朗。倒不是說有誰侮辱誰，但是這一天，我不斷在驚險過招中度過。我沒有挨打，還擊時也保住雙方顏面，有點好戰性格的人，可能甚至會得意，但我憂鬱不快樂。我想到，我本來過著簡單的生活，現在只因為跟萱瑄在一起，立刻結了一票這不知可以稱為什麼的「乾親乾戚」。別人盯著我別出錯也就算了，但這類前任的美杜莎凝視？

如果我大上幾歲，世故許多，我會知道善待自己。但是當年，我很抗拒這些連帶而來的無趣。這是一個寫照：不比有公婆姑嫂刁難好太多，如果說異性戀結婚是兩個家庭的事，同性戀由眾前任、前任的現任、集合而成的人際，未必令人好過得多。在這種壓力之上，我心中還另有重荷——

不，那不完全是信口開河。把那所有後來被追記為謊言的故事攤開來，說的只有一樣事：萱瑄是一個早被大大愛過的人，妳的出現，充其量，只是錦上添花而已。

那些故事都充滿了細節：珍珠奶茶、太陽眼鏡、史努比拖鞋、淡水鐵蛋。這是它聽起來非常真實的原因之一。然而那都只是附帶陪襯而已。如果剝離了所有的表面披掛，故事的骨架，單薄如XY軸。X軸說的是各個女人如何十八般武藝俱全，有早慧才女，也有科技精英——有才貌雙全的，也有韻味獨特的。有家財萬貫的，也有家貧卻上進者。Y軸更簡單了，她們一律為萱瑄傾倒，有無限的愛，想要無止境地為她付出。——很俗氣、很濫情：為什麼萱瑄不以我認識的那些真實前任作藍本來發揮？因為真實的人，我自己會遇見，我自己能判斷——萱瑄無法在真人身上營造，那些如夢似幻壓倒性的氣氛。

換言之，所有那些大謊話，說的只是一件事：她是非凡人物，她有非凡經歷。

在我很小的時候，有一次，我曾因為看不懂樂譜上的德文，將一首悲傷的舞曲，彈得歡暢無比。在一旁聽到的鋼琴教師，忍不住邊聽邊掩面而笑。我彈完之後，她給我解釋了曲子的名稱，重新彈奏了一遍：「這是悲傷的曲子，妳明白了嗎？」我抿著微笑，不好意思地說：「我明白了。」

同樣的看錯譜，也發生在我聽取萱瑄謊言之時。客觀而言，她展示出來的是一個愛情英雄的史詩，充滿了明星的高潮起伏——但是我並沒有用她的傾向，去讀她的故事。這些「不同於普通人」的遭遇，我並沒有將它讀成一個人幸運有力的象徵，相反地，我從自己的認知出發，我感覺萱瑄非常不幸。這是因為，一直以來，「遭遇特殊」這件事，我都將其等同於「不幸」——從小背負著亂倫的特殊性，我對任何大起大伏之事，都敬而遠之。我認為人生真正美好的，是把我們帶回更平凡之路的東西。即使選擇了小說家這樣一個工作，我都這樣自白過：這是我的公共汽車，我像一個公車司機駕駛他的車子一般，我要這樣寫。當我的同輩藝術家，要求我在他們的偷窺癖或用藥狂歡中，追尋「更到邊緣與黑暗」的創作之路時，我曾反問其中一人：走向邊緣？有什麼好走的？一直到我進墳墓之前，我都不可能離開我的邊緣。有什麼比亂倫，還更邊緣的地方嗎？

萱瑄口中戲劇化的人生，引發了我很大的同情效應：最核心的原因是，我認為那是真實的。如果那是真實的，就算我再不喜歡——那麼，我都要抗拒我本性中的偏好。我不但會接受這個人，還會因為我本質上對這種事物的不喜歡，加倍對其友善。真實，是我的最優先原則。因此，我批准我自己接受萱瑄，是曾經用了極大的理智與意志，排除自己先天的喜好。

這些額外的努力，一度可以說是心甘情願的努力，都是建立在一個堅定的原則上的：這不是萱瑄的錯，如果她「真實地」遭遇過。然而當我知道，作為認識核心的真實，不但不是輕微失真，甚至是以人工手法，刻意虛報，崩潰的不是共同生活的一角或一地，而是從地基開始鎔蝕。

那些年，我勉強自己適應與付出真心——壓根改變了我的人格——你可以說這個人格是朝好的方向改變，更堅強、更有包容性、更通融——但是造成這個變化過程的倫理詭詐，仍然讓我魂不附體。萱瑄以為謊言是她的東西，只有我知道，她的謊言不是幾句話，她的謊言就是我。我是一個謊言的作品。

有個恐怖故事，說的是某個母親有失明的殘障，以至於，到訪的社工可以強暴她的兒子；也許這個兒子因為從小認識病人，而果真較其他小孩早熟與慈悲，但要是有天他知道，母親的病全是裝的，他是會精神錯亂，還是成仙成佛呢？

萱瑄不是我名義上的戀人而已，她曾是我的搭檔。搭檔在所有的意義上，是妳對她的清白與操守最無疑義的那個人，理論上，妳甚至會替她擋子彈，當她被陷害或蒙冤時，妳會為了挽救她的名譽，堅持到生命最後一刻。換言之，一個妳最相信的那個人。這是我們曾經以為即使捨棄異性戀優勢也不枉，同性結合的堅韌尊貴性，不是嗎？我們受歧視而不懼、我們被隱形卻瀟灑，因為我們，深深為我們的真實不欺而自豪，我們是有信念的，不是嗎？那是我們的現代意義——因為如果只是同性之間摸摸弄弄性高潮，那早就在歷史上，存在了上千年。

還有一個我思考了十年以上，經常因為太過痛苦，而想不下去的東西。不只在於這個爆炸事件，註銷掉我的同志身分，解散了我的同志認同——粉碎大部分我珍重的價值體系。在我更祕密的生命裡，我揮之不去另一個推論，與萱瑄為什麼撒謊無關，而只與她為什麼選擇那個時刻引爆有關。因為這針對的是，我更個人的存在。

長久以來，在萱瑄與我之間，就有一個懸而未決的憂傷，關於我們如何走上文學之路。我曾說過，我判定小朱在嚴格意義下，是一個不能寫的人，原因不在於她不能把事物轉換成文字，而在於一種先天的不敏感，使她寫成的東西，無法取得效度——而我們之間的這種差異，會扭曲她對我的愛。在需要她的愛，卻認知她的扭曲，會對我造成打擊的危機下，我做了割捨。因為我知道，在保全文學之前，只有我能保存我——而要是不能保存我，小朱想要透過我完成的任何計畫，都不可能。所以在我殘忍，包括對自己也殘忍的決定裡，小朱是被排除，又未被排除。我只是把她所算計於我的，變成由我來算計。

在這個經驗之後，萱瑄與小朱最大的不同，就是她有能力明白，書寫者實際的脆弱——我從沒有像否決小朱那樣，否決她作為一個能寫的人——尤其在我們初識之時，她甚至更是一個帶領者。但不知何時開始，出現了轉變。

實際的原因，仍是謎。以外在狀況而言，雖然她得到更多掌聲，但我們或者並不明言，或者以玩笑帶過的一件事是：她已經迷失，而我，如我所用的譬喻，我駛上了我的公共汽車。在我們貧困且為社會運動奔波的生活中，我越來越有安全感，但她也許不然。

如果萱瑄的程度如小朱，她可以感覺不到那份迷失，她可以一直寫到人生最後一刻，甚至名利雙收。——不過，在我們十分有理想性的年少時，我知道，當萱瑄提起她會「名利雙收」時，那都不是她的真心話。

有一次，我們聊到李昂[21]。因為李昂在某次談話中說及，她判斷基於她人生的某種限制，她只能達到二流作家的理想。萱瑄和我，我們於是討論了很多有關這的想法：「小殷會有這種感覺嗎？這種不能成為第一流的遺憾嗎？」「那倒是從來都沒有。我並不知道自己究竟在哪裡，但是如果用感覺的，我的感覺始終就是，只要努力，我就會是第一流的。但是要努力。不努力還是不行。」——與其說我是因為信心十足，不如說，我單純。這種單純究竟是天生，或是因為我複雜的身世，使我懂得用單純保護自己，我並不知道。萱瑄非常若有所思，我沒有問她，她自己怎麼想。因為在她拿我們兩個比較時，她已經時常做出，類似「小殷已經完全知道寫作是怎麼回事，我還是個寫文案的」這種判語。

雖然我對萱瑄作為欺謊者，始終有一分恨。我還是不得不說，在她身上仍有誠實的氣氛，與對文學的認知有關，使我在她那樣自嘲時，都知道不可也不必用虛言安慰她。我所能夠回答她的，一直都是——我相信時間會給予恩賜。

萱瑄耐心為我解釋我們一致認為是二流作品的好處（其中並不包括李昂，我們都同意，謙虛與自省，正是一流作家的特徵），以及她如何從中得到啟發與感動——這些東西始終深印我心，我從中不只學習文學，也學習人生。

萱瑄的不快樂，被隱藏在她對我寫作的強力保護政策之下。當我想要做做其他事時（因為可以賺到更多錢），她總是一再攔阻，她不停告誡我：「能寫的時候，就要不斷不斷地寫；如果到了不能寫的那天，再做什麼，都無法挽回了。」

「也會有不能寫的一天嗎？」我天真地問。被我倆嘲笑，不是「用紙完全沒有節制」就是「特占磁碟空間」的我，還無法想像——「不能寫」是什麼意思。

經常高興地檢查，宣稱「小殷又占了我們電腦好多磁碟空間」（表示我寫了很多）的萱瑄，非常嚴肅地告訴我：「這是存在的，這是存在的。會有不能寫的一天。」

偶爾我也會去看萱瑄的書桌，我總是發現稿紙上有許多開頭，我問她：「妳為什麼老在開頭，不把它寫完呢？」

「因為接不下去。」她回答我。

為什麼接不下去呢？每個人的寫作，是如此內在的一個東西，我只能從概念上，理解萱瑄「遇到瓶頸」、「卡關中」——但她究竟是怎麼去卡到關，我既無頭緒，也猜測不出。

「賭妳今年就會拿下文學獎。我賭贏，我們就去吃牛肉麵。」萱瑄站在電話旁邊這樣宣布。

21　李昂（1952-），作家。

——她告訴我，文學獎得獎會以電話通知，她算出開獎日大概日期後，就說道：「從今天起，我們都要注意電話。」（因為我有不愛接電話的怪癖）我抱怨道：「就算妳賭輸，我也要吃牛肉麵。」

我們如約去吃牛肉麵。

萱瑄揭露她的撒謊癖，就在我們吃完牛肉麵的兩週之後。

那之後，好幾次，我一個人出走，出發去一種全島無邊大漫遊。在淡水河河邊，不是認真考慮往下跳，而是必須用極大力氣，才能把自己從河邊拖走。淡水河一度改成基隆河、冬山河、濁水溪——有時我獨宿在異地的廉價旅社裡，邊看無聊的電視節目邊哭；有次我走在我也不知是什麼名稱的窮鄉僻壤，看到在一望無際的農田裡，路邊有一個農舍，坐著一個少女，面前只有一台電視機，非常沒有文化地喧囂——萱瑄並非來自偏鄉，我一直認為她愛看電視，是種無藥可救的惡習。但是在那個少女與電視的畫面中，在那一刻，以一種非常怪異的方式，喚起了我的良知——我對自己說，不能怪萱瑄，電視就是她的荒漠，一個在相當程度被電視養大的小孩，即便日後愛上文學，還是有其荒漠。現在我更了解電視機了，一個人別無選擇時，那就是她又想不死又想死的，加了蓋的河。這許多亂七八糟的連結，是我當時的瘋狂。我決定要徹底原諒萱瑄，重新出發。

關於我後來如何失敗，那是一個比較不重要的故事。許多次我開了頭，就不繼續的故事之一，是有關下面這個靈感，一個可怕的靈感：

說謊者心中敵對的，並不是誠實的人。說謊者想鏟除的，不是別人，正是小說家。

為什麼還需要小說家？說謊者以假亂真的能力，難道不是更卓絕嗎？

小說是我的信仰。從小就是。我把自己奉獻給它，因為它曾把我從人世最險惡的欺騙（亂倫）中解救出來。不是因為我相信小說句句屬實，而是我知道——這門藝術，不是給予真實，而是以獨特的手段，傳授給人們，在乎真實的能力。比真實更絕對的，是對真實的在乎——這份在乎是精神的，因為真實並不唾手可得。真實不會無緣無故被發現，要在乎它才會存在。

在我最痛苦的思想中，萱瑄雖然不能褻瀆我從兒童時期的信仰，但她充分表達了，攻擊的向度與力度。我從來沒有把小說與寫實畫上等號，想像、杜撰、誇張或是逆反於物理現象的，都是小說法則。

但是我們不是撒謊癖。存在有某個東西，力保我們並不欺騙與扭曲人們的認知。這個東西，並不能以一句話的通則去涵蓋它，但我知道它存在，它還幾乎是我的命脈。每一天，不管是幻化出一個怪獸，或是描繪一個不存在的人物，我們都經過成千上百的細密自我審判，即使只是為了最普通的趣味，也從不是為了讓人們受欺騙之苦。我忍住不看撒謊癖的那張臉，那有如最愚蠢與最畸形的小說家仿製品；像魔術師發現它的機關，被用來殺人；像建築師凜然於他的才能，被僭用於掩蓋屠殺。自此之後，我心中的恐怖，沒日沒夜地，襲擊我的心靈。

會有不能寫的一天嗎？我曾這樣問萱瑄。

據說芥川龍之介生前，曾有一個農夫朋友。有一天，這個農夫朋友拿了一篇稿子給芥川龍之介看，內容關於一個農夫殺了他自己的小孩，因為覺得太窮養不起。「這件事是真的嗎？」芥川龍之介問道。「那個農夫就是我，這件事就是我幹的。」農夫朋友回答。——農夫朋友的稿子，芥川一直保留著。

我無意深入去想，兩造心理有什麼樣的東西。如果這是對小說家的嘲弄，或許也只有小說家會嚴肅看待。這是超過你忍受範圍之事了吧？——這個控訴或許在世俗層面，有所謂的惡意、淒慘與卑鄙；但在小說的層面，它很純正。

妳應該更病態一些，才有資格寫作——這項聲明，萱瑄不是以言詞提出，她像那位農夫朋友一樣，在我生命中，留下她的稿子。

這份攻擊性，早在她談托爾斯泰時，已現端倪。這個暴力的種子，很多人也許找不到表達形式，萱瑄卻以自己的清白做血，潑濺出來。自此之後，我被迫帶著這種血腥，在我命裡。

不要說藝術帶給我們美與感動；藝術感受，當然是一種「創傷」。因為它總是顯得比我們的心靈更完整、更堅強也更具忍耐力：即使是以表達破碎為目的的作品，也會碰到更破碎的心靈，而驚怖於作品的秩序。一個勉為其難的比喻：我們可以選擇不斷自由結合，有些人因此有了幸福與有意義的關係；但是有些人，在與藝術的關係中，非但沒有經歷溝通的愛，反而飽受痛苦與被遺棄之感。

在我們人類中，也許是最為敏感或最為遲鈍者（要說是更具藝術心靈，我也不反對），會因為缺乏接收藝術的準備——而在一場音樂會後，表現得，就像是被毒打了一頓的孩子。

比如說，即使家中書架擺有一整列古典音樂欣賞全輯，我仍然知道，讓我父親聆聽音樂，對他造成的影響，並不比讓他聽槍林彈雨砲擊聲，好到哪裡去。

托爾斯泰究竟是惡棍還是聖徒？像不少人，我也有一整套看法。——這足以讓我平靜。而我始終知道，萱瑄不能平靜。

這真是因為托爾斯泰，曾經誘姦過女僕嗎？

還是因為某種更根本的反抗與痛苦，才使萱瑄緊抱著這個意象：小說家者流，作惡多端者。萱瑄小時候，曾要求大人給她刻一個印章，既不是刻自己的名字，也不是什麼有趣的字樣，而是「書奴」兩個字，我聽到時，詫笑不已，我說道：「這個小孩有毛病。」

我愛書，但是萱瑄對書籍的敬惜，是我忘塵莫及地：不准畫線、不可折角、不可邊吃零食邊把餅乾屑掉進去——要從第一頁看到最後一頁——我們相識最初，她就對我看書的習慣不敢領教：我一定隨便亂翻，打開哪看哪，只有決定這是特別有價值的作品，我才會從頭看。——她還曾因為我這種「不虔誠的行為」，費力地訓勉我：「妳該對作家的工作更保持敬意，妳自己要是寫成書，也希望人家這樣亂翻亂看？」「當然呀，有何不可？」

這種甘於受書本束縛，在文學前交出自由、交出任性——意謂著另一件事，那就是，她或許比我，更感受到，來自文字壓倒性的魔力。

我父母買書都是整套整套的，想要一本童話？為什麼不是全套？想要一本偉人傳記？為什麼不是全套？獲得整套書，在我的兒時記憶裡，甚至不曾造成過驚喜。我還曾老氣橫秋地批評過我爸媽：「買什麼大百科呀？這種書我在圖書館查就好了。不要為了補償你們自己童年的遺憾，就這樣鋪張浪費。你們如果嫌錢太多，不如買輛捷安特給我好了。」——當天晚上，我就收到捷安特。所以當我聽說，小學生萱瑄，看到副刊登出，可以寫信給副刊編輯去取得贈書時，就寫信到報社去，只為取得贈書——要說我心中沒有飽受衝擊，這絕對是騙人的。

我多麼希望，那個寫信給副刊的小孩，不會走上乖僻的邪路。

我們相識得太晚了嗎？萱瑄有次說道：「如果我是很小的年紀就遇見妳，我就可以受到好的影響。也許我個性中那些彆扭又變態的東西，就不會存在。」「妳會彆扭又變態嗎？彆扭又變態的不是我嗎？」對萱瑄陰暗的說謊心理一無所知的我，想像不到她心中的失控，一點也不是為了說笑而道：「看不出妳哪裡彆扭又變態——或許不給我邊吃零食邊看書這事有點。」「那樣書會爬螞蟻——。」「那有什麼關係？」——十幾年後，我還不時一邊看書一邊吃零食，偶爾當我記得把書拿起來抖出糖粉或餅乾屑時，我會驀然想起，這個習慣，是從哪裡來的。我會停住幾分鐘，想到遙遠年歲中的理想，以及那如何令我十年怕草繩的蛇。

很大程度，我不再碰任何與同志有關的事。所有這一類的活動，都圍繞真實經歷、真實生活——而我是一個沒有真實的人。選擇成為同志，使我有了一生中，最最羞恥的遭遇。應該羞恥的不是妳，妳不該因為這件事，就覺得同志運動是令妳羞恥的。不該嗎？說有什麼用。羞恥就是羞恥。

我的法國朋友說過一個故事給我聽，她有一個從越南收養來的姊姊，有次她在巴黎街頭被幾個越南人叫住，他們對她親切地說著越南話，她因為聽不懂、不會說，「我姊感到羞恥得無地自容，回家哭了好久。我就不明白，她不能乾脆就說，我是法國人，不是越南人，這不就沒問題嗎？」朋友道：「她會因為不了解越南歷史而感覺羞恥，她不愛看書，但我看到她老是在看什麼越南文學一百篇，我問她，她想去越南嗎？她又不想。」我說我懂。羞恥是因為沒有自己的歷史，這種歷史不是知識的，這種歷史，是把自己連貫起來的東西。我的羞恥是因為，我就連貫不起來。越南裔的女孩被法國社會收養，他們用法國化的東西養大她，與越南有關的東西出現時，她會產生一種不連貫感。這種不連貫，就是會使人羞恥。

偶爾我會上網看「走出埃及」的[22]網頁，我的理智讓我不同意他們，但是如果同志在這世上消失，我至少不用時時刻刻，被「同志」兩個字，在我心中引發的羞恥，折磨不已。

我幾乎決定整個地、永遠地放棄了解人類了。人們說的話，在我心裡難以登錄、存檔，我成為一個，你一定看過的那種人：她走不過海關，她走過來又走過去，走過來又走過去，她翻開她的口袋，裡面空無一物，但是她全身都讓機器嗶嗶響。

每當我的記憶裝置起動，想要記得什麼，我都有種作嘔的感覺，也許人們對我說的是實話，但即使如此，那也不重要了。像被下毒過的人，開始對進食一事反胃，我的好記性，令我想吐。我不厭食，但我厭記憶；厭食到一定程度，可以致死。關於厭記憶，我只有自己一個樣本，其他

22　基督教團體，以同性戀過來人身分，輔導想要改變性向的同性戀者，代表人物為厲真妮。其以關懷同性戀者為名，敵對大部分的同志運動與同志權益，屢受同志平權團體抗議與批評。

我所知的，都是他們死亡的消息。

日本有個頗負盛名的考古學家，偽造了若干考古證據，導致另一名據此加以研究的考古學家，知情後自殺。我對萱瑄談起此事，我想知道她怎麼想。很奇怪地，她不認為偽造者非常可責，她甚至說出：本來就要有心理準備，欺騙會存在。我的世界觀是，欺騙是種特例，互信才是行為常態的假設。——萱瑄似乎不在這個世界中。

我還說了一個從書上看到的笑話，意思是，相信一事，是人類生活的某種基礎，如果質疑這個基礎，即使某人說，美國有個地方叫紐約，我們都要親自到當地求證，才願意相信，這樣下去，日子還能過嗎？萱瑄不表贊同——她是真不贊同嗎？她說：選擇相信的那個人，自己也有責任。——或許人一旦犯了錯，就不免用一生，為錯誤辯護。我認為萱瑄並沒有覺悟，並沒有接受誠實，是基本且日常的義務，她把誠實說得像是，一種對人的恩賜——她在考察我多年來，對她的感情與付出後，才像發賞一樣，送禮給我。也許萱瑄本來以為，她該像砍倒櫻桃樹的華盛頓一樣，在認錯後，得到更多欽佩，我的驚駭，讓她覺得失算。儘管她想做一個誠實的人，她似乎還是不知道，誠實是什麼。

我會永遠過不了這一關，我絕望地想。

偶爾當我不得不想到萱瑄時，她的形象，常與我外公混在一起。他們都是超出常情的人。在鑄成大錯後，他們對其他人，取得了某種不可動搖的權威地位。在他們的離奇罪行之前，人們被迫承認思考的困難；在最好的狀況中，人們會說：我無法理解，但是你也不能強迫我，接受「只要是發生的事，就是容許的事」，所以讓我走開。在最壞的狀況中，人們既不能真正走開，又不能深入思考，於是就有了類似宗教的崇拜情結——承認他們是我們不能理解的恐怖，於是放大他們的其他優點與力量，換言之，就是給他們特權。

在我媽身上，這種影響非常顯著，她沒機會也沒辦法，建立分辨是非這種情感，她的注意力完全被轉移為，對忠誠的堅持：凡是我類，都是好的——最大的惡，就是質疑我類，或試圖脫離。一種非常原始的，以家庭為單位的民族主義情感。

偶爾她也有這種民族精神比較渙散不集中的時候，這種時候，她會問我，彷彿我是知識的任意門：「妳告訴我，彭明敏[23]，他是什麼樣的人？有人說他人品不好，是真的嗎？」

「應該是真的。如果李敖的說法未必可信，還有郭廷以呀。郭廷以寫的信，我去看過。如果郭廷以可信，那麼，彭明敏的人品，確實不怎麼樣。」

「如果妳也說他人品不好，那他大概真的不好了。所以妳現在都不支持台獨了。」

「怎樣？我要靠彭明敏的人品，決定台獨不台獨嗎？我反對任何國家殖民台灣，我反對無條件的民族主義，但是支持自衛性的民族主義。」

我媽突然超乎我預料地開心嘻笑。

23　彭明敏（1923-2022），台灣政治人物，台灣獨立運動領袖之一。曾於一九九六年與謝長廷搭檔代表民主進步黨參選總統，此次選舉勝選者為中國國民黨候選人李登輝與連戰。

「笑什麼？」我沒好氣地說：「聽不懂稍微有內容一點的話，就傻笑嗎？」

「不是。只是妳說話的方式，跟妳阿公，簡直一模一樣。」

「我像阿公，大家都要倒大楣了。這輩子，最不要的，就是像阿公。」

（也不要像妳。也不要像妳丈夫。甚至也不要，像妳的另一個女兒。）

談論台灣的過去與未來，變成我們表面和諧的唯一出路。我媽會聽到一種彷彿我跟她接近的東西。她不能了解的，是我不在乎，像誰不像誰，跟誰是一夥，她以為我與她一致，但我們根本，從來都沒有一樣過。

她對台灣的感情，是種鄉愁似的東西，那是她僅有的一點人性，不是我的，但是人性總歸不太壞。對我來說，就算台灣不叫台灣，就算外公是另一種人，我的想法也不會改變。在濫情一點的時刻，我會在心裡說：誰會比我對這個島的命運，更感興趣呢？它的被欺凌、被強灌人造記憶，使它受苦於「難以連貫成一個自我」而發聲。拼湊國格，如我從被亂倫的劫後餘生中，抵抗所有奪去我真實的努力，我和它，我們都是無奈卻堅決的縫補之人。沒有它歷史中「反抗內在殖民」那句話的砥礪，我這一生，不知會少掉多少勇氣、多少語言。——雖如此，這樣的話，我從不會去說它。有些東西，不用說的。

我對外公完全不好奇嗎？他的身影，常常出現在我的台灣史中。

有一年，我跑到澎湖去玩。參觀當年日軍建立的祕密軍事基地。在那裡，日軍建立海上神風特攻隊，造了木造的小船，打算要讓台灣人，在海上一撞即沉，一撞即死。他們用最輕薄的木頭造它——。

在殘剩的木材上，我看到有編號的木板。我看不懂那些編號，但我猜想，有人會懂。我的腦海浮現一個澎湖當地人的身影，我想像他是外公的朋友（我在二二八紀念館館外的受難者小傳中，注意到一件事：像外公那樣受過師範教育的，是那個年代訊息最為發達的一群。因為做老師，他們被分發到各處；又因為受過教育，他們特喜歡給彼此寫信）。我想像他在看到那些木材運到澎湖後，會用日文寫信給外公：

某某某某桑（既然外公的遺物中還有武士刀，他應該也有一個日本名，但是我不懂日文，這不過是草擬的小說稿）：近來可好？時代已大大不同了，昔時你我曾互勉，有朝一日，必去前進之國，學習前進知識。但吾在此，得見一景，對彼時夢想，深感懷疑。不知你是否還抱有昨日的希望？我的希望今已幻滅，幾經思量，難耐苦悶，過去想望之輝煌前途，努力使吾島成為殖民地中最優秀光明者，似為泡夢。之類之類。

要模擬那個時代，我做的功課還不夠。不過我知道，木材之學，在外公同輩之間，熱門有如今日之APP開發。外公留下了一個家族傳統，就是包括我之內，到了每個地方，都會去看木材。不過我不清楚，他們在寫信時，會直接抒發對日本國力的懷疑，還是會用他們彼此明白的隱語，含蓄交換意見。如果我是當時的人，並且又看得懂木材良窳，我一定會對日本人在台灣用破木材造小船的軍事計畫，感到某種入骨的恐怖與沮喪。

我知道，外公那一代的知識青年，對於到日本深造，是有憧憬的。但是戰爭前後的所見所聞，必定使他們大受衝擊。——對我來說，外公變得瘋狂，既有可能肇因個人因素——比如說，客家人在閩客情欲關係中，似乎有更常做情夫而非丈夫的民間傳統——奪閩人之妻，讓閩人養其與妻偷生之子，在閩客衝突中，被客家人視為某種地下英雄式的報復——我就聽過某些客家老人津津樂道，李登輝其實是客家人，談到此事時，他們樂於散布一種流言：許多閩南人養的，是客家男人偷情得手的「愛的結晶」，即使貴如總統，也不例外。事實如何，無關緊要，重要的是，在這種八卦中，客家男人的性幻想，重複又重複：客家男人的性吸引力，遠遠優於閩南男人。這兩個族群，有屬於各自的性焦慮與性文化嗎？客家男人更加有性焦慮嗎？或是相反？他們是更放蕩的一群？

就像野心旺盛的同志，只有在勾引到異性戀婚姻中的男女，才有比較大的快感嗎？可以說，客家人也有那種，類似同志的不平與叛逆嗎？

「閩南人的沙文主義，是真的嗎？」有次又是那種任意門時刻，我媽問我。

「一開始，我也不知道是不是真的。不過我讀了一些書，我看是有點。閩南人寫的台灣史，就只有在講什麼義民時，才談到客家。要不就老是帶種招降的老大口吻。」

我聽過很多閩南人說客家人的壞話，說起來都不加節制。客家人呢？也許他們都用客家話在說，也不一定。但客家人就比較沒攻擊性嗎？我們都讓你們閩南人戴綠帽——這不也挺狠？還是挺好笑？

讓我想像外公的性思想或性文化，不太容易。奪取妻子的妹妹，是純粹男性沙文情欲的擴張主義嗎？如果外公的正妻不是閩南人，外婆不是閩南人，外公會不會就可以，因為大家同是客家人，就能克制些呢？——究竟外公代表的是，一種男人欲念的不受規範？還是想要傷害異族（閩南人）的永恆盲目衝動？

誰知道？阿婆除了是閩南人，也代表了「日本」。她是當年少數受過良好日本教育的女人。這是她和阿公的共通點。在日本戰事節節敗退之際，阿公對阿婆的占據，除了是對倫常的罔顧，是不是也是絕望地，將自己和即將在這塊土地上消逝褪去的「日本」綁縛在一起？從阿婆的立場來說，成了姊姊的情敵與姊夫的黑妻——她這一生，多是孤絕——外公的親戚欺她，她在她自己的親戚面前，也無地自容——直到臨死不久，她才回去看看她生長的埔里故居——做最後的憑弔——。外公呢？我覺得，他得到的自私利益不少——他至少有一人，能在戰後，長年以日語與其對話，並且懂得他的日本教育背景，陪他繼續某種「日本式的文化生活」——性的衝動，固然非常動物性——但是動物性的自利狡猾，或許也不能低估。外公的每個小孩，都有日本名字；也被規定，只要在家，就要說客家話。阿婆的客語、日語都流利，據說那是因為她天資聰穎的緣故。有學者說，客語凋零的重要原因，是因為客家男人愛娶閩南妻，導致小孩說台語而不說客語，但是阿婆顯然是個例外。說不好客語而被阿婆責罵糾正，這是我媽他們又抱怨又驕傲的童年經驗。要說這段時間是被日本殖民，客家文化卻被人們那麼有意保存，似乎顯示，這段歷史，遠不是「殖民」二字可以簡單帶過。——總之，阿婆還是個謎。

日本在台灣的大起大落，我想很難不在外公這樣的台灣人身上，形成一種困獸之感。霧社事件時，外公正在距離不遠的水里國小任教，他想必有些第一手的見聞。許多本來也許會在霧社事件中喪生的人，還是因為埔里那陣子，也有大活動，才僥倖逃過。埔里一地，我覺得，好像霧社的影子之城。那裡後來也收容了不少事件之後的傷患。外婆的家族遍布埔里一帶，外公即使不到當地，訊息想必是通的。

霧社事件，還有一個想必深印外公心中的形象：它是在學校發生的暴力事件。當天舉行的學校運動會、大量死去的學童、保護學童的教師——這都不可能不令身為教師的外公，完全不想到自己。因為是台灣人本地人，所以不會被起義的原住民族所殺，這固然是一個好消息，但是這種好消息，難道，就不會引發外公的深層罪惡感嗎？外公自己，曾經像我一樣，注意到他自己與泰雅族人的長相神似嗎？

推測外公是從何時何地，開始他的慢性瘋狂，也許永遠不會有答案。就像我也測不出，萱瑄也是同志，我也曾是，但為什麼萱瑄身上，可以長期潛伏有以謊言制人的瘋狂因子。而只不過是某次感情的挫敗，就讓小惠恍惚成算計親姊姊的生澀設陷者——只能說，人類內在精神的脆弱，也許遠比肉體的脆弱，更難捉摸。

我真就是，與萱瑄與小惠那麼不一樣，對性雜交從不起心動念的拒絕者嗎？第二次爆炸之後，我長期處於不能有感覺的感覺中，原本就沒有家庭歸屬的我，從此知道，同志生活，也非安全棲地。爆炸是無法修復的一種東西，如果是一棟建築，那就必須重建，但是爆炸的就是我自己，我可以拿什麼重建？

我慢慢地失去人形，日趨原始。不交朋友，因為無法談心；不談戀愛，因為我眼中的每一個人，都可能是殺記憶的恐怖分子。我尤其厭棄思想與信念，因為若不是我曾有過，我也不會被萱瑄誤導與制服。在這種極度剝離的生存樣態中，我重新發現了性。

過去我有清晰的人生藍圖，藍圖之外的，我像手腳勤快的主婦隨手撿起垃圾一樣，自動整理，自動清除。現在我什麼也沒有了。我猜想那使我散發另一種氣息，我很空白，所以什麼都可以。——性的邀請，很快大量地圍繞我。

記得那是一個突尼西亞男人幫我開始的。我們用法語交談，不像過去抓緊我女同志的身分那樣，現在誰都可以跟我長談，世上沒什麼事是絕對的，我用殺時間殺生命的方式活著，有人要對我說話，他們就像長年開著不看的電視機一樣，我讓他們存在，只是因為，他們讓空間中有些聲音。

我們身處宿舍的不同樓層。他只要見到我，就有說不完的話，我樂於傾聽，因為我不再是一個有志氣的人，我也不表達意見，以顯示我是什麼樣的人。他一定對我談了所有可以談的東西，比如他的國家、他的學習、他的人生計畫——但是現在我可以將一切事物保持在，讓它們從左耳朵進，從右耳朵出，所以他雖然談了很多，我記得的卻很少。他有一種我之前不知道的煮咖啡方法，把水、咖啡粉，牛奶放在杯子裡，放進微波爐中微波，就成了一杯咖啡。

我們談話的時間一定非常長，因為他顧著說話，咖啡常常沒喝就涼掉了，他就再微波一次；有次我在百無聊賴的心態之下，數了他可以微波多少次，結果他一共微波了七次。有天我跟他回到他的房間，我想不起來原因，想必是某個不好拒絕，但又看起來沒有大礙的原因。但是在他房間裡，發生了，比談話更多的事情。他請我摸他。

那是介於性與非性之間的東西。他告訴我，他哪裡與哪裡有肌肉，我可以摸摸看，確定那些肌肉是否存在。我於是摸了他不少地方，每一處都是他指出，他有勤加鍛鍊的肌肉。——這是一種會挑起女人性欲的活動嗎？我不知道。我非常禮貌地，摸了所有他指示給我的地方。

幾年後，對於如何挑逗性地撫摸與非挑逗性地撫摸一個人，我有更清楚的分辨與能力。不過在那時，我的撫摸，完全是禮貌性的。我的感覺非常好，完全不感到任何侵犯性與被侵犯性。性的緊張，那是有的——但是一種甜蜜的溫馨，似乎又更占上風。他在想什麼？我並沒有去想——因為對於那時的我來說，只要去設想別人的感覺，就像去記憶他人，我認為那就是真正的涉險，那就是不愛惜自己。現在我非常愛惜自己，沒有人能進入我的腦子。

比起人們說的話，我現在更注意他們的表情，不是因為要知道人們是否在說謊，而是把那當成不記憶人們言談的一種分心方式，像看室內的一張風景畫，我仔細看表情的許多變化。有興奮、有害怕、有溫柔、有卑怯、有孩子氣、也有無解的東西。他勃起了嗎？那是一種他想讓它長期保持那樣狀態，以便享受的東西？還是一種會令他想插入女人或是自己摩擦，一直抵達性的高潮的東西？基於禮貌，以及無經驗，當時我，連想都沒想。妳可以再摸一下，只要他教我再摸一下，我就再摸一下；他不教我再摸一下，我就停在原處。

那天晚上，我一個人，性欲幾乎是凶狠地。性依然是美好的。我很快樂。我的性沒有遺棄我，它是堅貞的，它可以比先前更華麗、更敏銳——與其說我是想著那個身體，品嘗到更甜更有力的興奮，不如說，我是想著那種空氣。

「上床永遠比自殺好。」我的一個朋友說。

「那當然。」我同意。

成為一個「要性、不要關係」的存在，並不是一蹴可幾的。我開始朝這個方向走，既然我還能夠有性，就讓我有性。如果這一生我都不能痊癒到可以有關係的地步，那我至少沒有完全浪費掉我生命的時光。

「我的瑜珈課。」我曾半開玩笑地，這樣稱呼我的性約會。

並不是以一種狂歡忘我的方式。我仍然在某種秩序中，不碰已有固定關係的人，不碰抱著破壞性心理的人，不碰並不真的能挑起我性欲的人，不碰可能使我有生命危險的人。

要確定這些條件，還是要對人進行最低限度的了解，我以繼續保有性生活為中心，開始生活。那雖然沒有使我士氣大振，但我學會接受這種極端卑微但堅強的生存，如果我站不起來，那我就在地上爬：每個晚上，我前去那些做愛的房間，在隻身穿過夜色的孤單中，感覺就像一個背著行囊，前往夏令營的，八九歲的自己。那不過就是一些夏令營。

「我已經失去發展有意義關係的能力了。但我還想要有性。」

「那就讓我們至少還有性吧。」

我傾向挑選說理性格強烈，不太衝動的人。

我會說明自己，像自己是附有說明書的電扇或吸塵器。

我把它當成某種短暫旅行，我用它來碰碰運氣，我不知道可以得到什麼，但那使我，至少是個欲望的生命。我開始比較能夠同情，萱瑄總是被違禁欲望折磨，覺得不能雜交，是莫大損失的人生態度。「因為不知道會錯過什麼。」——那不是我的人生哲學，我從不在乎可能錯過些什麼。比起擁有更多，我仍相信，擁有簡單，可以足夠。但即便如此，我也曾被打落到，比簡單更低、更少、更賤、更奄奄一息、更不堪與更醜陋的狀況中：我知道什麼是苟延殘喘與生不如死。我完全知道。

「妳理想的人生與愛情，原本比較像什麼樣呢？」記得ＪＪ曾這樣問過我。

「青梅竹馬，白頭到老，」我大笑：「但是才十四歲就已經知道不行了，根本堅持不下去。以後整個人生，都是一直學著接受，雖然不是我完全想要的，一些其他東西。」

「總是會有一些其他東西，可以接受。」

「總是會有——至少我希望總是會有。」

「也有完全想不到其他東西的時候嗎？」

「那種生存性的危機嗎？」

「妳要這樣稱呼也可以。」

「我的經驗是，那種時刻可不少呀。」

「那怎麼辦呢？」

「有一次，我在泡麵裡加菠菜，就度過危機了。」

「每一次都能這樣度過嗎？」

「也有買不到菠菜的季節呀。」

「妳是怎麼知道這個祕方的？」

「我從來都不知道呀，不過就是有次，我經歷很嚴重的崩潰，崩潰到我去看了一部電影，結果一個畫面都沒有進入我眼中——這是很嚴重的崩潰吧？你知道，我一向能夠背出電影畫面的。」

「好嚴重。」

「所以那晚我也不能好好做飯，我是一面考慮自殺，一面吃菠菜加泡麵的，但是吃完後，我就好轉了。這麼容易嗎？一部電影不能幫我走出崩潰，一碗菠菜加泡麵，竟然就打消了我的輕生之意。我很誠實，我不會騙自己我沒有好轉，所以就是這樣了。」

「這很好。」

「失去勇氣這件事，與失去記憶是很相似的。一個人只要能憶起菠菜和泡麵，那就是吃番茄加蛋，也會有效。」

我曾經有很好的記性，曾經能記得，最難被記住的事，以及它如何被遺忘；我也曾經在非自願的狀況下，被迫喪失我最珍愛的能力：我的記性。

沒有失憶症，卻變成半個失憶的人。——雖然那是可怕的夢魘，我仍在這。

「那些事情，界定了我。」——兩次爆炸，界定了我。我不曾羨慕過別人，但是我知道，那是一些非人的遭遇，我被非人的遭遇所界定，我的經歷完全不像人，但是我像。我要我像。

所以我也不放棄，界定那些，界定我的事。

第十八章

有年冬天，我去維也納的奧地利電影圖書館辦一件小事。因為太久沒有說英語，在和辦事人員交涉的過程，我說的英文，時不時有一兩個法文單字蹦出來。

事情辦妥後，我正想要離去，忽然發現我身後有兩個人，保持著一點距離，但是身體語言，充分在說：我們正在等妳。

男的先用法語跟我招呼，接著是女的。他們是一對情侶，男的是音樂家，女的是攝影師，他們剛剛看完電影圖書館的展覽，下來圖書館部門，翻翻這裡的法文期刊。他們聽到我與辦事人員交涉時說的話，聽到我的法文單字，也聽到我提到的奧地利藝術家，一個非常冷僻的人物——「我們兩個都非常喜歡他。」他們對我說。

我並不驚訝。在博物館之外，知道這個藝術家的人，幾乎沒有；但是只要是喜歡他的，多半都是一往情深，就連剛才那個辦事人員，都因為可以跟我聊聊這個藝術家，而讓我覺得，他幾乎對我，戀戀不捨。

但是這兩個男女身上，有些什麼其他東西，吸引了我的注意。我幾乎是立刻就喜歡上他們兩個，而且知道，喜歡的原因，與我提及的那個藝術家，一點關係也沒有。我馬上知道，那只是個藉口。就像我對他們一見鍾情，他們也是立刻愛上我。

這是存在的。頻率相近的人，並不需要長時間，去捕捉與調整彼此的波長，我們馬上就聽見彼此的聲音，非常綿密，遠在話語之上。

如果簡單描述他們，這是兩個沉靜與敏銳的存在，即使在他們話說個不停的時候，妳都感覺，一切非常安靜。我曾說過，有一種人，無時無刻，不帶著音樂在他們身體裡，這種人，並不容易碰到。那種音樂就像心跳一樣，具有一種規律的美。

這種相遇，還有一個特點，那就是，妳會馬上打開，像風開始吹一樣。我們很快就彼此碰觸，一種不需經過身體的碰觸。

離開電影圖書館後，我們先後去了很多地方，有咖啡館、有藝廊、也有小餐館。後來也到了他們的住所。我們吃喝些什麼，我不太有印象了，這也是屬於我族的特徵，我們並非完全不注意進到身體裡的東西，不過，我們也很少讓食物或飲料，占據太多心神。那個下午到夜晚，我們全心在感受的，就是我們三個人。

幾乎是在相遇的十分鐘之內，我就想到了性。這與我以往的經驗有所不同，除了一次就和兩人，在性上面會是和諧的；它還非常感情。這是兩個能夠付出的人，而他們能付出的感情，也非一般遭遇所能及。如果說我的第一印象是什麼，那就是，這是兩個幾近完美的人類，渴望付出幾近完美的感情。——如果妳以為妳不能雜交，妳就錯了。這就是會使妳對雜交說「好」的那種完美場景。我清醒地知道。

對於我來說，那份完美感，還來自許多其他的細節，我知道我不會更愛其中一人勝於另一人，因為他們討人喜愛之處，在我感性的天平上，恰巧誰也不強過誰，誰也不弱過誰。儘管在邀約的過程，他們兩人都一樣輪流主動，但讓我更毫不猶豫的，是他們身上所具有的被動性：一種非常謙抑的東西。他們並不施展任何誘惑力，如果這是兩個不正派的人，對我來說，這世上，就沒有正派可言了。

他們既渴望我深刻地加入他們，但又絕不會代我做決定——甚至影響我。

根據經驗，我知道，這對一塵不染的神仙伴侶，他們身上高尚的氣質，絕不單純——就像我看重真實的人生態度，來自被亂倫的童年；他們身上散發「與人為善」的精密雷達裝置，也不可能，與生俱來。

這就是我怎麼聽到湯瑪斯故事的過程。故事主要是由男人（他叫盧）敘述，女人（她叫凱洛玲）加以補充：

湯瑪斯是他們兩個人的好朋友，三個人在大約十四、五歲時就認識。大約在他們十六、七歲時，盧和凱洛玲變成情侶，一直到今天。他們都非常喜歡湯瑪斯，湯瑪斯對他們兩人的好感，也與日俱增。雖然有人懷疑湯瑪斯，也許從小就暗戀兩人之中的其中一人，但是沒有任何明確跡象顯示，他究竟是暗戀男人，或是女人。三人的交往，也從未有會引起妒意或猜忌的曖昧或挑逗發生過，可以說，這是一對戀人與一個好朋友，始終在互信互賴中，深愛每一人的長久關係。

湯瑪斯沒有父親，不知道父親是誰，他父親在和他母親做愛之後，就消失了。沒有任何人知道他的名字，唯一的線索是，他是一個布列塔尼亞人，湯瑪斯的母親在意外懷孕後，獨力將湯瑪斯養大。湯瑪斯也有藝術天分，後來做的也是文化方面的工作。他在布列塔尼亞的地方電台主持音樂節目，他是畫家、爵士樂鼓手、兒童劇導演。除此之外，他致力於布列塔尼亞語言保存，出過幾本這方面的書。我們不知道，這是不是他對從未謀面的父親的一種移情。

到了他們都三十歲時，盧和凱洛玲這對情侶開始覺得，有些事情不太對勁。湯瑪斯幾乎不曾發展過任何一段感情關係，也沒有任何性經驗，在人際與感情上，除了一些工作夥伴以外，湯瑪斯似乎只依賴他的這對情侶朋友。出現一種像是三角關係的狀態，儘管沒有性的因素加進來，湯瑪斯卻越來越依附這兩人。但是也看不出來，他是特別偏愛誰。因為湯瑪斯從來沒有開展過戀愛關係，對於他究竟是異性戀或同性戀這樣的問題，答案也是空白的。「或許他更像一個小孩，裝在男人的身體裡面。」（凱洛玲補充說明。）當他們一起到巴黎發展時，他們漸漸覺得，他們對湯瑪斯的接納，也許是湯瑪斯無法成長的一個原因。既然這兩人都能提供他愛與支持，另行發展一段自己的關係，就顯得越來越不必要。

這對情侶，多少因為藝術家的開放與體貼作風，並沒有像一般戀人一樣，貶低或排斥，湯瑪斯經常要求這兩人對他的關懷。在湯瑪斯的幻想裡，他似乎越來越感覺，他像擁有一個戀人一樣，他擁有兩個可以取代戀人的朋友。當這對情侶偶爾因為工作或旅遊，短暫離開湯瑪斯的接觸範圍時，湯瑪斯開始出現不適。「或許我們就像他的子宮一樣，他太害怕失去。」在某些事例中，這種三角關係，會以湯瑪斯與情侶的任一方出走，而打破這種僵持。但是這對情侶卻很清楚，他們的關係一直非常穩固，這種有可能讓湯瑪斯以破壞友情為代價，長大起來的狀況，完全不可能發生。「事實上，他不但太善良，也是誠心誠意深愛我們兩人的。」「我們也很愛他，但那與我們之間的戀人感情，完全不同。」

他們是如何做出要一同遠離湯瑪斯的決定的？並沒有經過什麼討論。因為所有的事，他們幾乎都一同經歷，並且根據他們的默契，他們對狀態的了解，他們認為，他們做出的決定並不非常激烈。女攝影師凱洛玲有一個在維也納為期一年的工作邀約，男音樂家盧也順勢在當地找到一個可以合作的樂團，以及幾個在劇場工作的機會。「我一直對與德語系的劇場合作有興趣，並不能說我這樣做，完全是為了離開湯瑪斯。但要說我沒有考慮這個因素，也不是真的。」「我們甚至還留在歐洲，並不是到天涯海角，比如台灣。」（我後來知道他們曾來過台灣兩星期，為了協助搜集台灣原住民族的歌謠古調。）——湯瑪斯會難以接受，是他們想過的，但激烈的程度，卻超過他們的理解範圍。一開始，湯瑪斯想打消他們前去維也納的念頭：「那裡的極右派很可怕，你們到那，一定不會開心的。」知道他們堅持這趟旅行後，湯瑪斯也改變對策，他想要放下一切，跟著前往。但是他在布列塔尼亞的工作不能說辭就辭，而且他也不會德語。湯瑪斯認為這兩人在三年前，就開始一同學習德語，是「已經無意識地想要擺脫我」。「你們為什麼不來布列塔尼亞？這裡也需要攝影師和音樂家啊。」——湯瑪斯的怨恨，聽起來很孩子氣，在當時聽起來也不十分認真。他們和氣地開玩笑，允諾要帶許多奧地利的故事回去，補償他。

他們在維也納定居三個月後，湯瑪斯撒手人寰，死於自殺。他在遺書上，留下這樣一段話：「為什麼要遺棄我？我知道我不完美，我有許多缺點，但我在這世上唯一在乎的，就是你們對我的友誼。如果你們在我身邊，我就不會走。」湯瑪斯之前從未流露出自殺傾向，或許這是湯瑪斯唯一沒有告訴過他們的祕密。湯瑪斯顯然死意甚堅，在他付諸行動之前的那幾天，他們用Skype跟他通話時，湯瑪斯沒有求救，也絲毫未有令他們疑心的言詞。

凱洛玲給我看她隨身帶有以湯瑪斯為模特兒的攝影作品：〈我和我的布列塔尼亞〉。雖然他們大可以用寄的寄回布列塔尼亞，但是他們希望有人去看看，湯瑪斯的母親。「他們要在那裡辦一個紀念湯瑪斯的展覽，這些攝影作品我原來帶著，就像湯瑪斯沒有離開我們一般，但我想他們的紀念活動會需要。湯瑪斯和我們出生的小城很小，但是妳會喜歡那個地方的。」「湯瑪斯的母親，是個非常善良的女人。在那個時代，在那種地方，沒有爸爸的湯瑪斯，成長是苦的。但是他和他的母親感情很好。他母親告訴他，雖然她和他的父親沒有經過任何交往就有了他，但那是一個善良而俊美的男人。」「除了我們兩個和湯瑪斯，沒有太多人會去看他的母親。」

我之後見到了湯瑪斯的母親。我坐了很多不同的交通工具到達那裡。我們約在小城的聚會所，那天還有幾個和湯瑪斯一起做布列塔尼亞文化語言保護的年輕人會來。湯瑪斯的母親，要去那裡，把湯瑪斯的遺物，交給他們展覽。聚會所裡有許多老人來來去去，但是湯瑪斯的母親一出現在門口，我立刻就認出了她。我不知道為什麼。

「養大這個孩子，多不容易啊。」——在白髮蒼蒼，埋首哭泣的布列塔尼亞老婦人身上，很難看出，那個十九歲時，就把自己大膽交給性自由的少女，當年經歷過什麼。

所謂性，那是內心的內心。我們的差別，或許只在於，我沒有生下湯瑪斯；我突然非常感激，我曾有過「為性而性的年代」；雖然那是個人經驗中，我感到幾近別無選擇的一個時期，我一直以為那是我對我的人生，空洞無作為，放棄無期待的階段。但當我站在湯瑪斯母親的身後，我才知道，那個階段並非毫無價值。沒有它，我就不會在這一瞬，深刻地知道，什麼叫做平起平坐，什麼叫做不分彼此。

至於在維也納的神仙情侶，他們散發出的強烈性渴求，我以為，我完全接收了。那個困惑，是不是他們對於一對一的，具有常識性的良知與本能，導致他們，不能說殺死了湯瑪斯，但至少是，無法正確想像湯瑪斯這種個體的存在——他的寂寞、他的恐懼、他的依賴與他的缺乏世俗適應力——他們想要循常情幫助湯瑪斯，他們錯了嗎？如果在一開始，這三人就以三人性交的形式，成立於世，是否就能挽回湯瑪斯的一條命？如果從湯瑪斯自殺而死的事件，往回推算，也許有人會說，比起喪失這條人命，這對情侶如果能夠不那麼清醒、不那麼不自私——稍微渾渾噩噩一點，接受湯瑪斯想要永遠維持原狀的要求——也許這三個人反而都能，得過且過，活了下來。但這也是不公平地。畢竟一直到湯瑪斯死後，我們才能知道，湯瑪斯是什麼樣的人。

這兩個身在維也納的法國人，身上帶著大大的疑問：他們並不是希望我替代湯瑪斯，用終與二人同時性交，作為一種象徵性的和解。因為湯瑪斯是不能替代的，沒有人是可以替代的。湯瑪斯如是，我如是。如果有什麼讓我在與兩人交互作用時，感到很深的洗滌作用，不是因為他們對我說著性的語言，而是這當中有一種，難以言喻的誠實氣質。他們真正在重複的一句話是：我們不知道該怎麼辦。我們不知道該怎麼辦。這是誠實的祕訣：不知道時，知道我們不知道。

這是那個過程，使我們真正達到性的神祕高潮交點。親密、赤裸與同步：我以為我做到了，不否定我們性雜交的欲望——但又讓自己始終保持著與他們一致：我也不知道該怎麼辦。我也感到性欲。我也感到可以做。但是我也依然感到，我也不知道該怎麼辦。

我做了，我認為一生當中最好的「性」。在那一晚。我認為，我們都知道。

完全不通過身體而「做」。這種事我一直通過夢知道，現在我確定，我在現實世界也能有。

因為性不是只是身體的事而已。

在性最純粹的一面上，它只有兩個問題：真正想要的是什麼？真正想給的是什麼？

當我們都清醒在這兩個問題中時，我們幹得最好。

維也納，我的性的夏令營的尾聲。我已累積足夠。打開在想要打開的時候。容納最多的細節與訊息。專注就能高潮。

——我曾把那些性的單人旅行，當作我淪落為人生乞丐的開始；我以一種掉下去的心理，走上此路。但就像我們不知道，爆炸後，我們還剩什麼；我們行乞時，也不知道，人們會放在我們手中，什麼東西。有那麼一刻，我就是知道，一切都結束了。我知道過，什麼是最好的性了。

我知道性雜交，不是完全不與我有關的事；而我也以我所能有的風格，而非他人加諸於我的，做完了我的這一場。有我喜歡的人，有我喜歡的方式。

這就是我的私人生命。沒有什麼原因，不能消滅它。它沒有任務在身。我不交給它任何任務。就連記憶也不必擁有它。我最喜歡的，是永別。

第十九章

當我讀幼稚園之時，我學過一首歌：「我的媽媽，妳真偉大，養育我們，不辭勞苦。」——但是在整個幼稚園時期，我都不能理解「養育我們，不辭勞苦」八個字，為了記住，並且唱這首歌，我唱的始終是我自己改編過的：「我的媽媽，妳真偉大，壓著我們，不吃老虎。」我父母因此認為我有嚴重口齒不清的毛病，一直到小惠開始說話後，有很長一段時間，我都聽到他們說：「殷殷真糟糕，咬字比小惠還奇怪。」

我的咬字並不那麼奇怪。很可能是因為四歲之前，父親就用我所不能理解之物，侵入我用來發聲的器官，對於要讓我所不能明白意義的字眼，通過我的口腔，我有神經質的恐懼。我不說我不知意義的字，我拒絕重複沒有意義的聲音。

「壓著我們，不吃老虎」，奇怪是奇怪，但至少是我可以理解的：為什麼媽媽要「壓著我們，不吃老虎」？但「不吃老虎」，總是件好事吧？因為如果我不吃老虎，老虎大概，也可以不吃我吧？

長到更大以後，我就沒有那麼正直了。我的意思是，雖然還有許多字句，是我不清楚它們意義的，但我以為它對其他人、大多數人，有一份意義，在這個想法之下，我不再根據個人的臆測，一一更動重組生活中會碰到的口號、歌謠或警句。

然而，這也有例外。

比如說，「時代考驗青年，青年創造時代」這句話——我就認為，它的意義是曖昧的。為了想更了解它想說的是什麼，我曾偷偷把它，與我更改過的版本加以比較，比如說，一旦我們說「時間考驗青年，青年創造時間」——我們的感覺，就大大不同了吧？你不覺得嗎？一旦是時間考驗青年，青年很可能，就通不過考驗了；一旦青年必須創造時間，青年很可能，也不想創造了。通過時間考驗，以及能夠創造時間，這談何容易？但是脫離了時間的時代，那是什麼東西？所以我認為，就在「不說時間，而說時代」這一事上，藏有一個祕密的詭計。

「時代」是什麼東西啊？

一個幻相。說動我們，我們會有某種共享的顯赫與集體明星地位：我們是大時代的兒女、我們是時代青年、我們是民主時代的一分子——我們時代，我們就不容取代；我們時代，我們就責無旁貸；我們時代，我們就人見人愛，我們時代，我們就有所交代。

個人會出錯，但是時代不會；個人會懷疑，但不能懷疑時代。——但這完全不是真的。

時代是太過令人心曠神怡的一個字眼。擁有「結束國民黨統治時代夢想」的我的父母，是非常有時代感的；力主「建立兩性平權，同志平權新時代」的萱瑄，更是時代得一塌糊塗。如果有什麼可以描述我與他們度過的時光，我常覺得，我經歷了一種，被魘的生活。因為在我自己身上，我也曾一度患有嚴重的「時代交際強迫症」。

這種（不自覺的）強迫症，讓我們相信，我們要為時代打造或打扮自己，如果那個時代正在發生，不可以缺席；如果那個時代未成形，我們要做那些最早意識到的人，「做時代的推手」，像人們說的。我並不否認，打著時代名義而說服人們接受與參與的事物，有其一定的價值。作為一個從小就追著「時代」趕場而成長之人，我總結性的自白，不在批評那些過程中，成功或失敗的價值。而是我以為，在拿時代感為歸屬感的生活經驗裡，隱藏有某種未被清楚揭發與認清的狂歡欲望，狂歡意謂的並不是大聲唱歌、互相擊掌，那麼簡單的同樂而已。它誘惑人們，將自我想像得更美好、更有力、是更重要的人——但就在這個「是更重要的人」的念頭裡，寄生有放棄常識、放棄真實與放棄節制的因子：變成夢幻之人。

夢是沒有禁忌可言的：你可以衝破時空限制、殺父殺母殺小孩、和螃蟹變成一家人、變成二十八個島嶼的領主或是到處飛翔、甚至被殺一百次——這都是允許的。也都沒什麼不好。因為這是夢。然而帶著夢感的特權性進入現實的人，會歷經更難以忍受的挫折——在最糟的狀況中，這些不能或不願醒的人，會尋找他的犧牲者：亂倫是沒有什麼大不了的，而撒謊，才能與夢感一致。如果時代感抓住了我，我就不可能記住亂倫一事，也不可能與說謊者對立。因為時代感是不容掃興的：明明擁有模範性的父母，怎麼會聯手犯下對自己子女的性貪汙？愛同志如命的同志，為什麼慣性說謊？然而爆炸是沒有時代感的。也許有人可以一再投入時代感，用以忘卻爆炸——但帶著賀殷殷這個名字的我，我選擇認識爆炸。兩次。

夢感是不是只是政治煽動的後果?過於痛苦、過於寂寞、過於血腥的經驗,也會令人產生幻覺。所以,夢感的責任源頭,未必只是想改變社會的政治家或運動分子。不改變或不給人民真實記憶的政權,日常生活中的極權(任何剝奪與漠視),一樣是催生激情夢感的元凶。但這是另一個主題了。

延續著這個思路,我最終將一萬多字的亂倫分析,在此刪去。還是過於殘暴了,這種記憶。我在兩種選擇之間,猶豫多時:一種盡最大可能誠實的想法,令我寫下,並以為應該保留它;但是還存在另一種本能,那種我們遇到極端暴力的場面,反射性就遮住所愛之人雙眼的本能,這也是真真切切的——所以,我終究決定遮住人們的雙眼了。而這是因為我見到過,不是因為我想有所隱瞞。有句話是怎麼說的?「第一基本真理是,他活下來了。」

附帶一提,關於時代感,我必須說,我的左派朋友們,也沒有好到哪裡去。每回當他們將話題轉到「我們的時代就要來臨了」,我都會趁機去上洗手間。

所以不再相信正義,或是社會必須改變了嗎?

三一八時,坐守某一處,我身邊的少女對我說:「沒有任何人操縱我,我可以跟妳保證,我絕不是被操縱的。」——我既相信她,也不相信。我並沒有開口對她說:如果妳只會看PTT上的發文(因為整夜她都不斷用手機給我看上面的文章),還是會有一天,妳會發現,妳有可能被操縱。才不過多少年的光陰?「陳文成事件」是什麼意思?「萬年國會」是什麼意思?

每一次我請她解釋,文章中出現的名詞或特定表達,她都完全無記憶,只是馬上跟我保證:

「我來孤狗，我來孤狗。」——我並不怪她。

她不無幾分害怕與幾分大膽地，跟我談起「同志婚姻」：「我真擔心我妹，她都不接受同志。我要跟她談這方面的話題，她都說，我再跟她說下去，她就要跟椅子或襪子結婚去了。」我笑了出來：「她還小吧？」「國一了，還小？」「還小。要對她有耐心。不要放棄她。也不要強迫她。她自己想通的事情，才會是她的。」給她時間，而非時代——我想到，但我沒有說。我身旁的少女也一樣——她需要的也是時間，而非時代。我當然也想到了小朱，我是國一時候認識她的。那時我們都還小。小朱一直是我的記憶座標。如果不是因為曾見到，自己對她情感的強度日漸微弱，我從不會有必須書寫的警醒。這是真的，沒有一個人，是別人可以取代的。有人從未被取代過。

不可諱言地，每當我看到「本土勢力大獲全勝」的消息，或是萱瑄上電視口沫橫飛宣講同志平權時，我心臟的某一部分，都會收縮痙攣。我很清楚，我生命中的兩個重大加害者與破壞者，都身在非常有意義的陣營裡。但究竟有多少成分，因為那是他們感到的使命？或是他們在生命的某一點上，得到奇異的啟發，知道惟有這一類的使命，才能做他們的永恆保護傘？也或者這才可以，中和他們在人類中，一度投下的毒藥？托爾斯泰，你也是因此才寫作的嗎？為了你的不安全感，而非你的悔罪，你才悔罪的嗎？

將功贖罪最危險。

太相信功過可以相抵，以為可以一邊淑世一邊洩欲，我們終究是在摧殘他人的暴政之中。

如果有天，那些被時代英雄們，巧取豪奪過的人，決定與整個時代同歸於盡——我們會保護誰？可能保護誰？我們又真的來得及，做什麼嗎？

會不會有一天，所謂的前塵惡事，會以我們現在還無法想像的某種形式，使這些所有看來有價值的作為，在一夕之間，就消滅殆盡？

我最後一次見到萱瑄，是在花蓮。我們已經久未聯絡。她要去那裡演講。她對她的演講內容有點沒把握，打電話問我的意見。我沒給什麼意見，只是從形式上，稍微幫她把演講，變得更容易理解一些。她知道我每次回台灣，都會去花東看海，她說：「為什麼每次都只去看海？妳也該來看看人吧。妳也好多年沒接觸運動了，不如就到營隊裡住個幾天吧。見見老朋友。」——我沒有告訴她，就是因為她，我才只看海。我很遲疑，但是我最後還是去了。

——他們告訴我，那是原住民族運動的老前輩，她像我阿嬤生前一樣老態龍鍾，沒有多想，我就跑了過去，攙她進門。那特屬於老人的微冰體溫，到今天，都彷彿還在我手中。

她告訴我們，她有嚴重的憂鬱症。在場有二十多名，各個領域的專家。全都是為人權為弱勢，奮鬥經年，忍受挫折、困難與寂寞的人們。大家說了爭取權益的困境，高齡的老太太，突然放聲道：「我買票啊，我買票啊，能買一票是一票啊。我把所有的家產都拿出來買票呀。因為不買票就不會當選，不能當選，我就沒有力量，為原住民做事呀。」她獨自說了一陣子，然後有人，把話題轉到其他方面了。

——「買票，就是賄選的『買票』嗎？她是在開玩笑？這個笑話的笑點在哪裡？難道她真的買票嗎？」我趁著在洗手間裡，沒有其他人，問比我了解深得多的萱瑄。「不是開玩笑，是真的。」「為什麼現場所有的人都不驚訝？難道所有的人都知道這事了？」「這也不是最近的事了，很多人都知道。」「大家對此都不說話？」「要說什麼？」「——寧可選輸，也不可以買票。」「如果她判斷要買票才能當選，她一定有她的原因。」「妳同意她嗎？」「怎麼可能同意？但我又能怎麼樣？她為原住民做過的事，在場沒有人能比。」「但是買票是毀滅性的。就算是只為她自己，這是一種自我破壞。——這是自暴自棄啊。」「妳這是在唱高調。」「不是。這怎麼會是唱高調。」「妳先回去了解一下，我們對原住民做了多少骯髒事再說。」「買票是再多做一件。」「如果妳了解漢人有多可惡，妳就不會這樣說了。」「為了正義，就可以不擇手段嗎？」「妳說得太誇張了。」「不，我並不誇張。這件事很嚴重。如果妳愛原住民，妳會想阻撓這件事。」「妳以為，只有妳有道德感嗎？坦白說，妳又做了什麼？」「所以說，大家都不覺得，這是一件嚴重的事了？」「她又不是只把錢花在買票上面，為了幫助原住民爭取權益，她差不多已經散盡家財了。她也可以只享受她自己的。她大可過她自己自在的生活。妳不能只挑買票這一件事來看。」「每一件事都一樣重要。」「這樣想很容易，但就是做不到。」——有人進來了洗手間，我們只好結束對話。

也是該結束對話的時刻了。

還發生了許多事，但我單單就記得了，這麼一件。

並不是因為這事如何罪不可赦，而是那一整個房間的動彈不得、那任由事情發生發爛的精神氣氛，真的太像太像，我童年時，獨自凝視亂倫，所感到「既無法更正，也無法淡化」的極端可怕淒清。我孤單一人且只有三歲，所以我必須忍受我各方面不得已的癱瘓。其他的人，這些已經不是三歲的人，又是為了什麼，忍受癱瘓呢？我真的想問：所有我們反對的錯誤，政治的也好，歷史的也好，在最初，是不是，也就是誕生在，和這個房間裡並無二致的「沒有反應」之中？我們以為戰鬥開始的時候，是否早已經是戰敗的開始？或許有天，有人會知道，更有智慧的作法是什麼。如果記得每一件事不可能，那我先記得了，會想遺忘的。我並不做記憶的主人，記憶才是主人。我不配合什麼而記憶。我不配合時代。

可以原諒，但不可以忘記。有人說。

但事實是，可能原諒，不可能不忘記。

沒有記憶不脆弱。認真思考，你會知道，記憶它有多麼風中殘燭。

這本書，你也會忘得一乾二淨。

遺忘遲早會來。不是因為人老了，記性退步了，而是死亡，是我們每一刻都必須考慮到的。每一天，每個具有實際精神的人，都會知道，自己永遠僥倖存活，自己永遠命在旦夕。

死亡今天就在我面前。——這不是比喻性的詩意。這是最普通的科學。

因為如果太陽明天還會升起，我們就隨時隨地，正隨死亡而逝。

記憶此事如朝露。

第二十章

永別了。所有並不親愛的讀者。

我們當然不會再相見。

作為一個虛構的人物，我，賀殷殷，將活到四十七歲。

為了一個與數字有關的玩笑。

因為3這個數字，在我的人生中，具有特殊地位。

3歲那年，第一次爆炸。

13歲，小朱。

23歲，第二次爆炸。

33歲，維也納。布列塔尼亞。

43歲，我將完全遺忘，所有置我於不顧，但我曾以性命相搏，記住的一切。

接下來，我該得到恩賜，像我出生最初的那三年，應該是我唯一幸福，不記不憶的三年。

我將獲准享用，一樣不記不憶的三年未來時光。

為什麼在這之後，還多出一年？

因為妳將一切盡可能寫下，這多出的一年，將是回報妳書寫的贈禮。

如果有人剛才在這本書中，撒落了任何食物碎屑，現在，你可以將它們清理乾淨。

如果你放著不管，老實說，我一點都不會在意。

但是我知道，有人會在意。

就這樣了。就這樣了。這就是所有我要說的。

Je vous laisse.

二〇一五・三・二　第一次修訂完畢

二〇一五・三・二十四　第二次修訂完畢

二〇一五・五・二十八　第三次修訂完畢

後記

曾經被朋友批評，個性過於明亮的我，終究還是寫了這一本黑暗（或許也暴力）的書，真的很撕裂。不過，昨天讀到阿多尼斯的一句詩：黑暗本身／也是一盞燈。（〈紀念童年〉）不禁吁了一口氣：這樣啊，那我就放心了。

我想要特別感謝幾個人：編輯瓊如是成書後第一個閱讀的人，她的參與令我非常快樂，她寫來的信，總是坦率又有效率，我真的覺得，她是文學的希望。在我裝模作樣為這本書的命運哀愁時，孫梓評一點都沒受騙地嗆我：「啊妳是哪有在怕啦！」完全被看穿的我，在心裡哈哈大笑。他人那麼聰明有趣，那麼好，讓我要感謝他，都變得好難呀。（會說不完……）

但最後，我還要提一個人：

當我二十歲上下時，有天朋友找我去聽一個台灣阿嬤口述歷史的座談。我去了。這個女性主義團體很用心，但是整場幾乎都在說阿嬤任勞任怨，善良純樸。讓我覺得有點不對。彼時我是一個有話就說的少女，舉手發言時，我就站起來問：「雖然對象是阿嬤，但是口述歷史是否要小心，不要過分強調正面的特質，不然，那與學校裡教忠教孝的作文比賽，又有什麼差別呢？」其實我沒有踢館的意思，對代表口述歷史界出席的學者也毫無期待，坐下來時想著，要是被當成討人厭的少女，那就算了。主持人一下愣住，本能地想為先前的座談辯護，有點無力地這樣那樣反駁我。這時，反而是一個都還沒說什麼話的人，自動接了麥克風要回我話，他反應極快地肯定了我的說法，當然他說的話，是更有氣質與學養地。

張炎憲去世時，我一直在想，要不要把這事寫出來，這事似乎實在太小了。記得當年，連他肯花時間出席一個那麼小的活動，我都覺得詫異。道理的部分，老實說沒有那麼重要；而是我那時，真是不折不扣的黃毛丫頭，表面自信，其實還是很需要別人的肯定。張炎憲毫不猶豫與不保留的誠懇態度，不要說感動了我，根本就是驚嚇了我。

寫作《永別書》時，偶爾我也為自己「不教忠不教孝」而煩惱。膽怯的時候，這件往事歷歷如現地回到我腦海：妳是被誰鼓勵過的人？妳絕不可以放棄。

而且是在小時候。

二〇一五・十・二十七

作者致謝詞

《永別書》一直是本被厚愛的書。這不是說自出版以來，它所受到的照拂——當我想到「厚愛」，我想到的是在書寫之前，所有使它成為可能的人事物。這篇致謝詞非常難寫，因為無論怎麼努力，一定會有遺漏。為此我想先致歉。

前幾天，螂嬛書店米亞來信。問我有沒有可能談談，九〇年代的台灣婦女運動。我心裡嘀咕，最好不要啊，說到重要的事都免不了說人壞話呀。——當然這不全是真的。——一九九〇之前的很久，台灣就有過女性運動。不過正統課程讀不到，也不在我當時的課外讀物當中。女性主義運動多半反威權，不許人喊老師這事，最著名的當屬（劉）毓秀。曾經有個場子，有人拿錢來放鬆眾（女）人戒心，毓秀當場發飆，說「這種錢不能要」。但也有人（現在也是赫赫有名的女性主義代表）抱怨：但那錢真的很多耶。反威權、能發飆——然我知道最多的，卻是她的「惜幼」。這個名單上，還有李昂——「年幼」時，我在一個不算太重要的女性雜誌看過她的隨筆，寫的就是對小女孩身體權的維護——情真意摯，使我記憶直到今。

《永別書》是我與編輯（陳）瓊如合作的第一本書。我一向對編輯最重要的「需求」，就只是「不要造成我精神上的困擾」——我很知道這有多難（因為我很容易困擾）。但瓊如在這方面，可說「比完美還完美」。有個小事可以作為註腳。當時《秘密讀者》想評論《永別書》，她擔心我神經沒有強到可接受，曾建議我可以拒絕。我想：開什麼玩笑！我是自殺型的作家，我什麼都不怕。後來據說《永別書》得到的是《秘密讀者》難得的高分。瓊如照顧過我最多的書，有些事算她的本分——但真正的照顧，是那種隱微的，她之所以為她，就令我喜歡的「她的存在」——「初版隊」的（孫）梓評、設計許晉維，並不「事過境遷」，我仍想再次致上感謝。私下給我最多鼓勵的當屬（鄭）順聰，不私下的大概是——李桐豪？

新封面讓我煩惱很久。直到有天我收到（汪）佳穎親手繪製的聖誕卡，才撥雲見日。謝謝佳穎慨然應允使用她的畫作。也要大大謝謝設計封面的IAT-HUÂN，再三給予寶貴意見，以及最後讓我感動到掉眼淚的設計。

提出再版建議的蕙慧姊與執行的（陳）瀅如，出於非常細膩的體貼。我表面不說什麼，心裡是異常感激的。這次最大的改變，是想放入照片。這部分我幾乎只會「出一張嘴」，真正一肩擔起所有繁雜任務的瀅如，有多認真用心——幾乎可以拿來寫小說。

深深謝謝過程中協助我們獲得資訊，以及慷慨應允使用作品的邱萬興先生、慈林教育基金會、陳文成博士紀念基金會、紀念殷海光先生學術基金會、陳義仁牧師——以及所有曾幫助保存記憶的工作人員。

最後幾句，不算致謝，卻也只能放在這裡：

阿媽、亮均、亭均，我還是想念妳們。我不願妳們被忘記。

願所有曾經記得別人的，也曾被人記得。

二〇二五・四・二十五

附錄一
再次相信：寫在《永別書》初版十年後

我對政治向來漠不關心——有段時間，我以為韓國瑜是韓國的零食之類，眾人談論柯文哲很久以後，我覺得我再無知下去，真的會被人當成山頂洞人——因為遲到，只能像研究歷史人物一樣，從基本資料看起。兩者我都看過時間相當長的紀錄影像——若說發現什麼，只有一小部分與傳統的政治有關——我感受最深的政治事件，是美國總統布希宣布伊拉克擁有大規模毀滅性武器——我當時一再對人說，這麼嚴重的事，如果最後證實所言不確，該如何是好？所以即使人在巴黎，我也還是去走了當時反戰的示威遊行。

我對政治向來漠不關心——這話可能要修改一下，我有我自己的政治興趣——那可能非常偏，關心完之後，我經常也只放在心裡。比如我也覺得我對蔡英文有若干研究，但她既然沒落難，我就覺得不必多言。有次有個法國記者想把蔡英文做成「亞洲的女總統」，表示亞洲不是很保守，有女權象徵那樣。我反射性地就道：你比較也不用局限在亞洲，法國也還沒出過女總統？——嗆到記者，說了就會等於沒說。後來我就覺得我還是不要接受採訪。我一厭倦「太正規」

的思路，就會說太出格的話——雖然我並沒有要讓人難堪。「世界」無趣，有太多慣例與陳腔濫調。

《永別書：在我不在的時代》出版後——我半開玩笑半認真說過，這本書問世後，很多人會想要讓我來談台灣獨立或建國，可我常會回：「我連個房子都沒蓋過，要我談建立國家？」在一個台灣文學的講座中，我曾以「國家並不夠」為題。在傳統文學想像裡，都把它想成批判國族主義，這很討好，我猜有人也是衝著這部分而來。可我想的是這句話的兩面性。除了前述的批判傳統，台灣也有「國族本身也不夠」的問題——我們是受夾擊的。此不礙彼，兩部分都得處理。二〇二四年在臺大的川流文學講座，記得我說過一段話，大意是，台灣有太多在語言上沒法一下說清的東西——我們都說文學要關心苦難，這個「語言欠歷史債」的狀態，對身在其中的人來說，也是苦難——也歸文學。

總結來說，我以為在「台灣認同」裡，我們要很小心「現成良知」的誘惑——什麼是「現成良知」?「現成良知」是其他國家在自己國家本身脈絡，發展出的良知說詞與作法——可它未必對應或思量過台灣史。寫到這裡，我倒不是也要像中國那樣，主張起「台灣特色的什麼什麼」——說來說去，我們生在台灣，也只是一種偶然——要不要以接受命運的嚴肅性面對它，是個人選擇。命運內容要包括些什麼，本來就不是一體適用。我年輕時會想，哎呀，怎麼只有我們擁有困難的命運?但看得多一些後，我覺得沒有一種命運比另一種更「一手好牌」。做台灣人其實很不錯，它一點也不妨礙我對其他地方歷史的興趣，狂熱喜愛他國文藝，吃東西時又覺得，我的胃口好南洋……。

《永別書》寫作末期，時間與二〇一四發生的三一八學運重疊。這可能是部分原因，讓我回顧起《永別書》，總感覺到困難。守夜時我都帶鋪墊，但是三月——三月夜裡的地面，即使有鋪墊，坐起來還是非常冰冷。肉體上的緊張其次，有種心理上的疼痛，使我非萬不得已，完全不願想起。並不是我個人碰到什麼不愉快——而是那背後的結構，那個迫使人們非得這樣尋求解決的結構——可能因為我是大人了，我沒法輕鬆以對。二〇二四，在很多狀態裡，都會有人說「十年了」。——我重看了島嶼天光錄影，有個鏡頭令我注意——不知是誰，在議場裡，拿著賴和的照片。如果有一個「十年之後再開始」，我可能會從那張照片說起——因為，這吻合了歷史學家的一種說法，就是無論台灣意識或獨立，它可以追溯到的源頭，都來自日治。而非我們以為的日治結束的很久之後。

提摩希．史奈德（Timothy Snyder）在《到不自由之路》裡，有個不錯的用詞：「明智國家寓言」。從上下文來看，它指的是「不真正教導歷史，給予的知識只朝向自我慰藉，更甚認識錯誤與苦難」。我自己的觀察，並不覺得歐洲完全是這樣，而是「反明智國家寓言」經常敵不過「明智國家寓言」。

這個「明智國家寓言」對理解力會造成貶損，這是史奈德用這個詞的原因。相對於「明智」，也許是「愚昧」——但開展「愚昧國家寓言」，追尋的是否仍是「明智」？這兩種取徑都非我所欲——除了要避免「明智國家寓言」，我以為也要避免「明智家庭寓言」、「明智社會運動寓言」——

甚至「明智同志愛情寓言」——《永別書》與某些讀者產生緊張，就我所知，與索求「明智寓言」卻不得有關。

可能因為「外省人等於國民黨，本省人等於民進黨」這個二分法太根深柢固，我看過有人把冬樹當成「外省人」加以評論。小說中出現過「冬樹也是台灣人呢」這句話——如果把冬樹當成外省人，理解到的意思會完全不同。難道是我不周延嗎？我重讀了這部分。小說裡還有專為這句話寫的註解，以小說論小說，訊息完整：冬樹是閩南人、本省人。從人物性格來說，賀殷殷如果與外省人交朋友，多半會先鞭自己一頓，所以冬樹是本省人，某種「沉睡的台灣人」——具有國民黨性的台灣人，才是小說注目她的原因。很可能是評論者剛好不熟悉這部分——因此，重讀後我也不打算修改，仍保持原樣。

「連戰竟然是本省人！」——有次一個年輕女作家慨嘆——這裡比較重要的，是省籍導航器的失效感。現在還分省籍，並非要挑起省籍情結，而是這個差異，是課題的差異。《殖民統治的結束》在探討印度民族主義的篇章時，這麼說的：「而對歷史越來越深入的研究反而把人們之間的距離越拉越大。」歷史研究還是要研究的。但上述這個副作用——各自認同導致無法團結，並非不能克服——簡單說，就是共同體的原則是關於制度與核心價值，不必是身分或本質。但我依然要重申，說過非常多次的那句話，「作為對本質主義常懷感謝之情的反本質主義者」——本質有它的良性作用，也不該被抹煞。根據本質而來的某些直覺，在走入激情之前，未嘗不能參考。

在有意背離「明智寓言」之後，書寫的作用大抵可說變作「迎頭痛擊」——《永別書》在我看來，最根本的，不過就是它保存的「震驚」。文學並不先天地，為所有苦難預備好語言。芥川龍之介對於這種「人生於世的無預備性」，早有過清醒沉痛的感言。

這種被遺棄感，無論是九〇年代的同志、性侵倖存者、亂倫受害者，無疑都與我更前面提到的，台灣歷史的「語言債務」共有類似處境。但這四者並沒有從屬性，沒有哪個比較次要，甚至只是拿來作為另一方的譬喻。二〇二三年，台灣爆發了必須有電話簿記憶力才能記住全部的#Metoo揭發事件。賴清德以民進黨主席之尊，定調每個人的尊嚴都應受到保護，明確拒絕舊政治「以大局為重」的偏頗立場。被揭發的吳乃德在退出公共事務時，點出自己的錯誤在於「破壞信任」——原話是「自己已經失去社會的信任」——為了便於大家了解，我將原話轉化為「破壞信任」——從很多層面來說，「破壞信任」都是「性傷害犯罪」的最核心。

破壞並不局限在事件發生時刻，而是具有長期的侵蝕性。吳乃德表現了悔意，從加害人的位置省悟到「信任」對社會運作的重要性——並不是說任何加害者只要能自我譴責，罪愆就煙消雲散。但史上不乏悔悟者，以行動貫徹對惡的補救——比如擁核的核電工作者在日本三一一核災後，轉而向世人澄清信仰核電的謬誤。這種「悔悟」，代表了「希望」——這有賴加害者自己去爭取，並不會從天而降——旁人也不宜任意為其「加封」。我們應該肯定這種希望的存在——但更好的說法，或許是以「承諾」代替「希望」。悔悟之後，必須有新的承諾。承諾必須信守，承諾也可以檢驗。

有些人將「三一八」十年後，定格於黃國昌與柯文哲兩人的敗壞現形——我覺得這是有問題的。我想，對於很多曾在三一八現場的人來說，很難說他們曾真正扮演要角——論述他們有問題的文字很早就存在，也許寫得隱晦。我過去閱讀時，常常覺得看不出所以然，也沒覺得事態緊急——後來我看到有文章表示，再也不能相信政治或社運領袖——我必須反駁，還是必須相信，但必須更好、更敏捷、更有方法地相信——有許多研究幫助人們發展「相信能力」的原則與技巧，以便人們（經常是暴力的倖存者）不要在金錢或人際上，做出錯誤的決定——在政治上，我們也需要發展這種結合觀察與判斷力——「有所本的相信」。我們有權持續要求政治人物「拿出值得相信的憑據」，而非意氣用事、懶散地說「一律不足相信」。

二〇二四年，因為到愛荷華駐村，我有機會以英文朗誦《永別書》。在旅館練習時，我每每泣不成聲。這對我自己來說，也是震撼的教育。我到這一刻才知道，完成這部小說，最難的部分，其實是「忍住淚水」。——可能因為這個龐大的忍住，我過去對《永別書》比較抗拒。然而一旦像個局外人以外文進入，我才對小說處理歷史的盤根錯節與細節鑽井的方式，感到驚異與震動。回到台灣，對進行到一半的再版，有了不一樣的想法。我尤其希望放入亮均、亭均的相片——因為，在某個意義上來說，她們和賀殷殷是「一起長大」的。或者說，她們也是「一起長不大」的。

最近幾日，我在閱讀一本關於哀歌的理論，裡面有許多陌生典故，讀得我頭昏腦脹——但有時也神清氣爽。裡頭說到「哀歌」（lamentations）在眾多語言形式中的特殊性，使我更加了解，我在寫《永別書》時已明白，但還不能理論化的「小說之前的小說」意念。——總是覺得從木柵坐捷運到北美館所在的圓山有點遠，我於是在捷運裡讀〈我們只想活一次〉的作者，詩人達未許（Darwish）與人的對談——他們也辯論著「哀歌傳統」——我一入迷，結果，就先坐過站到了士林。

《永別書：在我不在的時代》是小說，不是歷史也不是政治研究。我當時的想法，是要存取特定環境裡的初始氣氛與印象——但並不為固著在此。為了保持這個調性，我約束自己不可閱讀精妙的相關論述，避免太強烈的光照驅除了夜行中的感知。解除約束後，我終於讓自己轉回一向的求知頻率。從這個求知的角度望向《永別書》，我可以指認出小說的未明／未名性——「我孩子氣的痛苦與悲傷」——這句為賀殷殷而浮現的話，來到我心中。孩子的孩子氣是別無選擇的。嚴肅來說，「孩子氣」也是知識、政治與歷史的入場券——只是入場券——但我誠心交付了：《永別書》這個「將無法有起點變成啟程的故事」，對於因此駐足而甚至讀懂了什麼的讀者，Je vous salue。

附錄二
字母會S：精神分裂

啊各位，我選擇了一個地方。這是一個確實的地方。它有地點，也有名字。有些人可以說出它的地址，許多人曾經拜訪過它，因此您必須了解，這絕非虛幻之地。在許多的文件上，清清楚楚地標示著：它占地二十五公頃。它有時伴有形容詞，有時無。當它伴有形容詞時，它的形容詞經常是：最雄偉。在我選擇談起這個地方之前，我倒是從來沒這樣說起過它。

我曾經說起過它嗎？無可避免。我在說起它時，是否有過困難？那要看情況。真的，而情況有很多種。我真正注意到這個地方是在一瞬間，是我發現，我總在不注意它。怎麼說呢？它具有一種力量，比眼睛半開半閉更複雜，它並不使我瞌睡，但它也始終使我不完全清醒。在通常的狀況中，我無法思考它——它總是像一顆對我砸過來的躲避球，在遊戲規則中，我只要閃得過，我就不會死——如果是你，你會選擇什麼？閃它還是不閃？一直不死，一直未被砸中——於是我就一直閃。要不要冒險停住？接住那球？但是我不一定接得住，不是嗎？

占地二十五公頃，這絕不是一顆球。它其實不會滾，也不會動，它最大的特點反而是：屹立不搖。從我有記憶以來，它就牢牢在那了，有人建了它。為什麼？我們都知道為什麼。但是我們通常不說。不說的原因大概是因為，它已經在那裡了，而且占地二十五公頃，如果說它的壞話，那是對二十五公頃的惱怒——我們都有過無法解決的惱怒。如果有人敢用二十五公頃惹怒我們，我想那個惹怒我們的力量，不可能太在意我們生不生氣。畢竟，我是一個連一公頃也不占有的人。我有什麼可以敵得過呢？這個地方看起來不會開口說話，然而憑著它是一個地方，我只是一個人，我對它就有了解。我不用學習就知道，它說的語言可以用另外幾個字代替，那幾個字就是：絕不善罷干休。它絕不善罷干休，那我怎麼辦？我是一個人，我要活著，我不能像它一樣死死挺舉，它是鋼筋水泥造，從一開始，它擺明了就是要不朽。我不行。真的不行。

當我們對一個東西莫可奈何時，我們會給它很多名字。不過，認真來看，這雖然保衛了我們的心靈，事實上，這種精神上的勝利，有時並不划算。玫瑰不叫玫瑰，還是一樣地香。但是為狗大便或老鼠屎換一個名字，不僅去除不了臭味與毒性，何嘗不會在我們口中，留下苦澀的酸味？我們是拿狗大便與老鼠屎沒辦法的人，我們用蔑稱代替敬稱，但卻無法像愚公移山或周處除三害一樣，改變事物的性質。這個地方，這個最雄偉的地方，就有不止一個名字。

我對任何一個名字都不感到滿意。但我還是需要它們。不只因為它們是一個地名，如果我不使用它們，我就無法與人溝通，還因為我也使用過這個地方，我與這個地方已有關係。它的名字們也是我的，雖然不滿意，但我已經不是無辜的了。那麼，我有罪嗎？

那麼，我有罪嗎？如何理解這種罪？我一定是一開始就知道這是有罪的。現在當我回想起來，每一次當我進入這個地方，我經歷的都是一種嚴重的抽離。一進入，就抽離。這帶有幾分假裝與刻意的漠然。我曾經毫不覺得。我從來不曾凝望它的主要部分，如果不得已眼神飄向它時，我總在意識中把它分解成藍色與白色兩種顏色，彷彿它是天空與雲那樣沒有人為色彩，彷彿它在的是希臘島而非台灣島，彷彿它是一輛停錯地方的獅身人面，空降地、怪異地、赫然地挑戰我——但我扭曲我自己，我沒有停止過暗示自己這是一個誤會——然而拐彎抹角的是我，痛苦的是我，它並不為所動。它並不輕易自我修正，或許因為它根本沒有生命。

拆了它，有人說。這有些道理。別拆了它，有人說。不要動它，不要太在意。只要改變它，轉型，將它轉型。它是不可改變的！也有人說。沒有了它，人們該去哪裡照相？啊，可笑嗎？我不知道，這個問題對有些人是真確的，這些年來，這個地方存在的價值，似乎就是使人們可以在拍照時，將這個「最雄偉的東西」合成進來。我熟悉這樣的人們，這也是存在的。也許比我裂解的進入更徹底，這些人可以保證，在拍照時，他們什麼也沒想，什麼也沒注意——甚至沒有特別的感覺——只是因為照相需要一些漂漂亮亮的大東西助興。其實，在德國的集中營還運轉它的殺人機器的時刻，它的外觀建築，也考慮到週末假期時，要方便某些德國人闔家遊玩。因為這個緣故，那裡還加設了動物園。我想那時的動物應該照顧得非常好，因為照相，應該也是重要的家庭活動，而在相片上的動物，應該也是生動的、健康活潑的。我並沒有說在集中營外面拍照留念就是有罪的。我並沒有說。如果有人那麼想到，你知道，這大概也是無可避免的。啊，但是我一開始說到的地方，它並不是集中營。它並不是。我們已經不在什麼地方殺人如麻了。

事情更複雜一點，事情也更簡單一點。一切都更光怪陸離一點。我們並沒有怎麼保存過集中營，我們並沒有類似的場所。發生的事並不發生在占地二十五公頃所在。它只是提供聯想而已，一種很詭異、很迷惑人的聯想。剛剛，我不是說到過人面獅身像嗎？那個我從不能凝視的大東西，那個造成最雄偉印象的大東西，一度讓我想到過人面獅身。

在遠古的埃及，人面獅身提出過謎題，它殺死不能解謎的路過者。那是一個怪物。這是古老的古老的神話。有個怪物，它決定殺戮的規則，它便可以殺。我不知道它是怎麼來的。對於一切事物，我們似乎都可以說，我不知道它們是怎麼來的。這是一個快樂的、無憂的標記。有時它還幾乎不是謊言。因為人能記得不真實的東西，並且還把它當作真實。如果告訴人們恥辱可以是光榮，羞惡可以是美德，人們也未必不相信。更何況，我們的人面獅身還從來不說什麼謎語，它只是盤踞，作為一個物理與空間中的事實存在，只要你瞻仰就夠了，就算沒有瞻仰，也可以當作有瞻仰——因為有頭有臉有名字的總是它，不是我們；吐口水也罷，跺腳揮拳也罷，記得也罷忘掉也罷，走進來也罷總是繞過也罷，它在，它就是在不朽。我們來來去去，它不是我們動不了一根寒毛的雄獅，它是圈地為王的偉大英靈。這很奇怪，我們也許不同意，我們也許很不舒服，這不知道是習慣，還是不得不習慣，它已經變成我們的一部分。一種瘤或是瘡疤——歷史的傷痕，那是太好聽了一點，傷痕是用來檢視與面對，或消毒或包紮——其實我們和此地的關係，恐怕曖昧隱晦到連瘤或瘡疤都不足以形容。我們是何時長出來這個部分的？是什麼東西，讓我們擺脫不了這個地方的？有人說，這都是因為它根本沒在傷害我們，我們從來沒有因為這個地方，破過一塊皮，少過一塊肉，從來沒有什麼東西飛過來，會像血滴子一樣奪走我們的命。建築物本身，地方的本質，就是無害。水果刀能殺人，也能削蘋果。

所以，我們只是一直在削蘋果而已。就算有一個凶器，當我們一起用它一直一直削蘋果，我們就可以說它只是一個削蘋果的東西，如果偶然間，有人想到：這刀殺過人。或是這刀是為殺過人的人所製造，應該改變的是會有這種想法的人。只要我們都不停地削蘋果下去，總有一天，無論是刀子或是我們的手，就算沒有蘋果，也會香噴噴。只是我們努力。——但是為什麼，我們要如此委屈求全？這是誰的命令呀？

也許，這個地方有天會被夷為平地，會滄海桑田地成為另一個現在的我們辨認不出的地方。但是曾經發生在我們身上的事情，不見得不會再發生。我們剝離如香蕉皮與香蕉，用一部分的自己生存下去，用一部分的自己迴避，那些會使我們跌倒的地上物。是的，我選擇了一個地方，一個看似無害的地方進入。我又經歷了一次裂開。我不是一個好東西。就算沒有崇拜什麼人，就算從沒照過什麼相，在一分而二的破損離合鏡中，這裡有一瞥，這很賤。我很賤。我賤。我真賤。真是驚鴻一瞥。而我會說，這就是一個城市最雄偉的紀念物，曾經給予我們的珍貴饋贈。

附錄三（初版附錄一）

別後通訊：在揮手的時間裡

文／孫梓評、張亦絢

第一信

亦絢：

在很多地方讀《永別書》：與你所在之地隔一座小山的窗前，將睡的枕邊，打烊的辦公室，快速移動的高鐵上，老家已不屬於我的房間……讀到將近一半時，心跳得很快，我想我不能繼續下去，得喘口氣，在夜半像個鬼魂，摸黑點亮書房燈，找出《壞掉時候》和《最好的時光》——我必須把上游搞清楚。整個讀完《永別書》，我又取下《愛的不久時》，倚著枕頭，驚心動魄重讀一次。這迂迴的閱讀路線，有心人若跟著跑一遍，或許可以探出你小說裡幾個大主題的重複編織與變奏：家庭創傷、女性主義、同性戀（及其他）……但會否就不漏接《永別書》裡，由你輪番拋擲而來之物？我不確定。

乍讀《永別書》（尤其第一部），以為它是一本別開生面的啟蒙小說：關於愛情。雖你曾私下表示《愛的不久時》為典型「戀愛小說」，然而真正無法脫逃的，畢竟還是像〈幸福鬼屋〉的傾訴者與傾聽者；〈性愛故事〉的純青與黃鳳；〈在灰燼的夏天裡〉的許幼棉與賈心媛；來到《永別書》，賀殷殷和小朱。章憾文為《最好的時光》作序時，曾爬梳台灣同女小說脈絡——《永別書》著無庸議是「女同性戀」小說，不過書中人物之鮮明，心理地景之立體，又讓我感覺它能不只屬於同女，而剝除了性別，像十四歲的賀殷殷竭耗心神求得的一悟：「基本的人性」。除了女性情欲、姊妹情誼、女研社文化，在愛情的支線上，它更廣泛寫出了人在感情裡可能的殘忍和容忍，屏息讀著那些流淌過皮膚表面的高溫情感熔漿，使人隱隱想起某些久遠之事，那或是獨屬於青春的。也正因其感情與關係，「在人世間是稀罕的」，小朱被殷殷勉強說成「初戀」，其實是孤獨者一起孤獨？啟蒙同時也是（開）啟盟（誓），無論守約或背棄都是艱難，為使痛苦的水位下降，得用盡多少努力，才能獲贈那忽然記憶強度減弱的「完美時刻」，在那之前，「記憶的別無選擇，是人生的最高刑罰」。但我不能忽略的還有，賀殷殷關鍵的發問：「那些我們打算忘掉的事，我們曾經——一度以正確的方法，記得過嗎？」萬一我們將自己置入的，是一座假牢獄，該怎麼辦？這是小說中，特別提出「當定義想要推翻某些記憶時，我總不讓記憶倒下」的原因？但為何她有此把握？

就像，相較於小朱這段強悍的「原型」或「天敵」戀愛，書中鋪陳了另一段為時較長的伴侶關係：賀殷殷和何萱瑄。兩人在生活中相伴跳格子，直到非關背叛的謊言，病毒般覆蓋了殷殷的記憶體──假記憶真實地覆蓋掉了真實。她們原本可以繼續走下去的吧，賀殷殷疑似有過日子的本事，只要她願意「犧牲掉直覺，犧牲掉神奇時刻」，忍受「在關係中長期的孤單感」？但是我對萱瑄沒信心（沒有讚美誰貶抑誰的意思）。

比較好奇的是，書中著墨最多的兩段愛情／關係，都因賀殷殷特出的書寫能力，而有了微妙變形：殷殷和小朱，兩人競賽誰能將對方變成「讀者」；殷殷和萱瑄，則較量彼此「想成為作家的欲望」。何以如此？究竟，作家身分的「光環」是什麼？才華這份禮物，又為何令人如此垂涎？竟使愛情關係，因摻入「寫作者身分」而有巨大變數？

還有一個不太重要的好奇：賀殷殷「意義非凡」的木頭盒子裡，收藏的電影票是哪幾部電影啊？

梓評

第二信

梓評，

《永別書》並不真的太關切作家的光環或才華。必須比較回到表意弱勢族群所身受的剝奪感，也就是歷史性的巨大壓迫問題。所以也可以外延到其他身分或是無聲者的書寫危機上。無論小朱、萱瑄或殷殷，在表面錯誤不義行為背後，都存在一種（同志）生存掙扎與對出路的思考。她們都是以各自的出發點，在「憂國」的。「製造」出一個（或多個）寫女同志的作家，完全不同於單純的文學成就獲得，而牽涉到延續同志命脈的（象徵性）問題。如果只看她們彼此的衝突與背叛，不看她們事實上的相互援引與支撐，這是不完整的。殷殷扮演的當然是一個克服者的角色，也就是克服小朱對她的「責備」或者萱瑄的「力有未逮」，雖然這過程不無殘忍。但是從保存（同志）創造力這一事上來看，這三人是有隱形教練與同隊選手，既敵對（教練作為敵人是有其必要的）又庇護的共生關係的。所以不厭其煩地寫她們的「勾心鬥角」，為的不是說誰好誰壞，而是誰都出過一份力。小說對她們每一個代表的力量，都是肯定與否定兼有。因為這是我看到的，同志的多重奮鬥。愛情反而成為犧牲品，甚至祭品，這是悲劇的一面，但這也是另一種同志生命，一般比較看不到。無論是不當的壓力（小朱）或是扭曲的示範（萱瑄），從賀殷殷的角度，她看到的仍然是有意義的表達，而不是純粹的失敗，這是她可以作為回收者／克服者的原因。這與相信作者天分的傳統，有很大的距離。誰能寫？不是有能力的人，是惦記著其他人力量與缺陷（圖改善）的那個（繼承）人。但是惦記者也不是一個鏟頭，人家要她怎樣就怎樣，她也要知道防衛與抉擇。她有其底線。

所謂漏接的問題，我想將無以計數。有次我問十歲的大侄子，你投球前要不要做暗號？他是一個非常純真的小孩，他馬上反問我：「我要做什麼暗號？我只會投直球而已。」《永別書》卻是沒有直球的。而且我以為「接不到」此事，本身就被我考慮作為衝擊感性的手段。懂的人會懂（接不到所要發動的各種體認），要罵我的人，去找我大侄子玩直球好了。倒也不是說我刻意要弄一個很難的球路，而是有作品是遷就讀者的，也有作品是遷就作品的。而且說回來，我可是都有打暗號的。還有，什麼上游下游。我雖不反對有人要把我其他的作品串起來讀，但對我來說，它們還是各自獨立，可以背對背跳舞的東西。先寫到這。還有不要亂問問題啦，電影票？我哪知道？其他所有問題，小說裡都有提示呀，不要假裝沒接到啦。這樣很好笑耶。

亦絢

第三信

亦絢：

小說家的「體貼」與「周到」，果然使小說人物心裡「有風景，還有暴風雨」。我喜歡你說她們三人有其「共生」，那麼除了「我們或許都在自己的位置上，殺死過別人一些」，或也因此激活原本可能怠弱的惰金屬吧。確實她們是「憂國」的，「我們受歧視而不懼、我們被隱形卻瀟灑，因為我們，深深為我們的真實不欺而自豪，我們是有信念的，不是嗎？那是我們的現代意義」——這是賀殷殷遭遇兩次「爆炸」後，猶然鏗鏘的發言。

前信說，讀此書「不能繼續下去，得喘口氣」，你必然毫不意外。我想這應也是多數人讀取「痛苦的神童」滔滔追憶後，會有的反應——你借我的小書《當影子成形時》，裡頭一篇〈成人身上的悲傷兒童〉，篇名簡直就是賀殷殷的鏡照：三歲被政治狂熱的父親性侵，承受巨量接觸的記憶暴力，同時，長於不倫家庭的母親並未伸出援手，反澆灌以冷言冷語。這些眼熟的片段，自〈淫人妻女〉可見端倪。你曾表示「被褻者」的主題是你特別關心並反覆思索的。這主題，在《永別書》有了極度細膩且完整的呈現（儘管賀殷殷已自行刪去一萬多字關於亂倫的敘述）。我在腦中搜想一回，賀殷殷事事極端的原生家庭（當然不能忘記加上邀請她參加雜交未果的妹妹小惠），應是我讀過描寫家族的小說中，最「恐怖」的。（「兒童自覺不幸」！）

記憶一如閱讀。二讀、三讀，或讀一本別人畫了線的書，都不可能與初讀的空白狀態相同（不過就像書中說，從沒有一個記憶是單獨的，閱讀大概也是）。但書寫本身，卻可能寫在一張已被寫過的紙上而不自知。殷殷也曾擁有三年無染的童稚時光，那或許是記憶的白紙狀態；但她的寫，卻如同她的血，各種墨水加諸其中：你在小說中詳細建構殷殷外省父親所從來，更擴延出她客家母親相形複雜的二房身世，書中且有一些篇幅去寫改嫁的阿嬤、似有強暴嫌疑的外公、閩南人但受日本教育的外婆等角色；甚至還一度藉著《烏來鄉泰雅族耆老口述歷史》及攝影書所錄照片，試圖翻轉殷殷對自己血緣的認知。這張「被詛咒的家族」人物表，除了某種程度解釋了賀殷殷如何行走於形而上的無人曠野，繼而踏上女同之路，亦讓父母形象與性格更形立體，同時，這一切也和殷殷長久以來無所遁逃的「台灣」與台灣歷史，綁連、纏縛越深。

我喜歡《永別書》採取一種私密傾訴、議論清晰，但又伺機迂迴的方式（讀時常想起你的專欄「我注意」），說一說就繞開、又看似不經意再提起。那其實更近於記憶本質，或說，人生本質。人生不像小說家想要在小說裡裁剪的那般工整。

「寫」，不僅僅是殷殷、小朱、萱瑄永恆的角力，它也讓我想起賀殷殷好險長成一個文學少女而非（如父親所灌溉的）政治少女，書中一段非常美的告白：

「小說是我的信仰。從小就是。我把自己奉獻給它，因為它曾把我從人世最險惡的欺騙（亂倫）中解救出來。不是因為我相信小說句句屬實，而是我知道——這門藝術，不是給予真實，而是以獨特的手段，傳授給人們，在乎真實的能力。」

正因為在乎真實，殷殷在第二次「爆炸」後遭遇巨大之毀，而企圖消滅所有經歷過的特殊記憶──然而她是這樣說的，「我也曾經在非自願的狀況下，被迫喪失我最珍愛的能力：我的記性」、「記憶，或許是我最擅長的事情了」。書末甚至透露，有些記憶，已經漸形斑駁、色淡。

埃及國王達姆斯與發明字母系統的神明托特會面，對托特說：你發明之物乃有助於遺忘，而非記憶。由此，我不免也懷疑賀殷殷如此辛苦將一切鉅細記下，雖是為了她所冀想的「倒塌學」，但難道不也因這些記憶正被迫（或自願）風化？

在一篇訪談稿中，讀到你用一句話形容自己：「我這一生都在持續抗拒消失的欲望。」不知為何，我首先想到的是「取消」（好吧其實我先想到的是，「好悲傷喔！」），彷彿字面上所談的消失，不是 delete 功能，是訂位人員在你本來的欄位上用原子筆打了一個大大的叉。與消失欲望相反的，大概（亦）即是書寫？

賀殷殷沿途留下麵包屑（她和「處處誌之」的武陵人，肯定不是用同一種材料當記號）。我偷偷撿了一些，邊吃邊數算賀殷殷年紀：她上國小，美麗島事件；她上國中，民進黨成立。疑似與你年紀相仿。為什麼你決定讓「賀殷殷」與「張亦絢」這樣密切靠近呢？這與你偏愛的「融化邊界」有關？《永別書》裡，「我」一直在對「你」說話。那個「你」是誰？書名有個副標題，「在我不在的時代」（讀完書，對「時代」二字有了嶄新體會）──那個「我」，是賀殷殷，還是張亦絢？如果是賀殷殷，她是真的「不在」嗎？

梓評

第四信

梓評，

哇喔，好高興看到你寫到埃及那段，那本是我為了《永別書》抄過的筆記一段！（來握手吧）後來因為「剪不進來」，就不費勁剪了。不過那是我思考這本書時的關鍵。它實在是很嚴厲又複雜的。就是說，記憶的工具如書寫，反而會削弱人本身作為記憶工具的能力。在小說裡，我之所以透過賀殷殷之眼，命名所有的「破爛記憶」，讓它與「漂亮記憶」對立，甚至強調「破爛記憶」的文化意義——既書寫，但又表達反書寫壟斷，除了有我對台灣歷史的反省，另一指導靈確實來自埃及。

還有就是，我從經驗知道，書寫有種委託不在場人記憶的功能，真的會使書寫者本身進入奇特的遺忘。這使得我在一校時，進入極度荒謬的狀態：啊？這樣的句子她也寫得出來？啊？這麼難寫的東西，要是我，我就寫不出來！（驚慌失措）作者太可笑了！（掩面）理論上，我當然知道我是這本小說的作者（這應該不會錯才是，不然就成科幻風了ＸＤ），但是在知覺上，那幾乎是另一個宇宙了。在剛寫完時，我會有一種我設定達成十分，但是最後，接受我得分只有九，然後因為那掉了的一分，不停傷心的狀態。但是我現在已經歸零了，與零分相較，就變成在開心，我有九分耶！至於你說的「不能繼續下去」，我不知道我是不是意外，我知道預備給讀者的旅程並非坦途，但是如果讀者崩潰，我抄夏宇的歌詞給各位備用：已經有過幾次崩潰／未來應該會平順許多……

真有人膽大到要問，賀殷殷和張亦絢的關係！用算年紀地……那很多六年級人口都可以算進來耶，好啦，不鬧你。好好回答呢（這真難……），總之這對我來說，不是個問題。比起演反派就在路上被打的演員，我只能說，這是職業的悲喜劇。如果是演員，我不會是那種，選擇要演新石器時代的獨眼男人，以便證明我有演技的演員。我很喜歡的一部關錦鵬的電影，曾經教我一件重要的事：最難演的，就是與自己最相似的角色。為什麼這樣靠近？因為我很勇於挑戰嘛（完全厚臉皮地自吹自擂）。然而坦白說，誰會那麼執著在你這個問題上呢？假使一個埃及人在讀，他或她，會很計較這種推測的相似性嗎？從另一面來說，演員演出的角色，就不是演員的生命嗎？融化邊界，這也是很好的理論，我滿捍衛的；不過如果是交換寫作者間的心得來說，在賀殷殷與張亦絢兩者之間，我分得很清楚。這個分別很重要。而且是我要負責領版稅。另一個最大的差別就是，你問不到賀殷殷問題，但是張亦絢得傷腦筋。或者說，在非文字的表達裡，比如遊戲，在戰亂中小孩發明的遊戲，與和平區小孩的遊戲，就可以看出差異……如果小說是遊戲，一定要逆推，為什麼作者玩這樣的遊戲？的確可以「知影」一些什麼……這是我不直接的回答，但不知是否讓你滿意。（以及讓所有蠢蠢欲動於這個問題的人滿意……）

超喜歡你說打叉那部分。「取消」就是取與消。

一板一眼的回答：副標的「我」當然是賀殷殷；這裡的「不在」，指的是賀殷殷在與大歷史同步時，自動或被迫隱形的一切——當然也可以有其他詮釋。所以她是真的「不在」。然後我也不知道「你」是誰。也許賀殷殷知道。——張亦絢（不得已）代答。

亦絢

第五信

亦絢：

我沒忘記你是「文本派」擁護者——私以為以「張亦絢」所在座標，作為「賀殷殷」的定錨點，有一個重要的好處，如書中所寫，「七年級的絕不會像我們六年級的那樣記得戒嚴，但四五年級的，你知道嗎？我覺得，他們又記得太牢了」。身體的戒嚴記憶和解嚴記憶比例不過分懸殊地共存，應該也與這書的某些主題暗中扣合？

即是，《永別書》不僅是一冊女性成長小說、教人讀出冷汗的家族書寫，依書中所給的種種暗示，它還是一本屬於台灣的國族寓言。殷殷有一段這樣的說話：

在濫情一點的時刻，我會在心裡說：誰會比我對這個島的命運，更感興趣呢？它的被欺凌、被強灌人造記憶，使它受苦於「難以連貫成一個自我」而發聲。拼湊國格，如我從被亂倫的劫後餘生中，抵抗所有奪去我真實的努力，我和它，我們都是無奈卻堅決的縫補之人。沒有它歷史中「反抗內在殖民」那句話的砥礪，我這一生，不知會少掉多少勇氣、多少語言。——雖如此，這樣的話，我從不會去說它。有些東西，不用說的。

從歷史的角度重新看待「亂倫」、「不倫」，與台灣身世的對照感就更形強烈了。我僭越的閱讀是：

這個父，是台灣曾所屬的中國，但他亂倫，他「接收」了台灣。

這個母，是（未覺醒的）台灣主體性，她有著不倫之父，那不明的日本遺風既教養了母親的貴族氣（現代化），亦使她對於一個混沌成形中的「台灣」（流著一半外省血的女兒），竟是無法愛，或，不知道怎麼愛。（未覺醒的）台灣主體性，帶著自己也不清楚的傷痕，書中對母親有一段淩厲的評語：——那是比被殖民更沒有政治性、更無力、更卑賤、更難翻身——。／以活屍形態立身的——「更被殖民者」。

賀殷殷認為母親「一輩子都抓緊那個『絕對無辜者』的感受」，這自然與殷殷所企圖的戰鬥是大相徑庭的。書中安排殷殷父親發狂般要小惠攻擊母親（「去幹你媽！」），其後，殷殷與母親有這樣的對話：「妳爸道過歉了，不要再追究。」「道過歉了？哪有？」「帶妳們去餐館吃飯就是道歉。」母親且補充道：「妳爸千錯萬錯，但妳不能否認，他對我們這個家庭的經濟有貢獻。」

那「道歉」，不知為何，讓人想起國民黨統治者向二二八及白色恐怖時代政治受難者的道歉。而國民政府建設、發展台灣的說法，大概也就是「對我們這個家庭的經濟有貢獻」吧——莫怪乎賀殷殷語重心長的一句：「將功贖罪最危險。」

故，這廿餘萬字砌成／推毀的「我是誰」，某種程度，也在為台灣代言？

最核心的悲傷，可能是賀殷殷的永無歸屬感：女人也好，女同性戀也好；台灣人不台灣人，

「沒有一個，是我真正屬於的族類——」。

台灣航在浩瀚蔚藍海上，或也有類似嘆息。

讓我們回到賀殷殷的性。

殷殷所經歷的亂倫，「更加冷酷持久的，是它對記憶一事的摧殘」。但那並不表示，出了問題的只有「記憶」。如果一切傷痕都是從如同「強迫性的毒品灌食」般的「性」開始，要修復傷痕（可能嗎？）或使傷口得以暫時結痂，還是得回到「性」。

「從我有記憶以來，我就從不放鬆掉自己對性的注意力。」因為殷殷認為，「我必須把這部分假裝得夠好，才能證明，那個小孩——她沒有被擊倒」。同時，「只要我一閃神，殺掉那個小孩的欲望，就會凌駕一切事物之上」。

甚至，僅僅是親密的男孩同儕將手覆在她發燒的額上，就碰痛了一本活生生的亂倫史。

此處引了一段《挪威的森林》，殷殷擔憂自己：「不要成為直子那樣的女孩，導致木漉自殺身亡——」木漉，在日文原版，並沒有給出名字的漢字寫法。村上使用的是キズキ（Kizuki）。念著這名字，常忍不住想到Kizu（傷）、Kizuna（絆），後者指的是情感的牽繫。木漉死後，直子和渡邊有過一次濡濕的性交，那時他們「共有死者」；直子死後，渡邊和玲子姊也有過一次親密淋漓的性交，那時他們也「共有死者」。

「所謂性，那是內心的內心。」

「在性最純粹的一面上，它只有兩個問題：真正想要的是什麼？真正想給的是什麼？」

經歷兩次「爆炸」的賀殷殷，選擇出走，並展開「性的夏令營」，終站是維也納，遇見盧和凱洛玲，彼二人的「共有死者」是從小一起長大的摯友湯瑪斯。殷殷和他們，在對著彼此開敞的缺口中，注入誠實，三人完成了最好的性。

如果說，經過諸多壞毀，「性」還能修復，或許，真正需要的，是一個如愛麗絲．米勒所稱的「知情見證者」——在「偏心的陪伴」中，給出理解。而非企圖以「愛」解套（當然也不會是「床上的布道家」），因為，「寬恕從來沒有療癒的效果」。

我很高興在賀殷殷列舉的人生關鍵時間點，除了兩次「爆炸」，沒錯過這項：「33歲，維也納。布列塔尼亞」。殷殷且前往湯瑪斯位於布列塔尼亞的家，拜會他的母親，她守護傷痕，她知情見證。

讀了又讀的《永別書》終於還是要結束了。我真的會將這本書忘得一乾二淨嗎？「永別」，既是賀殷殷從書頁中伸出的一次揮手，像小說最末，「我把你留在這裡」——老實說，我隱隱感覺，那也是你的一次揮手，你把「賀殷殷」留在這裡，你要去做（寫）別的事（小說）了。我猜對了嗎？

梓評

第六信

梓評，

初初寫出，你就讀得如此深入，驚訝之餘，我真是太感動了。

不得不收起我比較皮的那一面，認真討論。就分享一下《永別書》的方法吧。這個方法在寫作之前我並不知道，是一邊寫一邊發展出來的。我自己覺得，讀者如果以「釋義」的方式讀，一定會很辛苦，而且一定會發現，什麼象徵什麼這種模式，當多納入一個訊息或情節，模式似乎又不成立。以你提出來的部分來說，解讀賀殷殷父親如是，又會難以納入他反國民黨與認同本土民主的性質。至於「更被殖民者」，小說中賀殷殷的態度不是批評，反而是肯認，這不是說「更被殖民」是好事，而是願意指認痛苦，不用立場去架空它。那一段，在小說原時間段是在描述賀殷殷母親，但看到後來，就會知道，那也是賀殷殷在說她自己。因為亂倫倖存者，也是性殖民的見證。在台灣，「被殖民」這事，始終不夠以接受被殖民者本身處境的複雜度去對待。總是有惡劣的指導跑出來。不過在這裡我不深入談，只談方法。

我的態度是，人物與事件都是完整獨立的，小說裡的每一線，彼此可以參照，但從未給予「以A喻B」這種階層或從屬關係。不會把什麼當象徵處理，處理的反而是「一旦象徵就容不下的東西」。如果把A與B平行看，會產生C感想；這是企圖，但這對照同時不是結緊與設死的；

當D線又參照進來，又會有因A＋B＋C＋D產生的E感想。如果以絲線比，在時間的尺度上，A在一分鐘時可能是點綴，兩分鐘時給出可見形物，三分鐘時化為陪襯的布景，五分鐘後它又成為兩分鐘之形的反形。以一種時間萬花筒的方式在進行。而我的準則始終是，一切都「沒有代表性，但是要有參考性」。

把這個方法跟你說到的「國族寓言」併看，我更傾向說它是「國族欲言」；設計的是一整套的退化與退行，在這裡說「死外省人」是OK的，「歷史讓人頭痛」也是OK的；這種「退」，自然也是「以退為進」。如果說「代言」，應該不太是「代言」，而是「帶言」。因為我關心的是語言的可能性，而不是完好的論述。當然，整個「對經濟有貢獻」那段，你已經得到你的萬花筒，轉出的形狀，比我預想的還要豐富。小說根本不用將類比排列出來，某些情節與話語就會（即使它們相隔許多個章節）自動共振，讀者其實不用太推算作者要說的是什麼，要說深意是沒有什麼深意的。但是讀者感到的各式共振，在那多變的共振上所浮現的屬於各自的交響，那確實是文字定位在書本位置之外，《永別書》真正的所在。小說的工作，只在編製各種可能的小樂器：小樹葉或小水杯，使風過時，響／想起來。賀殷殷「性的困難」，是在某個程度較被完整呈現的，但它的作用同時也在框出一個領域：殷殷冒著自殺危險而知道她的性創傷之所由，其他所有人，包括床上的布道家或所有致傷者（令人難以理解的性犯罪者），他們的慢性或急性瘋狂是從哪裡來的？賀殷殷後來幾乎成為她最初最反對的人，「只剩下性」。但她同時又是幸運的，我想我們都會有點為她高興。

最後，你要拐我是不成的；我根本沒在小說中出現呀。我照顧的是整部小說。最後一句話是殷殷對讀者說的，她功成身退了。揮手是我很喜歡的意象喔，竟然被你說出來了。我覺得人會揮手是很美麗奇特的一件事。手揮個不停，是為永別，是為書。沒有什麼猜不猜，但你總是有些對的啦。

亦絢

附錄四（初版附錄二）
情不自禁及其他：答編輯問

提問：陳瓊如
答題：張亦絢

問：個人抒情性的開頭，事實上讓小說作為他者的故事性降得很低，請問是想刻意呈現自傳性的氛圍嗎？

答：第一個問題就正中靶心！厲害。在小說動筆前的長考，這是核心問題。如果讓小說有比較高的「他者的故事性」，對作者真的比較簡單；但它無法承擔《永別書》要直擊讀者的設計，所以整個考慮就是把「他者的故事性」能降多低就降多低——換句話說，降低他者性是目的，自傳性氛圍是方法。但並非用小說代替自傳，所以我看到妳用氛圍兩字滿開心的，因為對我來說，那確實是一種造境。

問：無論是台獨意識或同性愛的意識型態，如今在台灣社會都十分正確，為何要用如此正確的意識型態作為小說主軸？

答：這個問題問得有點可愛耶，是這樣說的嗎？……都十分正確？這不太是我的用語。姑且不論正確與否，主題並不會因為大環境的接受度高低，就減低本身的繁複狀態，就像即使平等或自由，也是美善的概念，但不意謂著在現實中，會都不出差錯。有次無意中聽到一個前輩詩人說：台灣小說家沒有為我們表達出想要一個國家的心情。因為我實在「不太正經」，當下的想法就是：寫這樣的小說，不悶嗎？我聽八年級的小朋友表示，他們很焦慮，認為他們如果透過文學探討認同或相關衝突，覺得在文學上是會被歧視的，過去可能是「太不敢」，現在可能是很不酷的「太正確」（同志小朋友則說，要說焦慮，這一點他們更焦慮）。簡單地說，在這兩主題下，還是有話沒有說完。倒不是我認領了別人感受的困境，但我以為上述這個背景是有意義的。回到我自己。我是一個更被插曲式內容吸引，更甚於埋首大主題的人，《永別書》仍然反映了這種傾向。現在作品已經看似首尾相連地完成了，或許大家不容易注意到，這本書有多大程度是由一些零碎禁忌、喜劇與細節性的插曲，轉出妳所謂的軸。而對禁忌、喜劇與細節性的把握，我認為是很要緊的文學工作，為的是可以讓讀者清醒、思考與練習接受事物矛盾性的存在。當然，為什麼寫一個這樣「正確」的小說？這本身是很有趣的疑點，而大概只有閱讀才能參與推理過程。

問：小說的第一句話：「我真的打算，在我四十三歲那年，消滅我所有的記憶。」開章以消滅記憶開始，也就是說必須鋪陳大量記憶，才能消滅。那麼，為何以政治的記憶為優先？政治上的記憶與同志上的記憶，對你來說內裡的脈絡是什麼？

答：嗯，我以為我很少只是以政治的記憶為優先，如果它出現，對我來說，總是因為它還說了別的事。像賀殷殷在學校口試說溜嘴，批評了國民黨政府，確實不能說，這不是政治的，但我想表達的還有對兒童的同情——這是一個機靈的小孩，都飽受壓力；想想要是比較不機靈的，簡直不堪設想。內裡的脈絡或許是，這兩者都還是生活的一部分以及個人化的體驗……都比我們想像的普遍，而且都有它寂寞的成分在……有時是因為歷史性的不公正，有時也可能是自作孽（笑）。

問：音樂的用法，通常在小說裡標誌時代定位與氛圍，為何你要選擇音樂來作為記憶定錨呢？

答：這一點沒有特別想過。但音樂據說是最後才會消失的記憶。可能不是我選擇，而是它恰巧就是現實世界中記憶的錨。

問：小說裡用音樂象徵母親，文學象徵脫離父親，請問文學與音樂對你而言，兩者有何不同意義？

答：對我本人的意義，與小說所述是有些出入的。我想是我的幾個音樂老師替我奠定下不錯的人格，比如紀律、不怕困難與幽默感。寫小說時，有時用的也是音樂教育給我的東西，會想曲速啦表情記號什麼的。小說裡母女對抗以致放棄音樂，大概是最取材自我親身經歷的一部分。還是很愛音樂。希望其他人不要放棄（笑）。當然這部分還讓我能處理客家的部分，用母女猜忌與衝突呈現，反寫「被壓抑的族群記憶」如何被犧牲，比如母親對某個台灣民謠眷顧，但在不可能說出客家之愛的大環境中，母女不能溝通，女兒遂懷疑「媽媽是有婚外情嗎」。我想用一種比較親密的方式處理歷史的荒謬，音樂不單是象徵，它作為一種教育與日常活動，也具體承載歷史傷痕的印記。文學的話，就是「有恩報恩」。我是一路被文學救著長大的，就像孤兒回孤兒院工作一樣，那是養育我的地方。

問：段落上是一直跳躍且隨意連結的，如此是在模擬記憶的形式嗎？

答：本來看「模擬」嚇一跳，以為是高科技字眼。但想想完全沒錯，是模擬。

問：讀了過去關於你的報導，你不喜歡別人用「同志文學」來定位、歸類你的作品，但小說描寫高中女生之間若有似無的情感，或是主角初戀情人小朱的「少女之愛」，何其輝煌」，還是十分精采，請問你不斷書寫同志題材的原因？

答：原因啊，這應該就叫做情不自禁吧（笑）。解釋一下不喜歡在文學之前加上同志限定詞。我的想法是，文學要保持它驚奇的力量，一旦有限定詞在前，有些計畫會被事先破壞。加限定詞，是權宜之計，而非長久之計，不過只是這樣的立場。嗯，是否需要比情不自禁更多的解釋呢？應該不必吧（笑）。

問：賀殷殷的情人，也是文學少女何萱瑄，寫作欲望比賀殷殷更強烈，但寫出來的東西卻不能稱為文學，「那個被文學深深戕害的人」，為什麼安排一位這樣的角色？

答：在小說裡，她們是用高標準在看文學，才會有「不能稱為文學」這類感想。這個角色的安排，大概是很苦口婆心吧（笑）。許多人身上都有她的影子，更極端像鄭捷或謝依涵。像看到鄭捷曾想轉到中文系（想寫作），都讓我很感慨。為什麼書寫沒有早點幫到他們？在追求自我實現時，或許大家都會有偶像破滅後的失措。早熟的人碰到挫折，未必知道處理危機，尤其在文藝領域，結果導致某些早夭或亂長。小說裡把何萱瑄與芥川龍之介遇到的殺子農人比併，是有些嚴肅的。萱瑄的非中產、非台北背景，加上同志，雖然不能說是極度弱勢，但有點像《紅與黑》裡面的于連，他們聰明向上，對不平等敏感，為了贏得敬重而虛張聲勢，付出了失去自我的代價。我很喜歡（當然也悲傷）的是她說出「我已經沒有文化了」——這是我這一代的悲劇，台灣本土化剛起步，我們已經快出社會了，比對晚一輩較正式的本土文化資源，我們是來不及長大或半失學的。像「外省人傲慢」或打壓本土語言的遺毒，不是政黨交替就能清除的。傷害過一些人的自尊，空轉了一些人的青春，這是很嚴重的。何萱瑄當然是一個負面教材；賀殷殷與她差不多年紀，觀察她，卻不能幫助她；在我自己，或許也有，對我過去未能及時幫助我的文學同輩人的傷懷。

問：你來信中曾提到：「這本書的企圖，仍然是種共患難，一個『我在這裡』的認真回聲。」

當初寫這本小說的動機？會把它放在自己創作生涯的什麼位置？

答：一開始，真的是因為想過，人有可能清除記憶嗎？在生涯裡，這可能是最像精神遺囑的一本書；放了很多種子性的東西，是讓其他人有可能把那些種子拿出來重新培育。這是我給我所愛的小小島以「時間」。要是我還沒寫完，就碰到死神來玩，大概會對他拳打腳踢一番，再全力逃回書桌前來寫完的一本書。

附錄五 圖輯

王添灯（1901-1947）：活躍於台灣政界與新聞界的實業家。一九三〇年代，即指出市街庄的重要性，並投入自治運動。二二八事件爆發後，曾任「二二八事件處理委員會」重要幹部，要求政治改革，數次前往長官公署與陳儀交涉。遭國民黨逮捕後，至今死因不明。
（圖片來源：Wikimedia Commons）

第1章

去年我碰到個四年級的做紀錄片的，他說到二二八，竟然還很噤寒，他說到王添灯的弟弟，卻不敢把王添灯的名字說出來。

呂赫若（1914-1952）：在音樂、戲劇與文學上，皆有成就的小說家。曾投入戰後地下反抗運動。參與「鹿窟武裝基地事件」（白色恐怖案件）過程中，於山中遇難。相片來源：提供者為楊千鶴。由張俐璇論文得知，一九四六年，呂赫若寄送「臺灣文化協進會幹事」聘書給楊千鶴時，相片附於其中。
（圖片來源：Wikimedia Commons）

第1章

她覺得有責任告訴大家，呂赫若是個才子，因為她直覺，家庭之外的人的記憶不可靠，人們不會有效地、持續地，記得此事。

第3章

有一天，發言的是黃信介，那是一個長得胖胖的，眼睛小小圓圓滾來滾去，笑起來眼又瞇瞇的台灣人。〔……〕每次我在電視上看到他，都會想到從樹上掉到地上的特大號的松鼠。

一九八七年五月三十日，黃信介假釋出獄。（攝影：邱萬興）

第3章

〔……〕我爸決定把殷海光的姓放到我的名字裡，意思是，要用我來紀念殷海光——一個當年被國民黨迫害過的政治學者。

殷海光故居（圖片提供：陳阿髮）

第8章

〔……〕數學老師的事（我和阿江都用數學老師作隱語，這樣萬一旁邊有同學，不會知道我們在談陳文成，因為當年我們認為會計就是算算數的意思。）

陳文成（1950-1981）：關心台灣民主的統計學家。遭警總約談後次日，陳屍於臺大校園內。「陳文成事件」被視為具高度指標性的轉型正義事件。臺灣警備總司令部（警總）至一九九二年方裁撤。

（圖片提供：陳文成博士紀念基金會）

〔……〕我知道這個哥哥起草過宣言之類。但我不熟悉這人的生平。「妳怎麼知道的？」「我們都知道的。每個人都知道。她是我們鄰居。我們怎麼會不知道？」

（作者註：魏廷朝雖有親屬不幸離世，但此段細節乃根據坊間流傳的個人記憶，與實事存在一定的誤差。）

台灣人民自救運動宣言

彭明敏　謝聰敏　魏廷朝

1964 年 9 月 20 日

緬懷　臺灣民主與人權先驅　偉大的客家鬥士　魏廷朝先生

《台灣人民自救運動宣言》（資料提供：張亦絢）

一九八七年五月二十六日，魏廷朝第三次黑牢出獄，魏筠一直牽著父親的手，不願放開。（攝影：邱萬興）

第13章

屬於我的戰爭有了名字，〔……〕每當人們提到維吉尼亞・伍爾夫，戰爭的名字就會出現。

英國作家 Virginia Woolf（1882-1941），攝於一九〇二年。
（圖片來源：Wikimedia Commons）

第15章

三月學運時，我隻身去了廣場，〔……〕。

一九九〇年三月二十一日上午，靜坐學生的精神保壘「台灣野百合」製作完成，移置在中正紀念堂廣場中央，代表台灣的民主春天到了。
（攝影：邱萬興）

第3章

但是亮均、亭均，沒有活下來。〔……〕因為雙胞胎被殺了，「美麗島事件」對我來說，變成一件小孩子的事。

林義雄的雙胞胎女兒亮均、亭均攝於海邊。（圖片提供：慈林教育基金會）

林義雄的雙胞胎女兒亮均、亭均，攝於火車上。（圖片提供：慈林教育基金會）

陳義仁牧師以版畫〈麥子落地〉紀念林義雄六十歲的母親游阿妹女士，以及七歲的雙胞胎女兒林亮均、林亭均。（作品提供：陳義仁）

＊圖輯中之圖說，除邱萬興先生作品之圖說，為邱先生所撰。其餘由陳瀅如、張亦絢撰寫。

永別書
在我不在的時代

作　　者｜張亦絢

副 社 長｜陳瀅如
總 編 輯｜戴偉傑
責任編輯｜陳瀅如（二版）、陳瓊如（初版）
行銷企畫｜陳雅雯、趙鴻祐、張詠晶
封面插畫｜yinn
裝幀設計｜IAT-HUÂN TIUNN
內文排版｜Sunline Design
印　　刷｜呈靖彩藝有限公司

出　　版｜木馬文化事業股份有限公司
發　　行｜遠足文化事業股份有限公司（讀書共和國出版集團）
地　　址｜231023 新北市新店區民權路 108-4 號 8 樓
電　　話｜02-2218-1417
傳　　真｜02-2218-0727
客服信箱｜service@bookrep.com.tw
客服專線｜0800-221-029
郵撥帳號｜19588272 木馬文化事業股份有限公司
法律顧問｜華洋法律事務所　蘇文生律師

初版一刷｜2015 年 12 月
二版一刷｜2025 年 5 月 14 日
定　　價｜NT$520
I S B N｜978-626-314-785-0（平裝）978-626-314-784-3（EPUB）

國家圖書館出版品預行編目 (CIP) 資料

永別書 : 在我不在的時代 / 張亦絢作 . -- 二版 . -- 新北市 : 木馬文化事業股份有限公司出版 :
遠足文化事業股份有限公司發行 , 2025.05　　456 面 ;　14.8x21 公分
ISBN 978-626-314-785-0(平裝)　　863.57　　113019870